서브 남주가
파업하면 생기는 일
5

숙임 장편소설

서브 남주가
파업하면 생기는 일

5

DEA SPES NOSTRA

EMPIRE DE RJESTER

WHEN THE THIRD WHEEL STRIKES BACK

문학수첩

목차

1. 왕자를 훔칠 여자 ···7
2. 베이커 스트리트 말고 그냥 베이커리 ···48
3. 시계 종이 여러 번 울릴 때 ···98
4. 보라색 튤립 ···138
5. 인터미션 ···240
6. 배역 ···302
7. 열아홉의 가주님 ···347
8. 믿음, 소망, 대항해 시대?! ···390
9. 코메디아 델라르테 ···441

1. ✦ 왕자를 훔칠 여자

잠행용 황실 마차엔 아무런 문장이 박혀있지 않았다. 황궁 정문을 나선 우리는, 누구의 시선도 따라붙지 않는다는 걸 확인할 때까지 시내를 몇 바퀴 도는 중이었다. 앞선 마차엔 세드리크 태자가 타고 있었다.

"왕자님, 저도 보고 싶습니다."

가나엘이 잔뜩 들뜬 목소리로 말했다. 도톰한 늦가을용 코트를 입은 소년은 마차 안에서도 볼이 발갰다. 나는 차마 표정 관리를 하지 못하고 들고 있던 종이를 건넸다. 곱게 접힌 도화지가 뱅자맹과 가나엘의 코앞으로 향했다. 이내 두 사람이 입을 떡 벌렸다.

"맙소사. 조안 드 아스는 과연 악마적인 재능을 지녔군요."

"정말 근사한 초상이에요. 왕자님의 아름다움을 7할 정도는 담아 낸 듯합니다. 그런 건 불가능할 줄 알았거든요!"

"고맙다."

내가 기어들어 가는 목소리로 답했다. 그밖에는 민망해서 할 말이 없었다. 세레니테 후작령의 환경 미화 작업에 재능 기부 중인 조안은, 어느덧 마지막 작품의 완성 단계에 접어들었다고 했다. 그녀에게 그림을 의뢰한 게 9월 초였으니 대충 석 달 만에 대부분을 끝낸 셈이었다.

두 시종이 보고 있는 건 영주성의 샹탈이 전해준 밑그림이었다. 하필이면 영지 초입에 내 얼굴을 그려 넣을 건 뭐냐… 그래도 다행히, 그녀의 서신에 나쁜 소식은 없었다.

'최근 이웃 영지에서 괴상한 도둑이 기승을 부리고 있으나, 이곳만큼은 이름을 닮아 안온하고 평화롭습니다. 곳곳의 돌담과 울타리가 곱고 신성한 회화로 가득합니다. 자유 도시 아스에서 예술 관광을 오는 외부인으로, 후작령은 수확제 내내 북적였습니다. 또한 가축병이 돌지 않고 어획량과 소출량도 크게 늘어, 영지민 모두가 후작님을 칭송하고 있습니다. 너그러우신 보살핌과 깊으신 통찰력에 탄복하며…'

나는 어색하게 입꼬리를 올렸다. 그건 누구라도 생각해 낼 수 있는 거였는데, 샹탈도 인심이 참 후했다. 부유한 귀족들이 벽화 구입 문의를 한다는 내용도 있었다. 벽을 떼 가게 할 수는 없는데 어쩌지. 조안을 출장 보내서 마음껏 그림 그리게 하고, 돈을 받아 복지 사업에 쓸까? 그래도 되나?

"이 에스키스는 어떻게 하실 겁니까?"

생각에 빠져있는 나를 보며 가나엘이 초롱초롱 물었다. 조안이 크레용으로 그린 내 낯짝을 고이 떠받든 채였다.

"그냥 두꺼운 책 사이에 끼워둘까 했는데… 가나엘 가질래?"

"성은이 망극합니다! 칼라마르 가문의 가보로 삼겠습니다!"

내가 조심스레 묻자, 소년은 뛸 듯이 기뻐했다. 답은 이미 정해져 있었던 모양이었다. 뱅자맹이 묘하게 아쉬운 표정을 해서 더욱 겸연쩍었다. 그를 따라 창밖으로 눈길을 돌리니, 온갖 길거리 음식을 들고 축제를 즐기는 인파가 보였다. 재밌겠다.

-다각, 다그닥…

"곧 도착하겠군요. 변장을 준비하십시오."

"네."

나는 중년인의 말에 재깍 고개를 끄덕였다. 모습을 감추는 건 잠행의 필수 조건이었다. 《퇴사했더니 이계 공녀》 세계관엔 사진이나 영상이 없지만, 대신 그림과 언론이 존재했다.

태자는 책봉식 수정판水晶板을 통해 백성들에게 평생 잊지 못할 미모를 공개한 적도 있었다. 유명인인 크리스텔과 엘리자베트 경 역시 〈격주간 리에스테르〉의 상세한 묘사와 삽화로 외모가 알려져 있으니, 약간의 위장은 필요했다.

"뤼카 마을 때 생각난다."

내가 머리칼과 눈썹에 마도구 염색약을 끼얹으며 말했다. 가나엘이 헤헤 웃으며 동의했다. 파티용품광狂인-파티광과는 다르다, 파티광과는-크리스텔은, 못해도 2주에 한 번은 르고 종합 무역소에서 기발한 상품을 사 모았다.

그중 변신 관련 아이템은 단연코 그녀의 1순위였는데, 이번 염색약과 안약도 크리스텔에게 신세 진 물건이었다.

-사아아…!

머리카락에서 24시간짜리 마법이 일어나는 소리가 들렸다. 눈앞에 붉은 빛 가루가 흩날렸다. 나는 마도구 안약도 성공적으로 두 방울씩 넣고 눈을 깜빡거렸다. 뱅자맹이 거울을 꺼내는 동안, 가나엘은 발을 구르며 내 변신을 지켜보았다.

"어떡해요. 이러다 왕자님을 도둑맞겠습니다. 너무 잘생기셨어요!"

상상도 못 한 호들갑이었다. 나는 애써 면구스러움을 삼키고 뱅자맹의 손거울을 들여다보았다. 까만 머리에, 청회색 눈동자. 태자의 흑발과 크리스텔의 홍채가 한데 모인 색 배치였다. 그냥저냥 무난해 보였다.

하지만 우리 중에 절대 무난하지 않을 사람이 있지. 나는 벌써 실실 흘러나오는 웃음을 참고자 입술을 말아 물었다. 그러니까 일주일 전쯤에…

'태자 전하, 왕자님. 변장은 제비뽑기로 결정하려 합니다.'

크리스텔이 성기사 수업 시간에 그런 이야기를 했다. 동행한 엘리자베트 경은 이것도 업무의 일부라며 뻔뻔한 태도를 보였다. 이왕 잠행해서 백성의 삶을 살피고 축제도 즐길 거라면, 위장 과정 역시 신나게 만들어 보자는 게 둘의 요지였다.

요한 경은 무척 흥미로워하며 일과를 기꺼이 할애해 주었다. 그 또한 신국 출신의 태사로서, 그리고 '골렘의 준동' 당시 블랑케르 영주성을 지켜낸 공으로 지명도가 높았지만 변장까지는 불필요했다. 요컨대 요한 경에겐 모든 소란이 남 일이었다.

'우리 넷은 위장이 필수잖아요? 그러니 네 가지 머리 색과 눈 색

을 따로 섞어서 하나씩 뽑는 겁니다. 본인 색은 빼고요.'

'경박하군.'

'재밌겠네요.'

태자와 나의 오디오가 맞물렸다. 좌중이 찬물을 끼얹은 듯 조용해졌다. 몸에 약을 쓰는 걸 좋아하지 않는 그로선 당연한 반응이었다. 뤼카 마을 야시장을 돌 때도 마도구 안경을 착용한 게 전부였으니까. 그냥 우리 셋끼리만 하자고 할까 고민하는데, 태자가 죄 없는 부근위대장을 뚫어져라 노려보았다. 이어,

'…경들의 소견대로 하지.'

그렇게 말했다. 하여 제비뽑기는 요한 경이 주관하고 산트와 애물단지들이 참관하는 가운데 엄숙하게 이루어졌다. 이게 뭐라고 이렇게까지 하나 싶을 무렵, 우리 중 한 명이 뽑기 대박을 내면서 분위기는 급반전됐다.

―워어, 워!

―히힝!

마부가 마차를 멈추는 소리가 났다. 나는 퍼뜩 고개를 들었다. 중심지에서 조금 벗어난 거리에, 비교적 아담한 저택이 자리하고 있었다. 프레데리크 황제가 산트의 귀화를 받아들이며 하사한 집이었다.

앞뜰에 나와 손을 흔들고 있는 집주인 산트가 보였다.

요한 경과 헤릿, 에바도 미리 와있었다. 우리의 소공작은 요즘 정식 후계자 교육을 받느라 바빠 얼굴 보기가 힘들었다. 나는 빠르게 마차에서 내렸다. 쌀쌀한 날씨에 마중해 주는 게 고마웠…

"악! 하하하하! 억!"

"걉 미쳐, 어떡해요! 으하하하!"

우렁찬 폭소가 고막을 울렸다. 나는 놀라서 옆을 돌아보았다. 단발을 금빛으로 물들인 사복 차림의 소백작이, 거의 울다시피 양손에 얼굴을 묻고 있었다. 암녹색 머리칼을 큼직큼직 땋아 내린 크리스텔은 아예 바닥을 치며 웃는 중이었다. 주황빛 눈매는 접혀서 보이지도 않았다.

나는 시선이 집중된 사내를 황급히 살폈다. 태자가 회색 눈동자를 번뜩이며 나를 쏘아보았다. 결 좋은 분홍빛 머리카락이 느릿느릿 바람에 흔들렸다. '샤랄라' 하는 효과음이 들리는 것 같았다. 뒤편에 선 다비드만이 홀로 감동한 표정이었고, 뱅자맹과 가나엘은 귀신이라도 본 것처럼 술렁거렸다. 난⋯

"할 말 있나?"

그가 씹어뱉듯 물었다.

"⋯없습니다."

기대를 너무 많이 했나. 솔직히 하나도 안 웃겨서 실망했다. 분홍색이든 검은색이든, 그냥 압도적으로 잘생겨서 혼자 다 해 먹긴 마찬가지였다.

* * *

산트의 귀화 축하 겸 집들이 파티는 시작부터 아주 요란했다. 에바는 사촌오빠의 새로운 머리 색에 적응하지 못해 5분에 한 번씩 태자를 들여다봤고, 뒤늦게 도착한 뒤엠 후작은 끝내 웃음소리를 냈다는 이유로 혜검에 베일 뻔했다.

지금 우리는 주방에 옹기종기 모여 진지한 토론을 벌이는 중이었다. 미리 논의한 대로, 산트가 고용한 두 하인에겐 조기 퇴근이라는 선물이 주어졌다. 모든 식사 준비를 우리가 하기로 했으니까!

"태자 전하, 요리할 줄 아십니까?"

"…"

"세드리크는 고기 굽는 것만 잘합니다. 화력 조절이 끝내주거든요. 그 외엔 손에 물 한 방울 묻혀본 적 없는 고귀한 황족이십니다."

크리스텔의 물음에 소백작이 놀리듯 대답했다. 보랏빛 대신 물들인 금색 눈동자가 장난스럽게 반짝거렸다. 그녀는 제비로 내 머리색과 눈 색을 뽑았는데, 보라색 안약은 팔지 않는 관계로 약혼자의 색을 택했다. 태자는 불만스러운 기색이었지만 말을 얹지는 않았다. 묵묵히 듣고 있던 요한 경이 거수했다.

"요리는 제가 할게요. 경력이 있거든요."

"경력요?"

에바가 그의 옆구리를 쿡쿡 찌르고는 되물었다. 다들 용병의 과거에 호기심을 보이며 한마디씩 말을 보탰다. 그사이 뒤엠 후작이 헤릿을 번쩍 안고 발표했다.

"제 폴로 실력을 흠모하시는 꼬마 도련님께서 요리 실력까지 궁금해하시니, 저도 앉아만 있을 순 없겠군요!"

"맞습니다. 아저씨도 요리를 잘합니다. 뭐든 칼같이 맛있어요."

"후작님이요?"

엘리자베트 경이 호응하자 크리스텔의 목소리가 커졌다. 후작씩이나 되는 사람이 발명에 요리까지 가능하다는 게 놀랍긴 했다. 기회를 잡은 남자는 아무도 묻지 않은 일장 연설을 늘어놓기 시작했다.

"마담, 저는 요리와 마도과학이 다를 게 없다고 생각합니다. 철저한 계량과 시간 계산으로 접근하면 까다로운 베아르네즈 소스도 쉽게…"

"잘못 걸렸네."

크리스텔이 중얼거렸다. 나는 실소를 터뜨리며 주인공이 담아 온 '햇무리초 김치'를 흘끔거렸다. 본격적인 김장을 할 수는 없으니 소량의 겉절이 형태로 만든 것 같은데, 모양새가 아주 그럴듯했다. 뜨거운 쌀밥에 구운 부댕 블랑하고 저 김치 한 조각 얹어서 먹고 싶다…

"그럼 정리됐습니다. 프랑수아 아저씨와 헤인스 경이 요리를 담당하고, 저와 크리스텔 경이 보조하고, 에바 소공작과 헤릿이 식탁 준비를 맡고… 세드리크와 왕자님이 시중과 설거지를 하시는 겁니다. 시종분들은 오늘 휴식입니다. 산트 사제님도 장소를 제공했으니 쉬십시오."

"네에?!"

소백작의 선언에 산트가 사색이 되어 외쳤다. '정말 황송하지만, 제발 새집을 태우진 말아주십시오!' 하는 절박한 간청도 이어졌다. 황태자 명예 소방관인 크리스텔이 있으니 화재는 걱정 없었다.

　　　　　　　　＊ ＊ ＊

　어느새 창문 바깥으로 까무룩 해가 졌다. 코앞의 길기리가 수확제 막바지의 열기와 환성으로 시끌시끌했다. 우리는 세상 쓸데없는 이야기부터 제법 진지한 진로 고민까지 나누며 즐겁게 식사했다.
　산트가 귀화를 결심한 계기 중 하나로《이성과 감성과 신성》을 꼽았을 땐 뱅자맹이 사레에 들렸지만, 어쨌든 정체를 들키는 일은 없었다. 내가 다 조마조마했네!
　"와, 배 터질 것 같아요. 잘 먹었습니다!"
　"맛있게 먹었습니다."
　크리스텔과 엘리자베트 경이 차례로 말했다. 나는 아직 덜 먹었지만, 슬슬 디저트를 들여야 할 것 같았으므로 자리에서 일어났다. 궁둥이를 들썩거리는 가나엘은 앉아서 쉬게 두었다.
　뒤엠 후작이 맛 좋은 소카를 구워주겠다며 주방으로 내려간 지 30분은 된 것 같았다. 황궁에서 먹는 음식에 비하면 전부 소박하고 단출했지만, 그래서 더 맛있었다. 요한 경의 타르티플레트는 진짜 가정식 느낌이 나는 그라탱이었다. 급한 대로 주방에 있는 시장 치즈와 저렴한 화이트와인을 썼는데도 풍미가 대단했다.
　-뚜벅, 뚜벅
　거기다 크리스텔이 직접 담근 햇무리초 김치를 올려 먹었는데… 진짜 천국이 따로 없었다. 김치 특유의 진한 고춧가루와 깊은 젓갈 맛은 없지만, 빙의하고 먹어본 것 중에선 가장 한국적인 맛이라고 장담할 수 있었다. 진액을 쪽 빼고 빨간 양념으로 무친 햇무리초 줄기에선 얼핏 쪽파 같은 향이 났다. 제법 매콤했는데 헤릿도 잘 먹었다. 다시 생각해도 침이 고였다.

"쓥. 조리법 물어볼까."

"또 먹는 얘기인가."

"아!"

나는 식겁해서 복도에 우뚝 섰다. 기척도 없이 따라온 태자 놈이, 풍성한 핑크 모발을 자랑하며 나를 내려다보고 있었다. 나는 슬쩍 녀석을 째려보았다. 맨날 이러는데 혹시 본능적으로 시비 거는 건가. 내가 서브 남주라서?

"바라는 것이 있다면 폐하께 청해."

아, 그 얘기냐. 나는 대충 고개를 주억이며 다시 아래층을 향해 걸었다. 황제는 지난달 내게 황궁의 햇무리초 재배를 맡겼다. 그리고 분명히 그런 말을 했다.

'원하는 바를 생각해 둬.'

…사실 그동안 생각해 둔 게 있긴 한데, 아직 얘긴 못 꺼내봤다. 뜬금없기도 하거니와 황실에 내 의견이 어떻게 비칠지 알 수 없어서였다. 나는 태자에게 리허설을 하는 심정으로 살며시 운을 뗐다.

"그, 사라 벨리아르 경 말입니다."

그가 미간을 찌푸리는 게 보였다. 전에도 대놓고 싫어했으니 의외는 아니었다.

"아픈 손주가 있다고 들었거든요. 아무래도 마음에 걸려서,"

"듣기 싫군."

내 말이 단칼에 잘렸다. 으음.

* * *

'사라 벨리아르는 그런 배려를 받을 자격이 없어.'

그래. 세이디는 분명히 그렇게 말했었다. 어스름한 황궁 신전의 고해소, 내가 꼬마의 정체를 깨닫기 전의 어느 봄날이었다. 아직 황자였던 소년이 보여준 날카로운 눈빛을 나는 또렷이 기억했다.

모르기가 힘들 만큼 노골적인 반감이었다. 당시에도 어렴풋이 짐작은 했다. 〈격주간 리에스테르〉의 편집장과 녀석 간에, 좋지 않은 과거가 있을지도 모르겠다고.

"죄송합니다. 황실과 벨리아르 경 사이에 골이 있는 것 같다는 생각은 했습니다."

"…"

또박, 또박, 뚜벅, 뚜벅. 두 쌍의 발소리가 좁은 복도를 울렸다. 궁과는 모든 것이 다른 가정집이라, 주방으로 내려가는 계단도 금방이었다. 아래층에선 갓 구운 소카의 고소한 향이 물씬 올라왔. 내가 차분히 말을 이었다.

"폐하께서 주신 귀한 기회를 어떻게 써먹을까 고민했는데… 다방면으로 워낙 잘 챙겨주시니 저는 더 필요한 게 없습니다. 그래서 주변에 제가 도울 수 있는 사람이 있나 생각을 해봤습니다."

태자의 분홍빛 머리칼이 묵묵히 흔들렸다. 나는 가능한 한 조심스럽게 의견을 피력하고자 애썼다. 무슨 사정이 있는지 모르니 함부로 고집을 세울 수는 없었다.

"그런데 다들 평안히 지내시는 것 같더라고요. 잘됐죠. 폐하의 존함을 빌리지 않아도 제 선에서 해줄 수 있는 게 생기기도 했고…
햇무리초를 **빼면** 말입니다. 그건 아직 궁외 반출이 안 되니까요."

부티에 추기경에 따르면, 제국 땅의 신국군 유해가 수습되고 신증神症 환자 현황이 파악될 때까지는 약초에 관한 지식을 공개할 수 없다고 했다. 아픈 이들에겐 당연히 우선적 지원이 이루어지겠지만 나라의 질서 유지도 중요하다는 뜻이었다. 프레데리크 황제는 일부 백성이 생업을 버리고 유골 사냥꾼이 되거나, 햇무리초가 암시장에서 거래되는 결과를 원하지 않았다. 물론 신약의 정보를 황실이 최대한 많이 쥐고 있어야 한다는 계산도 깔려있을 것이다.

"고민을 계속하다 보니까 벨리아르 경까지 생각이 닿았습니다. 가까운 관계는 아닌데, 아픈 손주는 안됐다는 마음이 들어서요. 그것 때문에 가족이 갈라서게 되었다는 점도 안타깝고요."

'흔한 이야기입니다. 아이가 아프고, 부모는 아이를 고치기 위해 노력하고, 하지만 무엇도 소용이 없고.'

벨리아르 경이 신전에서 풀어놓은 넋두리가 귓가에 생생했다. 노인의 목소리는 아주 건조했지만, 그건 그녀가 무감정해서가 아닐 터였다. 아마 눈물로는 다 적시지 못할 만큼 너른 사막을 품었기 때문이겠지.

나는 슬쩍 세드리크 태자의 옆모습을 살폈다. 염색한 잿빛 눈동자는 무덤덤하게 전방을 응시할 따름이었다. 그래도 예전처럼 분노를 드러내진 않는 듯한데, 긍정적인 신호라고 봐도 되나. 아니면 어린애 모습일 때 좀 더 감정적으로 변하는 건가?

"손자라는 아이가 신증을 앓는지는 모르겠습니다. 그저 의식이 없을 뿐이고 다른 증세에 관해선 들은 게 없으니까요. 다만 어지간한 치료는 다 해봤을 테니… 새로운 방법도 제시해 줄 수 있다면 좋지 않을까 했습니다."

녀석은 묵묵부답이었다. 나는 작게 한숨을 내쉬며 앞을 바라보았다. 더는 할 말이 없었다. 대체 무슨 일이 있었던 건지 모르겠다. 황실 서고라도 뒤지면 나오려나.

-벌컥!

그때, 힘차게 주방 문이 열렸다. 짜잔! 프랑수아 뒤엠 후작이 연분홍색 눈동자를 깜빡이며 드라마틱한 제스처로 등장했다. 타이밍 하난 귀신같네, 진짜.

"태자 전하, 딱 맞춰 오셨군요!"

그는 진달래색 앞치마를 두르고, 한쪽 팔에 둥글넓적한 팬을 올린 모습이었다. 노릇노릇하니 김이 피어오르는 병아리콩 전병 위엔 향긋한 허브 가루까지 뿌려져 있었다. 저녁을 덜 먹고 내려와서인지 혀가 먼저 반응했다. 누가 봐도 맛있게 생겼다. 저 미남은 도대체 못하는 게 뭐야?

"가까이서 보셔도 됩니다, 왕자님. 몸을 가눌 수 없는 풍미를 즐겨보십시오! 앙투아네트, 마리아, 테레즈가 가장 좋아하는 간식 중 하나입니다. 사랑스러운 마리아는 바삭바삭한 테두리 부분을 각별히 선호한답니다."

"아, 네."

그가 누구도 묻지 않은 여동생들의 TMI를 따발총처럼 쏟아내기 시작했다. 응, 이분은 이게 문제였지…

"와아아!"

-♬♩♪!

그 순간, 창밖에서 함성과 음악이 터져 나왔다. 우리 셋은 재깍 눈길을 교환했다. 식당에서도 같은 것을 들었는지 의자 끄는 소음이 들리더니, 이내 우당탕! 와다닥하고 복도를 내달리는 소리가 났다. 나는 피식했다. 에바와 헤릿이 가장 먼저 창문에 매달렸을 게 분명했다. 높은 확률로 크리스텔과 산트도 함께.

"시가행진이 시작됐군요. 나가서 직접 보실까요?"

후작이 근사한 윙크를 날리며 물었다. 그의 제안은 어지간해선 받아들이지 않지만, 나는 이번에야말로 기쁘게 긍정했다. 퇴계공 세계관에서 '축제'는 처음이다!

* * *

"다녀오겠습니다!"

에바가 꼬마 헤인스의 손을 잡고 씩씩하게 외쳤다. 다른 손엔 헤릿의 얼굴만 한 소카 두 조각이 들려있었다. 뒤엠 후작이 따끈한 전병을 팬에서 꺼내 건네면, 나는 그것을 얇은 종이로 감싸고, 마무리로 크리스텔이 후추와 소금을 뿌려서 내주었다. 모두가 후식을 받고자 현관 앞에 줄을 섰다. 태자도 얄짤없었다.

"지금부터 드세요, 요한 경. 식으면 맛이 덜할 겁니다."
"고맙습니다. 나가서 뵐게요, 전하."

자신의 소카를 받아 든 요한 경이 두 아이를 데리고 길을 나섰다.

그는 내 호위를 신경 쓰는 것 같았지만, 아무렴 에테르를 되찾은 나보단 꼬마들이 훨씬 취약했다. 나야 파트너들도 있고.

"잘 먹을게요, 아저씨. 맛있겠어요."

"왕자님, 밖에서 기다리겠습니다!"

"감사합니다. 주방을 깨끗하게 써주신 것도 고맙습니다!"

엘리자베트 경, 가나엘, 산트가 차례로 인사하고 문밖으로 나갔다. 특히 산트는 허리까지 굽히며 몸 둘 바를 몰라 했다. 후작은 조카처럼 귀여워하는 소백작을 향해 다정하게 웃어 보였다.

"왕자께선 대식가이시니 두 조각은 챙기는 게 좋겠군요."

"네 조각 미만으론 어림없습니다, 후작님. 우리 술은 나가서 사는 게 좋겠죠?"

"그렇게 하시지요. 지금쯤 클레르 광장엔 매력적인 노점이 많이 섰을 겁니다. 동쪽 지구에 쿠앵트로를 만드는 고급 선술집이 있는데, 매년 수확제에…"

술친구인 후작과 크리스텔이 즐거운 대화를 나누었다. 나는 다비드와 뱅자맹 몫의 소카를 포장하며 미소했다. 잠깐이나마 저이에게 이상한 의심을 품었다는 게 미안했다. 그는 일반인이 이해할 수 없는 정신세계를 가진 괴짜였지만, 알고 보면 자상했고 누구보다 황실을 위하는 사람이었다.

"전하, 왕자님. 저희가 길을 트겠습니다."

뱅자맹이 인자하게 말했다. 나는 고개를 끄덕이며 우리 몫의 간식을 챙겼다. 태자는 마지막으로 민무늬 흑색 로브를 걸치고 모자까지 뒤집어썼다. 의도가 빤히 보이는 행동에 크리스텔이 낄낄거렸다.

-끼이익, 철컹!

저택을 나오자 등 뒤에서 문이 닫혔다. 이따 돌아와서 설거지하는 거 잊지 마라, 정예서.

"와. 사람 진짜 많네요. 저 잘 따라오세요, 왕자님!"

크리스텔이 큰 소리로 말했다. 어릴 때도 이런 취급은 받아본 적이 없어서 헛웃음이 났다. 우리는 신기할 정도로 순식간에 인파로 녹아들었다. 나는 뜨끈하고 짭조름한 소카를 베어 물며 생각했다. 로베르 블랑케르가 별장에 연금된 이후, 이제껏 어떠한 문제도 발생하지 않았다. 방주의 경고와 바카리의 예언은 결국 내게 무엇을 말하고자 했던 걸까. …혹시 내가 주신의 위험을 피하는 데 성공한 건 아닐까?

* * *

"대박…"

시가행진은 정말이지, 상상했던 것 이상으로 규모가 크고 본격적이었다. 황궁의 호화로움과는 질적으로 다른 반짝임이 천지를 수놓고 있었다. 밤거리는 온통 빨갛고, 파랗고, 진하고 요란한 빛을 내뿜었다.

거침없이 웃고 떠드는 소리 역시 궁에서는 듣기 힘든 소란이었다. 나는 입을 헤 벌리고 휘황찬란한 행렬을 넋 없이 구경했다. 은서와 형이 같이 있지 않은 게 아쉬웠다.

-♬ ♩ ☆!

흠칫. 삑사리를 낸 트럼펫 연주자 덕에 정신이 번쩍 났다. 실소가 흘러나왔다. 뷰글과 심벌즈, 낡은 바이올린이 같은 곡을 제멋대로 연주했다. 세레니테 영주성의 음악회처럼 고상하고 섬세하진 않아도 듣기 좋았다. 모두가 행복하고 활기차 보였다.

"저기 보세요, 웬일이야! 수레 장식이 엄청 화려해요!"

크리스텔이 곱게 물들인 주황색 눈동자를 빛내며 행렬을 가리켰다. 나는 그녀가 잘 볼 수 있도록 열심히 머리를 주억거렸다. 사람이 무슨, 크리스마스의 강남대로 한복판처럼 많았다. 반대편 거리의 가게들은 보이지도 않는 수준이었다.

우리는 뜻대로 걷는 게 아니라 무리의 파도에 휩쓸려 느릿느릿 나아갔다. 정신을 차려보니 어느새 클레르 광장까지 흘러와 있었다. 가을 끝자락의 공기는 제법 쌀쌀했지만, 산트가 한 잔씩 돌린 뱅쇼가 포근하게 손을 녹여주었다.

"저건 공작새인가요?"

"칠면조입니다!"

크리스텔과 엘리자베트 경이 외치다시피 말을 주고받았다. 가나엘은 약혼자의 손깍지를 끼고 있었다. 볏짚과 값싼 솜, 헌 옷을 채워 만든 집채만 한 칠면조가 꽃수레를 타고 코앞을 지나갔다.

"정말 지극정성이다. 얼마나 오래 준비했을지 상상도 안 가요. 이쁘다."

주인공은 무진장 들뜬 표정이었다. 나도 별다를 건 없었으나, 진짜 열아홉처럼 좋아하는 그녀를 보니 입술이 절로 호선을 그렸다.

황태자 책봉식과 전야제도 큰 축제였지만 나는 항상 인파와 동떨어져 있었다. 이렇듯 생생히 리에스테르인들의 오락을 함께하는 것은 색다르고 기꺼운 경험이었다.

신발 한 짝을 잃어버린 참가자, 뭉개진 꽃다발, 분장한 엄마가 무서워 우는 아기… 곳곳의 어설픈 부분들이 정겨운 흥취를 더했다. 사진이나 동영상을 찍을 수 없는 우리는 눈과 귀로 마음속 일기를 썼다. 커다란 칠면조 앞으로 피셀ficelle을 이어 붙여 만든 초대형 황실 문장이 지나갔고, 그 뒤로는…

"곡예단이에요, 왕자님!"

"네, 구면이네요."

헤릿을 야무지게 챙긴 에바가 소리쳤다. 나는 활짝 웃으며 아이의 말을 받았다. 태자가 쥘리에트 궁에 불러주었던 '황도 제일의 광대패' 또한 시가행진의 일부였다. 내 시선을 느낀 놈이 코웃음 쳤다.

곡예사 하나가 구르는 바퀴에 맨발로 훌쩍 뛰어오르자, 신난 헤릿이 마구 꽃잎을 뿌렸다. 건너편의 또래 꼬맹이들도 비명에 가까운 환호성을 내질렀다. 어느 재주꾼은 여덟 개의 공으로 능숙한 저글링을 선보였다.

"와!"

"저게 어떻게 돼?!"

"주신 맙소사!"

크리스텔이 정색했고, 뒤엠 후작은 진심 어린 탄성과 은화를 동시에 뿌려댔다. 정신이 하나도 없는데 유쾌하기만 했다. 다음으로는 분장한 배우들을 실은 거대 꽃마차가 천천히 다가왔다. 기다렸다는 듯, 뱅자맹과 다비드가 나와 태자에게 튤립을 한 송이씩 쥐여 주었다. 나는 영문을 몰라 고개를 기울였다.

"마지막으로 선종하신 교황 성하를 기리는 겁니다, 왕자님. 튤립을 던지시면 됩니다."

아, 그렇구나. 나는 튤립을 들고 다시금 정면을 돌아보았다. '마지막으로 선종한' 교황을 기억하는 의미라지만, 100여 년 전 눈감은 이레너 스네이더르를 끝으로 대륙에는 교황이 나타나지 않았다. 그러니 수레 한가운데 선 저 배우도 이레너를 연기하는 게 분명했다. 백성들의 반응은 조금 전과 무척 달랐다.

"주신이시여…"

"감사합니다, 감사합니다!"

휘파람을 불고 장난스럽게 야유하는 대신, 군중은 튤립을 던지고 묵도하거나 점잖게 박수를 보냈다. 교황 가면을 쓴 배우가 자애로운 손짓으로 그들을 축복하는 시늉을 했다.

올해 리에스테르는 역사에 기록될 대풍년을 맞았다고 들었다. 골렘의 준동이나 '천공의 하늘' 여파가 빠르게 수습된 것도 그 덕분이었다. 이곳까지 걸어오며 군사 대비 태세 당시를 얘기하는 이도 종종 목격했지만, 그중 낯빛이 어두운 사람은 없었다. 다들 그때의 일을 놀라운 이야깃거리쯤으로 여기는 듯했다.

"…교황이라."

내가 튤립을 던지며 입속말했다. 실은, 똑똑한 데미가 요즘 무슨 이야기를 하려는지 알 것도 같았다. 나는 펌프질하는 심장을 너무 의식하지 않으려 애썼다. 소원의 성반, 그리고…

"어."

그때, '이레너'와 눈이 마주쳤다. 동시에-

-펄럭!

그녀가 자신의 가짜 교황복을 벗어젖혔다. 가면 아래의 입꼬리가 싱긋 웃는 것이 보였다. 나는 찌릿한 불길함을 느끼며 얼어붙었다. 태자가 기세를 올리는 것이 느껴졌다. 군중의 찬탄이 당혹으로 바뀌는 찰나,

-퍼엉!

"으아아악-!"

"으억!"

작은 폭발 소리와 함께 '교황'이 사라졌다! 비명이 울려 퍼지고, 달아나는 소수와 밀려든 다수로 사방이 꽉 막혀 들었다. 그녀가 있던 자리에는 굵다란 목재 말뚝만이 남았다. 나는 눈을 크게 뜨고서 나무토막에 매달린 것을 노려보았다. 하얀 천엔 누구나 알아볼 수 있도록 큼직한 글씨가 쓰여있었다. 필체는 몹시 우아했다.

'신국의 달을 훔치러 가겠어요.

-마담 빅투아르'

* * *

바로 앞에서 재간을 부리던 곡예사들이 화들짝 놀라 제자리에 섰다. 뒤편의 연주자들과 꽃수레 행렬도 급히 정지했다. '이레너'를

보조하던 배우가 경악한 얼굴로 '수비대! 황도 수비대를 불러요!' 하고 외쳤다. 너무나 갑작스러운데 모든 것이 실제 상황이었다. 당황스러움에 헛숨이 터져 나왔다. '혹시 내가 주신의 위험을 피하는 데 성공'은 개뿔!

"뭐라고 쓰여있는 거요?"

"신국의 달이면, 설마 예서 왕자님인가?!"

"아아! 밀지 마세요!"

"마담 빅투아르라고? 그 '괴도 숙녀'?"

주변의 소음이 폭발적으로 커졌다. 근처에 있지 않던 이들까지 꽃마차 가까이 우르르 몰리면서, 한 걸음은커녕 한 뼘도 움직일 수 없을 만큼 사방이 빽빽해졌다. 크리스텔을 비롯한 몇몇은 어느새 인파에 묻혀 보이지 않았다. 짓눌리는 어깨가 이젠 정말로 좀 아팠다. 와중에도 장승처럼 선 황태자가 혜검으로 손을 가져가는 게 보였다!

"태자님, 안 됩니다!"

내가 식겁해서 속삭였다. 물들인 회색 눈동자가 잘 벼린 날붙이처럼 로브 아래서 번뜩거렸다. 세상 냉철하게 생긴 놈이 앞뒤 안 가리는 다혈질인 건 아무리 봐도 유전이었다. 누가 프레데리크 황제 아들 아니랄까 봐!

"방어할 수 없는 이가 너무 많습니다. 이런 데서 검을 쓰시면 곤란합니다."

"…"

"저는 괜찮아요!"

황실의 명예는 안 괜찮을 수도 있겠다만. 뒷말은 애써 삼켰다. 생각해 봐라, 태자야. 내가 다시 황궁을 자유로이 드나들게 된 이유가 뭐겠냐. 지척에 늘 성기사가 있는 데다 지금의 나는 에테르 보유자였다. 내 몸 하나 건사하는 덴 어느 정도 자신이 있었다. 오히려 에바와 헤릿과 산트가 걱정인데, 그쪽은 요한 경이 잘 지켜주리라 믿어야지.

"두 번째 검!"

그때, 어딘가에서 엘리자베트 경의 고함이 들렸다. 그러자 우리 주변에 서있던 낯모르는 자들이-

-척! 척!

-척척, 척!

일시에 질서 정연한 발소리를 내며 빠르게 자세를 바꾸었다. 눈빛은 갑자기 날카롭게 변하고, 입술도 일자로 다물렸다. 더는 서로에게 아무렇게나 기대어 있던 평민의 모습이 아니었다. 삽시에 우리를 동그랗게 감싼 원이 만들어졌다. 코앞에서 연극의 한 장면을 본 듯싶었다. 나는 순수하게 감탄하며 입을 벌렸다.

'황제의 두 번째 검'.

에르베 뒤엠 경과 소백작이 이끄는 황실 근위대의 은명隱名이었다. 바로 곁에서 위장 근무를 하고 있었구나!

"비키시오! 어서!"

"황도 수비대다! 길을 터라!"

그러나 소란은 끝이 아니었다. 시가행진을 살피던 수비대원들의 보고가 있었는지, 수비대 소속 기사들이 인파를 비집고 들어오기 시작했다. 평민들이 '아이고, 나리!' 하며 이리저리 밀리고 치였다. 틈바구니에서 아이나 노인이 넘어질까 봐 염려스러웠다. 우리를 호위하던 근위대원 몇은 대놓고 인상을 썼다. 수비대와 근위대는 사이가 좋지 않다더니…

"어이! 거기! 동작 그만-!"

어느 기사가 꽃마차를 향해 쩌렁쩌렁 외쳤다. 그러나 소리는 닿지 않은 모양이었다. '교황' 옆에 서있던 조연 배우가 말뚝에 묶인 천을 들추고 있었다. 호기심과 두려움이 한데 섞인 얼굴이었다.

"허억!"

"맙소사, 진짜요! 말뚝에 빅투아르의 서명이 있소!"

으악-! 나는 아슬아슬하게 몸뚱이를 지탱했다. 하마터면 두 다리가 둥둥 뜬 채로 쓸려갈 뻔했다. 갑옷을 입은 수비대가 들이닥치니 근위대의 진형이 하릴없이 무너지기 시작했다. 어느새 나와 태자의 거리도 꽤 벌어져 있었다. 와, 이거 무섭네!

"그러면 그게 가짜였겠나? 펑! 하고 사라졌는데?"

"잘 안 보여! 말뚝을 돌려봐!"

고막이 따가울 정도로 곳곳에서 고성이 치솟았다. 나는 반사적으로 미간을 찌푸렸다. 성지를 전개해서 신탁을 내리고, 잠깐이라도 모두를 진정시킬까 하는 생각이 들었다. 하지만 그건 내 정체와 위치를 온 동네에 밝히는 꼴이었다. '마담 빅투아르'라는 자가 아직 현장에 있을 수 있으니 어리석은 짓이었다. 책임자들이 이미 와있기도 하고…

"제길!"

어쩌 한 달 넘게 평화롭다 싶었다. 주인공들이 동행한 축제에서 헤벌레 넋 놓은 내가 바보지!

"예서 왕자님, 저를 따라오십시오!"

그때, 서늘한 손가락이 내 손목을 단단히 붙들었다. 반가운 청회색 눈이 시야에 스쳤다. 크리스텔?

"인적 없는 곳으로 모시겠습니다! 안전이 가장 중요합니다!"

그녀가 나를 잡고 용맹하게 인파를 헤치기 시작했다. 그러자 꼼짝도 하지 않던 사람의 물결이 신기하게도 조금씩 트였다. 이것도 적응력이 중요한 건지, 요리조리 빈틈을 찾아내 쏙쏙 빠져나가는 요령이 대단해 보였다. 성기사라 힘이 좋아 그런가?

"억!"

주인공이 엄청난 악력을 냈다. 정신없는 와중에도 팔목이 살짝 얼얼할 정도였다. 대로변이 아닌 뒷골목 쪽으로 나아가며, 나는 홀로 주변 사람들에게 사과했다.

'죄송합니다, 실례합니다. 잠시만 지나갈게요.'

크리스텔의 진행 속도는 갈수록 빨라졌다. 어느덧 군중의 그림자보다 가게의 팻말들이 더욱 시야에 들어왔다.

"흐어…!"

인파를 완전히 벗어나자, 해괴한 신음이 절로 터져 나왔다. 호흡은 탁 트였지만 잔뜩 치이고 눌린 몸이 몹시 뻐근했다. 나는 심호흡하며 크리스텔을 바라보았다. 아니, 그러려고 했는데…

"더 가셔야 합니다. 여긴 위험합니다!"

그렇게 말한 그녀가 나를 잡아 골목으로 이끌었다. 지금껏 크리스텔이 내게 이런 물리력을 행사한 적이 없어 당혹스러웠다. 길은 점점 좁아지고 어두워졌다. 군중의 웅성임도 순식간에 훌쩍 멀어졌다. 예고장을 남긴 두둑이 즉각 현장을 떠났을 것 같진 않지만, 그렇다고 일행과 이렇게까지 떨어질 필요가 있나?

"침착하세요, 사르네즈 경. 많이 흥분했습니다. 친구들이 거리에 있을 테니 합류하는 게 먼저-"

그 순간, 머리에 얼음물을 끼얹은 것처럼 눈앞이 번쩍 밝아졌다. 자신의 멍청함과 단순함에 치가 떨렸다. 나는 피 맛을 느끼며 지척에서 흔들리는 분홍빛 머리카락을 노려보았다. 옆구리까지 소름이 끼쳤다. 분홍색. 그건 오늘 태자의 머리 색이지, 크리스텔의 빛깔이 아니었다.

[이거 놔, 꺼져-!]

-파아아앗!

즉시 서클이 열렸다. 쥐가 돌아다니는 골목 곳곳이 황홀한 금빛을 뒤집어썼다.

"큿!"

-쿠당탕!

나를 잡아끌던 여인이 일거에 튕겨 나갔다. 와르르! 커다랗고 딱딱한 참나무통 더미에 처박힌 그녀가 마구잡이로 나뒹굴었다. 나는 본능적으로 흠칫하며 한발 물러났다. 신탁이 너무 셌나? 중상을 입힐 생각은 없었는데.

"윳, 크윽…"

"괜찮아요?"

젠장, 나 방금 진정한 호구 같았다. 하지만 생각보다 말이 먼저 튀어나온 걸 어떡하겠냐고!

"눈치가, 윽, 빠르시군요… 왕자님."

씩 웃은 그녀가 비척거리며 자리에서 일어났다. 다행히도, 그리고 놀랍게도 크게 다친 곳은 없는 것 같았다. 이제 들으니 크리스텔과 묘하게 음색이 달랐다. 훌륭한 성대모사였지만 말투나 목소리 높낮이에도 약간의 차이가 있었다.

조금만 더 흐트러졌더라면 어디까지 끌려갔을까 생각하니 아찔했다. 물론 나는 입만 열 수 있으면 제법 강하지만, 아무튼. 변장했는데 내 정체를 어떻게 안 거지? 오늘 여기 올 거라는 건 또 어찌 알았고? 저자가 빅투아르 본인인가? 아니… 내가 추리할 필요는 없다. 나는 잽싸게 머릿속을 비웠다.

[여기서 꼼짝 말,]

-탓!

그녀가 순식간에 바닥을 구르는 참나무통을 밟고 뛰어올랐다. 나는 놀라서 말을 멈추고 상대를 올려다보았다. 도약할 때의 힘으로 발밑이 푹 꺼지는 진짜 크리스텔과 달리, 깃털처럼 가벼운 몸놀림이었다. 그녀는 휘리릭 공중제비를 넘어 어느 집 **빨랫줄**을 척 잡더니, 체조 선수처럼 빙글빙글 돌아서는-!

-탓, 탁! 타닷!

[빌어먹을!]

건물 지붕을 징검다리 삼아 폴짝폴짝 뛰어 내 시야에서 멀어졌다. 나는 이를 악물고 서클 위로 오른팔을 뻗었다.

-사아아아!

-우웅…!

그러고는 공격적으로 에테르를 뿜어냈다. 손끝에서 황금빛 봇물이 터져 나왔다. 내 성지가 쑥쑥 커지며 치열하게 그녀를 따라잡았다. 온 골목길이 대낮처럼 환히 밝아졌다.

-쏴아아, 쏴아아앗…!

-타탓, 탁!

주인의 감정을 반영한 서클이 위협적인 광채를 발했다. 그녀는 비틀거렸지만 속도를 늦추진 않았다. 여자가 발을 뗀 곳에 곧장 에테르의 파도가 밀어닥쳤다. 마치 인간과 신의 권능이 치열한 경주라도 벌이는 것 같았다.

쫓아갈까 하는 생각이 스쳤지만, 나는 이곳의 지리를 전혀 몰랐다. 함정일 수 있으니 시야가 확보된 이곳에 있는 게 나았다.

"정예서, 자꾸 멍 때릴 거냐!"

나는 이를 갈며 스스로를 타박했다. 조금 전까지 코앞에서 광대패가 재주넘는 걸 왕창 봐놓고, 뭐가 신기하다고 구경을…! 잠깐, 광대? 뇌리가 번득였다. 실마리가 잡힐 것 같기도 했다.

-우우웅…!

어느덧 성지의 크기가 한계에 달하고 있었다. 나는 냉큼 자리에 주저앉아 눈을 부릅떴다. 이어 두 손바닥을 서클에 척 올렸다. 심장에서 울컥 솟아난 에테르가 지문을 타고 화려한 문양으로 번져나갔다. 필살기라고 하긴 뭐 하지만, 나라고 그동안 에테르 회복하면서 놀고먹기만 한 게 아니거든!

[나와라, 만능 팔-!]

생각나는 대로 아무 말이나 지껄였다. 쪽팔려도 어쩔 수 없었다. 뭐라도 신탁을 읊어야 에테르가 더 세게 폭발했으니까!

-촤아아앗!

직경 200미터를 꽉 채운 성지의 끄트머리에서, 돌고래 모양의 에테르 덩어리가 솟아올라 그녀의 발치에 풍덩 빠졌다. 이번에야말로 놀란 그녀가 발을 헛디뎠다. 직접적인 공격은 못 해도 허를 찌를 수는 있었다!

"큿!"

여인이 어느 지붕에서 넘어져 데굴데굴 굴렀다. 떨어져서 큰일이 날까 봐 조마조마했는데, 끝자락에 겨우 몸을 걸쳤다. 그때였다.

-휘이이잉-!

공기가 우는 소리와 함께, 허공에 하얀 실바람이 불기 시작했다. 나는 직감적으로 밤하늘을 올려다보았다. 단정히 내려 묶은 백발이 흩날리고 있었다. 남자는 아무것도 없는 두 팔을 들어 활시위를 당겼다.

그러고는 정확히 가짜 크리스텔을 겨누었다. 불필요한 동작은 일절 없는, 극도로 절제된 공격 자세였다. 민트색 눈동자가 섬뜩하리만치 차갑게 번뜩였다. …어?

"요한 경, 죽이시면 안 됩니다!"

-쌔애액-!

내가 다급히 외침과 동시에 질풍의 화살이 쏘아져 나갔다. 뭐라고 경고할 틈도 없었다.

-콰아앙!

와그르르! 지붕 일부가 부서져 내렸다. 공격받은 여인이 힘없이 추락하는 게 보였다. 나는 질겁해서 골목을 향해 내달렸다.

"전하!"

"직진, 이쪽으로 직진했었어."

요한 경이 나를 불렀지만 대답할 정신머리가 남아있지 않았다. 좁다란 뒷골목 사이사이에서, 나와 마주친 고양이가 울고 밀회하던 연인들이 어깨를 움츠렸다.

나는 초조하게 입술을 깨물었다. 피해자는 나고, 그쪽은 납치를 시도한 범죄자라는 걸 알지만 마음이 편치 않았다. 이곳에서 세 개의 계절을 보냈다고 해도 변치 않는 게 있기 마련이었다. 28년 넘게 평범한 한국인으로 살았는데, 목전에서 사람이 죽는 걸 쉽게 보고 넘길 배짱은 없었다.

-탁!

"여기다!"

전속력으로 달렸더니 숨이 찼다. 합당한 죗값만 치르게 하면 돼. 죽이는 건…!

"오늘은 손님이 많구먼."

움찔. 나는 무너진 지붕 근처에서 멈춰 섰다. 떨어진 여자는 물론이고 핏자국도 보이지 않았다. 대신 나를 바라보고 있는 건, 낡고 얇은 로브를 걸친 할머니들이었다.

큼직한 바구니에 늙은 호박과 석류 등을 담아둔 걸 보니, 행인을 상대로 장사하는 좌판인 듯싶었다. 옹기종기 앉아있던 어르신 중

하나가 빨간 사과 한 알을 꺼내 건넸다. 침침한 눈동자에 맑은 호의가 가득했다.

"공자님처럼 예쁜 과일이라오. 한입 드셔보시겠소?"

-스릉!

말이 끝나기 무섭게 내 배후에서 검이 뽑혀 나왔다. 이번에도 나는 상대가 누구인지를 쉽게 알 수 있었다. 놈은 앞으로 나올 생각도 하지 않고 할머니의 목을 겨누었다. 가엾은 노인장이 숨넘어가는 소리를 냈다. 분노를 간신히 억누른 듯한 중저음이 뒷골을 찌르르 울렸다.

"모두 포박해 황도 감옥으로 이송한다."

"…"

나는 최대한 느릿느릿 그를 올려보았다. 자극하지 않기 위해서였다. 안약을 적게 넣었는지, 태자의 한쪽 눈이 그새 주홍빛으로 형형하게 불타오르고 있었다.

"왕자님!"

-쿠웅-!

뒤이어 '진짜' 크리스텔이 어마어마한 도약으로 내게 달려왔다. 에바를 공주님처럼 반짝 들어 올린 채였다. 순간 이동으로 도착한 뒤엠 후작은 헤릿을 품에 안고 있었다.

저 멀리서 산트와 가나엘, 뱅자맹과 다비드도 사색이 되어 쫓아오는 중이었다. 한 블록 너머에선 소백작이 근위대에 명령하는 음성이 들렸다. 곧바로 수색과 신문이 개시될 모양이었다.

"왕자님 멍추!"

깜짝이야!

"왜 아무나 따라다니고 그러세요? 그치가 맛있는 거 사준다고 했습니까? 꿈돼지! 맹꽁이!"

"아뇨, 그게…"

코밑까지 다가온 에바가 폭언을 쏟아냈다. 나는 난감한 낯으로 크리스텔을 돌아보았다. 그녀 또한 몹시 속상한 표정으로 입을 꿈틀거리고 있었다. 당장이라도 어딘가에 화를 쏟아내고 싶은 듯했다. '저 잘 따라오세요' 하는 말만 믿고 주인공을 따른 건데, 이렇게 될 줄은 몰랐지…

* * *

이후 우리는 각자의 공간으로 돌아갔다. 한밤의 난리법석은 다행히도 다친 사람 없이 막을 내렸다. 산트의 설거지를 못 해준 게 신경 쓰였지만, 안타깝게도 강제 귀가 조치를 당해버렸다. 나중에 고기라도 후하게 대접해야겠다고 마음먹었다.

* * *

이튿날이 밝았다. 우리는 아침 식사 직후 황제궁으로 소집됐다.

"어제의 골목길 소동은 조용히 마무리됐습니다. 평민들 사이에 황태자 전하나 왕자님의 목격담은 돌고 있지 않습니다."

반듯이 선 엘리자베트 경이 보고했다. 본래 색을 되찾은 잿빛 눈동자가 총명하게 반짝거렸다.

"본래 시가행진에서 교황 성하를 연기하기로 했던 배우는, 알고 보니 곡예단의 숙소 침대에 묶여 잠들어 있었다고 합니다."

"쯧."

프레데리크 황제가 혀를 찼다. 덜 뜨거운 커피를 마시면서도 불만스러운 표정이었다.

"명함에는 '빅투아르 당드레지'라고 쓰여있었습니다. 서명도 그동안 남긴 것과 일치한다는 보고입니다. 허나 이름은 아무 의미 없이 지어냈을 공산이 큽니다. 앙드레지 백작가에서는 자신들과 관계없는 자라며 일찍이 부정했고, 실제로 가문의 족보에도 그런 이름은 실려있지 않다고 합니다."

에르베 뒤엠 경이 설명했다. 당드레지라고 쓰는데 백작가의 이름은 '앙드레지'니까, 성 앞에 전치사가 붙은 건가? 그럼 사르네즈처럼 영지 이름과 가문 이름이 일치하는 거네. 프랑스어 이름은 아직도 어려웠다.

나는 황실 근위대의 정보를 주의 깊게 들으며 주위를 살폈다. 황제궁 살롱은 처음 와보는데, 당연하다는 듯 모든 것이 거대하고 화려했다. 황금과 보석으로 치장한 벽엔 역대 리에스테르 황제의 초상이 걸려있었다.

저쪽이 셀린 선황이라면 왼쪽은… 클레르 광장의 전쟁 군주, 로메로 리에스테르인가. 사내는 샛노란 금발과 피처럼 붉은 눈동자가 두드러지는 미남자였다. 어째 집안사람들이 전부 선남선녀였다. 로판 남주의 가족이니 어련하겠느냐만.

"최초로 그녀에게 피해를 입었다고 주장한 귀족은, 앙드레지 옆에 영지가 있는 사바니에 남작입니다. 영주성 곳간이 일부 털렸으며 그 재산은 가난한 평민들에게 뿌려졌다고 하더군요. 크게 분노한 남작이 영지를 봉쇄하고 샅샅이 수색했지만, 범인은 잡지 못했다고 합니다. 그게 올해 5월의 일입니다."

"한심하군."

엘리자베트 경이 고했고, 황제가 건조하게 답했다. 타닥, 탁. 벽난로에서 평화로이 불씨 튀는 소리가 났다. 나는 시종이 접시에 올려준 부셰 아 라 렌을 나이프로 조심스레 잘랐다.

후식으로 먹기 딱 좋은 크기의 크러스트가 이불처럼 부드럽게 무너졌다. 화이트소스에 푹 젖은 트뤼프와 양송이, 닭고기와 문어 조각이 느릿느릿 흘러내렸다. 냄새 기가 막히네. 진짜 맛있겠다.

"이후에도 여러 곳이 털렸습니다. 다만 사건 사이에 시간 간격이 제법 있으며, 갈수록 절도 규모가 커지는 것이 특징입니다. 최근에는 시세 후작가의 성유물인 '선황의 말안장'이 도난당했다고 합니다."

'이웃 영지에서 괴상한 도둑이 기승을 부리고 있으나, 이곳만큼은 이름을 닮아 안온하고 평화롭습니다.'

문득 세레니테 후작령에서 샹탈이 보내온 편지가 뇌리를 스쳤다. 어젯밤에 자료를 조사하면서도 생각한 거지만, 지금까지 황도만 잔잔했던 것뿐이었다.

"그 소식은 나도 들었어. 암시장에도 성유물이 나오지 않는다던데."

커피를 홀짝이던 부티에 추기경이 말을 얹었다. 황제는 그녀를 일별한 후 퉁명스레 내뱉었다.

"그래서, 이번엔 왕자를 노린다는 건가?"

"…그런 것으로 보입니다."

근위대장과 부근위대장이 동시에 대답했다. 그러자 테이블에 둘러앉은 모두가 나를 돌아보았다. 나는 스푼을 움직이다 말고 딱딱하게 굳었다. 크리스텔이 실실 웃고 있었다. 먹으면 안 되나…?

"많이 들렴. 우리 주방장이 왕자님 오는 날을 손꼽아 기다렸거든."

스승님이 다정하게 말씀해 주셨다. 나는 겨우 안도하며 간식을 흡입했다. 안에 든 해물은 문어뿐인 줄 알았는데, 오동통한 새우 조각도 씹혔다. 물고기와 땅 고기가 어우러진 맛이 엄청나게 근사했다.

부드럽지만 결코 느끼하지 않은 소스 너머로 폭신한 페이스트리가 존재감을 드러냈다. 부셰 뚜껑을 따로 찍어 먹는 것도 별미였다. 이건 최소 다섯 개 각이다.

"…수색은 어떻게 됐지?"

나를 몹시 한심하다는 듯 바라본 세드리크 태자가, 에스프레소를 한 모금 넘기고 물었다. 나는 입을 오물거리며 속으로만 녀석을 비난했다. 저놈은 분명히 저것만 마셔서 성격을 버린 부분도 있을 거다.

"먼저 핏자국은 근방 어디서도 발견되지 않았습니다. 헤인스 경은 단순히 위협사격을 했을 뿐이더군요. 추락한 지점 역시 높지 않아, 낙하하며 큰 상처를 입지는 않았을 것으로 추정됩니다."

뒤엠 경이 답변했다. 나는 요한 경을 보며 씩 웃었다. 그가 처진 눈꼬리를 휘그는 '별말씀을요' 하고 능청을 떨었다. 시난밤엔 눈빛이 살벌해서 진짜 죽이는 줄 알고 식겁했는데, 과연 헤릿 아버지는 마음이 순했다.

"대단하네요. 단검조차 없었던 걸 보면 검사인 것 같지는 않고, 마법사도 아니라는 소문을 들었습니다. 그렇게 지붕을 뛰어다니고 연기처럼 사라진 게 맨몸의 능력이었다는 건데…"

크리스텔이 쌀쌀한 날씨에도 아이스 아메리카노를 마시며 감탄했다. 간밤의 그녀는 나를 걱정해 무척 화가 나있었지만, 하루가 지나자 조금은 심기가 풀린 듯했다. 나는 벚꽃 차로 입안을 정리하고 운을 뗐다.

"상대는 아마 평민일 겁니다. 태자님이 쥘리에트 궁에 불러주셨던 광대패의 일원이거나 관계자일 가능성이 크고요. 지인일 수도 있겠습니다."

다시 한번 모든 시선이 내게 모여들었다. 민망해서 눈 둘 곳이 마땅치 않았다. 황제가 입을 열었다.

"그래, 네 의견대로 황궁에 광대들을 불러들였다. 한 명씩 접견해서 확인하겠다고?"

"예."

"효율적인 방식이긴 하지. 설명해라."

체리색 눈동자가 날카롭게 빛났다. 그녀의 궁에 내 뜻대로 외부인을 들였으니, 앞뒤 해설은 필수였다. 나는 고개를 끄덕이며 말을 이었다.

"저를 납치하려고 했던 여인이 빅투아르 본인인지는 확실하지 않습니다. 그녀의 수하일 수도 있겠죠. 하지만 명백한 건, 그자가 곡예사와 같은 움직임을 보였다는 겁니다."

나는 환궁하기 전에 엘리자베트 경에게도 같은 진술을 했다. 그녀는 즉시 시가행진에 참여한 광대패 전원을 체포하고, 내가 마주친 좌판 할머니들과 골목에서 밀애를 나누던 연인까지 잡아들였다. 와중에 나에게 야옹거렸던 길고양이도 취조했다는 후문은⋯ 무척 놀라웠다. 근위대는 정말 프로 의식이 철저한 사람들이었다.

"물론 귀족 가문의 영애가 그런 움직임을 익힐 수도 있겠습니다. 하지만 그자는 사르네즈 경의 목소리를 자신의 성대로 직접 모사하더군요. 마도구를 썼다면 감쪽같이 경의 음성을 베낄 수 있었을 텐데 그렇게 하지 않았습니다. 로브로 가려져 있었지만, 돌이켜 보면 옷가지나 부츠도 고급품이라고 하기 어려웠고요."

나는 말을 계속하며 머릿속도 착착 정리해 나갔다. 크리스텔은 범인이 자신의 목소리를 따라 했다는 말에 몹시 흥미로워했다.

"마도구와 비싼 옷을 사서 위장하기엔 돈이나 신분이 충분치 않은 겁니다. 그저 자신의 능력 안에서 최대한 사르네즈 경을 흉내 낸 거죠. 고귀한 성유물을 훔쳤는데도 암시장에 내놓지 못할 만큼, 고급 정보엔 취약하기도 하고요."

맞은편에 앉은 프랑수아 뒤엠 후작도 입꼬리를 올렸다. 아무래도 이번 사건이 본인 취향인 모양이었다.

"또한 제국의 귀족은 이동할 때마다 흔적을 보이게 되어있습니다. 마차를 탄다면 영지 경계를 통과한 기록이 남을 테고, 포털을 이용해도 마찬가지겠죠. 만약 빅투아르가 귀족이었다면 그녀의 이동 경로와 질도 기록이 유사해 금방 붙잡혔을 겁니다. 한데 실상은, 도둑이 전국을 돌아다녔는데도 종적이 모호합니다. 아마 화물 마차나 우편 마차에 삯을 내고 얻어 탔든지, 단체로 움직인 거겠죠. 그러면 '개인'은 숨을 수 있습니다. 다만 귀족이라면 택하지 않을 방식입니다. 보통은 평민과 함께 마차에 오르는 걸 상상조차 하지 못하니까요."

"하."

황제가 소리 내어 웃었다. 나를 보는 시선을 해석하면 '어쭈' 정도가 될 듯싶었다. 그녀는 한 손으로 뺨을 받치고, 다른 손으로는 탁자를 두드리며 말했다.

"내 어린 후작의 머리에 문제가 없는 것 같아 기쁘군."

"…감사합니다."

그러자 태자가 묘한 눈길로 모친과 나를 번갈아 보았다. 왜?

"허나 네 논리엔 허점이 있다."

그녀의 입가에서 웃음기가 증발했다. 나는 반사적으로 허리를 세웠다.

"암시장에 장물을 내놓지 않음은 그저 여론이 잠잠해지길 기다리는 것일 수 있어. 제국의 귀족이 체면과 권위를 중시한다는 말 또한 정확하나, 그만큼 모난 돌도 흔하다. 너처럼."

황제의 검지가 나를 가리켰다. 나는 빠르게 그녀의 말뜻을 파악했다.

"빅투아르가, 귀족의 사생아나 버려진 자식일 수도 있다는 말씀이십니까?"

"그래. 인구가 많고 너른 땅이니. 다만 확률적으로는 네 말이 옳겠지."

나는 고개를 주억거렸다.

"하나 더 있습니다. 제가 수확제 마지막 날 시가행진을 구경할 거라는 사실은, 황궁 사람 일부와 친구들밖에 모르는 일이었습니다. 그런데 생각해 보니…"

내가 말끝을 흐리며 뒤편에 선 뱅자맹을 슬쩍 바라보았다. 그는 땅이 꺼져라 한숨을 쉬고는, 이런 말까진 하고 싶지 않았다는 얼굴로 힘겹게 입을 뗐다.

"쥘리에트에 광대패가 들어왔을 때, 시종들이 한창 내기 판을 벌이고 있었습니다. 왕자께서 수확제 시가행진을 구경하실 수 있을지를 두고 돈을 걸었지요."

"…"

"…"

장내가 찬물을 끼얹은 듯 고요해졌다. 요컨대 '황궁 토토'에 비상금 탕진하는 맛을 들인 시종들이, 태자가 내 연금을 언제 풀어줄지를 두고 유흥을 즐겼다는 뜻이었다. 황제와 추기경은 한동안 묵묵히 뱅자맹을 응시했다.

이어 자신들의 아들이자 대자인 놈에게 눈길을 돌렸다. 그러나 태자는 '어쩌라고요' 하는 느낌으로 한쪽 눈썹을 들어 올릴 뿐이었다. 저 불 속성 효자 놈 같으니.

"궁이 다소 부산스러웠으니, 귀가 밝은 자라면 들을 수도 있었으리라 사료됩니다. 외부인이 왕자님의 외출 계획을 알만한 계기는 그것뿐이었습니다… 죽여주십시오, 폐하."

가엾은 중년인이 머리를 숙였다. 황제는 긴 콧숨을 내쉬었다. 그러고는…

"쥘리에트 궁 사용인은 전원 6개월 감봉이다."

하고 선언했다. 가슴이 철렁했지만 이번만큼은 내가 할 수 있는 게 없었다. 스승님도 자못 엄하게 나를 꾸짖었다.

"왕자님도 아랫사람을 너무 풀어두면 안 돼. 왕족이자 후작으로서 위엄 있는 태도를 보여야지. 외부인들이 궁에 있는데도 시종들이 그토록 방심하게 둔 거니?"

"죄송합니다. 시정하겠습니다."

내가 사과했다. 구구절절 옳으신 말씀이지만, 나는 평생 아랫사람을 둔 적이 없었다. 시종들 대부분은 아주 어리기도 했다. 제대로 된 '왕자' 노릇을 하는 건 여전히 쉽지 않았다. 더 나아져야 하는데.

"여하간 그런 이유라면 납득이 되는군. 운이 닿으면 네가 시가행진에 오리란 사실은 알았지만, 너를 비롯한 일행이 변장을 할 거라는 말은 듣지 못했겠지. 그래서 당당하게 사르네즈 꼬마로 위장한 거다."

"네. 하나만 알고 둘은 모른 겁니다."

내가 황제의 말에 동의했다. 그러자 크리스텔이 고개를 기울였다.

"왕자님, 이건 정말 순수하게 궁금해서 여쭤는 건데요. 어쩜 그렇게 순순히 따라가셨습니까? 저는 엘리자베트 경의 머리 색을 하고 있었잖아요. 눈 색도 달랐고요."

나는 볼 안쪽 살을 슬며시 깨물었다. 목덜미가 순식간에 뜨거워졌다. 회사 생활은 나름 잘하고 살았는데, 여기서는 왜 이렇게 실수가 잦은 건지 모르겠다. 창피했다.

"그… 아무래도 평소에 자주 보는 게 분홍색이다 보니, 순간적으로 판단을 잘못했습니다. 워낙 정신없는 상황이기도 했고요. 그래도 가는 길에 정체를 알아차리긴 했습니다."

"그럼 제가 변장하지 않고 갔으면 끝까지 모르셨겠네요. 색이 똑같으니까?"

…내 가격이 2천 원 올랐다. 리에스테르 물가 상승률 이대로 좋은가? 팩트로 너무 두들겨 맞았더니 정신이 혼미했다. 태자와 요한 경마저 답을 요구하는 듯한 시선을 보냈다. 나는 얼굴 일부라도 가리고자 벚꽃 차에 입술을 묻었다. 지금은 무슨 말을 해도 맹탕으로 보일 테니, 차라리 묵비권을 행사하기로 했다.

"결론은 하나다. 나는 그놈이 원하는 관심을 줄 생각이 없어."

이윽고 황제가 우리를 둘러보며 선언했다.

"왕자를 궁에 가두는 것도, 공개적으로 근위대나 제국군을 동원하는 것도 결국 죄인의 유명세를 돋우고 욕망을 채우는 데 일조할 뿐이야."

중요한 이야기가 나올 모양이었다. 나는 찻잔을 내려놓고 그녀를 바라보았다. 황제의 두 눈이, 즐거운 놀잇감을 발견한 맹수처럼 가늘어졌다.

"그러니 너희가 직접 탐정 노릇을 해라."
…왜 갑자기 결론이? 예…?

2. 베이커 스트리트 말고 그냥 베이커리

"국서가 네 목숨을 노릴 리 없다. 전쟁을 원하는 게 아니라면."

불쑥, 프레데리크 황제가 말을 이었다. 나는 갑작스러운 베르너르 페네티안 언급에 눈을 크게 떴다. 탐정놀이를 하라는 황명에 얹은 말 치곤 불친절했지만, 무슨 뜻인지는 확실히 알 수 있었다. 애초에 나도 생존을 위해 작위를 요구하지 않았던가.

"제가 제국의 후작이라서, 함부로 건드리지 않을 거란 말씀이시군요."

"그래. 더는 손대고 모른 척할 수 없지. 국왕도 이성을 되찾은 상황이니."

그녀가 대답했다. 나를 유괴하려고 했던 마담 빅투아르의 배후에 베르너르 국서가 있진 않을 거라는 의미였다. 황제는 일련의 절도 사건이 제국 내부 '관종'의 소행이라고 믿는 눈치였다. 그렇다면 그게 옳을 것이다. 그녀의 판단은 대체로 맞는 편이라고 들었고, 분명 나보다 보고 들은 정보도 많을 테니까. 하지만…

"외람된 말씀이오나, 폐하."

"왜, 자신이 없느냐?"

그녀가 빙글거리며 나를 응시했다. 체리색 눈동자엔 약간의 불안도 비치지 않았다.

"한창나이의 어린 것들이 황궁과 저택에만 머무르는 것은 아까운 일이야. 나 때는 알렉상드르와 오렐리가 전국을 순회하며 말썽을 피웠다."

"프레데리크, 말썽쟁이는 너와 나였잖아. 알렉상드르는 수습 담당이었고."

부티에 추기경이 커피잔을 내려놓으며 곤란한 낯으로 속삭였다. 나는 그제야 황제의 심리를 알 것 같았다. 그녀는 군주로 산 지 오래였다. 친구와 황도를 휘젓고 다니며 사고를 치거나, 새로운 모험을 하기엔 걸어야 하는 게 너무 많았다.

보좌寶座의 의무와 위엄이 그녀를 붙들고 놓아주지 않았다. 그런 그녀에게 우리는 코흘리개 애들이었다. 아무래도 아들과 아들 친구들의 촌극을 보면서 대리 만족하시겠다는 발상 같았다. 주신 맙소사다, 진짜…

"왕자가 넋 놓고 모르는 자를 따르는 일만 없다면 범인 색출이야 빠르겠지. 그렇지 않으냐, 에르베?"

"…빅투아르를 지척에서 목격하고, 그자와 교전한 이는 왕자님이 처음이긴 합니다. 광대패라는 단서도 이전 사건에선 건지지 못했습니다."

황제와 근위대장의 대화가 끝나자, 크리스텔과 황태자가 나를 빤히 바라보았다. 요한 경도 빙그레 웃고 있었다. 다시금 귀 끝이 달아올랐다. 아니, 사람이 살다 보면 실수할 수도 있는 거 아닙니까.

"황위 계승자, 제국 제일의 명문가를 이을 꼬마와 왕족 신관. 거기에 변경백의 검을 배운 녀석과 추기경급 성기사까지. 너희가 무엇이 부족해서 그깟 도둑 하나를 못 잡아?"

"폐하의 지당하신 말씀에 건배하겠습니다!"

프랑수아 뒤엠 후작이 맞장구치며 자신의 찻잔을 높이 치켜올렸다. 연분홍색 눈동자가 재밌어 죽겠다는 듯 빤짝거렸다.

안 도와줄 거면 조용히라도 있으라고요!

"…으음."

뭐, 말이야 옳으신 말씀이었다. 우리는 신력, 재력, 물리력, 공권력에 혈연과 지연까지 갖춘 파티였으니까. 나야 괜찮지만 다른 친구들은 바쁜데 괜찮으려나?

"…"

"…"

도발당한 크리스텔과 세드리크 태자의 눈빛이 호승심으로 번뜩이고 있었다. 꼭 이란성 쌍둥이 같았다. 괜한 근심을 했구나.

"그럼 결정됐군."

황제가 유쾌하게 말하며 티스푼을 들어 올렸다. 그녀의 두 눈이 나를 똑바로 바라보았다.

"네게 정식으로 사건을 의뢰하겠다, 탐정 왕자. 그 죄인을 추포하도록."

"…최선을 다하겠습니다."

황명은 거부할 수 없었다. 나는 고개를 끄덕이고 먹다 남은 부셰 아 라 렌을 한입에 해치웠다. 당분간 몸 쓸 곳이 많을 듯하니 지금부터 부지런히 먹어둬야 했다. 납치 미수범을 잡아 벌받게 하고 싶은 것도 사실이었다. 여기 와서 팔자에도 없는 일을 참 많이 하는데, 이번엔 무려 탐정이다. 현실에선 본 적도 없는데!

　　　　　　　　　　＊ ＊ ＊

…그래도 기왕 맡은 거 성실하게 해야지. 나는 막중한 책임감을 느끼며 네 남녀 앞에 섰다. 크리스텔과 태자, 엘리자베트 경과 요한 경이 쥘리에트 궁에 와있었다. 제일 큰 응접실에 모인 우리는 우선 작전을 짜기로 했다. 이후엔 광대패를 불러들여 심문도 할 예정이었다.
"태자님, 먼저 부탁드릴 것이 있습니다."
오렌지색 눈동자가 즉시 나를 향했다. 태자는 쥘리에트가 제집이라도 되는 양 편히 앉아 다리를 꼬고 있었다. 푹신한 카펫에 누룽지처럼 눌어붙은 레서판다들이 내 목소리를 듣고 꼬리만 빤짝 세웠다. 뚝심이는 여느 때처럼 태자의 가마 위에 퍼졌고, 티테는 크리스텔의 품에 안겨 조는 중이었다.
"그렇게 앉으면 허리 상합니다. 다리 펴세요."
"그게 부탁인가?"
그가 미간을 찌푸리며 우아하게 다리를 풀었다. 그거겠니?
"아뇨. 지난여름에 르고 종합 무역소 앞에서 만났던 점술가를 기억하십니까?"

"…"

잘난 얼굴이 무섭도록 굳었다. 바로 떠올릴 줄은 알았지만 여전히 거부감이 심했다. 크리스텔이 손을 반짝 들었다.

"저 기억합니다. 제가 '세상의 중심에 가깝다'라고 말했던 할머니 말씀하시는 거죠?"

"맞습니다."

내가 답했다. 그게 벌써 5개월 전이었다. 나는 당시 블랑케르 공녀였던 에바를 주인공 커플과 붙여주고자 했고, 태자는 웬일로 쇼핑을 선언했다. 온종일 무역소를 통째로 빌리는 기행까지 벌였다. 덕분에 에바에게 선물도 받고 즐거운 시간을 보냈는데, 그날을 마무리한 건 아주 의외의 인물이었다. 일명 '점쟁이 클리셰'였지.

'송구합니다, 전하. 이자는 근처에서 자리를 깔고 점을 보는 노파인데…'

난감해하던 무역소 직원의 얼굴이 스쳐 갔다.

'이곳 분이 아니시군요.'

'네?'

'그리고 고귀한 분께서는, 인연을 또 잃으시겠습니다. 딱해라…'

맹인 할머니의 현묘한 목소리도 생생했다. 점쟁이는 마치 내가 퇴계공 밖에서 온 것을 알고 있다는 양 이야기했다. 태자는 그녀의 말을 허언이라 일축했지만, 나는 기이한 감각을 지우지 못했다. 내가 말을 이었다.

"그 할머니의 안부를 알고 싶습니다. 수소문해 주실 수 있겠습니까?"

"이유는?"

"모데스트 바카리 단장 때문에요."

빠르게 답변하자 태자의 눈매가 가늘어졌다. 예상치 못했지만 일단 설명해 봐라, 대충 그런 눈빛이었다. 나는 사과즙에 계피와 정향, 설탕을 넣고 끓인 로랑스의 특제 차를 머금었다. 달고 따뜻한 기운에 머릿속이 절로 맑아졌다.

"이번 사건과 관련된 일은 아닙니다. 저도 한동안 잊고 지냈는데, 어제 골목에서 장사하시는 할머니들을 보니까 퍼뜩 생각이 났습니다. 바카리 단장이 블랑케르 공작령에서 예언하고 기억을 잃었다는 점도 계속 마음에 걸리고요. 그 밖에 우리 앞에서 예지 비슷한 걸 한 사람은 그 할머니뿐이니, 그분 상태도 확인해 보고 싶습니다."

"그자는 천한 사기꾼이야."

태자가 으르렁거렸다. 그의 에테르가 날뛰기 시작했는지, 크리스텔이 정색하며 소파로 가 앉았다. 잠에서 깨 칭얼거리는 티테를 물방울로 달래기도 했다.

할머니가 태자에게 불쾌하고 무례한 예언을 남긴 건 맞으니, 저런 반응을 보이는 것도 당연했다. 나는 그를 가라앉히고자 허공에 열심히 에테르를 풀어냈다. 파트너 근무 시간이다!

"태자님 마음 이해합니다. 그 할머니의 말이 맞는다는 의미도 아니에요. 그저 근황이 궁금하다는 겁니다. 다른 이에게도 맥락 없이 그런 말을 하고 다닌다면 저 역시 더는 관심 두지 않겠습니다. 정말

사이비일 테니까요."

"…"

내가 차분히 말했다. 그러자 사내의 기세가 조금은 누그러졌다. 나는 성기사의 힘을 느끼지 못하지만, 크리스텔이 작게 한숨을 내쉰 덕에 알 수 있었다. 한참 시선만 오가고 있는데 소백작이 입을 열었다.

"그건 제게 맡겨주십시오, 왕자님. 알아봐 드리겠습니다."

"엘리자베트."

태자가 낮게 이름을 불렀다. 그녀는 끄떡없었다.

"너 목소리 까는 거 나한테는 안 먹히거든. 수소문이야 근위대원 두셋쯤 풀면 금방입니다. 조만간 연락드리겠습니다."

"감사합니다, 엘리자베트 경."

내가 미소했다. 소백작이 '별말씀을요' 하며 나와 같은 차를 홀짝였다. 태자는 불만스러운 기색이었지만 첨언하지 않았다. 그림자처럼 고요히 앉아있던 요한 경이 그제야 운을 뗐다.

"빅투아르는 어떻게 잡을 생각이신가요?"

"그건, 염두에 둔 게 있긴 한데요. 여러분의 조언과 협조를 구하고 싶습니다."

내가 조심스레 말했다. 황제궁에서 오는 동안 나름대로 머리를 굴려봤는데, 신출귀몰한 평민 도둑을 상대로 우리가 쓸 수 있는 방법이 많지 않았다. 황제는 요란하게 무력을 동원해 그녀를 잡긴 싫다고 했다.

그런 관심과 화제성이야말로 빅투아르가 원하는 것이라 생각하기 때문이었다. 어느 정도 동의하는 바였다. 범행 예고장을 남기고, 현장에서 마술을 선보이는 괴도가 주목받길 즐기지 않는다면 거짓이겠지.

"…제가 얼굴을 드러내고 전면에 나서면 어떨까 합니다."

"네?"

크리스텔이 놀란 목소리로 되물었다. 나는 애매하게 입꼬리를 올리며 부연했다.

"저를 신뢰하기 힘드신 건 압니다. 도둑을 직접 따라갔으니 입이 열 개라도 할 말이 없습니다. 다만 명백한 점은, 빅투아르가 저를 노리고 있고 그걸 실행에 옮기기까지 했다는 겁니다. 그렇다면 대대적으로 군사력을 투입하지 않으면서, 가장 확실하게 쓸 수 있는 미끼는 저겠죠. 거꾸로 생각해 본다면요."

"…"

"저는 상대에게서 주도권을 빼앗아 오는 게 먼저라고 봅니다. 제가 돌아다닌다는 사실이 황도에 알려지면 백성들은 자연히 빅투아르의 행보에 주목할 겁니다. 그녀는 어떤 식으로든 나서야 한다는 압박을 받겠죠. 예고장까지 보냈는데 사건 없이 시간만 흐르면, 사람들은 그자에 대한 환상을 버릴 테니까요."

넷이 침묵했다. 문가에 서있던 뱅자맹과 다비드의 긴 숨소리가 들렸다. 애써주는 시종들을 걱정시킬 생각을 하니 벌써 미안했다. 나는 차로 입을 적시고 목을 가다듬었다.

"그때 저를 잡겠다고 나타나면 환영이고요. 그자가 사르네즈 경으로 또 변장할 수 있겠지만, 두 번 속진 않을 겁니다. 그날도 처음부터 이상하다는 생각은 했습니다."

"왕자님."

크리스텔이 거짓말 말라는 듯 흘겼다. 나는 씩 웃으며 해명했다.

"사르네즈 경은 저한테 그런 힘을 쓴 적이 없거든요. 제가 다칠까 봐 팔이나 손목을 잡아끌지 않고, 웃으며 때릴 때도 힘 조절을 하시지 않습니까."

"…"

"경 때문에 아팠던 적은 한 번도 없습니다. 그래서 가짜를 보고 묘하다고 느꼈어요."

그랬더니 크리스텔의 표정이 아주 희한하게 변했다. 그녀는 턱에 호두를 만들었다가, 입술을 닭 모래주머니처럼 모았다가…

"흐흐."

결국 못 참겠다는 듯 환히 웃었다. 품 안의 티테도 뭔가를 느꼈는지 '애으웅!' 하고 기쁘게 울었다. 크리스텔은 소파에서 일어나 성큼성큼 다가오더니, 테이블 의자에 다시 털썩 앉았다. 나와 가장 가까운 자리였다.

"저는 좋습니다."

그리고 그렇게 선언했다. 그게 재밌었는지, 엘리자베트 경이 태자의 어깨를 주먹으로 치며 끅끅 웃기 시작했다. 놈의 표정은 갈수록 무시무시해져서 이젠 메인 남주가 아니라 메인 빌런쯤으로 보였다. 녀석과 제법 친해졌다고 생각하지만 이럴 땐 정말 영문을 모르겠다. 요한 경만이 홀로 침착하게 말했다.

"밀착 호위가 있다면 나쁘지 않은 전략이지만, 암호가 필요하겠네요. 상대는 위장과 모사에 능하니까요."

"좋은 지적이십니다. 그래서 부탁을 해둔 게…"

내가 뒤돌아보았다. 대기 중이던 가나엘과 피에르가 넓직한 목판을 들고 우리에게 다가왔다. 이게 오늘 내가 칠판으로 쓸 물건이다.

"고마워. 여기다 우리만의 암호를 정리하고, 간략히 계획을 세우면 좋겠습니다. 필요하실 것 같아서 필기구도 준비했습니다. 자유롭게 의견 주세요."

뱅자맹이 잉크와 깃펜, 종이를 모두에게 나누어 주었다. 소백작이 '어릴 때 가정교사 선생님 생각난다', '쥘리에트 궁에서 근무하고 싶다'라며 즐거워했다. 나는 어이가 없어서 파안했다. 진짜 탐정 노릇은 어떻게 하는 건지 모르겠지만, 함께 머리를 맞대고 생각을 짜내 움직이는 거라면 우리도 할 수 있을 듯싶었다.

"차 더 가져다드릴까요? 좌판 할머니들이 파는 사과로 만든 건데, 정성스레 키우셔서 맛이 좋습니다. 석류 당밀 뿌린 토스트도 있습니다."

"어제 골목길에서 만난 할머니들 말씀이십니까?"

내 말에 크리스텔의 눈이 왕방울만 해졌다.

"네, 저 때문에 하루 장사를 접게 되신 것 같아서… 파시는 채소와 과일은 전부 샀거든요."

태자가 헛숨을 뱉었고, 요한 경은 못 말리겠다는 양 고개를 내저었다. 나는 재빨리 덧붙였다.

"제 사비로요. 당연히 독 검사 마치고 들였으니 안심하고 드셔도 됩니다."

그러자 부근위대장이 테이블에 철퍼덕 엎드렸다. 따라 누운 크리스텔이 그녀와 마주 보고 키득거렸다. 가나엘이 목을 쭉 빼고는 '무테 경, 정말로 쥘리에트에 보직 신청하실 거예요?' 하고 속닥속닥했다. …우리끼리 탐정 노릇 성공할 수 있을까. 있겠지?

* * *

이후엔 우리끼리 대강의 작전을 짜고, 행동 방침을 정하고, 암호도 만들었다. 크리스텔은 '작전명 베로나'를 구상한 적이 있어서인지 몹시 능숙했다. 그러다 보니 금세 점심시간이 되어 다 같이 식사도 했다.

식당에서 여유 있게 먹었다면 더 좋았겠지만, 황태자는 공무를 전부 미룰 수 없었고 엘리자베트 경도 황실 근위대의 일이 있었다. 이에 주방장 로랑스가 급히 타르틴을 만들어 응접실로 보냈는데…

"와."

미친 듯이 맛있었다. 이쯤 되면 '로장금'이다, 로장금.

"정말 보직 변경 신청할까 싶습니다. 사실 근위대에 입대한 건 제 고집이었거든요. 부모님도 반대하셨습니다. 그런데 쥘리에트 궁에선 매일 이렇게 맛있는 음식을 먹는다는 거죠?"

부근위대장이 샌드위치를 야무지게 해치우며 말했다. 나는 미소로 긍정했다. 북부 변경백의 영주성에서 잘 먹고 자랐을 테고, 근위대의 식사도 매 끼니 최고급으로 제공될 텐데. 친구들끼리 먹어서 더 맛있게 느껴지는 모양이었다. 물론 우리 로장금이 대단한 분이긴 하지만!

"왕자님, 근위대가 광대패를 이끌고 쥘리에트에 들어왔습니다. 부르시면 언제든 심문하실 수 있도록 준비하겠습니다."

"고맙습니다, 뱅자맹."

나는 후딱 대답하고 마지막 조각을 왕 깨물었다. 커다란 바게트를 반으로 평평하게 잘라, 갓 만들어 감칠맛이 넘치는 타프나드를 듬뿍 펴 바르고, 쿰쿰한 치즈 풍미가 나는 소시송도 잔뜩 얹고, 아삭한 오이와 토마토를 올려 마무리한 샌드위치는 가히 완벽에 가까웠다. 내가 냅킨으로 입가를 정리하는 동안…

"티테, 이거 티테 딸랑이?"

-애우!

"헐, 없어졌다! 티테 딸랑이 어디 갔을까아?"

-아우으…

"짠! 여깄네에? 와, 너무 신기해요!"

그새 다 먹은 크리스텔이 티테를 품에 안아 어르고 있었다. 물꽃으로 앙증맞은 딸랑이를 만든 그녀는, 머리칼 사이로 장난감을 숨겼다 꺼냈다 하며 하프물범을 놀래게 했다. 녀석의 까만 눈동자가 보름달처럼 커졌다가 초승달처럼 휘었다. 내 입꼬리도 절로 올라갔다.

티테는 워낙 순해서 나를 비롯한 모두를 잘 따르는데, 특히 크리스텔을 정말 좋아했다. 같은 물 속성이라 본능적으로 편안함을 느끼는 듯했다. 반대로 세드리크 태자가 가까이에 있으면 조금 무서워했다.

"…"

-끼이잇

 자리에서 일어나려던 태자가, 데미에게 발목을 붙들려 일시 정지했다. 페리와 레아가 기다렸다는 듯 와다닥 그의 다리를 타고 올랐다. 사내는 낮게 한숨을 내쉬며 등받이에 몸을 기댔다. 너도 레서판다 삼 대장에게 저항해 봤자 패배뿐이라는 걸 알고 있구나.

 "가나엘, 자리 정리되면 바로 신문 시작할게. 곁방 준비해 줘."

 "네, 왕자님."

 "…그리고 다른 시종들에게 점잖게 처신하라고 전하고."

 내가 어쭙잖게 명령을 내렸다. 스승님 말씀대로 기강을 잡기 위해서였다. 말투가 이상했던 것 같지만, 소년은 금빛 눈동자를 반짝이며 머리를 주억였다. 다비드가 막간을 이용해 태자에게 국정 서류를 전했다. 나는 녀석을 곁눈질하며 근엄한 분위기를 풍기고자 애썼다. 이따 저렇게 무게 잡으면 되나? 가슴 내밀고, 미간은 계속 구기고?

 "하하."

 내 씰룩임을 포착한 요한 경이 작게 웃었다. 쪽팔려서 살 수가 없었다. 이걸 들키네.

* * *

 태자와 엘리자베트 경은 결국 잠깐 자리를 비웠다. 11월로 예정되어 있던 황도 수비대 사관학교 창립식이 12월로 재차 밀렸는데, 그것 때문에 조율할 게 많다고 했다. 그거 원래 10월 행사 아니었냐? 아무튼.

"광대패의 최연장자인 '재간둥이 세르주'를 먼저 들이겠습니다, 왕자님."

가나엘이 발랄하게 말했다. 나는 곧장 종이에 '1. 재간둥이 세르주'라고 썼다. 기다란 테이블 중앙에 내가 앉고, 왼쪽에는 요한 경이 자리했다. 오른편의 크리스텔은 '세르주 씨, 다음 무대에서 뵙겠습니다' 같은 말을 다양한 높낮이로 중얼거리고 있었다. 곡예사 서바이벌 아니라니까.

-달칵

"저기, 가운데 서게."

이내 문이 열리고, 뱅자맹이 지시했다. 누가 봐도 겁에 질린 남자 하나가 방으로 들어왔다. 그는 20대 후반 정도로 보였는데, 그렇지 않아도 커다란 눈이 어두운 눈가 때문에 더욱 두드러졌다.

쥘리에트에 공연을 하러 왔을 때는 화려한 분장을 했기에 지금은 낯을 알아보기 어려웠다. 젓가락처럼 마른 체구로 벌벌 떠는 모습이 안쓰러워 보였다. 하지만 연쇄 절도범이자 납치 미수범을 잡기 위한 신문이니, 동정이나 연민을 보여서는 안 됐다. 이들이 한패일 가능성도 있었다. 나는 마음을 굳게 먹고 입을 열었다.

"세르주 씨, 저부터 묻겠습니다."

"아이고, 왕자님!"

그러자 세르주가 펄쩍 뛰더니 바닥에 납죽 엎드렸다. 명백히 공포에 사로잡힌 목소리였다. 이해는 갔다. 시가행진 도중 체포되어, 최소한의 물과 음식만 먹으며 수비대와 근위대의 취조를 받다가,

기어코 황궁에 끌려와 왕자이자 후작인 나를 대면하고 있으니…
나라도 눈앞에 주마등이 스칠 듯싶었다.

"사, 살려주십시오! 저는, 저희는 전혀… 마담 빅투아르라는 사람은 죽었다 깨나도 모릅니다. 참말입니다, 주신께 맹세합니다!"

세르주가 간곡히 애원했다. 나는 그를 가라앉히고자 최대한 담담하게 물었다.

"방금 그쪽이 최연장자라고 들었습니다. 그런데 곡예단이 쥘리에트에 공연을 하러 왔을 때, 저는 어느 할머니를 봤거든요. 그분은요?"

"어, 저, 그게… 송구합니다, 왕자님. 폼 할머니는 돌아가셔서…"
'예. 주, 죽었습니다.'

세르주가 그렇게 답하고는 고개를 푹 숙였다. 나는 놀라서 크리스텔과 시선을 교환했다. 그녀가 예리하게 질문했다.

"언제 돌아가셨나요?"

"그것이, 그. 왕자님께 재주를 보여드린 다음 날에, 마차에 치여서… 저희는 목격하지 못했습니다요. 함께 다니던, 손녀 앙리에트가… 수습을, 했답니다. 저희를 부르지도 않고…"

예상치 못한 비보였다. 어느새 세르주의 음성에 물기가 가득했다. 나는 마음 깊이 애도를 표했다. 내게 기예를 보여준 직후라면 10월 중순쯤이었다. 두어 시간 관람한 게 다였지만, 곡예단원끼리 정이 두텁다는 건 쉽게 알 수 있었다. 폼 할머니는 어릿광대 분장을 한 채 공연에 참여하지 않고 멀찍이 앉아있었다. 그래서 초반엔 그녀의 역할이 궁금하기도 했다.

'잘했다, 세르주. 우리 재간둥이.'

'고마워, 할멈.'

그것 역시 묻지 않고도 금방 알아챘다. 그녀는 어린 곡예사들의 물과 소품을 챙기고, 끊임없이 격려하고, 어느 부분이 좋고 나빴는지를 속삭여 주곤 했다. 나는 그 모습에 다정한 '매니저' 같은 느낌을 받았던 것으로 기억한다. 허리가 굽어 거동이 불편해 보였지만, 폼 할머니는 조금도 쉬지 않았다.

"할머니가 세상을 떠나고 나서, 손녀인 앙리에트가 홀로 장례를 치르고 돌아왔다는 뜻인가요?"

요한 경이 물었다. 민트색 눈동자가 북극의 오로라처럼 차가운 빛을 냈다. 세르주는 힘겨운 숨을 쉬며 대답했다.

"아, 아닙니다. 큰 충격을 받았는지, 흑. 저희에겐 짧은 인사만 남기고, 고향으로… 남쪽으로 떠났습니다. 광대패를 나가서, 그 후로는 보지 못했습니다, 나리. 편지에 답도 없는지라…"

남자가 코를 훌쩍였다. 나는 요한 경과 의미심장한 눈길을 주고받았다.

"하나 더요. 빅투아르의 행적과 곡예단의 이동 경로를 비교해 보면, 완전히 일치하진 않지만 의심쩍은 부분이 많습니다. 그자가 어느 영지에서 도둑질을 하던 날, 바로 이웃 영지에서 그쪽 일행이 공연을 하고 있던 식입니다. 근위대 보고서에도 그렇게 쓰여있어요. 이번처럼 가까이에서 빅투아르가 발각된 건 처음이지만요."

"아, 아! 맹세코 아닙니다, 왕자님! 정말 저희는 아닙니다!"

세르주는 이제 거의 경기를 했다. 나는 그가 혼절할까 봐 자못 긴장했다. 젊은 곡예사가 고개를 번쩍 들고는 그렁그렁한 시선으로 호소했다.

"와, 왕자님… 저희는 찌, 찢어지게 가난하고, 출신도 모르고, 서로에게만 의지하며 자란 천것들입니다. 귀하신 분들 댁에 기어들어 가서, 물건을 훔치는 일은… 상상조차 해본 적 없습니다. 그러다 잡히면, 죽, 죽은 목숨인걸요. 도둑하고 길이 겹친 건 그저, 그것이,"

'우여, 우연입니다…' 그가 결국 울음을 터뜨렸다. 정신력에 한계가 왔는지, 창백한 얼굴에 땀이 비 오듯 쏟아졌다. 나는 끝내 버티지 못했다. 가나엘을 불러 세르주에게 담요와 차를 가져다 달라고 요청하자, 요한 경이 어쩔 수 없다는 듯 쓴웃음을 지었다. 죄송합니다.

"편하게 말씀하세요, 세르주 씨. 거짓은 제가 알아서 판별할 수 있으니 생각나는 대로 진실만 고백하시면 됩니다. 저도 그냥 평소대로 하겠습니다."

내가 말했다. 되지도 않는 무게 잡기는 작은 옷을 억지로 입은 양 불편했다. 어느덧 세르주의 어깨에는 두꺼운 모포가 둘렸다. 양손엔 따스한 시계꽃 차가 쥐어졌고, 등받이가 있는 의자도 들어왔다. 그는 어리벙벙히 나를 보다가 눈이 마주치자 후다닥 머리를 숙였다. 그래도 아까 전보다는 낯빛이 훨씬 나아 보였다. 다행이네.

"그럼 계속할까요?"

크리스텔이 밝은 목소리로 내게 물었다. 나는 웃으며 고개를 끄덕였다.

* * *

그리고 12월의 둘째 날. 나는 제법 쌀쌀한 바람을 맞으며 쥘리에트 궁 앞에 나와있었다. 시종들이 나를 배웅하고자 일렬로 섰다. 맞은편의 로메로 궁에서도 비슷한 광경이 연출되는 중이었다. 태자와 엘리자베트 경이 말에 오르는 게 보였다.

"왕자님, 장갑도요."

"고마워, 가나엘."

나는 엄지장갑을 받아 꼈다. 분명 황도는 열풍 시즌을 제외하면 날씨가 연중 온화하다고 들었다. 그렇게 들었는데⋯ 소설의 주인공이 출현하고, 대륙에 영웅이 나타나고, 뭐 그런 시기에는 모든 게 예외적인 법이다.

뱅자맹의 말에 따르면 올해는 가을부터 유난히 공기가 차다고 했다. 12월이 되니 본격적으로 삭풍도 불기 시작했다. 그럼 그렇지. 나는 오랜만에 조연의 탄식을 내뱉었다. 벌써 긴장이 됐다. 더위에 맥을 못 추던 예서 왕자의 몸, 과연 추위에는 어떨까.

"달리다 보면 귀가 시리실 겁니다, 왕자님."

친절한 뱅자맹이 내 후드를 씌워주었다. 오늘의 용건은 분명했다. 어제 우리는 광대들의 심문을 무사히 마쳤고, 함께 수사의 방향성을 잡았다. 그러니 더는 지체할 수 없었다. 마차도 없이 발로 뛰는 '미끼 놓기 작전'을 개시할 때가 됐다는 뜻이다. 마담 빅투아르를 잡기 위해서.

"안녕, 만나서 반가워."

-히힝

 나는 오늘 타고 나갈 말에게 인사를 건넸다. 목덜미를 쓰다듬으니 녀석이 착하게도 손길을 받아주었다. 꼬마는 온몸이 하얀 두 살배기인데, 뱅자맹이 지난봄에 내 생일 선물로 준비한 준마였다. 명마의 고향으로 유명한 그의 본가, 지라르댕 백작령에서 어제 귀하게 모셔 왔다. 말하자면 초면이었다. 그래서 이름은 아직 붙이지 못했다.

 "형이 엄청 무겁진 않을 거야. 초보도 아니긴 한데, 음. 잘 부탁한다."

 "암말이에요, 왕자님."

 "헉, 미안. 깜빡했어. 아저씨 떨구지 말아 주라."

-푸르릉

 내가 서둘러 말을 바꿨지만, 녀석은 조금 불만스러워 보였다. 첫 만남부터 점수를 깎아 먹은 게 확실했다. 나는 애물단지들을 한 번씩 안아주고, 헤릿과도 인사한 뒤 은근슬쩍 말에 올랐다. 중간에 변장해야 할 경우를 대비해 신수들은 데려가지 않고, 감추기 쉬운 뚝심이만 챙겼다. 녀석은 내 가슴팍에 쏙 들어가 얼굴만 내놓고 삐삐거렸다. 수다쟁이.

 "다녀오겠습니다. 걱정 말고 쉬고 계세요. 데미, 뱅자맹이랑 가나엘 말 잘 듣고 있어. 티테, 밤 수영은 적당히."

-끼응

-애응

 두 녀석이 어쨌든 '응'이 들어간 답을 내놓았다. 나는 피식하며 박차를 가했다. 호위를 맡은 요한 경이 내 뒤로 바짝 따라붙었다.

"헛!"

황궁에신 말을 빠르게 달리면 안 되는데, 이런 경험은 처음이라 괜히 기분이 들떴다. 시원한 바람이 뺨과 머리칼을 쓸고 지나갔다. 순식간에 로메로 궁에 당도하자, 우아한 흑마를 탄 태자가 나를 철부지 보듯 바라보았다. 알았다, 반장아. 앞으로는 복도에서 뛰지 않으마.

"어서 오십시오, 예서 왕자님. 말이 참 잘생겼습니다."

"기마가 처음인가?"

"왕자님!"

소백작, 돼지, 크리스텔이 차례로 한마디씩 했다. 나는 그중 가장 성량이 좋았던 주인공을 향해 눈길을 돌렸다. 말을 탄 인영이 우리 쪽으로 다가오고 있었다. 마카롱을 닮은 모자 아래 분홍 머리를 가지런히 땋아 내리고, 허리까지 오는 망토를 걸치고, 손에는 푸른 김이 솟아오르는 파이프를… 잠깐만.

"사르네즈 경?"

"앙리에트 잡으러 가실까요, 왓슨?"

그녀가 입안에서 '똑!' 하는 소리를 내며 내게 윙크했다. 나는 즉시 대꾸하지 못하고 벙긋거렸다. 설마 내가 생각하는 그 콘셉트야? 거기랑은 시대 차이가 많이 나지 않아요? 아니… 이제 와서 이런 지적 너무 늦었나?

* * *

-다그닥, 다그닥…

다섯 필의 말이 주인을 싣고 황궁을 나섰다. 거대한 검은색 문이 '철컹!' 하고 뒤에서 닫혔다. 고개를 돌리니, 깍듯한 자세로 우리를 전송하고 있는 기사들이 보였다. 나는 작게 꾸벅이고 전방에 집중했다. 자연스럽게!

"놀러 나온 것처럼."

내가 혼잣말했다. 황태자가 나를 보는 시선이 느껴졌다. 평범한 집돌이에서 훌륭한 궁돌이로 성장했다고 생각하지만, 그래도 새로운 세계에서 외출한다는 건 언제나 설레는 일이었다. 늘 마차로 이동하다가 온몸을 드러내고 나오니 긴장이 되기도 했다. 맑고 서느런 공기에선 은은한 겨울 냄새가 났다.

"오, 맙소사!"

"세상에! 리에스테르의 태자 전하를 뵙습니다."

"예서 페네티안 왕자님을 뵙습니다."

황궁 문이 열리는 것을 본 몇몇 귀족이, 길가에 서서 절을 올렸다. 세드리크 태자는 그들을 본 척도 하지 않았다. 그가 친구들과 황도를 시찰하는 게 자주 있는 일은 아닌지, 최초 목격자들의 반응이 상당히 격했다.

멀찍이서 메인 남주의 후광을 발견한 이들도 빠르게 다가오고 있었다. 숙녀들은 볼이 발갛게 달아오른 채였다. 세계관 최고 미남은 뭐가 달라도 다르다 이거구나.

"예서 왕자님!"

"안녕하세요."

내가 인사하자, 절하던 아가씨들이 털 부채를 접어 자신의 뺨을 쓰다듬었다. 눈빛을 피하는 게 별로 좋은 뜻 같진 않았다. 나는 민망하고 난감해서 슬쩍 입꼬리만 올렸다. 아직 부채 언어는 잘 모르는데, 저것도 공부해야 하나.

"느려."

태자가 짧게 쏘아붙였다. 나는 그를 돌아보며 헛기침했다. 고운 분들이 말 걸어주시는 게 감사해서 그랬다, 인마. 놈과 패배가 예정된 눈싸움이나 벌이고 있는데, 하얀 말이 속도를 높여 걷기 시작했다. 요 친구도 되게 똑똑하네.

"왕자님, 제가 지난번에 갔던 술집부터 가시는 거죠? 그 남작을 만나러요."

뒤쪽에서 크리스텔이 낭랑하게 물었다. 나는 곧장 고개를 끄덕였다.

"네. 경이 남작의 하소연을 현장에서 듣기도 했고, 남작은 그곳 단골이라고 하셨으니 피해자 증언을 직접 확인해 보면 좋겠습니다."

내가 답했다. 크리스텔은 얼마 전 술집에서, 플뢰르 드 리스의 모데스트 바카리를 만났다고 했다. 그가 예언에 관한 기억을 잃었다며 내게 편지도 써주었다. 그런 그녀가 작전 회의 중 덧붙인 건, 이번 사건에도 보탬이 되는 정보였다.

'어머니를 모시고 가서 앉아있었거든요. 그런데 어느 남작이 옆 테이블에서 그런 이야기를 했습니다. 영주성 곳간이 털려서 수확제 때 메꿔야 할 것 같다고요.'

'마담 빅투아르의 소행일지도 모르겠네요.'

'네. 같이 있던 일행도 설마 '그 도둑'의 짓이냐고 물었습니다. 저는 그 술집에 자주 드나드는 편도 아닌데, 갈 때마다 보이는 사람이니 단골이 틀림없어요.'

그래서 우리는 크리스텔이 종종 찾는다는 고급 주점, '블루아'부터 들르기로 했다. 빅투아르에게 피해 입은 귀족들 이름이야 근위대의 보고서를 통해 이미 알고 있었다. 하지만 그중 대부분은 성실한 진술을 거부했고, 〈격주간 리에스테르〉와도 인터뷰를 하지 않았다.

최초 피해자로 알려진 사바니에 남작과 성유물을 도난당한 시세후작이 예외적인 경우였다. 대단하신 귀족들이 왜 이리 소극적인가 했는데, 알고 보니 체면 때문이었다. 그들은 한낱 도적의 침입으로 재산을 도둑맞았다는 사실을 알리고자 하지 않았다. 수치심과 모욕감 때문에 언급조차 꺼렸다.

"술이 들어간 상태라면 어느 정도 불기야 하겠죠. 그때 목소리도 엄청 컸거든요."

"예. 태자 전하께서 계시니 감히 입을 다물진 못할 겁니다."

선두에서 길을 트던 엘리자베트 경이 답했다. 태자와 내가 뒤를 따르는 중이었고, 요한 경과 크리스텔은 후방을 맡았다. 한 손으로 고삐를 잡은 소백작이 나를 돌아보았다.

"다음으로는 평민들의 공간에 가보자고 하셨죠?"

"네. 제가 접근하기 쉽다는 걸 보여줘야 앙리에트가 나타날 테니까요."

"정말 앙리에트가 범인일까요?"

그때, 요한 경이 나직이 물었다. 우리는 동시에 그를 바라보았다. 헤릿 아버지 뒤편으로 귀족들이 약간의 거리를 두고 우리를 따르고 있었다. 벌써 100명은 넘게 모인 것 같았다. 시내 곳곳에 엎드려 우리를 훔쳐보는 평민들도 시야에 들어왔다. 이거 완전, 뭐더라. 게릴라 데이트 같네.

"저도 확신하진 않습니다. 다만 그쪽이 지금으로서는 그나마 가능성 있어 보여서요."

내가 말했다. 민트색 눈동자가 격려하듯 휘어졌다. 그러자 크리스텔이 파이프를 뻐끔거리며 말을 얹었다. 참고로 저건 진짜 담배가 아니라 흡입하는 사탕이란다. 파란 김이 솟는 건 블루베리 맛이라고 했다.

"동의합니다. 왕자님이 수확제에 가실지 모른다는 말을 들은 게 재간둥이 세르주하고 폼 할머니뿐이라는데, 세르주는 빅투아르와 체격 차이가 크잖아요. 성대모사 특기도 없다고 하고요. 폼 할머니는 돌아가셨으니 손녀인 앙리에트가 제일 그럴듯합니다."

게다가 저 모든 것이, 내가 고해 성사를 통해 진실이라고 확인한 내용이었다. 손녀가 광대패를 나가 행방이 묘연해졌다는 점도 수상쩍었다.

"앙리에트가 20대 후반의 여성이라는 것 또한 중요 단서입니다. 왕자님께서 진술하신 빅투아르도 20대에서 30대로 추정되니까요."

엘리자베트 경이 부연했다. 다각, 다각. 한동안 평화로운 말발굽 소리만이 우리 사이를 가득 메웠다. 편하고 포근한 침묵이었다. 다시 요한 경을 돌아보는데,

"주신 맙소사. 저 백설 같은 머리칼 한 번만 쓰다듬어 봤으면!"

"헤인스 경, 혹시 아드님이 새어머니가 필요하다고 말하진 않던가요?"

…매우 적극적인 팬층이 등장한 듯했다. 근사한 드레스와 정장을 차려입은 숙녀들이, 요한 경에게 강렬한 추파를 던지며 구애하고 있었다. 연배가 조금 있으신 분도 더러 보였다. 나는 혹여 그들과 눈길이 마주칠까 재빨리 고개를 돌렸다. 성기사의 부드러운 목소리가 들렸다.

"낯선 분과의 접촉은 취향이 아니라서요. 신경 써주셔서 감사하지만 헤릿은 요즘 충분히 행복해 보이네요, 마담."

"어머나, 쉽지 않으셔. 매력덩어리."

와, 저걸 다 받아치네. 나 같으면 한마디도 못 할 텐데. 지켜보던 크리스텔이 휘파람을 불었다. 요한 경의 얼굴엔 털끝만큼의 균열도 없었다.

"변장한 그대를 군중 속에서 찾아낸 것."

태자가 불쑥 입을 열었다. 곧바로 옆을 보자, 주황색 눈동자가 겨울의 태양처럼 가까이에 떠올라 있었다. 나는 반사적으로 귀를 기울였다. 두 마필의 거리가 좁아졌다.

"도둑은 시종의 낯을 기억했겠지. 특히 칼라마르 공자라면 발견하기 어렵지 않아."

"역시 그렇습니까?"

내 속삭임에 녀석이 진중하게 주억였다. 간만에 통했네. 내가 검은 머리카락에 청회색 눈동자로 정체를 숨겼음에도 범인이 나를 노릴 수 있었던 건… 아무리 생각해도 뱅자맹과 가나엘을 알아보았기 때문이었다.

칼라마르 공자 가나엘의 쨍한 하늘빛 머리와 금색 눈은 사람이 많은 곳에서도 찾기 쉬웠다. 그리고 일단 소년을 포착하면, 항상 그 아이 근처에 있는 나를 집어내기란 까다롭지 않았다. 색 배치만 다를 뿐 이목구비는 똑같으니, 낯을 아는 이라면 금방 분간할 터였다.

"쥘리에트 궁 시종의 얼굴을 아는 동시에 세르주나 폼 할머니로부터 정보를 들은 자겠죠. 세르주는 누구에게도 제 일정을 발설하지 않았다고 증언했으니까, 또 앙리에트로 좁혀지네요. 황궁 사용인이나 그 주변인이 범인일 수는 없지 않습니까."

태자가 긍정의 눈길을 보냈다. 우리의 소곤거림을 들은 엘리자베트 경이 조용히 말했다.

"곧 베랑 남작령에서 소식이 있을 겁니다."

"네. 잘 부탁드립니다."

내가 대답했다. 빙의하고 얼마 되지 않았을 무렵, 나는 시종으로 위장한 암살자들에게 목숨의 위협을 받았다. 그런데 두 녀석에게 죽임을 당한 베랑 쌍둥이의 본가가, 바로 앙리에트의 고향이었다.

대대적인 군사 작전은 펼치지 않기로 했기에 부근위대장은 소수의 부하만을 남작령에 급파했다. 앙리에트라는 자가 있으면 즉시 잡아 황도로 이송하고, 그녀가 없더라도 관련한 모든 정보를 찾아오게 한 것이다.

"음."

나는 묵묵히 생각에 빠졌다. 그러고 보니 '율리터의 머리장식'을 아스 경매장에 내놓은 것도 베랑 남작 부부였다. 묘하게 인연이 이어지는 기분이 들었다. 내가 보낸 장례비로 보육원을 짓는다는 소식을 들은 후로, 꾸준히 기부금을 부치고 있긴 한데… 한번 인사나 하러 갈까 싶다가도 망설여졌다. 내 얼굴을 보면 두 분이 더 힘드실 것 같지.

"다 왔습니다. 저기 술집 간판이 보여요!"

크리스텔이 소리를 높였다. 나는 반짝 시선을 들었다. 제법 화려하고 멀끔한 건물이 눈에 띄었다. 정면엔 널따란 나무판을 멋지게 조각한 표지가 달려있었다.

'블루아 - 취중 진담'.

"…썩 건설적인 대화가 오가는 곳 같진 않네요."

"그렇군."

내가 짤막한 감상을 내놓았고, 태자가 선선히 맞장구쳤다. 그러자 크리스텔과 엘리자베트 경이 신나게 웃기 시작했다. 요한 경조차 너털웃음을 터뜨렸다. 특히 우리의 주인공은 '왕자님, 방금 무지 독실한 대주교님 같으셨어요!' 하며 즐거워했다. 따라오던 이들은 이유도 모르고 크리스텔의 환한 미소에 앓는 소리를 냈다. 내가 너무 꼰대 같았나.

"하하하, 그럼 들어가시죠."

소백작이 겨우 표정을 수습하고는 말했다. 급하게 블루아를 빠져나오던 귀족들이, 우리를 보고 소스라치게 놀라 몸을 낮췄다. 이제 보니 술집 앞의 마차들이 빠르게 주차 구역을 벗어나고 있었다. 무슨 일 있나? …뭐, 우리야 말 세울 데 많아져서 좋지만.

* * *

"여기요. 추운데 고생 많습니다."
"서, 성은이 망극합니다! 저희만 믿어주십시오, 왕자님!"
어린 사환들이 허리를 깊이 숙였다. 말을 맡아주며 최고급 여물까지 약속하기에, 나는 모두의 발레파킹 팁을 두둑이 냈다. 품속의 뚝심이가 부리로 은화를 꺼내자, 태자는 '그런 화폐 난생처음 본다'라는 눈빛을 보냈다. 솔직히 조금 재수 없었다.
 -덜컥, 끼이익…
개중 연장자로 보이는 소년이 조심스레 문을 열어 주었다. 내부의 떠들썩한 소란과 음악 소리가 삐져나왔다.
"브, 블루아에 오신 것을 환영합니다, 전하. 즐거운 시간 보내시기-"
 -콰당탕! 쿠웅!
안에서 테이블이 쓰러지고, 의자가 부서지는 굉음이 났다. 내가 흠칫하자마자 태자와 부근위대장이 칼자루를 잡았다. 사환 아이는 몹시 당황한 것 같았지만, 한번 밀린 문은 멈출 생각 없이 쭉쭉 입을 벌렸다. 이어 우리 눈앞에 펼쳐진 건…
"어이! 당신 이리 안 와!?"
우당탕! 중년의 귀족 하나가 테이블에 뛰어올라 고함쳤다. 그녀의 삿대질을 받은 귀족이 가자미눈을 떴다.

"뭐? 어이? 이봐요, 남작님! 귀족의 품위는 얻다 팔아 드셨소? 이거 놔요!"

-쨍그랑!

분노한 남자가 염력으로 술병을 벽에 집어 던졌다. 마법사였다. 과녁이 된 벽지는 술 얼룩 범벅이었다. 두 남녀의 옷과 머리도 잔뜩 흐트러져 있었다. 찢긴 크라바트, 떨어진 커프스단추, 온갖 브로치와 모자가 사정없이 바닥을 나뒹굴었다. 이곳저곳 시비 붙은 이가 한둘이 아니었다. 아니, 대체. 이게 취중 진담이냐? 진상이지?!

"거기, 좀 말려요! 저쪽부터 말리십시오!"

누군가 삿대질하자, 상대방이 '당신이 뭔데 나한테 명령이냐! 난 폐하께 훈장 받은 인재다!' 하며 벌컥 화를 냈다. 아직 초저녁인데 다들 알코올에 찌들어 제정신이 아닌 모양이었다. 쏟은 술과 마신 술 때문에 사방에서 술내가 진동했다. 그건 더는 술판도, 싸움판도 아니었다. 그냥 거한 개판이었다!

-뚜벅

"안 돼, 네가 참아요. 아무리 한심해도 사람을 죽이면 안 됩니다."

"…"

발검하려는 태자를 내가 간신히 말렸다. 그의 홍채에 불이 붙고 있었다. 사환들은 진작 사내의 발치에 엎드려 벌벌 떠는 중이었다. 크리스텔이 '와, 이게 뭔 지랄이냐' 하고 중얼거리며 혀를 내둘렀다. 진심으로 공감하는 바였다. 코밑의 아수라장을 보니 여기 온 목적마저 가물거릴 지경이었다. 그때였다.

"전하, 저기 쓰러져 있는 자는 모데스트 바카리 단장 같은데요."

요한 경이 여상하게 말했다. 나는 그의 손끝이 가리키는 곳을 황급히 살폈다. 그러고는 눈을 휘둥그레 떴다. 피에 젖은 남빛 머리칼과 눈썹, 뚝뚝 흐르는 쌍코피. 입안마저 터졌는지 스무 살 꼬마의 입술 사이에 핏방울이 그득 맺혀있었다.

장내의 누구보다 상태가 나빠 보이는데, 아무도 그를 보살피거나 일으켜 세워주지 않았다. 충격적인 장면에 턱이 저절로 벌어졌다. 직감적으로 알 수 있었다. …녀석 때문에 싸움이 난 거야. 심지어 저 애는 혼자인데! 나는 주먹을 말아 쥐었다. 순간적으로 울컥하고 화가 솟구쳤다.

[동작 그만! 다들 입 닫고 엎드려뻗쳐!]

-파아아앗-!

내가 쩌렁쩌렁 외쳤다. 온 실내가 코앞도 보이지 않을 만큼 밝은 금빛으로 물들었다.

* * *

-파아아앗…!

"크읏!"

이윽고 빛이 잦아들었다. 상황은 순식간에 종료됐다. 고급 술집 '블루아'의 모든 손님이, 우리 앞에 더듬더듬 엎드려뻗쳤다. 잘못한 걸 알긴 아는지 하나같이 창백한 낯으로 황태자와 나를 갈마보고 있었다. 크리스텔이 모데스트 바카리에게 달려가 손수건을 꺼냈

다. 어린 예언자는 피를 뚝뚝 흘리면서도 몸을 가눠 벽에 기댔다. 호의를 뿌리치려는 듯했으나,

"쓥."

우리의 주인공이 단음절로 녀석을 진압했다. 나는 잽싸게 성지를 거두고 그에게 다가가 치유 서클을 열었다. 피에 젖은 눈가가 푸른 놀라움으로 물들었다. 그사이 눈치 빠른 사환들이 세드리크 태자를 위한 소파를 대령했다. 엘리자베트 경은 귀족들의 면면을 확인하며 수첩에 무언가를 적고 있었다. 그래, 다들 황실 근위대의 소환 조사나 받아라.

[주신의 눈물로써 당신의 피를 거두겠습니다.]

-사아아…

내가 후딱 시동어를 읊었다. 서클에서 솟아난 에테르 알갱이들이, 바카리의 이마와 코끝과 뺨으로 모여들었다. 크리스텔은 물방울을 만들어 녀석의 피를 씻어주었다. 후드득. 바닥에 고이는 액체를 보니 또 욱했다. 젠장!

[여러분은 어른이잖아요, 어른. 바카리 단장은 인제 겨우 스물입니다. 성년이 된 지 4년밖에 안 됐고, 10대를 벗어난 게 엊저녁이에요. 높은 직책을 맡고 있다고 해도 본질은 애란 말입니다. 한참 어린 상대에게 무슨 짓을 하신 겁니까?]

"으, 읍…"

[대답 듣겠다고 물어본 거 아닙니다. 화나서 따진 거예요. 설령 단장이 여러분의 분노를 샀다고 해도, 사람을 이렇게 때리는 게 할 짓입니까? 제국의 모범을 보여야 하는 귀족이 저지를 행동이냐고

요. 입이 있으면 답해보십시오.]

"으으브…"

물론 대꾸는 못 했다. 내가 조둥이리 다으리는 신탁을 내렸으니까. 나는 계속해서 쏘아붙였다.

[눈 치켜뜨고 보지 마세요. 저는 일국의 왕자이자 황제 폐하의 후작, 추기경 전하의 제자이며 태자님의 짝입니다.]

-삐뽀!

뚝심이도 품에서 고개를 쏙 내밀고 호통쳤다. 그러자 크리스텔이 진지하게 소곤거렸다.

"왕자님… 엎드려 있으니까 눈을 저렇게 뜰 수밖에 없지 않을까요?"

아.

"끝났나?"

차분한 중저음이 들렸다. 우리의 시선이 동시에 한곳을 향했다. 평범한 소파도 보물처럼 보이게 하는 남자가, 고고히 앉아 나를 바라보고 있었다.

"네, 뭐… 할 말은 다 했습니다."

나는 묘한 쑥스러움을 느끼며 고개를 끄덕였다. 반짝이는 주황색 눈동자가 즉시 귀족들을 향했다. 어쩐지 그 모습이 프레데리크 황제와 비슷하게 보였다. 웃고 있진 않은데, 저 녀석 지금 재밌어하는 건가?

"이제 경들이 내게 말할 시간이군."

태자가 씹어뱉듯 말했다. 삽시에 분위기를 갈무리한 사내는 마치 불타오르는 루비처럼 보였다. 요한 경은 조용히 코트를 벗고 소매를 걷어 올렸다. 눈알을 뚜렛뚜렛 굴리며 뻗어있던 귀족들이 새파랗게 질렸다.

"감추는 사실이 있다면 나의 검을 보게 될 것이다."

황족이 살벌하게 경고했다. 꿀꺽. 누군가 마른침을 삼키는 소리가 났다.

* * *

깍두기판에 얽힌 귀족 모두가 일렬로 길게 늘어섰다. 가장 높은 곳에 태자가 자리했고, 그의 오른편엔 엘리자베트 경이 테이블을 놓고 앉았다. 요한 경은 태자의 왼쪽에 서서 귀족들을 관찰하고 있었다.

첫 번째로 실토하게 된 자는, 우리가 블루아에 들어오자마자 목격했던 중년 여성이었다. 테이블에 올라가서 소리를 지르던 주폭. 우연찮게도 그녀는 크리스텔이 이곳에서 봤다는 절도 피해자였다.

"요약하겠습니다. 남작님은 이곳 블루아의 주인장입니다. 그리고 남작님과 남작님의 친우는 나란히 마담 빅투아르에게 피해를 입었습니다. 두 분은 그것을 성토하는 열한 번째 술자리를 마련했다가 바카리 단장과 마주쳤고요. 화를 풀 데가 없어 그에게 시비를 걸었고, 싸움이 번졌습니다. 맞습니까?"

소백작이 딱딱하게 물었다. 그러자 남작, '잔 틸리에'가 벌컥 반박했다.

"아닙니다! 거 말씀 서운하게 하시네. 저는 진실만을 말했을 뿐입니다. 한데 저 단장이 무례한 답을 내놨습니다. 중부 최고의 주먹꾼 집안 3대 독녀로서 가만 넘어갈 수 없는 발언이었지요. 아무렴요."

그녀가 으쓱였다. 뒤편에서 순서를 기다리던 귀족이 '옳소!' 하며 동조했다. 남작의 친구라는 자인 듯싶었다. 태자가 천하의 한심한 것을 보는 눈으로 두 남녀를 훑었다.

틸리에 남작은 주먹다짐을 자주 하는지, 이제 보니 코가 심하게 휘어있고 손마디도 울퉁불퉁했다. 목덜미엔 큼직한 화상흔이 남아 있었다. 호사스러운 재킷을 벗었는데도 주변에 술내가 진동을 했다.

그녀는 주정뱅이에 폭력배인 자신을 당당히 여기는, 돈 많고 무식한 상류층 그 자체였다. 사람 사는 데 다 똑같고, 어딜 가나 진상은 있다지만… 소설 속까지 이토록 리얼하다는 게 새삼 기막혔다. 나는 혀를 차며 바카리의 로브를 물수건으로 벅벅 문질렀다. 곁에 앉은 크리스텔은 그의 조끼를 맡고 있었다.

"이러실 필요 없습니다. 옷은 버리면 그만입니다."

담요를 두른 바카리가 만류했다. 블랑케르 영주성에서 '사르네즈 경과 거리를 두라'라고 경고하던 때와 달리, 한껏 기가 꺾인 모습이었다. 약 오르고 밉긴 해도 차라리 예전이 나은데.

"그래도 대충 피 빼고, 말려서 입고 가야죠. 밖에 춥습니다. 도와줄 시종도 없이 왔다면서요."

"…"

내가 대답했다. 돌아오는 반응은 없었다. 벽난로 앞은 따뜻하고 밝아서, 상처 입은 이가 안정을 취하기 좋았다. 때마침 상냥한 사환이 내가 부탁한 코코아를 가져다주었다. 그것을 받아 내미니 청은색 눈동자가 회동그래졌다. 호들갑은.

"마셔요. 머리도 덜 말랐네요. 조사에 협조한다 생각하고 편히 앉아 계십시오."

크리스텔이 웃음기 어린 목소리로 말했다. 그녀가 깨끗한 물로 씻겨준 남빛 머리칼이 축 처져있었다. 꼬마는 그녀와 나를 번갈아 보더니, 어렵사리 운을 뗐다.

"저는…"

"부근위대장님. 내가 뭘 잘못했다고. 저처럼 청렴한 영주 흔치 않습니다, 예? 지난 20년 동안 세금 한 푼 올린 적 없고, 야반도주 할까 봐 평민들한테는 손도 안 댔습니다. 술 들어가도 귀족만 때려요. 그것도 사업장에서는 오늘이 처음입니다."

"혀가 기시네요, 남작님. 불편해서 자르고 싶다는 생각은 안 들던가요?"

남작이 헛소리를 내뱉자 요한 경이 나긋하게 물었다. 나는 식겁해서 그를 돌아보았다.

"머리카락 길이가 저의 세 배는 되겠어요."

그가 산들산들 덧붙였다. 그럼 그렇지, 깜짝 놀랐네.

"경의 저급함을 논하는 데 황족의 시간을 쓰고 싶지 않군. 내가 원하는 것은 빅투아르 당드레지라는 도적에 관한 정보야."

보다 못한 태자가 을렀다. 녀석은 사람을 엄청나게 가리는 데다 성정도 불같았다. 남작이 혹시라도 망언을 더할까 긴장하고 있는데, 그녀가 재깍 꼬리를 내렸다. 구겨진 옷자락을 탁탁 펴기도 했다.

"예, 전하. 아는 대로 고하겠습니다. 제가 또, 한 정보 합니다. 중부에서 '틸리에' 하면 천것들 바닥까지 훑는 생생한 정보통으로 유명하지요."

생생 주먹통이겠지. 내가 입을 비죽였다. 남작은 취한 와중에도 강약약강이었다.

"글쎄, 들어보십시오. 앙드레지 백작가의 이야기는 다 아실 겁니다. 빅투아르인지 베르트랑인지 하는 망할 괴도가 자기네 성을 쓰는데도, 집안과는 전혀 관계없다며 잡아떼는 샌님들 말입니다."

그녀가 포문을 열었다. 줄 서있던 귀족들이 크게 웅성거렸다. 크리스텔과 내가 눈길을 교환했다.

"앙드레지 가문이 대대로 적통보다 서계庶系가 많다는 걸 모르는 자도 있습니까? 적어도 우리 틸리에 남작령에선 지나가는 개도 아는 얘기다, 이겁니다. 적녀가 하나 태어나면 사생아가 둘이고, 적자가 둘 태어나면 버려진 자식이 넷인 집안. 그게 앙드레지 아니었느냐 말이지요."

"주신 맙소사, 남작! 말조심하시오!"

"하지만 나도 그 소문을 들었어요."

"뭐? 그게 진짜였단 말인가? 제국에 여태 그런 댁이 있소?"

"많을걸!"

-딱!

태자가 장갑을 벗고 손가락을 튕겼다. 그러자 찬물이라도 끼얹은 듯 장내가 잠잠해졌다. 역설적으로 그의 손끝에선 불덩이가 활활 타오르고 있었다. 나는 귀에 꽂힌 정보에 입을 벙긋거렸다. 황제와의 대화가 머릿속을 스쳤다.

'제국의 귀족이 체면과 권위를 중시한다는 말 또한 정확하나, 그만큼 모난 돌도 흔하다.'

'빅투아르가, 귀족의 사생아나 버려진 자식일 수 있다는 말씀이십니까?'

'그래.'

…설마. 황제는 알고 있었던 건가? 처음부터?

"흠! 그래서 앙드레지 바로 옆에 찰싹 붙은 사바니에 남작령이, 빅투아르의 첫 희생양이 되었다는 것 아니겠습니까. 시험 삼아 가까운 곳부터 털어봤겠지요. 이름을 남겨 가솔들 속 뒤집어지는 꼴도 구경하고요. 아, 저라면 그랬을 거란 소립니다."

그녀가 자신의 말이 맞지 않느냐는 듯 고개를 주억거렸다. 귀족들이 다시금 수런댔다.

"전하, 사바니에 남작이 제 친우입니다. 하여 직접 들은 이야기도 있지요. 그의 말이, 오죽했으면 자신이 최초 피해자로 나섰겠냐는 겁니다. 영주성 심장부에 있는 곳간이 털렸는데 부끄러워서 영지민들 낯짝이나 보겠습니까? 한데 이웃인 앙드레지 백작이 '빅투아르 당드레지'라는 명함을 보고도 철면피처럼 구니, 속이 터져 먼저 근위대에 연통을 넣었답니다."

"허어!"

"쯧쯧."

귀족들이 그새 부채를 꺼내 팔랑이며 귀엣말을 주고받았다. 아주 방청객이 따로 없었다.

"사정이 훤히 보입니다, 훤히. 빅투아르는 그 댁 사생아인 겁니다. 키우는 자식보다 내다 버리는 자식이 더 많은 가문에서, 과연 제대로 대우받고 지냈겠습니까? 필시 내쫓겨 손바닥만 한 집에 홀로 살았을 테지요. 이건 복수예요. 그자는 앙드레지 이름에 제대로 먹칠하기 전까진 멈추지 않을 겁니다. 크흠!"

남작이 헛기침으로 말을 맺었다. 청중 일부가 홀린 듯 박수를 보냈다. 엘리자베트 경이 소음을 뚫고 날카롭게 질문했다.

"남작님. 방금 진술한 바에 따르면 벌써 두 명의 피해자와 교우 관계가 있으십니다. 본인도 피해자이시죠. 그런데 빅투아르는 평민층 사이에서 의적으로 유명합니다. 훔친 재산을 가난한 이들에게 나누어 준다고 알려져 있습니다."

"그것참. 부근위대장님. 평민들이 좋아하니 귀족은 도둑질을 당해도 된다는 거요? 젊고 유능하시다 들었는데 헛소문이었습니까?"

중년인이 능글거리며 되물었다. 문장에서 술 냄새가 나는 것 같았다.

'어우, 꼴 보기 싫어.'

크리스텔이 몸서리치며 중얼거렸다. 소백작의 회색 눈동자엔 한 치의 흔들림도 없었다.

"헛소문 아닙니다. 한 가지 묻겠습니다. 틸리에 남작령의 평균 세율이 얼마나 됩니까?"

"오, 당연히 폐하께서 명하신 3할을 걷고 있습니다."

"남작."

태자가 낮게 그녀를 불렀다. 모두의 시선이 그에게 모였다. 사내의 조각 같은 얼굴엔 어떠한 감정도 비치지 않았다. 미간은 반듯했고, 입술도 평소와 같은 모양이었다.

하지만 사리 분별이 가능한 자라면 쉽게 알 수 있었다. 태자는 지금 폭발하기 일보 직전이었다. 도화선이 타들어 가는 환청이 들리는 듯했다. 그의 눈빛은 사화死火처럼 어두웠다. 남작의 음성이 조금 작아졌다.

"…2할을, 추가로 걷습니다. 강제는 아닙니다. 저희 가문에서 관습적으로 받는 헌금이지요."

"세상에."

충격에 턱이 벌어졌다. 커다란 벽난로가 타닥거리는데도 실내는 귀신이 지나간 듯 써늘해졌다. 말도 안 됐다. 황제는 지방 영주가 걷는 세금을 수확량의 최대 3할로 제한하고 있었고, 자신은 백성들로부터 국세 1할을 받았다. 이건 내게 영지가 생길 무렵 제일 먼저 공부한 부분이었다. 영주가 4할 이상을 가져가는 경우는 전쟁 시대 때나 존재했을 텐데, 그보다 높은 5할을…

"친구분의 영지는요?"

엘리자베트 경이 고저 없는 목소리로 물으며 뒤쪽을 보았다. 남작의 벗이라는 놈이 목을 가다듬었다.

"저, 저는 총 4할입니다."

"…"

자신이 그나마 낫지 않느냐는 말투였다. 내가 보기에는 똑같은 인간들이었다. 팔뚝에 소름이 돋았다. 마주 본 크리스텔의 눈빛이 분노로 찰랑거렸다. 그녀가 속삭였다.

"폐하께서 저 사실을 모르셨을 리 없습니다. 앙드레지 백작가 얘기도 그렇고요."

"네. 빅투아르에게 관심을 주기 싫다는 명분만으로 그리 행동하시는 게 아닙니다. 폐하께선…"

그때, 남작이 태자에게 약삭빨리 절을 올렸다. 나는 자리에서 벌떡 일어났다. 어딜.

"틸리에 남작, 당신은 어차피 폐하의 죄인이 될 겁니다. 그러니 끌려가기 전에 사과부터 하세요."

"사과라 하심은,"

"그래서 여기 바카리 단장은 왜 때렸습니까? 그것까지 설명하고 정식으로 사죄하십시오. 나머지는 감옥 가서 떠드시면 되겠습니다."

내가 까먹을 줄 알았냐고. 이가 절로 갈렸다. 옆얼굴에 닿는 예언가의 시선이 느껴졌다.

* * *

"살살 묶읍시다! 예?"

"술 먹고 주먹질 좀 했다고 잡아가? 폐하께선 이리 깐깐하신 분이 아닙니다! 내가 그분을 아는데… 아! 내 팔! 아프다고!"

잔 틸리에 남작과 그녀의 친구가 근위대원들의 손에 야무지게 포박됐다. 보통 이런 싸움은 황실 근위대가 아닌 황도 수비대의 소관이지만, 오늘은 현장에 황족이 있었고 중과세 문제가 얽혔기에 근위대가 소환됐다.

술집 '블루아' 바깥에 황실 마차와 호송 마차가 길게 늘어섰다. 타고 온 말들은 맨몸으로 우리와 동행하게 됐다. 열린 문밖으로 보이는 하늘은 어느덧 깜깜했고, 얼핏 모데스트 바카리의 머리색을 닮아있었다. 나는 옆을 돌아보았다. 예언가는 몹시 차분한 얼굴로 로브를 걸치고 서있었다. 물수건으로 피를 뺀 부분이 구깃구깃 울었다.

'개눈깔. 그게 저 바카리 자작가 둘째의 별명입니다. 암암리에 다들 그렇게 부릅니다. 본인도 알 겁니다.'

자초지종을 묻는 내 말에, 틸리에 남작은 대뜸 그렇게 답했다. 친구들과 나는 충격을 받았다.

'그게 무슨…'

'생각해 보십시오, 왕자님. 단장은 죽음을 봅니다. 내 미래가 저 자에게 읽혔다? 나도 모르는 나의 마지막을 들켰다? 그보다 기분 더럽고 재수 없는 일이 있겠습니까. 그런데 심지어 그것을 폐하께 정기적으로 고하는 것이 직업입니다.'

'원해서 얻은 능력이 아니잖아요. 본인도 괴로움과 어려움이 많을 겁니다. 이해는 못 하더라도 존중해 줄 수는 없겠습니까?'

'그럼 주변인들은 얼마나 괴롭고 어렵겠습니까. 오죽하면 자작 부부가 모데스트Modeste라는 이름을 붙였을까요? 그저 평범하고 모나지 않은 존재가 되길 바란 겁니다.'

'가는 곳마다 불행을 읊고 다니니, 원.'

그녀가 술내를 풀풀 풍기며 혀를 찼다. 남작의 말을 통해 대강의 상황을 파악하기는 어렵지 않았다. 가문의 보살핌과 지지를 받지 못하는 자식. 그것을 알고 쉽사리 그를 괴롭히는 외부인들. 나는 본능적으로 예언자를 가로막고 섰다. 이런 말을 계속 듣게 할 수는 없었다. 절로 단단한 음성이 흘러나왔다.

'폭언은 그만두세요. 그런 식으로 상처 주라고 앞뒤 정황을 물은 게 아닙니다.'

'상처가 아니라 있는 그대로의 사실이지요. 제가 잘나신 개눈깔 님의 예언 한마디 듣고 싶다, 도둑맞은 재산을 되찾을 수 있겠느냐 물었더니 그러더군요.'

그러자 뒤편에 묵묵히 서있던 바카리가 말을 받았다.

'내가 무슨 말을 해도 달라지는 건 없습니다. 그쪽은 곧 나를 때릴 겁니다. 그 짓밖에 할 줄 아는 게 없을 테니.'

'…'

'그리 말했습니다. 하여 안경도 벗었습니다.'

나는 놀라서 녀석을 내려다보았다. 예언자는 그제야 생각이 났다는 듯, 품에서 주섬주섬 동그란 안경을 꺼내 썼다. 깡패 남작은 그를 보며 피식피식 웃음을 흘렸다.

'미안합니다, 때려서. 순간적으로 욱해서 그랬습니다.'

'…'

'그러게 왜 그 따위 예지를 해요? 맞고 싶어서 작정한 인간처럼. 아, 죄송하게 됐습니다.'

내가 노려보자 그녀는 다시금 바카리에게 사과했다. 진심이 아니

라는 건 누구라도 알 수 있었다. 너무 밉고 화나서 이가 갈리는데,

'-퍼억!'

'커흑!'

하늘다람쥐처럼 날아든 크리스텔이 그녀의 등짝에 왕주먹을 날렸다. 뭐라고 말릴 틈도 없었다. 주인공은 비척대는 남작의 다리를 걸어 넘어뜨리고는,

'-콰앙!'

'아으!'

번개처럼 그녀의 상체를 깔고 눕더니,

'나이를 허투루 먹었지, 아주!?'

'아! 아아아! 아파! 악!'

팔 한쪽을 야무지게 붙잡아 꺾었다! 남작의 비명이 술집을 쩌렁쩌렁 울렸다. 경악한 귀족들이 썰물처럼 뒤로 물러섰다. 암록armlock에 걸린 남작이 발버둥 쳤고, 크리스텔은 이를 악다문 채 푸른 눈을 형형하게 떴다. 황태자의 곁을 지키던 요한 경이 '역시 학습력이 좋아요. 사르네즈 경은 뛰어난 학생이네요' 하고 칭찬했다. 대체 언제 가르친 건데?!

'팔 부러져! 부러진다고요! 아억!'

'사과해! 진심으로 사과하라고! 어디서 못돼 처먹은 것만 배워 가지고!'

크리스텔이 버럭버럭 외쳤다. 상석의 세드리크 태자가 코웃음 쳤다. 이번 건 확실히 알겠다. 너 지금 사이다를 병째 들이켜고 있는 거지?

'아악! 할머니! 할머니 손녀 죽어!'

'팔 부러진다고 안 죽어! 당장 사과 안 해?!'

'놔! 아아! 놓으라고!'

'어! 그래! 어디 네 팔 먼저 부러지나, 내가 먼저 지치나 보자! 참고로 나 성기사다!'

그녀가 목에 핏대를 세우며 고함쳤다. 취기로 붉게 물들어 있던 중년인의 낯이, 이번에는 고통으로 시뻘게졌다. 남작은 결국 침을 튀기며 소리 질렀다.

'미안해! 정말 미안해! 반성할게!'

'존댓말로 해!'

'미안합니다! 다시는 당신 험담 안 하고, 주먹도 함부로 휘두르지 않겠습니다! 단장님!'

탁! 크리스텔이 양팔을 풀고 발딱 일어났다. 남작의 친구라는 놈이 서둘러 그녀를 수습했다. 숨죽여 지켜보던 귀족들은 앞다투어 손뼉 치고 탄사를 쏟아냈다. 엘리자베트 경이 크리스텔과 진한 포옹을 나누며 '시드르 100잔 마셨습니다' 하고 속삭였다. 나는 슬쩍 뒤돌아 바카리의 표정을 살폈다.

'...'

청은색 눈동자가 휘둥그레 커져있었다. 다행히 부정적인 빛은 보이지 않았다. 사죄를 받는 게 처음이었을까? 어쩌면 누군가 자신의 편을 들어주는 일 자체가 처음이었을지도 모른다.

"왕자님, 이만 돌아가시죠. 소란이 컸으니 다음 일정은 취소하시는 게 좋겠습니다."

듬직하고 다정한 목소리가 울렸다. 나는 퍼뜩 상념에서 깨어났다. 부근위대장과 마부가 나를 보며 미소 짓고 있었다. 거리 곳곳에 모여 웅성이는 이들도 보였다.

높으신 분들이 술 마시러 들어갔다가, 더 높으신 분한테 잘못 걸려 끌려 나오고 있으니 이목이 쏠릴 법도 했다. 나는 두 사람에게 잠시만 기다려 달라 부탁하고 바카리를 찾았다. 꼬마는 홀로 자작가의 마차에 오르고 있었다. 내가 움직이자 요한 경이 뒤를 따랐다.

"바카리 군."

"…예서 왕자님."

밤공기가 찼다. 나는 조심스레 입을 뗐다.

"그, 다른 귀족들도 바카리 군을 위해서 싸운 거랍니다. 일방적으로 맞는 게 옳지 않다고 생각해서 말리다가 그렇게 판이 커졌대요. 이미 아시겠지만."

예언자는 침묵했다. 나도 더는 보탤 말이 없었다. 세상에 나쁜 사람보다 좋은 사람이 훨씬 많다는 진실을 확인받는 건 기쁜 일이다. 하지만 다친 녀석을 돌봐준 이가 없었던 것도 사실이었다. 앞날을 보는 존재에게 가까이 가고 싶지는 않았던 걸까.

"더 할 말 없으시면 먼저 가보겠습니다."

"빵 먹으러 오지 않겠습니까?"

내가 불쑥 말했다. 뚝심이 부끄럽다는 양 품을 파고들었다. 예언자는 어이없다는 눈빛으로 나를 돌아보았다. 특유의 건방진 태도를 그새 회복한 것 같았다. 등 뒤에서 요한 경이 낮게 웃는 소리가 들렸다. 실패한 대화가 벌써 창피했지만, 꿋꿋이 얼굴에 금과 티타

늄 합금을 깔았다. 나는 아이언맨이다…

"쥘리에트 궁이 다시 손님을 받고 있는데, 우리 주방장 로랑스가 못 굽는 빵이 없거든요. 구미가 당기면 놀러 와도 됩니다."

"…"

"빅투아르 당드레지에 관한 제보도 환영이고요."

내가 잽싸게 덧붙이고 씩 웃었다. 바카리는 별 희한한 놈 다 본다는 눈길로 나를 응시하더니, 깍듯이 절한 후 마차에 올라탔다. 나는 스스로의 말주변에 탄식하며 자리로 돌아왔다.

뚝심이가 이제 와서 위로하듯 삐삐 울었다. 좀 멋들어진 멘트를 떠올릴 순 없었냐, 정예서. 네가 여덟 살이나 형이잖아. 말하고 싶은 게 있으면 언제든지 와도 되는데.

"…응?"

어느 틈에 마차엔 선객이 있었다.

"꾸물거리는군."

"왕자님, 합승해도 괜찮을까요?"

태자와 크리스텔이 한 좌석에 나란히 앉아 나를 바라보고 있었다. 동승 못 할 것도 없고, 웬일로 둘이 예쁘게 같이 있나 싶어 싱글벙글 탑승했다. 그러자 크리스텔이 '으쌰' 하며 일어나 내 곁에 척 앉았다.

앞과 옆이 순식간에 두 남녀로 막혔다. 요한 경은 대각선 방향에 자리했다. 음, 이 구도가 아닌데. 그러거나 말거나 마차는 달리기 시작했다.

-다그닥, 다그닥…

"…"

우리는 한동안 조용히 흔들림에 몸을 맡겼다. 하지만 각자의 머릿속은 분주히 돌아가고 있을 게 분명했다. 일단 나부터가 그랬다. 나는 창밖을 보며 오늘 알게 된 것들을 하나하나 정리했다. 당장은 펜이 없으니 손가락을 접어가며.

첫째. 빅투아르는 정말로 앙드레지 백작가의 사생아일지도 모른다. 도둑질은 집안에 대한 복수심에서 시작했을 수 있다.

둘째. 그녀는 진짜 의적이었다. 단순히 평민층의 호응을 얻기 위해서가 아니라, 실제로 백성을 괴롭힌 귀족의 재산을 훔쳐 나누어 주었다.

셋째. 위와 같은 부분을 프레데리크 황제가 몰랐을 리 없다.

넷째. 이상한 일이다. 복수심에서 비롯한 도적질로 여태 승승장구했다면, 왜 갑자기 나를 훔치려 드는가? 이런 전략은 오히려 자신을 위험하게 만들 뿐이다. 단지 유명세를 원해서? 내가 아니어도 언젠가는 전국적인 명성을 떨쳤을 텐데.

"어?"

나는 눈을 부릅뜨고 후다닥 창문에 이마를 댔다. 마차는 이제 거대한 클레르 광장을 돌아 나가고 있었다. 죄인을 싣고 뒤따르는 호송 마차와 병사들이 보였다. 하지만 내가 주목한 것은 우리 행렬이 아니었다. 크리스텔과 태자도 시선을 한데 모았다. 주인공이 입을 쩍 벌렸다.

"미친, 저거 그 작자죠?"

"네, 아무래도요!"

내가 급히 마차 지붕을 두드렸다. 똑똑똑! 선명한 소리에 마부가 '워어, 워!' 하고 응답했다. 주행 속도가 서서히 느려졌다. 가로수와 노점상에 가려 잘 보이지 않았지만 하나만큼은 확실했다. 전쟁 군주 로메로 리에스테르의 동상 옆에, 누군가 긴 머리칼과 망토를 휘날리며 우리를 보고 서있었다. 이지러지기 시작한 달빛을 독점한 채.

"마담 빅투아르!"

-달칵!

마차 문이 열렸다. 마부는 의아한 낯이었다.

"전하, 왕자님. 어쩐 일로,"

"잠깐 다녀오겠습니다!"

우리는 바깥으로 우르르 쏟아져 내렸다. 영리한 뚝심이도 가슴팍에서 퐁! 하고 솟아올랐다. 나는 녀석과 이마를 맞대고 짧게 기도했다. 주신이시여, 오늘은 저 도둑을 잡는 걸 허락해 주세요.

-사아아아, 펄럭!

휘이잉…! 나는 뚝심이의 날개를 달고 삽시에 천공으로 솟구쳤다. 로브 자락이 요란히 휘날렸다. 빠르게 가까워지는 시야엔…

"없어, 젠장!"

나는 이를 악물었다. 로메로 동상 주변이 어느새 텅 비어있었다. 광장에서 길거리 음식과 와인을 즐기던 평민들이, 나를 보고 기절할 듯 놀라 바닥에 엎드렸다. 보아하니 그곳에 빅투아르가 있었다는 사실조차 알아차리지 못한 눈치였다.

"괜찮습니다! 일어나셔도 됩니다. 지나가던 길이에요."

나는 손을 내저으며 동상 곁에 조심조심 내려섰다. 팔랑, 뚝심이가 착하게 날개를 접었다. 함께 날아와 준 요한 경은 사뿐히 착지해 나를 호위했다. 멀리, 태자의 명으로 근위대원을 파견하는 엘리자베트 경이 보였다.

크리스텔은 광장에 모인 이들의 면면을 확인하며 탐문 수색을 벌이고 있었다. 나는 동상 주변을 꼼꼼히 뒤졌다. 혹시 빅투아르의 흔적이 남았을지도 몰랐다. 그럴 리는 없겠지만…

"있네?"

내가 멍하니 중얼거렸다. 로메로의 발치에, 타로 카드 한 장이 거꾸로 떨어져 있었다. 나는 품에서 손수건을 꺼내 신중히 그것을 감싸 쥐었다.

'태양'.

그리고 구석에, 자세히 관찰해야 보이는 핏자국 조금.

* * *

이튿날, 우리는 쥘리에트 궁에 모였다. 요한 경은 바카리와 나의 대화가 재밌었는지 응접실에 '빵집'이라는 암호를 붙이자고 제안했다. 태자와 내가 반대했으나, 크리스텔과 엘리자베트 경이 신난다고 찬성하는 바람에 결국 그렇게 정해졌다. 내 편이 메인 남주밖에 없다니 정은서가 알면 폰 잡고 뒤집어질 일이었다. 물론 저 녀석은 황족의 품위 어쩌고를 1순위로 고려했겠지만.

"예서 왕자님께서 확보하신 증거물 외, 간밤에 다른 소득은 없었습니다. 폐하께서 대대적인 수색을 원치 않으시니 골목을 순찰한 게 전부였는데, 수상한 자를 보았다는 신고도 접수되지 않았다고 합니다. 잔 틸리에 남작과 그녀의 친구는 황도 감옥으로 이송됐습니다. 세금 문제는 폐하께서 가장 중요하게 여기시는 부분인 만큼, 쉽게 빠져나가기 어려울 겁니다. 폭행 사건도 얽혀있고요."

소백작이 또박또박 상황을 정리했다. 우리는 고개를 끄덕이며 그녀의 말을 경청했다. 그동안 뱅자맹과 다비드가 갓 구운 빵을 테이블에 잔뜩 올려주었다. 본격적인 추리를 늘어놓기 전에 간식 배부터 채워야겠다고 마음먹는데,

-똑똑

가나엘이 빵집 문을, 아니지. 탐정 사무소 문을 두드리고 들어왔다.

"왕자님, 손님이 왔습니다."

"손님? 에바?"

"아뇨, 그."

금색 눈이 난감한 빛을 띠었다.

"플뢰르 드 리스의 단장이, 빵 먹으러 왔다는데요…"

소년의 목소리가 작아졌다. 크리스텔과 소백작이 나란히 엎드려 흐느꼈다.

3.   ✦ 시계 종이 여러 번 울릴 때

그러나 엘리자베트 경은 프로였다. 가나엘의 안내를 받은 모데스트 바카리가 우리 앞에 나타날 때쯤, 그녀는 근엄한 부근위대장의 낯을 하고 있었다. 크리스텔은 갑자기 요한 경과 중요한 얘기를 나누는 척했다.

"그렇죠. 헤릿은 역시 태자 전하보다 저를 더 좋아하는 거죠."

"아무래도요. 하지만 전하께서 용돈으로 주신 금화 주머니를 머리맡에 두고 자더군요."

"아. 또 돈으로 승부 보려고 하네."

크리스텔이 진심 어린 어조로 툴툴거렸다. 실제로도 중요한 대화야?

"…세드리크 황태자 전하와 예서 페네티안 왕자님을 뵙습니다."

탐정 사무소에 입성한 예언자가 딱딱하게 예를 차렸다. 어제의 침울한 얼굴은 간데없고, 다시금 찰짜 같은 모습이었다. 커다랗고 동그란 안경테 아래 청은색 눈동자가 영민한 빛을 냈다.

마주 인사하는데 청소년의 로브에 우연히 눈길이 닿았다. 내가 물수건으로 문질러 피를 뺀 고급 원단이 우그렁쭈그렁했다. 당연히 여벌이 있을 줄 알았는데. 저거 한 벌밖에 없나? 아니, 이게 아니지.

"정말 빵 먹으러 왔네요, 바카리 군. 푸가스 좋아합니까? 방금 나온 거라 따끈따끈합니다."

내가 미소 지으며 말했다. 언제든 속을 털어놓을 곳이 필요하면 와주길 바랐는데, 이렇게 빨리 만나게 될 줄은 몰랐다. 그러자 그가 이상한 소리를 들었다는 양 인상을 구겼다.

"빵은 일종의 암호 아니었습니까? 저는 빅투아르 당드레지에 관한 첩보를 드리러 온 겁니다. 관련 제보를 받는다고 하신 것으로 기억합니다. 여러분께서 황명으로 그 도둑을 쫓고 계시다는 소식도 들었습니다."

어… 나는 입을 벙긋거렸다. 대뜸 빵 먹으러 오라고 하기만 뭐해서 그렇게 덧붙인 건데, 예언가가 곧이곧대로 받아들였을 줄은 몰랐다. 훌륭히 표정을 수습했던 소백작이 결국 입술을 말고 창밖으로 눈길을 던졌다. 세드리크 태자는 조용히 에스프레소를 음미할 따름이었다. 말문을 연 건 우리의 주인공이었다.

"물론, 우리 빵집 탐정 사무소는 언제나 의뢰인과 제보자들에게 열려있습니다. 신사분께서 어떤 이야기를 들려주실지 기대가 되는군요. 거기, 빈자리에 앉으시죠."

짧게 턱짓한 크리스텔이 품에서 파이프를 꺼내 물었다. 이내 딸기 맛 사탕에서 분홍색 김이 몽실몽실 솟아올랐다. 바카리는 순순히 몸을 움직였다. 의문은 오롯이 내 몫이었다. 빵집이면 빵집이고 사무소면 사무소지, 빵집 탐정 사무소는 또 뭔데?

* * *

이후로 나는 조금 바빴다. 문이 열린 틈으로 후다닥 뛰어든 레서판다 삼총사가 내게 엉겨 붙은 탓이었다. 데미의 입에 석류알을 넣어주고, 테이블을 뒤집어 놓으시려는 페리를 막고, 낮잠을 자겠다는 레아를 살살 어르고 있자 바카리가 묘한 표정을 했다. 이건 약과인데. 정뚝심하고 정티테까지 있으면 세 배 이상 정신없는데.

"우리 사무소는 직장 내 돌봄 문화가 정착된 곳입니다. 육아 품앗이라고 들어는 보셨나?"

그렇게 둘러댄 크리스텔이 레아를 데려가 보듬었다. 레서판다는 반쯤 감긴 눈으로 짧은 다리를 바동거리다가, 그녀에게 폭 안겨 잠들었다. 나는 페리를 태자 놈의 무릎에 넘기고 겨우 한숨 돌렸다. 놈은 눈썹을 까딱이면서도 자신의 복근을 등반하는 신수를 못 본 척해주었다. 바카리는 우리를 혼란스러운 시선으로 응시하더니,

"…본론만 말씀드리겠습니다. 빅투아르는 황도를 떠나 남쪽으로 향했습니다."

하고 말했다. 나는 깜짝 놀라 되물었다.

"떠났다고요? 그걸 어떻게 압니까?"

"간밤에 마차를 타고 클레르 광장을 통과하다가, 로메로 선황 폐하의 동상 옆에 선 인영을 목격했습니다. 왕자께서 직접 쫓으셨으

니 그자가 빅투아르였겠지요."

"네, 우리는 그렇게 생각하고 있습니다."

내가 대답했다. 바카리의 말투가 예리해졌다.

"찰나였지만 그녀의 미래가 보였습니다. 동틀 녘에 낡은 로브를 뒤집어쓰고, 온몸을 가린 채 어느 화물 마차에 올라 황도를 뜨더군요. 얼굴은 확인할 수 없었지만 계시 자체는 분명합니다."

크리스텔이 파이프를 빼끔거렸다.

"사실이라면 엄청난 정보네요."

"당연히 사실입니다. 저는 8급 마법사이며 폐하의 지엄한 물음에 답하는 플뢰르 드 리스의 단장입니다."

그렇게 말한 청소년이 허리를 꼿꼿이 세웠다. 예언을 확신하는 눈빛이 또랑또랑했다. 이건 예상치 못한 태도였다. 전무후무한 수준의 예지력 때문에 가문의 인정과 보호를 받지 못하고, 모르는 이들에게도 질 나쁜 배척을 당하고 있는데… 본인은 자신의 특기를 상당히 자랑스러워하는 듯했다. 스스로를 '마도구'로 칭하는 건 문제라고 생각하지만, 이런 경우도 있을 수 있구나.

"다른 정보는?"

태자가 낮게 물었다. 주황색 눈동자가 특유의 권위적인 빛을 띠었다. 바카리의 기세가 살포시 꺾였다.

"송구합니다, 전하. 그자가 사라지기 전에 본 것은 그게 전부였습니다. 어떤 화물 마차를 탔는지, 정확한 목적지가 어디인지는 알 수 없었습니다."

"아닙니다, 충분히 도움이 됐습니다. 제보 고맙습니다, 바카리 군."

내가 웃으며 답했다. 그는 나를 잠시간 바라보더니 자리를 털고 일어났다.

* * *

"엥?"
"잠깐, 어딜 갑니까."
물론 크리스텔과 내가 식겁해서 다시 앉혔다! 갓 구운 빵이 산더미처럼 쌓여있는데 빈속으로 보내는 건 안 될 말이었다. 두껍게 썬 팽 콩플레 조각에 꿀과 치즈를 잔뜩 얹어 먹이고, 따뜻한 카페오레도 마시게 하니 비로소 마음이 놓였다.

단장은 큰 혼돈에 빠진 기색이었지만 어쨌든 주는 건 다 비우고 물러갔다. 피살라디에르도 포장해 주려고 했으나, 태자가 노골적으로 불편한 심기를 드러내 실행하지 못했다. 진짜 웃기는 놈이다. 저는 나한테 온갖 까까를 어린애 모습으로 받아 갔으면서. …혹시 외부인은 테이크아웃 안 되는 건가?

"황도를 떠나 남쪽으로 향했다면, 역시 앙드레지로 간 걸까요?"
크리스텔이 벽난로 앞에 서서 심각하게 물었다. 그녀는 탐정 사무소 콘셉트에 충실하고자, 커다란 목판에 빨간 실로 빅투아르의 행적을 표시해 놓았다. 상단엔 '괴도 숙녀 빅투아르 체포 작전'이라고 꼬불거리는 글씨도 써넣었다. 파란 실로는 광대패의 이동 경로를 그렸다. 어느덧 수영을 마치고 돌아온 티테가 레서판다들과 벽로 주변을 뒹굴고 있었다.

"일단 그곳이 유력해 보입니다. 앙드레지 가문에 원한을 품고 있을 공산이 크니까요. 오전에 부하들과 대화를 해봤는데, 중부 출신 녀석은 대부분 백작가의 세계 이야기를 알고 있더군요. 술집에서 만났던 주폭과 같은 진술을 했습니다. 다만 풍문 정도로 떠도는 말인 듯했습니다."

엘리자베트 경이 대답했다. 태자가 다비드를 불러 앙드레지로 가는 마차를 채비하도록 일렀다.

"그럼 왜 갑자기 노선을 틀었을까요? 왕자님을 훔치겠다더니."

"황도로 시선을 돌려놓고, 자신은 가문에 궁극적인 복수를 하려는 것 아닐까요? 백작을 살해할 목적일 수도 있습니다."

크리스텔과 소백작이 신나는 추리 쇼를 이어갔다. 나는 테이블에 펼쳐둔 타로 카드 해설서들을 뚫어져라 노려보았다. 곁에는 빅투아르가 두고 간 '태양' 카드가 놓여있었다. 정확히는 뒤집힌 태양이었다.

"태양이 프레데리크 폐하를 암시하는 건… 아니겠죠. 저를 노리다가 폐하 이야기를 하는 건 좀 뜬금없기도 하고, 그분은 소드마스터고. 다 떠나서 군주를 겨냥하는 건 반역이잖습니까."

"그래."

조각처럼 앉아있던 태자가 대답했다. 나는 이어서 해설서를 가리켰다.

"그런데 뒤집힌 태양 카드가 의미하는 게 너무 많습니다. '내면의 어린아이', '부정적 성향', '지나치게 낙관적인', '우울'…"

"해석의 폭이 과하게 넓군."

"응. 어떻게 감을 잡아야 할지 모르겠어요. 게다가 여기 피가 묻은 게 신경 쓰입니다."

내가 카드 끄트머리를 짚었다. 누렇게 바랜 종이에, 보일락 말락 하는 핏자국이 있었다.

"무척 희미하네요."

소리 없이 다가온 요한 경이 카드를 들어 냄새를 맡았다.

"네. 피를 통해서 뜻하고자 하는 바가 있었다면 더 잘 보이는 곳에 확실하게 뿌렸을 텐데, 꼭 어디 잘못 스쳐서 묻은 것처럼 보입니다. 실수인 듯싶어요."

"용의자에게 살인이나 폭행 전과가 있나?"

태자가 날카롭게 물었다. 나는 곧장 고개를 저었다.

"아뇨. 광대는 성이 없는 고아가 대부분입니다. 그런 중죄를 저질렀다 잡히면 재판 없이 중형을 받을 수 있는 거 아시잖아요."

"질병력은?"

"그렇지 않아도 재간둥이 세르주에게 물었습니다. 한데,"

부스럭부스럭. 나는 심문할 때 받아 적었던 종이를 찾아 맨 위에 올렸다. 문장을 훑던 태자의 눈매가 가늘어졌다.

"…죽은 노파였나."

"네, 폐병으로 고생하던 건 폼 할머니였답니다. 세르주뿐 아니라 다른 광대들도 진술한 내용입니다. 할머니는 종종 피를 토했지만, 동료 곡예사들이 은퇴를 권해도 듣지 않았습니다. 마지막까지 무대에 남고 싶다는 뜻을 여러 번 밝혔대요. 결국은 마차 사고로 사망했습니다. 손녀인 앙리에트는 평소 잠이 많다는 증언이 있었는데, 하루에 열여덟 시간씩 자기도 했답니다. 그래서 교대 공연을 주로 했습니다. 그 밖에 특별한 이상은 없었다고 하고요."

"…"

그러자 태자가 무섭도록 묵묵해졌다. 조심스레 그의 표정을 살폈지만 무엇도 읽어낼 수 없었다. 이럴 때 캐물으면 오히려 소라게처럼 숨어버리는 성격이니, 나도 나름의 추리나 해보기로 했다.

"음."

개인적으로 가장 걸리는 건, 황제의 태도였다. 그녀는 어째서 우리에게 아는 정보를 전부 제공하지 않았을까? 우리를 시험하기 위해? 왜 굳이? 정말로 우리가 황궁에서 허송세월하는 게 아깝다고 여겨서?

아니면 반드시 우리여야 했나? 내가 납치 미수 당사자니까? 당장 황제궁에 가서 물어본다 해도 그녀는 답을 주지 않을 것이다. 그냥 별것 아닌 제왕의 변덕일 수도 있는데, 어쩐지 그게 자꾸만 신경을 거슬렀다. 대체…

문득, 가나엘이 두고 간 잡지가 눈에 들어왔다. 〈격주간 리에스테르〉 12월 1일 호. 정신이 없어 아직 읽어보지 못한 신간이었다. 나는 무심코 페이지를 넘겼다. 수확제 마지막 날 시가행진에서 있었던 '범행 예고 소동'은 실려있지 않았다. 황실의 압력이 들어갔을 수 있겠지만, 발행일이 하루 남은 상황에서 기사를 추가하기도 쉽지 않았을 것이다.

-팔랑, 팔랑…

"앗, 여기 왕자님 영지 얘기도 있어요."

그새 다가온 크리스텔이 한곳을 짚었다. 우리는 머리를 맞대고 사라 벨리아르 경의 기사를 읽었다.

'…세레니테 후작 예서 왕자님의 영지는, 1년 전과 완전히 다른 풍경으로 필자를 맞았다. 땅 위의 모든 것이 새로이 태어났다고 하면 믿겠는가? 눈에 띄는 곳은 물론 인적이 드문 장소에도 화려한 색감의 크고 작은 회화가 가득하다. 영지민들은 배부른 낯으로 들꽃을 엮어 울타리를 장식하고, 추수철 농기구를 두드리는 대장장이들은 영감 얻은 조각가와 같이 기꺼워 보인다. 단풍이 작별을 고하는데도 관광객의 마차 행렬은 끊이지 않는다.

여기서 끝이 아니다. 왕자님이 직접 죄를 사하고, 영지 소속의 종신 화가로 고용한 조안 드 아스(우리 독자들에게는 하더 O. 얀선이라는 이름으로 더 유명할 것이다)의 신작 〈달의 초상〉이 12월 초 공개를 앞두고 있다. 후작령 신전 입구에 걸릴 천재 작가의 이번 작품은 캔버스에 유화…'

찌르르! 어떤 가능성이 강렬히 뇌리를 스쳤다.

"헉."

나는 퍼뜩 고개를 들었다. 크리스텔의 청회색 눈동자가 땡그랗게 커져있었다.

"왕자님, 아스 씨가 왕자님을 그린다고 하지 않았습니까?"

"맞습니다. 가나엘이 밑그림을 가지고 있어요. 샹탈이 보낸 편지에 같이…"

영지 초입에 있는 아담한 신전에, 조안이 내 얼굴을 그려서 건다고 했다.

'신국의 달을 훔치러 가겠어요.

-마담 빅투아르'

〈달의 초상〉.

나는 숨을 들이켰다. 태자가 즉시 기립했다.

"앙드레지가 아닙니다. 엘리자베트 경, 세레니테 후작령으로 가는 호위를 준비해 주세요. 뱅자맹과 다비드도 불러주십시오!"

"네, 왕자님!"

그녀가 순식간에 사무소를 박차고 나갔다. 때마침 요한 경이 내게 타로 카드를 내밀었다. 살며시 혀를 감추는 게, 그새 핏자국을 맛본 모양이었다. 세상에.

"피가 오래되지 않았어요, 전하. 아무래도 카드를 남기던 당일에 묻은 것 같네요."

그러고는 상냥하게 눈꼬리를 휘었다. 나는 아연실색하며 카드를 받아 들었다. 뒤늦게 콩콩거리며 걸어 들어온 뚝심이가, 포도동 날아 타로 카드 해설서에 앉았다. 녀석은 고개를 갸웃거리더니 부리로 한 단어를 콕콕 찍어댔다. 네 쌍의 시선이 자연히 그곳을 향했다. 역방향 태양의 또 다른 의미.

'슬픔.'

숨 쉬는 모카빵의 힌트는 강력했다. 아이들을 버리는 백작가, 돌아가신 할머니, 사라진 손녀, 달의 초상, 핏자국, 슬픔. 머릿속에서 빠르게 퍼즐이 맞춰지기 시작했다.

* * *

해거름이었다.

-부스럭, 부스스…

여인은 비틀거리며 드넓은 잔디밭 위에 섰다. 어렵사리 들고 온 바구니는 던지다시피 내려놓았다. 이제는 정말로 숨을 쉬기가 쉽지 않았다. 당장이라도 무릎이 고꾸라질 듯했으나 버텨보기로 했다. 견디는 힘이야말로 그녀 영혼의 일부였으므로.

"헉, 허억, 윽…"

허탈하고, 허망하며, 헛되도다. 그런 텅 빈 문장이 머릿속을 스치고 지나갔다. 그녀의 육신이 한계를 호소하고 있었다. 주인을 닮아 안온한 서남부의 작은 영지에는, 찬 바람이 불지 않았다. 춥지 않은 곳에서 마지막을 맞는 것은 고아에게 최고의 호사일지도 모른다.

빈손으로 와서 맨몸으로 떠나가는 삶이었다. 자신뿐 아니라 광대패의 모두가 마찬가지였다. 그러니 외로운 죽음은 처음부터 예정된 일이었다. 한데 왜 이리 허무한가. 짧은 세월, 대관절 무엇을 위해 그토록 몸이 부서져라 살았나.

"하. 하하하…"

여인은 눈앞에 펼쳐진 광경으로 헛숨을 뱉어냈다. 리에스테르 제국은 부강한 땅이었다. 현 황제는 백성을 친애하는 자였으며 굳건한 권위를 자랑했다. 제국의 바닥을 사는 광대일지라도 그녀가 어떤 사람인지는 들어 알았고, 배워 익혔다.

그러나 황제는 너무나 높은 곳에 있었다. 그것이 그녀의 유일한 흠이었다. 아무리 아랫것들을 사랑하고 노력해도, 군주가 영토의 모든 모퉁이와 구석과 틈을 샅샅이 훑을 수는 없는 법이었다. 그것은 물리적으로 불가능했다. 임금은 인간이지 주신이 아니었다.

"아니, 아니지."

여인이 중얼거렸다. 오히려 주신이었다면 자신에게 더 냉혹했을지도 모른다. 변덕스럽기 짝이 없는 대륙의 유일신은 때로 치가 떨릴 만큼 잔인했다.

"…왜 그리 열심히 기도했을까."

복수에 성공하지도, 목숨처럼 소중한 이를 지키지도 못했다. 돌이켜보니 살면서 주신의 은혜를 입은 적이 없었던 것 같았다. 그랬다면 인생의 끝이, 이렇게 가뭄 든 대지처럼 쩍쩍 갈라질 리 없으니까.

-꽥꽥, 끼루룩!

가까이에서 기러기 떼가 뒤뚱거리며 젖은 발을 털었다. 그 모습이 내심 부러웠다. 여인은 우두커니 서서 욕심껏 다른 존재의 온기를 눈에 담았다. 그것이 그녀의 마지막 도둑질이었다. 그리고 최후를 기다렸다.

* * *

석양이 넘어간 지평선 근처가 남보라로 물들었다. 어느덧 천공에는 별이 총총 박혀있었다.

-다그닥, 다각, 다각!

"저기 보입니다, 왕자님. 후작령 신전이에요!"

크리스텔이 마차 창밖을 가리켰다. 나는 율리터의 머리장식을 세게 쥐었다. 우리는 몇 시간 전 쥘리에트 궁에서 정신없이 출발했다. 마차에 뛰어들고 포털에 올랐다 내려오기 바빠, 장식을 상자에 넣을 틈도 없었다. 급한 대로 크리스텔 종이 든 안주머니에 소중히 챙겼다. 연락도 없이 황실 마차가 나타나자, 신전을 지키던 두 기사가 깜짝 놀라는 것이 보였다.

"워어, 워!"

-*히히힝!*

세레니테 후작령 어귀에 긴 행렬이 신속히 늘어섰다. 우리는 마부가 문을 열어 주자마자 구르듯 하차했다. 뚝심이도 함께였는데, 녀석은 삽시에 하늘로 솟아올라 모습을 감추었다. 우리의 면면을 확인한 기사 하나가 영주성 방향으로 부리나케 달려갔다. 시종 총괄인 샹탈에게 말을 전하려는 모양이었다. 나머지 한 명은 후닥닥 절을 올렸다.

"세, 세드리크 황태자 전하와 예서 페네티안 후작님을 뵙습니다!"

"안녕하세요. 저기, 그림은 어디 있습니까? 조안의 신작 말입니다. 〈달의 초상〉요."

내가 급히 물었다. 기사가 대답하려는데,

"어? 꽃송이 후작님 아니야!"

작다란 신전의 주랑 끝에서 반가운 낯이 터벅터벅 걸어왔다. 그녀를 감시하던 병사 두엇이 우리를 향해 헐레벌떡 묵례했다.

"추워서 내려왔어?"

몰락한 아스 남작가의 첫째, 조안 드 아스였다. 머리를 감싼 화려한 천이 겨울을 맞아 두꺼워졌고, 뺨과 손이 물감으로 얼룩덜룩하다는 것 외에 크게 달라진 점은 없었다. 잘 먹고 잘 지냈는지 연갈색 피부가 건강한 빛으로 반짝거렸다. 기름 냄새를 풍기며 건들건들 팔을 흔들던 그녀는, 뒤늦게 세드리크 태자를 발견하고 식겁해서 엎드렸다. 저 얼굴을 이제 인지한 거냐!

"태자 전하를 뵙습니다. 네."

"…그림은 어디 있지?"

태자가 한숨을 삼키며 물었다. 녀석 또한 조안의 말도 안 되는 태도에 반쯤 적응한 듯했다. 그러자 조안이 고개를 번쩍 들고 우리를 기웃기웃 살폈다.

"내 그림 미리 보러 온 거예요? 후작님이 예술에 그렇게 관심이 많았어?"

'에스키스 보내길 잘했네.'

그녀가 꾸러기처럼 씩 웃었다. 하얀 물감이 잔뜩 묻은 얼굴은 황궁에 두고 온 애물단지 삼 대장을 떠올리게 했다. 내가 대답 없이 간절한 눈빛으로 바라보자, 조안이 머쓱하게 코를 훔쳤다.

"완성이야 다 했어. 로비에 걸어놨는데 공개 전에 수정할 수도 있고. 들어가면 바로 보여요."

"안에 잘 있는지 확인 부탁드립니다."

나는 즉시 신전 기사에게 요청했다. 그가 믿음직하게 끄덕이고는 로비로 달려갔다. 엘리자베트 경이 턱짓하자 근위대원 일부가 동행했다.

"수상한 자는 없었나?"

부근위대장이 날카롭게 질문했다. 가나엘은 피앙세 뒤에 숨어 고개만 빼꼼 내밀고 있었다. 조안이 눈을 데굴데굴 굴리며 입을 열었다.

"으음… 누굴 찾는데? 여긴 신전이잖아. 아무나 온다고. 후작님이 신신당부를 해놓고 가서 진짜 신분 고하 안 가리고 자유롭게 드나들어. 내가 한창 후작님 그릴 때는 동네 사람 다 나와서 구경했다니까."

"오늘 온 사람은요? 혼자였을 겁니다. 로브로 온몸을 감싼 여성이고, 키는 사르네즈 경만 합니다. 건강이 나쁠지도 모르고요."

"글쎄. 엇!"

내 물음에 그녀가 입을 뻐끔거렸다. 불쑥 솟은 검지가 허공을 배회했다. 크리스텔은 고구마를 우유 없이 네 개쯤 연달아 먹은 표정으로 '뭔데요?' 하고 물었다. 화가가 이맛살을 잔뜩 찌푸렸다.

"그게 근데… 막 수상하진 않았어."

"그건 우리가 판단할게!"

크리스텔이 격렬한 한국인의 반응을 보였다. 그때였다.

"전하! 후작님!"

로비에 갔던 신전 기사가 황급히 뛰쳐나왔다. 우리의 시선이 집중됐다. 그는 고개를 깍듯이 숙이고 상황을 보고했다. 횃불에 아른거리는 낯이 창백했다.

"다, 〈달의 초상〉이 바닥에 떨어져 있습니다. 누군가 작품을 옮기려다 실패한 듯합니다. 현장엔 범인이 흘린 것으로 보이는 피가 고여있습니다. 혈흔은 뒷문까지 이어져 있고, 현재 근위대원들이 신전 주변을 수색 중입니다."

크리스텔과 나, 태자의 눈길이 빠르게 맞물렸다. 조안이 '내 역작!' 하며 안으로 뛰어갔다. 엘리자베트 경이 재깍 손짓했다.

"두 분의 호위는 나와 헤인스 경이 맡는다. 너희 전원은 빅투아르를 쫓고, 자넨 영주성으로 가서 상황을 정확하게 전달해. 한 방울의 핏자국도 놓치지 마라!"

"알겠습니다!"

"예, 부근위대장님!"

근위대가 횃불잡이 몇을 따라 와르르 흩어졌다. 우리는 대화하지 않고도 한 몸처럼 움직였다. 잽싸게 신전 로비로 들어서자, 바닥에 점점이 뿌려진 핏자국이 보였다. 요한 경이 허리 숙여 혈액을 자세히 관찰했다. 나는 서둘러 그에게 속삭였다.

"요한 경, 이번엔 맛보시면 안 됩니다. 그러다 병에 걸릴 수도 있잖아요."

"하하. 명심할게요."

그가 부드러운 목소리로 대답했다. 대체 고급 용병으로 살면서 무슨 일을 겪은 건지 모르겠다. 눈길을 돌리자, 크리스텔이 조안을 향해 넋 놓고 서있는 게 보였다. 청년 예술가는 자신의 그림 테두리를 쓰다듬으며 안도하고 있었다. 모나리자 정도의 크기일 줄 알았는데, 캔버스 높이가 무슨 태자만 했다!

"큰일 날 뻔했다고, 내가 간만에 공들인 작품인데. 찢어지거나 긁혔어 봐!"

"…다행이네요."

내가 겨우 대답했다. 조안의 새 그림, 〈달의 초상〉은 일전에 받아본 밑그림과 차원이 다른 완성작이었다. 금빛 머리카락 한 올 한 올이 손에 잡힐 듯 생생했다. 어느 각도에서 봐도 시선이 마주치는 보라색 눈동자는 신비로울 만치 생기가 넘쳤다.

조안 앞에서 환하게 웃은 적은 없는 것 같은데, 저런 표정을 어떻게 상상하고 그렸는지 귀신이 곡할 노릇이었다. 엄밀히는 내 얼굴이 아닌데도 이렇게 보니 무진장 민망했다…

"소장 각이다. 너무 이쁘다."

크리스텔이 홀린 듯이 중얼댔다. 나는 귀를 의심했다.

"예?"

"저한테 팔아요, 아스 씨."

크리스텔이 단호하게 말했다. 조안이 레몬색 눈동자를 끔뻑였다. 나는 즉각 손을 내저었다.

"사르네즈 경, 여기 온 본분을 잊으시면 안 됩니다. 우리는 마담 빅투아르를 잡으려고,"

"옛말에 그런 말이 있습니다. 예쁜 건 비싸도 사라. 훗날 후회하더라도 예쁜 게 남는다."

방금 지어냈잖아!

"환통하시다."

"저런 면은 본받으면 안 돼, 가나엘. 다들 집중하십시오. 조안이 의심쩍은 자를 봤다고 하지 않았습니까. 진술을 계속 들어야죠."

내가 두 아이를 차분히 타일렀다. 조안은 캔버스 끄트머리를 톡톡 두드리며 미간을 찡그렸다.

"내가 어디까지 얘기했는지 기억이 안 나."

"아, 시드르 가져올걸."

크리스텔이 탄식했다. 나는 당황하지 않았다.

"누굴 봤는데 아주 수상하진 않았다고 했습니다."

"맞아! 그래. 구멍 숭숭 난 로브를 뒤집어쓰고 비척거리면서 오길래, 병사들이 신자석까지 부축도 해줬어. 그게 두어 시간 전이야. 많이 아파서 기도하러 왔나 했는데,"

-삐삐삐이!

그때, 뚝심이가 요란하게 울며 실내로 날아들었다. 녀석은 태자의 어깨에 앉아 콩콩 뛰다가, 크리스텔의 팔뚝에서 꼬리를 흔들다가, 마지막으로 내 손금에 착지해 마구 떠들었다. 꼬마의 조그마한 가슴이 바쁘게 부풀었다 꺼지기를 반복했다.

"진정해, 뚝심. 너 그러다 터지겠다. 왜 그래?"

-삐르르르, 삐삐삐, 삐르르!

내가 녀석의 뱃살을 엄지로 살살 쓸어주었다. 까만 눈동자가 열심히 나를 보며 빤짝였다. 설마.

"빅투아르를 찾기라도 한 거야?"

-삐뽀!

샛노란 부리 안쪽이 힘껏 벌어졌다. 정답!

"요한 경."

"맡겨주세요."

내가 다급히 이름을 부르자, 그가 순식간에 말뜻을 이해하고 답을 내놓았다. 민트색 눈매가 휘어짐과 동시에 따스한 바람이 일기

3. 시계 종이 여러 번 울릴 때

시작했다.

* * *

…이건 진짜 말도 안 된다.
-펄럭, 펄럭!
어떻게 이게 가능하지?
"후작님, 전혀 안 무겁습니다! 깃털처럼 가벼워요!"
"잘 알겠습니다…"
나는 그렇게 말하고 입을 꾹 닫았다. 그리고 밤하늘의 아무 곳이나 바라보며 얌전히 안겨있었다. 그래. 《퇴사했더니 이계 공녀》의 주인공인 크리스텔 드 사르네즈 씨에게 '안겨있었다'!

난 지금껏 뚝심이가 비렴의 방주로 변하면, 다른 이와 함께 날기 위해 내가 직접 상대를 끌거나 들어 올려야 하는 줄 알았다. 방주가 공기 저항을 확 줄여주긴 하지만 내 힘도 제법 필요한 일이라 믿었다. 그런데 물리 법칙을 무시하고 한쪽의 날개로 나는 신물은 뭐가 달라도 달랐다. 이제 보니, 그냥 나와 떨어지지 않기만 하면 누구든 비행이 가능했다.

'한 명이 다른 한 명을 안으면 쉽게 날 수 있지 않을까요?'
'네, 해보겠습니다.'
크리스텔이 제안하기에, 당연히 내가 그녀를 안고 비행하는 쪽이라 생각했다. 결과물은 정반대였다. 뚝심이의 비행 원리를 전혀 모르면서 이런 의견을 낸 크리스텔이 경이로울 지경이었다. 날개는 나한테 달렸는데 주인공이 허공답보를 해…

"흐하하학!"

엘리자베트 경은 이제 폭소를 숨기지도 않았다. 요한 경의 힘으로 비행 중인 소백작과 태자는 산책 나온 것처럼 여유로웠다. 이 파티에서 부끄러운 건 나뿐이었다. 크리스텔이 나를 보며 별님처럼 곱게 웃었다. 뚝심이가 아니라 내 얼굴이 먼저 터지게 생겼다.

-휘이이잉-!

그 순간, 방주가 급강하했다. 크리스텔이 기분 좋은 비명을 질렀다. 나는 재빨리 지상을 확인했다. 빅투아르가 있다는 목적지 역시 눈에 익은 곳이었다. 영주성 뒤편, 커다란 호수가 있는 작은 언덕. 우리가 소풍을 나왔던 장소. 그 한복판에 작고 위태로운 인영 하나가 서있었다.

"피 냄새가 나네요."

요한 경이 말했다. 우리는 날쌔게 잔디밭에 착지했다. 크리스텔이 조심스레 나를 내려주었다. 그러자 '여인'의 등이 여상히 반응했다.

"…오셨습니까."

낡은 로브와 긴 머리칼이 잔바람에 휘날리고 있었다. 크리스텔을 흉내 냈을 때와는 다르지만, 여전히 맑고 어린 목소리였다. 나는 쓴웃음으로 답했다.

"네. 많이 지치신 듯싶어서요."

"…"

"도와드리고 싶습니다, 폼 할머니."

"허허허."

내 말에 여인이 잔잔히 웃기 시작했다. 낭랑하던 음색이 점차 거칠어지고, 꼿꼿하던 허리는 느릿느릿 굽었다. 우리는 그 모습을 숨죽여 바라보았다. '콜록, 콜록!' 걸걸한 기침으로 들썩이던 몸은 한참 후에야 가까스로 잠잠해졌다. 그녀는 야윈 목을 움직여 천천히 우리를 돌아보았다. 달빛 아래, 주름진 눈가가 낯설지 않았다.

"사과를 챙겨왔는데… 후작님처럼 예쁜 과일이라오. 한입 드셔 보시겠소?"

* * *

"맙소사."

엘리자베트 경이 경악했다. 그도 그럴 것이 상대는 아는 얼굴이었다. 수확제 시가행진이 열리던 밤, 좁은 골목에서 좌판을 벌인 할머니 중 하나. 내게 사과를 건넨 상냥한 노파. 그녀가 바로 마차에 치여 숨졌다는 폼 할머니였으며, '마담 빅투아르'였다.

허나 노인장은 다른 할머니들과 연행되어 조사를 받고 무혐의로 풀려났다. 황태자가 미간을 찌푸렸다. 나 역시 폼 할머니가 이분일 줄은 몰랐던 터라 당혹했다.

"귀한 공녀님 잘못이 아니라오. 부하님들 잘못도 아니고. 쿨럭! 그저 내가 늙은이인 게지…"

여인이 기침과 웃음을 섞어가며 말했다. 달빛에 비친 머리카락은 인제 보니 평범한 흙색이 아니었다. 흰머리 가득한 얇은 모발이 정처 없이 흩날렸다. 크리스텔이 멍하니 그녀를 바라보았다.

"예서 후작님이, 폼 할머니가 살아있는 것 같다는 말씀은 하셨어요. 하지만 어떻게…"

"내 나이가 되면, 아무런 의심을 받지 않게 돼요. 누구도 수상쩍게 보지 않는다오. 그게 비결이지."

쿨럭쿨럭! 노인이 부서질 것처럼 기침을 토해냈다. 얇은 입가에 핏물이 맺혔다. 내가 빠르게 손수건을 꺼냈으나 폼 할머니는 손을 내저었다.

"가엾게 여겨 마차 삯을 받지 않는 경우도 많고… 까막눈이라고 하면 믿어주고, 걸을 힘도 없다고 하면 그러려니 하고. 새벽에 담벼락을 기웃거려도 이상하게 여기는 이가 없소. 칠순 넘은 노인을, 커헉!"

그녀의 육신이 짧게 경련했다. 우리는 흠칫해서 한발 다가갔다. 그러나 노인장은 무릎에 양손을 짚고 버티어 섰다. 깊은 두 눈이 월광에 지지 않는 빛을 뿜어내고 있었다.

"위협이라고… 누가 나를 위협이라고 생각하겠소? 내가 재주를 넘고, 지붕을 뛰어다니는 광대라고…"

"성대모사도 잘하시죠."

내가 나지막이 덧붙였다. 그러자 그녀가 재미있다는 듯 끌끌 웃었다. 일순 환하게 밝아지는 얼굴은 꼭 일곱 살 아이처럼 보였다. 순수와 기쁨이 서린 낯이었다.

"그날 밤의 일은… 황송하게 됐소이다. 덕분에 즐거웠지요. 배역을 두 개나 소화하고, 온몸의 기력을 끌어다 쓰고 크게 앓아누웠다오. 우리 재간둥이가 은퇴하라고 했을 때…"

'그 말을 들어야 했는데.'

속삭임과 함께 그녀의 몸이 와르르 무너졌다. 나는 앞뒤 재지 않고 달려가 노인장을 받아 안았다.

'전하!'

만류하는 요한 경의 음성이 멀어졌다. 풀썩. 팔에 감기는 육체가 몹시 가볍고 작았다. 뼈대는 강했지만, 그뿐이었다. 나는 본능적으로 그녀가 마지막 숨을 내쉬고 있음을 알았다. 여인이 나를 올려다보며 목을 울렸다.

"곱기도 하지. 어찌 귀하신 분이… 나 같은 것한테 그런 눈을 할까."

절로 이가 악물렸다.

"앙드레지 가문이 아이들을 버렸습니까? 할머니도 그렇게 혼자가 되신 겁니까?"

"앙리에트는 화를 냈다오. 나는 화낼 이유조차 잊고 살았는데…"

그녀가 입매를 샐쭉거렸다. 조심스레 다가온 크리스텔이, 내 맞은편에 앉아 노인의 말에 귀를 기울였다. 나는 주인공의 다정한 눈빛을 마주 보았다.

"기억도 나지 않아. 나를 버린 게 전전 백작이었나… 그것이 무에 그리 중요하겠소. 늘 있는 일이었고, 나는 흔한 고아였지요. 앙리에트는… 현 앙드레지 백작이 버린 아이라오."

충격적인 진술이었다. 나는 세드리크 태자를 바라보았다. 그의 오렌지색 눈동자에 화염이 타오르고 있었다. 노파의 이야기는 끊길

듯 말 듯 근근이 이어졌다.

25년 전. 여느 때처럼 광대패와 떠돌며 공연하던 그녀는, 앙드레지 영주성 인근 숲에서 노숙하던 중 누군가 바구니를 버리는 것을 목격했다. 곡예를 보러 왔던 백작가의 하인이었다. 야심한 시각에, 남의 시선을 피해 으슥한 데 두고 가는 게 영 꺼림칙했다. 할머니는 그가 떠난 후 바구니의 내용물을 살폈다. 두 살쯤 됐을까 싶은 아이가, 비단옷을 입고 잠들어 있었다. 그게 앙리에트였다.

"왜요? 왜 죄 없는 아기들을 버린대요?"

울컥한 크리스텔이 물었다. 할머니는 꿀렁이는 소리를 내며 선혈을 뱉었다. 나는 피가 기도에 걸릴까 서둘러 그녀의 고개를 받쳤다. 깊게 팬 눈주름에 고통이 어리고 있었다.

"쿨룩. 아프니까… 내가 아는 것은 그뿐이었소. 버려진 사생아들이, 전부 아팠다는 얘기를… 나는 여기가 약했고…"

그녀가 벌벌 떨리는 손가락을 들어 자신의 폐를 가리켰다. 손바닥은 말라붙은 핏자국과 새로이 흐른 피로 온통 검붉었다.

"앙리에트는, 잠이 많았다오. 그것도 귀족 나리들에겐 몹쓸 병이었는지… 흐흐흐."

그녀가 웃는 것인지 우는 것인지 모를 표정을 했다. 소백작이 빠드득 이를 갈았다.

"앙드레지 백작가는 특유의 결벽적인 성향으로 유명합니다. 어쩌면… 가문에 오점이 될만한 존재를 지우려던 것일지도 모르겠습니다."

"…"

태자는 폭풍전야처럼 묵묵했다. 앙드레지에서 버려진 앙리에트의 고향이 베랑 남작령이라고 기재된 건, 천애 고아를 받아주는 영주가 흔치 않았기 때문이었다. 하지만 당시 베랑 남작은 어려운 이를 보아 넘기는 성품이 아니었다. 광대패와 전국을 떠돈 지 2년 만에, 앙리에트는 남부의 가난한 남작령에 적을 둔 아이가 되었다. 할머니의 눈길이 별빛 너머를 더듬었다.

"지난봄에, 같이 마수 대토벌을 보고, 여관으로 돌아가면서… 털어놓았소. 그 애를 어디서 주웠는지, 그 애가 어느 집 자식인지. 지금도 내가 왜 그랬는지 모르겠어."

우리는 꿈에도 몰랐다. 연분홍색 꽃잎이 사방을 수놓던 봄날, 두 여인이 객석에서 우리를 보고 있었다.

"볼모가 되어 홀로 오신 분도 저리 활약을 하는데… 우리 앙리에트가 뭐가 부족해 거리의 곡예사로 지낼까. 필시 그런 건방진 생각을 한 게지. 주제도 모르고."

할머니가 자조했다. 내 어깨에 앉아있던 뚝심이가 고개를 흔들었다. 나는 가만히 말했다.

"앙드레지 옆에 영지가 있는 사바니에 남작이, 빅투아르의 최초 피해를 입었습니다. 5월에요. 그건 앙리에트의 범행이었군요."

"아아, 처음은 아니었소…"

그녀가 손을 꿈틀거렸다. 자신의 품을 뒤지려는 것 같았는데, 힘이 없어 로브조차 들추지 못했다. 보다 못한 크리스텔이 할머니를 도와 안주머니를 열었다. 이윽고 거친 손끝에 걸린 것은 낡은 수첩과…

"세상에."

눈부시게 화려한 다이아몬드 목걸이였다. 크리스텔과 내 입이 쩍 벌어졌다. 우리의 반응을 본 할머니가 킬킬거렸다.

"죽이러… 앙리에트가 백작을 죽이러 갔다가, 쿨룩! 그것만 훔쳐 나왔다오. 도저히 살인은 못 하겠다고… 당연한 게지. 어찌 사람이, 사람을! 켈록, 켈록!"

그녀는 한동안 기침을 멈추지 못했다. 나는 입술을 깨물었다. 내가 고칠 수 없을 만큼 위중하다는 걸 알지만, 노력은 해보고 싶었다.

"치유 서클을 열겠습니다."

"아니, 아니오. 그건 아니야… 괴도가 잡히면 흥이 깨지지 않겠소. 광대는, 무대에서 놀다 가야지."

꿀꺽, 그녀가 목구멍으로 솟는 무언가를 기어코 삼켜냈다. 이어 나를 보며 소곤거렸.

'괜한 죄책감을 버는 건 수지가 안 맞는 장사라오, 후작님.'

"그래서 노선을 변경했군. 살인이 아닌 절도로."

태자가 낮게 말했다. 할머니는 쇳소리를 내며 피식했다.

"그렇지요. 그랬어… 그 애는 복수심을 품고 불덩이처럼 뜨거워졌소. 할머니를 고생시킨 집안에, 반드시 먹칠을 하겠다고 했던가… 나는 분노하는 방법마저 잊고 살았는데 말이오. 그게 뭐라고. 버려진 것이 뭐가 그리 억울해서. 널린 게 고아 아니오."

그러고는 입을 꾹 다물었다. 진한 핏줄기가 그녀의 볼을 타고 흘러내렸다. 나는 그녀가 어마어마한 슬픔을 억누르고 있음을 깨달았다. 잠잠히 듣고만 있던 요한 경이 말했다.

"마차에 치인 건, 앙리에트였군요."

"흐…"

할머니의 낯이 일그러졌다. 크리스텔이 행커치프로 그녀의 눈가를 꼭꼭 눌러주었다. 물길이 마르지 않았으나 주인공의 손길 또한 멈추지 않았다.

"앙드레지. 그 집안의, 마차에 치여서…"

"주신이시여."

엘리자베트 경이 허공을 올려보았다. 나는 어안이 벙벙해서 눈을 깜빡였다. 예상치 못했다. 감히 이런 비극을 상상하기에 우리는 너무나 어설펐다.

"후작님의 궁에서 공연을 하고, 후한 사례를 받고, 더 유명해질 일만 남았는데… 어려서 못 해본 게 너무 많았어. 못 먹어본 음식이, 못 가본 곳이… 한데 백작가의 마부가 내게 금화를 주지 않겠소."

화르륵! 태자의 발치에서 끝내 불길이 솟구쳤다. 나는 즉시 성지를 전개해 그를 담아냈다. 진정시키고자 에테르를 풀어내는데도 사내는 쉬이 가라앉지 않았다. 나를 거부하진 않았지만, 격노로 날뛰는 불꽃이 맹렬했다. 반대로 할머니의 목소리는 아주 작아졌다.

"톡톡히 쳐줄 테니, 시신은 가서 화장하고… 쓸데없는 소리 하고 다니지 말라고. 그게 다였소. 마차에 탄 귀족은 나와 보지도 않더이다."

나는 그녀의 구겨진 이마와 창백한 광대뼈를 넋 놓고 응시했다. 어떻게 그럴 수가 있을까? 어떻게 이럴 수가 있을까.

"그래서 내가 뒤를 잇기로 했소. 그 아이가 못 얻은 것, 못 이룬 것, 못 갚은 것… 대신 해주려고. 한데 시간이 없더이다."

'시간이…' 그녀가 한탄하듯, 노래하듯 말했다. 나와 친구들이 짐작한 대로였다. 빅투아르가 갑자기 나를 훔치겠다고 예고한 까닭은, 그녀에게 여유가 없었기 때문이었다. 여인은 죽기 전에 최대한의 파급력을 얻길 원했고, '앙드레지'라는 이름이 뭇사람의 입길에 오르내리길 바랐다.

다만 정말로 나를 노릴 생각은 없었다. 납치 소동으로 황도에 주의를 묶어두고, 내 영지에 침입해 초상화를 훔칠 계획이었다. 이를 통해 그녀가 궁극적으로 갈구한 것은 황실의 시선이었다. 자기만족이 아닌, 보복을 위해서.

"후작님은, 잘 웃더군요. 그 나이가 되면 곡예단의 재주가 지루할 만도 하건만… 나를 끌어내리려고 술집에 나온 건 영리한 패였다오. 함께, 실컷 놀아나고 싶었는데, 커헉!"

그녀가 거칠게 숨을 들이켰다. 턱 밑으로 시커먼 피가 뚝뚝 떨어졌다. 나는 달달거리는 손을 꽉 말아 쥐었다. 소리 없이 다가온 태자가 내 배후에 섰다. 그의 불티가 따스해서, 조금이나마 긴장이 가라앉는 것 같기도 했다.

"콜록. 유언 같은 카드밖에 남기지 못했소… 시시한 광대였지요."
"아뇨, 좋았습니다. 타로 해석을 못 해서 저희끼리 머리를 싸맸거든요. 요 친구가 도와줘서 겨우 알았습니다."

내가 활짝 웃으며 뚝심이를 가리켰다. 다행히 목소리가 멀쩡하게 나왔다. 그러자 폼 할머니가 눈꼬리를 휘었다.

"말이라도 고맙구려. 기운이 없어서, 이제 캔버스도 들지 못하고… 산송장이 되었는데."

그녀가 느릿느릿 고개를 틀었다. 크리스텔이 살며시 움직여 할머니의 시야를 터주었다. 크고 새하얀 달이, 까만 하늘과 맑은 호수를 그득 채우고 있었다. 주신의 눈동자처럼 선명한 두 개의 빛이 도둑을 마주했다.

"그래도 저 달은 그 아이 것인가 싶어. 보름달도 아니고, 그믐달도 아닌… 아무것도 아닌 저것 정도는 우리 장물인가 싶소."

끝자락은 거의 들리지 않았다. 여인의 숨소리가 시시각각 가늘어졌다. 차마 입술을 떼지 못하고 있는데, 요한 경이 내 앞에 한쪽 무릎을 꿇고 앉았다.

"전하. 괴로워도 하셔야 해요. 그래야 두 사람을 도울 수 있어요."

그의 목소리엔 흔들림이 없었다. 민트색 눈동자가 단호하게 빛났다. 나는 입을 악다물었다.

[주신께서는 이자가 제게 고한 거짓을 사해주십시오.]

그리고 신탁을 내렸다. 알아야만 했다. 할머니의 진술이 진실이라는 걸, 우리 모두가 증인으로 선 이곳에서 반드시 확인받아야 했다. 그녀가 떠나기 전에 말이다.

"…"

사위는 조용했다. 이따금 기러기 울음이 들릴 뿐이었다. 내 서클은 어떠한 반응도 보이지 않았다. 나는 다급히 해명했다.

[죄송합니다, 할머니. 믿지 못해서 시험한 게 아니에요. 진짜라는 걸,]

"알아… 안다오. 후작님은 그럴 위인이 아니지."

그녀가 나를 보며 인자하게 미소했다.

"누가, 황궁의 이느 누기… 골목길 노파의 좌판 물건을 사갈까."

"…"

"용서해 주시겠소?"

그것이 할머니의 마지막 물음이었다. 그 말이 무슨 의미인지 모르기 어려웠다. 목이 콱 막히는 기분이었다. 나는 턱에 단단히 힘을 주고, 그녀가 잘 들을 수 있도록 몸을 숙였다. 그리고 지친 귓가에 정성을 다해 문장을 썼다.

[용서합니다. 주신께서도 당신을 용서하실 겁니다.]

-사아아아…!

성지에서 황금빛 에테르가 쏟아졌다. 빅투아르 당드레지는 평온한 얼굴로 안식을 맞았다.

* * *

이윽고 성지가 사라졌다. 긴 침묵을 깬 것은 엘리자베트 경이었다.

"…예를 다해 모셔라."

"알겠습니다, 부근위대장님."

깍듯한 답이 잇따랐다. 폼 할머니의 시신은, 어느새 호수 주변을 포위하고 있던 황실 근위대가 수습했다. 나는 노인이 가져온 바구니가 앙드레지 백작가의 오래된 물건이라는 사실을 깨달았다.

안에는 앙리에트가 버려지던 날 입고 있던 비단옷과, 사과 몇 알이 들어있었다. 크리스텔이 할머니의 유품인 다이아몬드 목걸이와 낡은 수첩을 함께 넣어주었다. 나는 바구니를 꼭 쥐고 놓지 않았다. 이건 전부, 증거물이었다.

"레퀴에스카트 인 파체Requiescat in pace…"

요한 경이 들것에 실린 노파를 바라보며 읊조렸다. 내가 모르는 대륙의 아주 오래된 언어, 신어神語로 이루어진 문장이었다.

"엘리자베트. 황도로 급보를 보낸다. 폐하께 상황을 전해 올리고 쥘리에트에 왔던 광대패를 즉시 이곳에…"

뒤이어 황태자가 무서운 목소리로 명령했다. 빠른 판단과 행동력이었다. 녀석이 마냥 어린애가 아니라는 건 알았지만, 그의 분노가 불꽃으로 생생히 보여서인지 모든 결정이 극적으로 느껴졌다. 엘리자베트 경은 신속히 태자의 명을 집행했다.

"후작님, 저기 뱅자맹하고 가나엘이 왔어요. 아스 씨도 보입니다."

크리스텔이 영주성 쪽을 가리켰다. 나는 가만히 고개를 주억였다. 잔디밭을 떠나기 전, 하늘과 호수에 뜬 두 개의 달을 마지막으로 돌아보았다. 뚝심이가 내 목덜미에 몸통을 비볐다.

* * *

다음 날 아침.

황도 제일의 광대패가 세레니테에 도착했다. 오는 길엔 철저한 호위를 받았고, 비용은 전부 황실에서 지불했다. 영주성 시종 총괄인 샹탈은 일머리가 뛰어났다. 뱅자맹에게서 상황을 전달받은 그녀는 즉각 세레니테 주교구의 주교에게 연통을 넣었다. 갑작스레 찾아온 우리를 극진히 대접했고, 광대패를 위해 밤새 손님방도 마련해 주었다.

"감사합니다, 샤탈. 다른 사용인분들도요. 늦은 시간에 많이 애써주셨습니다."

"아닙니다. 후작님의 심중을 헤아리고 받드는 것이 제 일이지요."

그녀가 부드럽게 웃었다. 말이야 쉽지만, 샤탈은 오랫동안 황실을 섬긴 명문가 출신이었다. 퇴계공 세계관에서 천민에 가까운 취급을 받는 광대를 손님으로 맞기는 쉽지 않았을 것이다. 내 마음을 내다보고 그렇게 준비해 주었다는 게 고마웠다.

"후작님, 이쪽에 앉으시면 됩니다."

"네, 뱅자맹. 가나엘도 이리 와."

"네에."

내가 손짓하자 가나엘이 착하게 뒤편에 앉았다. 소백작에게 딱 붙은 모습을 보니 미소가 떠올랐다. 사연을 듣고 펑펑 운 소년의 눈두덩이 잔뜩 부어있었다. 세레니테의 유일한 신전은 작고 소박했다. 폼 할머니와 앙리에트의 장례 의식에 참석한 광대들로 신자석 절반 이상이 찼다.

앙리에트의 시신은 이미 화장하고 없었지만, 함께 식을 치러주기로 했다. 여기에 크리스텔과 나, 세드리크 태자와 요한 경, 시종과 근위대원들까지 앉으니 발 디딜 틈도 없었다. 코를 훌쩍이는 조안도 동석했다. 성직자를 제외한 모두가 머리에 하얀 베일을 쓰고 있었다.

-뎅, 뎅, 뎅…

신전 바깥의 종이 여러 번 울렸다. 전례의 시작을 알리는 음향이었다. 울음소리와 두런거림으로 복작하던 장내가 잠잠해졌다.

-달칵, 끼이익

정문이 열리고, 세레니테 주교구의 블레즈 본 주교가 단정한 걸음으로 들어왔다. 워낙 작은 교구라 뒤따르는 사제도 한 명뿐이었다. 둘은 경건한 태도로 제단 앞에 서서, 관에 누운 노파에게 절한 뒤 각자의 자리에 올랐다. 주교가 우리를 향해 양팔을 벌렸다.

-사아아…

이내 황금의 성소가 들꽃으로 장식한 관을 감쌌다. 따스한 빛이 신자석 일부까지 어루만지고 위로했다.

[진정한 고향으로 돌아간 이들에게, 주신께서 자비를 베푸시기를 기도합니다.]

"흑, 윽, 으윽…"

맨 앞자리에서, 재간둥이 세르주가 슬픔을 가누지 못하고 흐느꼈다. 다른 곡예사들도 간신히 버티는 기색이었다. 두 여인의 사정을 너무 늦게 알아버린 동료들은 이를 악물며 고통스러워했다. 왜 말해주지 않았느냐고, 우리는 하나 아니었느냐고 중얼거리는 음색이 비통에 잠겨있었다. 눈물바람 가운데 주교의 본기도가 차분히 이어졌다.

[주신이시여. 당신의 아이인 폼과 앙리에트의 죄를 용서하여 주시고, 이들의 현세를 영원히 기억하여 되짚어 주시고…]

나는 문득 옆을 바라보았다. 가라앉은 주황색 눈동자가 곧장 시선을 맞추었다.

"감사합니다."

내가 속삭였다. 그러자 태자의 중저음이 돌아왔다.

"무엇이."

"번듯한 장례를 치르게 해주신 거요. 마음 아픈 사연이 있다고 해도 두 사람은 죄인이니, 이게 태자님의 배려라는 걸 압니다. 곡예단을 여기까지 오게 해주신 점도 그렇고요."

"…"

그는 잠시 나를 들여다보더니, 묵묵히 고개를 돌려 주교를 응시했다. 나의 입꼬리가 스르륵 올라갔다. 오른편에 앉은 크리스텔은 삼가 기도를 올리는 중이었다. 나는 그녀를 따라 눈을 감고 양손을 맞잡았다. 그리고 마음속으로 간절히, 두 사람의 명복을 빌었다.

* * *

"황은이 망극합니다. 황송합니다. 진정으로 감사드립니다…"

강론과 의식이 끝난 신전 어귀. 곡예단이 우리를 향해 넙죽 엎드렸다. 폼 할머니가 누운 관을 덮고, 비단으로 감싸 화장터로 떠나기 직전이었다. 온화한 남풍이 모두의 머리칼을 쓰다듬고 지나갔다.

"고, 고귀하신 분들께서, 저희에게 말도 못 할 은혜를 내려주셨습니다. 할멈도… 앙리에트도 분명 감격했을 겁니다. 아무렴요."

재간둥이 세르주가 더듬더듬 말했다. 급하게 내려온 탓에 옷이 얇았고, 얼마 전까지 조사와 심문에 시달려 바짝 야윈 얼굴이었다.

여기야 따뜻해서 괜찮지만 황도로 올라가면 몹시 추울 게 뻔했다.

나는 쥘리에트 궁에서부터 입고 온 로브를 벗어 그의 등을 감싸 주었다. 뒤쪽에 서있던 다비드가 당황한 신음을 흘렸다. 곡예사는 화들짝하며 머리를 더욱 숙였다. 마른 몸이 벌벌 떨렸다.

"후, 후작님. 어찌, 어찌 저 같은 것한테 이리 귀한 천을…"

"저는 추위를 별로 안 탑니다."

내가 뺨을 긁적이며 대답했다. '정예서'인 나는 그랬으니까 거짓말은 아니었다.

"혹시 언제든 정착하고 싶은 마음이 생기면… 동료분들과 세레니테로 오십시오. 노는 땅과 빈집이 제법 있습니다."

'저는 예체능에 뛰어나신 분들이 좋더라고요.'

분위기를 풀고자 그렇게 덧붙였는데, 세르주와 곡예사들이 앓는 소리를 내며 바닥에 이마를 댔다. 베일을 주머니에 쑤셔 넣던 조안이 피식했다. 내가 말을 잘못 꺼냈나 싶어 슬쩍 뒤를 돌아보았다. 뱅자맹과 샹탈이 주름진 눈매를 휘며 고개를 끄덕여 주었다. 다행이다.

"으쌰."

"갑시다, 할멈!"

"여기서부턴 우리가 모셔야지. 우리가."

이내 주섬주섬 일어난 광대들이 노인장의 관을 어깨에 받쳐 들었다. 그러고는 세레니테에 하나뿐인 화장터를 향해 씩씩하게 걷기 시작했다. 영주성 병사 두엇이 길잡이가 돼주었다. 처음 듣는 어릿광대들의 노래가 울려 퍼졌다.

"한바탕 울었으니, 주점 갈 시간. 꿀꺽.

한바탕 마셨으니, 놀러 갈 시간. 야호.

한바탕 놀았으니, 자러 갈 시간. 쿨쿨.

한바탕 자고 나니, 몽땅 꿈이네. 하하…"

우리는 한동안 그 광경을 보며 조용히 서있었다. 까만 점이 된 곡예단이 모퉁이 너머로 사라질 무렵, 조안이 운을 뗐다.

"후작님, 저 할머니 말이야."

"네."

"그려도 돼? 오는 길에 빈 벽이 보이길래."

"저야 고맙죠. 손녀분의 이름도 남겨주십시오."

내가 그녀를 보며 답했다. 조안은 씩 웃더니, 우리에게 어설픈 예를 차리고는 감시병들과 후다닥 물러갔다. 물감과 붓을 찾아 나선 게 틀림없었다. 그녀는 영감이 떠오르자마자 그려야 하는 천재 화가였다.

어쩌면 〈달의 초상〉은 비교도 되지 않는 걸작이 나올지도 모르겠다. 이후에는 블레즈 주교와 사제의 봉사에 고마움을 표하고, 작별인사를 했다. 자상한 낯으로 우리를 축복한 신관은,

"저는 영혼을 달래는 종을 치고 가겠습니다. 그것이 전례의 마지막 순서이지요."

하고 사제와 더불어 떠났다. 어느덧 건물 앞엔 우리 일행만이 남았다.

-쏴아아아…

-뎅, 뎅, 뎅…

바람 맞은 낙엽과 나무들이 한마음으로 손을 흔들었다. 맑은 종소리는 무척 멀리서 들리는 것 같기도 하고, 지척에서 울리는 것 같기도 했다. 요한 경의 하얀 머리카락이 연처럼 흩날렸다. 크리스텔과 소백작은 서로에게 기대어 서있었다. 나는 뚝심이를 쓰다듬으며 깨끗한 하늘을 올려보았다.

"…신증."

그때 태자가 나지막이 입을 열었다. 이번에는 내가 그의 눈길을 찾았다. 분명 잘못 봤겠지만, 주홍빛 홍채에 옅은 공포가 비친 듯싶었다.

"죽은 여인이 하루 열여덟 시간까지 수면을 취해야 했다는 건, 에테르 문제일 공산이 커."

"…태자님, 앙리에트는 그냥 잠을 많이 잔 것뿐인데요. 치유 신관에게 보인 적도 없다고 들었습니다. 그걸 어떻게."

내 말이 뚝 끊기고, 천천히 턱이 벌어졌다. 태자는 만나본 적도 없는 환자의 증세를 확신하고 있었다. 설마.

"같은 경험을 하신 건가요?"

"…"

크리스텔이 조심스레 물었고, 그는 대답하지 않았다. 긍정의 의미였다. 사내의 새카만 장갑 끝이 주먹을 말아 쥐었다. 나는 입을 벙긋거렸지만, 머릿속에서 휘몰아치는 질문 중 무엇도 꺼내지 않기로 했다.

간접적인 방식이긴 해도 그가 스스로 몸 상태를 고백하는 건 처음 있는 일이었다. 야단스럽게 반응해서 두 걸음 물러나게 하고 싶진 않았다. 아기 때부터 에테르 고갈이 심했다는 건 알고 있었으니까. 놀라게 하지 말자. 나는 침착히 화제를 이어갔다.

"그렇군요. 그럼 보육원도 신종 환자 조사 대상에 넣으셔야겠습니다. 버려진 아이 중 비슷한 증세를 보이는 경우가…"

"그대의 말이 옳아."

태자가 나를 똑바로 내려다보았다. 뭐가?

"사라 벨리아르의 손자에겐 허물이 없지."

"아…"

나는 갑작스러운 주제 전환에 눈을 깜빡였다. 사내의 깊은 눈매가 진중하게 빛났다. 그는 지금, 내가 수확제 시가행진 날에 꺼냈던 이야기를 하고 있었다. 산트의 자취방에서 나눈 대화였다.

'죄송합니다. 황실과 벨리아르 경 사이에 골이 있는 것 같다는 생각은 했습니다.'

'가까운 관계는 아닌데, 아픈 손주는 안됐다는 마음이 들어서요.'

프레데리크 황제는 내게 잠시간 황궁의 햇무리초 재배를 맡겼다. 대가로 바라는 것이 있느냐고도 물었다. 나는 고민 끝에 태자에게 털어놓았다. 벨리아르 경의 어린 손주가 의식을 잃은 지 오래됐는데, 햇무리초를 복용하게 하면 어떨까 싶다고. 그는 당시 지독한 거부감을 보였다.

"…바라는 대로 하도록."

오늘은 아니었다!

"고맙습니다."

내가 밝게 웃었다. 태자의 심경에 어떤 변화가 있었는지는 알 수 없었다. 그저 두 빅투아르의 이야기가 그에게 영향을 미쳤으리라는, 어렴풋한 추론만이 가능할 따름이었다.

그래도 진심으로 기뻤다. 언론인의 손자라는 아이가 진짜 신증 환자인지는 몰라도, 새로운 약을 제안할 수 있게 되었다. 태자 녀석이 우리에게 조금이나마 속을 터놓은 것 또한 장족의 발전이었다. 크리스텔도 똑똑히 들었으니까, 남주에게 더 잘해주고 싶은 마음이 들었으려나?

"아무튼 잘 풀린 거죠? 뭐가 뭔지는 몰라도요."

크리스텔이 청회색 눈동자를 반짝이며 목을 쏙 내밀었다. 나는 흔쾌히 말을 받았다.

"네. 첫 단추는 잘 끼운 듯합니다."

"그럼 두 번째 단추도 끼우러 가시죠."

부근위대장이 근사한 목소리로 제안했다. 잠깐 무슨 뜻인지 이해하지 못하고 있는데, 증거물 바구니를 고이 들고 있던 요한 경이 그림처럼 웃었다.

"앙드레지 백작가 말이에요, 전하. 어지간하면 가주부터 잡아들여서 ○○…"

* * *

뒷말은 못 들었다! 크리스텔이 식겁해서 내 귀를 막은 탓이었다. 엘리자베트 경은 내가 입술 모양을 읽을까 봐 눈까지 가렸다. 하루가 지난 지금도 궁금해 죽겠다. 나는 애가 아니라 군필이었다. 요한 경은 나쁜 말 하는 사람도 아니잖아. 대체 뭐였는데?

-쿠웅!

"프레데리크 황제 폐하께서 드십니다!"

알현실 문이 열리는 육중한 소리가 났다. 시종이 쩌렁쩌렁 군주의 입장을 알렸다. 쉴 새 없이 쑥덕거리던 대귀족들이 일제히 입을 닫고 시선을 내리깔았다. 어제저녁 세레니테에서 환궁한 우리는, 이제 황제궁 한복판에 서있었다. 길게 펼쳐진 적색 융단 위로 새것처럼 날렵한 부츠가 움직였다. 뚜벅, 뚜벅, 뚜벅…

"죄인을 바로 들여보내라. 시간 낭비하고 싶지 않군."

황제가 보좌에 오르기도 전에 툭 내뱉었다. 시종들이 황명을 받잡고 물러갔다. 깊이 숙인 시야 끝에 호사스러운 제복과 보검 뒤랑 달의 자태가 스쳤다. 소드마스터는 순식간에 층계 꼭대기를 점했다. 그리고 선언했다.

"제랄드 앙드레지 백작과 그 가문은, 오늘 짐의 심판을 받을 것이다."

4.

✦ 보라색 튤립

대귀족들이 즉시 웅성거렸다.

"주신 맙소사."

"백작이 드디어 역린을 건드렸군."

"왜? 앙드레지는 아주 독실한 집안 아니오?"

"바로 그게 문제였소."

시몽 드 사르네즈 공작이나 프랑수아 뒤엠 후작 같은, 황제의 최측근만이 포커페이스를 유지했다. 대부분은 경악한 낯이었다. 세실 블랑케르 공작을 대신해 참석한 에바도 깜짝 놀란 듯했다. 나는 슬쩍 고개를 돌렸다. 황태자의 조각 같은 옆모습 너머, 프레데리크 황제의 우측에 자리한 부티에 추기경이 보였다.

'여기서부터는 우리에게 맡기렴.'

그녀가 나를 향해 입 모양을 움직였다. 문장이 좀 길긴 했는데, 대충 그런 의미였다.

"황제 폐하의 죄인, 제랄드 앙드레지 백작과 백작 부인입니다!"

-쿠웅!

속전속결이었다. 시종의 안내와 동시에 커다란 알현실 문이 열렸다. 에르베 뒤엠 근위대장이 두꺼운 팔로 백작을 잡고 끌어왔다. 백작 부인은 두 걸음 정도 뒤에서 걷고 있었고, 근위대원들의 감시를 받았다.

나는 부부를 보고 내심 놀랐다. 둘은 점잖고 우아한 인상의 소유자였다. 아이를 버리고도 철면피처럼 살아가는 치들 같지 않았다. 죄인들은 삽시간에 황제의 계단 밑까지 당도했다.

-털썩!

뒤엠 경이 백작을 거의 내동댕이쳤다. 남자를 보는 근위대장의 연분홍색 눈동자가 경멸에 차있었다. 당연하지만, 간밤에 '마담 빅투아르'의 사정을 모두 알게 된 모양이었다.

"오랜만이군, 앙드레지 백작."

"지상에 강림하신 태양을 뵙습니다."

무릎 꿇은 중년 남성이 침착히 예를 갖추었다. 그는 대뜸 허리 숙여 빌지도, 목소리를 벌벌 떨지도 않았다. 그야말로 귀족적인 몸가짐이었다. 황제의 체리색 눈동자가 갓 벼린 검처럼 날카로운 빛을 냈다.

"경의 죄업은 잘 알고 있겠지."

"…폐하께서 죄라 하시면 죄가 될 것입니다."

"세상에, 백작! 정신 차리시오!"

실내가 일순간에 소란스러워졌다. 아버지의 뒤에 서있던 크리스텔이 오만상을 썼고, 나는 백작의 답에 충격받아 혀를 깨물었다.

지금 내가 제대로 이해한 게 맞나? 본인은 그게 잘못이란 생각을 안 한다는 거야?

"뒤랑달의 날을 직접 보고 싶은 게요?"

"어서 자백하고 황은을 구하세요!"

귀족 중 일부가 큰소리로 꾸짖었다. 그러나 백작은 담담히 정면을 응시할 따름이었다. 소름 끼칠 정도로 차분한 반응이었다. 황제가 운을 뗐다.

"경은 25년 전, 두 살 난 딸을 영주성 인근 숲에 유기했다. 그 아이는 자라서 도둑이 되었지."

"…"

"'빅투아르'. 그것이 하인이 숨겨 넣은 종잇장에 적힌 전부였고."

'빅투아르 당드레지. 예서 왕자님을 훔치려던 도둑이네요.'

에바가 지적했다. 그것을 들은 귀족들이 턱을 쩍 벌렸다. 이미 아는 사람도 있었지만, 백작의 상세한 죄목을 몰랐던 이가 더 많았다. 이제야 머릿속 퍼즐을 맞춘 몇몇이 크게 화내고 삿대질을 했다.

"어찌 핏덩이를 산에 버린단 말입니까. 그냥 죽으라는 것 아닙니까!"

"차라리 입양을 보냈어야지. 아니, 처음부터 품지를 말았어야지! 그게 주신의 자식으로서 할 짓이오?"

"주신의 자식이기에 그리 한 것입니다."

백작이 불쑥 대답했다. 좌중이 찬물을 끼얹은 듯 조용해졌다. 황제는 침잠한 눈빛으로 그를 내려보았다.

"계속 지껄여 보도록."

"…강건한 그릇과 온전한 육체. 그토록 기초적인 것을 갖추지 못했는데, 주신의 자식 된 자로서 어찌 신의神意를 받들고 실천하며 살겠습니까?"

무슨… 저게 무슨 개소리야?

"뛰어난 지능이나 체능을 말하는 것이 아닙니다. 그저 태어났으면 기본은 해야 한다는 의미입니다. 주신을 받들지 못한다면, 애초에 결핍된 생명을 이어갈 가치가 없지 않겠습니까."

저 쓰레기 같은 새끼!

"말조심하십시오!"

나는 순간 울컥해서 버럭 외쳤다. 장내가 쩡하고 얼어붙었으나 혼자 화가 나서 펄펄 끓었다.

"당신이 뭔데 사람의 값어치를 멋대로 판단하고 목숨을 좌지우지합니까? 앞길을 선택하는 건 온전히 본인의 뜻이어야죠. 그리고 본인의 의지가 자리 잡히기 전까지는, 다 클 때까지는 누구든 보호받아야죠. 육신이 불편하든 그릇이 깨져있든 그게 대체 무슨 상관인데요!"

그러자 지금껏 잠잠하던 백작 부인이 머리를 들었다. 그녀는 몹시 억울한 표정이었다.

"왕자께서는 존귀한 왕족 신관으로 태어나셨지요. 저희 같은 필부필부의 심정을 알지 못-"

"입 다무세요. 나도 똑같은 사람입니다. 찌르면 피 나고 아프면 서럽습니다."

내가 쏘아붙였다. 열이 뻗쳐서 말이 끊임없이 터져 나왔다.

"당신들은 순수한 신앙심에 그딴 짓을 한 게 아닙니다. 신앙이라는 허울을 뒤집어쓰고, 자신은 선택받았다는 우월감에 취해서 약한 이를 마음대로 심판한 겁니다. 절대자 놀음을 한 거라고요. 자기 핏줄을 상대로!"

"…"

"내가 왕족 신관이라서 뭐라도 된다고 생각하나 본데, 그럼 한마디 하겠습니다. 나는 당신들이 죽을 때까지 죄책감에 시달리길 바랍니다. 그리고 누구에게도 용서받지 못하기를 원해요. 왜냐하면, 당신네를 사할 자격이 있는 분들은 이미 세상을 떠나고 없으니까!"

헉, 허억. 숨이 턱 끝까지 찼다. 나는 가쁘게 호흡하며 사방을 둘러보았다. 그리고 모든 이의 눈길이 내게 꽂혀있음을 깨달았다. 크리스텔이 멍하니 나를 보고 있었다. 아차 싶어서 입술이 절로 말렸다. 삽시에 뺨이 달아오르고 목덜미가 붉어졌다. 눈꺼풀마저 벌벌 떨리는 것 같았다. 세드리크 태자는 나를 묵묵히 바라보더니, 황제궁 시종들에게 짧게 눈짓했다.

"왕자님, 실례하겠습니다."

"예, 네."

순식간에 나를 앉힐 의자가 들어오고, 뜨끈한 손엔 박하 잎과 얼음을 띄운 사과 에이드가 쥐어졌다. 나는 멍한 눈으로 옆 층계에 선 태자를 올려다보았다. 지금 착석한 분이 너희 어머니랑 대모님뿐인데, 내가 앉아도 되는 거야? …사과 에이드는 시드르 대신이고?

"왕자가 짐의 수고를 더는군."

황제가 덤덤하게 말했다. 나는 달고 시원한 에이드를 꿀꺽꿀꺽

들이켜며 눈알을 굴렸다. 백작 부부의 얼굴이 붉으락푸르락했다. 내가 저들 속을 까발리니까, 차마 반박은 못 하고 수치심에 씩씩거리는 거다. 지급하고 못된 치들 같으니. 지옥에나 가라.

"너희가 아이를 버릴 때 입힌 비단옷과, 그 아이가 훔친 백작가의 다이아 목걸이가 증거물로 있어. 그게 120년 된 진품이라는 사실은 오늘 새벽에 황실 감정사가 확인했고."

"…"

스승님이 조곤조곤 말했다. 금빛 단안경 아래 베이지색 눈동자가 무감정하게 깜빡이고 있었다. 일순 오싹한 느낌이 들었다.

"죄는 아이 유기뿐만이 아니야. 백작 부인을 태운 마차가 그 아이를 치어 사망에 이르게 했는데도, 너희는 신고나 재판 과정 없이 돈으로 유가족의 입을 막았어. 이 증언은 에서 왕자가 진실임을 확인했고, 증인은 태자를 비롯한 네 사람이란다."

"빌어먹을 것들이구먼."

오랜만에 황도에 내려왔다는 카롤린 무테 변경백이, 황제의 면전에서 욕을 했다. 하지만 소드마스터인 그녀에게 감히 눈치 주는 이는 아무도 없었다. 오히려 다들 백작가의 잔인함에 질린 표정이었다. 에바가 양손으로 입을 가리고 나를 올려보았다. 나는 살며시 고개를 끄덕였다. 전부 사실이었으니까.

"이게 명백한 치사와 은폐라는 걸 모르진 않을 거야. 너희 부부는 축복받은 두뇌를 지닌 듯싶으니."

"…"

"여기서 끝이 아니라는 것도 알겠구나."

추기경의 말에 백작이 시선을 번쩍 들었다. 그의 눈이 번뜩였다.

"전하, 아닙니다. 부디 저희 가문을 모욕하지 말아 주십시오. 아버지와 조모님께서는 지극히 이성적인 판단으로…!"

"아이들을 버렸어. 삼대에 걸쳐서. 어쩌면 그전부터 계속."

나는 작게 탄식했다. 역시 황제와 그녀의 동반자는 알고 있었다. 뒤편에 선 귀족들이 소리 높여 백작가의 죄악을 성토했다. 그럼에도 백작은 기를 꺾지 않았다. 남자의 눈빛이 광기로 번들거렸다.

"대륙의 긍지 높은 신을 위함입니다. 저희는 완벽한 심신으로 그분을 섬겼습니다!"

"주신은 인간의 횡포를 원하지 않아. 성서에도 그런 구절은 없어."

그러자 백작이 자리에서 몸을 튕겼다. 근위대장이 빠르게 그의 어깨를 눌러 제압했다. 남자가 침을 튀기며 부르짖었다.

"인간은 무결해야 합니다. 아시지 않습니까! 추기경 전하!"

"그만."

그녀가 말을 끊었다. 빙하처럼 차가운 목소리였다.

"나는 너희 가문의 신앙을 보증하지 않을 거야."

"아아! 어째서… 이럴 수가…!"

백작 부인이 구슬피 흐느끼기 시작했다. 온 세상으로부터 박해받는 자의 낯빛이었다. 나는 말을 잃고 가만히 앉아있었다. 끔찍했다. 부부는 이미 반성할 수 없는 단계에 이르러 있었다.

죽은 앙리에트는 둘의 친딸이었다. 그런데 저들의 슬픔은 오직, '신앙의 왕녀'로부터 집안의 신심을 인정받지 못하는 데 기인했다. 이건 정상인의 범주가 아니지 않은가.

"그 아이를 돌본 노파는 전전 백작이 버린 딸이었다. 아마 네놈과 같은 사유였겠지."

"하, 하…"

황제가 말했다. 앙드레지 백작의 얼굴은 이제 파래졌다가 노래지기를 반복했다. 버석하게 마른 입술 사이로 헛숨이 흘러나오고 있었다. 자신 대에서 '신앙생활'이 끊긴다는 게 무척이나 치욕스러운 듯했다. 그러나 자비는 없었다. 지엄한 잇새로 황명이 떨어졌다.

"오늘부로 짐은 제랄드 앙드레지 백작의 작위를 박탈하고, 영지를 몰수한다. 선대 백작들과 이자의 업적을 황실 기록으로 치하하는 일도 없을 것이다. 백작과 그 배우자는 영아 유기와 학대, 치사 및 은폐의 죄를 물어 종신토록 투옥하며, 죄질이 극악하고 뉘우치는 자세를 보이지 않으니 보석의 기회 또한 내리지 않겠다. 이들의 명으로 죄지은 사용인도 짐의 뜻을 피하지 못할 것이다."

"폐하! 억울합니다-!"

"닥치시오!"

누군가 고함쳤고, 누군가는 손가락질했다. 에바가 작은 주먹을 꾹 쥐는 것이 보였다. 마음 같아서는 곁에 서있어 주고 싶었다. 뒤엠 후작도 두 눈을 감고 있었다. 사르네즈 공작은 고요한 눈길로 백작 부부를 바라보았다.

"네놈들의 자식은 아직 미성년이니, 같은 죄를 저지르지는 않았으리라 판단한다. 하여 녀석의 자립에 쓰일 소액의 현금을 제외한 나머지 재산을 국고로 몰수한다. 이는 황실 영지에 보육원을 짓고, 의원을 양성하는 데 쓰일 것이다."

"안 돼요, 아니 됩니다! 내 아들!"

백작 부인이 카랑카랑 소리쳤다. 황제의 강철 같은 태도엔 미동도 없었다. 그녀가 가볍게 턱짓하자,

"일어나시오."

"폐하, 폐하! 제발 들어주십시오!"

"전하-!"

뒤엠 경과 근위대가 둘을 거칠게 붙잡아 곁문으로 끌고 나갔다. 나는 유리잔을 꼭 붙든 채, 부부가 완전히 사라질 때까지 그들을 노려보았다. 감옥에서 평생 핍박 받고 고생해라. 너희가 아무리 비참해도, 폼 할머니와 앙리에트만큼 사무치진 않을 테니까.

"똑똑히 봤겠지."

황제가 말했다. 그녀의 고개는 한결같이 정면을 향하고 있었다. 모두의 시선이 보좌로 모여들었다.

"짐은 경들의 자치권을 존중한다. 알아서 잘하는 자를 압박하는 취미는 없어."

"…"

"허나 황족의 눈을 피해 죄를 짓고도 무사할 거라 여기진 마라."

허스키하고 음산한 경고였다.

"내 어머니와 조부께서 놓치신 죄업을, 나 역시 간과하리라 기대하지도 말고."

"…"

무서웠다. 나는 딱히 잘못한 것도 없는데 소름이 끼쳤다. '자수하여 광명 찾자'라는 오래된 문구가 뇌리를 스치고 지나갔다. 다들 비

슷한 감상인지 황제와 시선을 마주치지 않으려 애쓰는 기색이었다. 오직 뒤엠 후작만이 근사하게 웃으며 우리 쪽으로 손가락 화살을 날렸다. 예, 당당한 황실 방계라서 좋으시겠어요…

"다음."

그런데 그게 다가 아니었다. 나는 흠칫하며 눈길을 돌렸다. 황제의 말에, 꼿꼿이 서있던 엘리자베트 경이 재깍 움직였다. 그녀는 입구로 걸어가 지체 없이 문을 열었다.

-쿠웅!

이내 구면과 초면이 뒤섞여 모습을 드러냈다. 포박된 귀족 여럿이 알현실 바깥에서 대기 중이었다. 저자는 분명, 술집에서 스무 살 청소년을 때렸던…!

"지금부터는, 황명을 어기고 세금을 과하게 걷어 평민의 삶을 위협한 자들을 조진다."

황제가 짓씹듯 말했다. 나는 에이드에 든 사과 조각을 깨물며 넋 놓고 그녀를 바라보았다. 반할 것 같다.

* * *

그로부터 얼마간의 시간이 흘렀다. 황제궁 밖엔 노을이 지기 시작했고, 죄인들은 우르르 끌려갔고, 오늘의 심판 분량은 다 끝난 줄로만 알았다. 그랬는데…

"예서 왕자님. 폐하께서 왕자님을 튤립 후원으로 초대하셨습니다."

시종장 로라가 내게 절하고는 말했다. 나는 간식으로 먹던 여섯 번째 뷔뉴 조각을 천천히 내려놓았다. 황제와 스승님은 진작 알현실을 떠났고, 다른 귀족들도 바삐 자리를 벗어나고 있었다. 멀찍이서 뱅자맹과 가나엘이 로브와 장갑을 들고 다가오고 있었다. 나는 일단 냅킨으로 입가를 정리하며 주억거렸다. …근데 12월에 튤립이 핍니까?

* * *

아무튼 잘됐다. 나도 프레데리크 황제에게 묻고 싶은 게 있었으니까.

"제가 모시겠습니다."

시종장 로라를 보필하는 시종이 허리를 숙이며 말했다. 황제에게 혼자 초대받은 게 아니리란 생각은 했는데 역시나 그랬다. 크리스텔과 황태자, 엘리자베트 경과 나, 마지막으로 에바까지 함께 움직였다. 알현실을 떠나기 직전에 본 건, 프랑수아 뒤엠 후작과 시몽드 사르네즈 공작의 모습이었다. 둘은 몹시 진지한 얼굴로 대화하고 있었다.

"뻔뻔하네요."

크리스텔이 중얼거렸다. 나는 이게 무슨 말인가 싶어 눈을 깜빡였다. 그녀는 자신의 아버지와, 앞서 걷는 시종을 번갈아 보고 있었다.

"저 사람, 아버지와 따로 만나던 여자입니다."

그녀가 속닥였다. 나는 흠칫해서 시종을 바라보았다. 황제궁엔 워낙 일손이 많아 빠르게 기억해 내지 못했다. 이제 보니 낯이 익었다. 크리스텔과 세드리크 태자의 서임식 날, 로라의 사무실에서 밀회하다 우리에게 들킨 사르네즈 공작과 어느 여인. 바로 그녀가 지금 시종장의 명으로 우리를 안내하고 있었다.

"황제궁에서 회계 업무를 본다고 합니다. 나이는 스물아홉. 어느 평판 좋은 자작가의 따님이라네요. 본인이 아직 생각이 없어서 결혼하지 않았다는데, 요즘은 있을지도 모르겠습니다."

크리스텔이 이를 갈며 소곤거렸다. 나는 당황해서 입을 벙긋댔다. 태자도 분명 들은 눈치였는데 미동조차 없었다.

"그건…"

"네, 다 알아봤습니다. 그냥 넘어가기엔 괘씸하고 화가 나서요. 그날 밤에 잠도 안 왔거든요. 귀공녀 좋은 게 뭐겠습니까."

크리스텔은 이자벨 드 사르네즈 공작 부인을 진심으로 좋아했고, 친언니처럼 아꼈다. 심정이 충분히 이해가 가는 상황이었다. 이후엔 마차에 오르느라 잠깐 대화가 끊겼다. 우리끼리 한 칸에 타고, 뱅자맹과 다비드를 비롯한 시종들은 다른 마차에 탑승했다. 달칵. 마부가 문을 닫아주자마자…

"짜증 납니다. 일 때문에 마주치게 된 건 아는데 그래도 얼굴 보기가 싫어요. 아버지도 오랜만에 뵙는 거지만 열 받긴 마찬가지고요."

크리스텔이 분통을 터뜨렸다. 무슨 소리인지 모르는 에바만 머리를 갸웃했다. 엘리자베트 경은 사연을 아는 기색이었다. 다만 어린 소공작의 교육상 좋지 않은 화제라고 생각했는지 부드럽게 말을 돌렸다.

"튤립 후원은 처음입니다. 안까지 들어가 볼 수 있을지는 모르겠지만 설레네요."

"앗, 네. 예쁠 것 같아요!"

에바가 금세 소매를 팔랑이며 답했다. 크리스텔도 아버지의 외도를 더 언급하고 싶지 않은지 미소하며 고개를 끄덕였다. 마음고생이 심할 듯싶은데, 지극히 사적인 가족 문제이다 보니 도울 방법이 마땅치 않았다.

-다각, 다각…

마차가 느릿느릿 나아갔다. 다섯 사람의 머리가 같은 방향으로 흔들렸다. 나는 고민 끝에 크리스텔을 위해 에테르를 풀어냈다. 그러자 그녀가 나를 보며 청회색 눈동자를 곱게 접었다. '고맙습니다' 하고 입술도 움직였다. 창가에 앉은 태자가 즉시 나를 노려보는 게 느껴졌다.

"…"

하이고, 질투하냐. 나는 어쩔 수 없이 녀석 쪽으로도 에테르를 풀어주었다. 녀석은 누가 메인 남주 아니랄까 봐 친구끼리 교류하는 꼴도 못 봤다. 마주한 주황색 눈동자가 순식간에 차분해졌다. 그래, 무한 리필이니까 많이 먹어라.

"튤립 후원이 정확히 어떤 곳입니까?"

내가 한숨을 삼키며 물었다. 황궁은 황족의 거처였다. 외부인을 위한 지도 따위가 있을 리 만무했고, 나는 볼모인지라 더더욱 오가는 공간이 한정적이었다. 소백작이 씩 웃으며 대답했다.

"대륙에서 유일하게, 주신의 은총을 받은 보라색 튤립이 자라는 곳입니다. 평범한 튤립이 아니라 늦은 겨울까지도 꽃이 핀다고 합니다. 왕자님께서 보신다는 걸 알면 정원사들이 무척 기뻐할 겁니다."

나는 눈을 휘둥그레 떴다. 이 날씨에 후원으로 나오라기에 혹시나 했는데, 정말로 '그' 꽃이 있는 장소였다. 보랏빛 튤립과 제국의 이야기는 모를 수가 없었다.

여기서 훑어본 모든 역사서가 한 번도 빼놓지 않고 서술하는 내용이었다. 그러니까 그게 대충… 천 년 전의 일이다. 아주 오랜 옛날, 리에스테르 제국과 페네티안 신국은 하나의 나라였다. 국호는 '우니오^{Únio}'라고 했다.

우니오는 지난한 종교 분쟁을 거쳐 둘로 나뉘었는데, 그것이 오늘날의 제국과 신국이었다. 당시 제국엔 소수민족과 제후가 난립했기에, 안정을 찾기까지 50년 가까운 세월이 걸렸다. 반면 페네티안은 분리 직후 하나로 뭉치는 데 성공했다.

신국 왕실은 리에스테르 땅에 성기사가 태어나지 않는 점, 압도적인 인구 차이에도 제국의 신관 수가 신국보다 적은 점 등을 들어 자국의 정당성을 주장했다. 자신들이 주신의 선택을 받았다 여겼고, 제국은 자멸할 것이라 선전하며 내부 결속을 다졌다.

그러던 중 제국에 영웅이 나타났다. 위대한 통일 군주 아리안 리에스테르였다. 책에 따르면 그녀는 추기경이었던… 이름을 까먹었네. 여하튼 누군가와 손을 잡고, 그의 종교적 지지세와 자신의 지도력을 바탕으로 제국을 통일하는 데 성공했다.

나라가 평화기에 접어들자 아리안 선황은 추기경에게 자신의 '두 번째 반려'가 될 것을 제안했다. 종교가 국가에 미치는 영향력을 파악하고, 정략 결혼한 남편만으로 호시절을 지키기는 어렵다고 판단한 것이다.

그러나 추기경은 그녀의 의견을 쉬이 받아들이지 못했다. 그는 제후국에나 있다는 후궁 비슷한 존재가 되느니, 차라리 아리안과 아무런 관계도 없는 남자로 남기를 원했다. 그녀를 연모하고 있었기 때문이다. 이게 바로 퇴계공이 '로맨스' 판타지임을 실감하게 되는 부분이지.

"…하여 필리프 추기경 전하께서, 어느 날 선황께 튤립 구근 하나를 바쳤다고 합니다."

엘리자베트 경이 해설을 이어갔다. 맞다, 아리안을 짝사랑한 남자의 이름은 필리프였다.

"그러고는 말씀하셨습니다. '저는 이미 폐하의 동맹입니다. 하지만 폐하께서 저를 간절히 원하신다면…'"

'그리하여 주신께서 우리의 결속을 축복하신다면, 이 구근에서 보라색 튤립이 자랄 것입니다.'

고국故國 '우니오'의 이름엔 '구근'이라는 뜻이 있다고 했다. 보라색은 주신교의 상징색이었고, 튤립도 신앙적으로 중요한 의미를 지닌 꽃이었다. 그러나 보랏빛 튤립은 그때까지만 해도 상상 속의 존재였다. 그런 건 어디에서도 핀 적이 없었다.

아리안은 구근을 받아 들고 황궁으로 돌아와, 뜰에 직접 소중히 게 파묻었다. 다만 그것이 보랏빛으로 피어날 거란 기대는 하지 않았다. 그저 친구가 에둘러 자신의 권유를 거절한 것이라 여겼다. 그런데 이듬해 봄에, 보라색 튤립이 개화했다. 모두가 입을 모아신의 기적이라고 했다.

"결국 필리프 전하께서는 주신의 뜻을 받들어 아리안 폐하의 동반자가 되셨습니다. 선황께서는 그분을 존중해, 이러한 정신 결합에 '종교적 반려'라는 이름을 붙이셨다고 합니다."

내가 고개를 주억였다. 에바가 두 뺨을 붉히며 '낭만적이에요' 하고 속살거렸다. 그렇게 필리프는 영원히 아리안만을 사랑했다. 두 남녀가 노인이 될 때쯤 보라 튤립은 군락을 이루었고, 제국이 주신의 총애를 받는다는 증표로 자리 잡았다.

아무것도 몰랐던 선황은 추기경이 가정을 꾸려 행복하길 바랐다. 하지만 그는 숨을 거둘 때까지 황궁에서 독신으로 지냈다. 이 동네 원조 '서브 남주'라고 볼 수 있겠다⋯

"워, 워."

그때, 마부가 말을 멈추는 소리가 났다. 나는 재빨리 창가 쪽으로 목을 기울였다. 마침 태자가 좌석에 등을 기댔다. 언뜻 자색이 비쳤지만 그뿐이었다. 나무들이 시야를 가려 후원은 잘 보이지 않았다. 잎사귀가 잠든 계절인데도 줄기와 몸통이 길고 굵은 탓이었다.

"내려서 보도록."

"그래야겠다."

태자가 핀잔했다. 나는 무의식중에 대답하고 후딱 마차에서 내렸다. 황궁의 이쪽으로 와본 적은 처음이라 가슴이 쿵덕거렸다. 한편으로는 황제가 무슨 말을 하려고 여기까지 불렀나 싶어 긴장도 됐다. 아치 모양으로 꾸민 후원 입구에서, 그녀의 검인 요한 경이 우리를 기다리고 있었다.

"어서 오세요, 전하. 알현실에서는 멋지셨어요."

"…고맙습니다."

그가 처진 눈꼬리를 휘며 말했고, 나는 겨우 웃어넘겼다. 울컥하면 말이 많아지는 성격이 하필 그 순간 화를 못 참고 튀어나왔다. 후회하진 않지만 아무래도 시선을 너무 끈 것 같았다.

"시종분들은 마차에서 기다려 주세요. 태자 전하 일행만 들이라는 황명이 있으셨거든요."

요한 경이 설명했다. 가나엘은 다소 실망한 듯했지만, 여기까지 온 것만으로도 영광이라고 했다. 따뜻하게 쉬고 있으라는 말을 남긴 뒤 우리는 백발의 성기사를 따라 걸음을 옮겼다. 문을 지나자마자 턱이 쩍 벌어졌다.

"와, 진짜 다 보라색…"

"세상에. 너무 예쁘다. 미쳤다."

크리스텔이 격하게 감탄했다. 하얀 자작나무 숲으로 둥글게 감싸인 천 년의 후원後苑은, 온통 보랏빛이었다. 순백의 타일을 촘촘하게 깐 산책길 양옆으로 기적의 튤립들이 잎을 흔들며 인사했다.

지평선 방향엔 크고 우아한 연못이 있었고, 너머로는 이름 모를 궁이 보였다. 사방에 커튼처럼 드리운 주홍빛 노을이 근사한 그림을 만들어 냈다. 무척 감격한 낯으로 주변을 둘러보는 에바와 달리, 태자는 별 감흥이 없는 눈빛이었다.

"와보신 적이 있습니까?"

내가 묻자, 놈이 당연하다는 듯 턱을 까닥였다. 하긴 얘는 여기가 집이니까.

"두 분께서 기다리십니다. 가실까요?"

요한 경이 손짓했다. 우리는 그제야 후원 한복판의 퍼걸러와 테이블을 발견했다. 황제와 추기경이 마주 보고 앉아 커피를 즐기고 있었다. 시종장 로라가 시중을 드는 중이었다. 크리스텔과 나는 허겁지겁 선두에 서서 걸었다. 쌀쌀한 날씨에 어른을 기다리게 하는 건 어불성설이었다.

"지상에 강림하신 태양과, 고매하신 추기경 전하를 뵙습니다."

"폐하. 전하."

우리가 한목소리로 절을 올렸고, 태자가 짤막이 덧붙였다. 황제는 잔을 내려놓으며 피식했다.

* * *

"헤인스 경, 빨리요. 저기 토끼!"

"블랑케르 소공작님. 황궁의 토끼를 잡으면 벌을 받지 않을까요?"

"잡는 거 아니에요, 방퉁이. 안아주려는 겁니다."

"깊으신 뜻을 제가 미처 헤아리지 못했네요."

요한 경과 에바가 연못 근처에서 아옹다옹했다. 나는 퍼걸러 아래서 뜨끈한 레몬버베나 차를 마시며 키득거렸다. 추울 줄 알았는데, 장갑을 벗어도 될 만큼 주변이 따스했다.

'퍼걸러에 온기 마법이 걸려있단다. 덕분에 한겨울에도 온화해.'

스승님이 상냥하게 설명해 주었다.

"…"

모두가 조용히 잔을 들고, 노을 지는 주신의 꽃밭을 구경했다. 나는 슬쩍 황제의 눈치를 살폈다. 얘기하려는 낌새가 없는데 내가 먼저 질문해도 되나.

"한심하다 여기진 않느냐?"

움찔. 나는 갑작스러운 황제의 물음에 놀라 몸을 떨었다. 그녀가 천천히 고개를 돌려 우리를 바라보았다. 체리색 눈동자가 나른하게 빛나고 있었다.

"알고 있었다."

"…"

"내 조부도 알고 있었어. 앙드레지 가문이 아이를 버린다는 소문을."

그녀가 말했다. 일순 소름이 돋았다. 나는 탄식을 삼키며 찻잔을 꾹 쥐었다.

"한데 백작가는 전쟁 내내 중부를 지키며 활약했지. 결국 조부께선 그들의 죄를 눈감았다."

"맙소사…"

크리스텔이 속삭였다. 황제가 말을 이었다.

"모친의 대에 와서도 같은 소문이 황궁에 흘러들었어. 그런데 이번엔 전쟁 시대가 끝났다는 것이 문제였다."

"어째서…"

"내 어머니는 상처 입은 제국을 돌보고 재건하기 바빴어. 그런 시기에 호걸이라 불리는 백작을 잡아 죄를 묻고, 가문에 벌을 내려 백성들의 마음을 흔들어서는 안 된다고 판단하셨지. 제대로 된 증좌도 없었으니."

요컨대 두 선황이, 소문을 알고도 대의적인 이유로 사정을 살피지 않았다는 의미였다. 소백작은 눈길을 떨어뜨렸다. 복잡한 표정이었다.

"나는 두 분이 옳다고 생각하지 않아. 내가 황위에 있었다면 다른 결단을 내렸을 거라 자만하기도 한다."

허스키한 목소리가 자조했다. 스승님은 안쓰러운 눈빛으로 자신의 반려를 돌아보았다. 두 여인의 시선이 얽혔다.

"허나 피로 얼룩져 있다고 한들 어쩌겠느냐? 이것이 내가 물려받은 자리인데."

"…"

"선조의 과오를 바로잡고, 훗날 내 아들이 바로잡을 일은 하지 않는 것. 그게 내 과업이야."

황제가 담담하게 말했다. 겨울 해는 이미 떨어져 보이지 않았다. 튤립의 보랏빛이 하늘로 푸르스름하게 번져 나갔다. 고요히 서있던 로라가 퍼걸러 곳곳에 불을 밝혔다. 붉은 시선이 태자를 오랫동안 들여다보았다. 모황의 눈엔 말로 못다 할 애정이 가득했다.

"하여 너희에게 사건을 맡겼다. 기나긴 죄악의 굴레를 목격하게 하고자."

이어 그녀가 나를 응시했다. 마치 사로잡힌 것처럼, 눈길을 피할 수가 없었다.

"제국의 미래를 짊어질 녀석들이니."

내 입이 제풀에 스르르 벌어졌다. 미래요?

…저도요?

* * *

 이건… 이건 내 실수다. 나는 자책하며 찻잔에 입술을 파묻었다. 황태자의 시선이 옆얼굴로 따끔따끔 와 닿았다.
 "사르네즈 꼬마는 조만간 소공작이 되겠지."
 "네, 아버지께서도 그렇게 말씀하셨습니다."
 "잘됐군."
 프레데리크 황제가 하나의 미래를 제시했고, 크리스텔은 곧장 답을 내놓았다. '미래'라니. 내가 보잘것없는 놈이라고 생각하는 건 아니었다. 그도 그럴 것이 나는 《퇴사했더니 이계 공녀》 주인공의 파트너이자, 그녀의 예비 남편의 파트너였다.
 서브 남주는 안 하기로 했지만 그만큼 중요한 역할을 맡은 셈이었다. 지금은 그냥 볼모가 아니라 영지까지 받은 황제의 후작이고, 제국의 유일한 추기경을 스승으로 모시고 있었다. 리에스테르 4대 귀족가와 두루 친분이 있기도 했다. 게다가 세레니테에서 스스로의 마음을 받아들이고 인정하기로 하지 않았던가. 나는 이곳에서 만난 사람들이 좋고, 같이 있고 싶다고.
 "으음."
 밀려오는 심란함을 가라앉히고자 연못 쪽으로 눈길을 고정했다. 요한 경이 에바에게 무언가를 가르쳐 주고 있었다.
 "이렇게 넣고 당기세요, 소공작님. 원을 작게 만들면 토끼풀 반지가 돼요."

"크게 만들면요?"

"그럼 팔찌로 쓸 수 있겠네요."

"…헤인스 경은 생각보다 쓸모가 있네요. 좋습니다."

"하하하."

…그러니까 정말로 내 실수다. 해결해야 하는 일에만 몰두한 나머지, 다른 이들에게 내가 어떤 존재가 될지는 깊이 생각하지 않았다. 리에스테르를 좋아하지만, 왕자를 건사해서 신국의 자매와도 만나게 해주고 싶었다. 동시에 나는 집에 가야만 했다.

이렇듯 상호 모순적인 세 가지 목표에 골몰하느라 외부 요인은 전혀 고려하지 못했다. 친구들이 훗날의 나와 교집합을 만들고 싶어 하면, 나는 어떻게 대처해야 하는 거지?

"엘리자베트, 너도 모친이 은퇴하면 변경백 자리를 물려받겠지."

"예. 다만 앞으로 20년은 너끈히 활약하실 듯합니다."

"흥. 카롤린이라면 그럴 거다."

"혹시 결혼 계획은 없니?"

황제가 엘리자베트 경과도 대화를 나누었다. 부티에 추기경은 명절날 친척 어르신 같은 화제를 꺼냈다. 소백작이 볼을 붉히며 아직 구체적으로 정해진 건 없다고 대답했다. 그러자 크리스텔이 부러 큰 소리로 말했다.

"부근위대장님은 예비 신랑이 스무 살 될 때까지 기다릴 거랍니다. 그쪽은 당장 내일이라도 식을 올릴 기세던데."

"어머나."

"하하하."

스승님이 크리스텔의 장단에 맞춰 놀란 낯을 했다. '알나리깔나리' 하는 효과음이 들리는 것 같았다. 나는 두 사람의 짓궂은 태도에 웃음을 터뜨렸다. 이곳이 고향이며 터전인 이들은, 자연스레 내일을 계획하고 앞날을 꿈꿨다. 그게 숨 쉬듯 당연한 거였다. 나도 은서와 형이 있던 집에서는 그랬으니까.

"…여하튼, 황궁과 저택에만 박혀있지는 마라."

황제가 우리를 둘러보며 말했다. 추기경이 덧붙였다.

"후일 황위에 오르면 나가고 싶어도 그러기 힘들 거야."

"밖으로 나돌 수 있을 때 나돌고, 살필 수 있을 때 백성의 삶을 살피도록 해. 내가 저지르는 과오가 있다면 그를 내게 고하는 것도 너희의 일이다."

"예, 폐하."

태자의 주황색 눈동자가 차분히 반짝였다. 스승님이 내 손등을 정답게 쓸어주었다.

"이번에도 수고했어, 왕자님."

"아닙니다."

"실은, 내가 먼저 프레데리크에게 이야기했단다. 마담 빅투아르 사건을 너희에게 맡기자고."

나는 눈을 깜빡였다. 황제와 추기경이 일심동체로 움직이는 거야 익히 알았지만, 설마하니 스승님의 생각이었을 줄은 몰랐다. 접때는 폐하의 돌발 제안인 것처럼 말씀하셨잖아요. 죄다 연기였어?

"우리의 추측이 맞는다면, 그건 아주 사적인 복수극이었으니까.

무력으로 밀어붙이면 빅투아르의 이야기가 빛을 보지 못할 것 같았어. 그저 어느 도둑이 날뛰다 황제의 철퇴를 맞았다는 결말로 끝날 듯싶었지."

"그걸 바라진 않았다. 그 평민 여인 덕분에 지방 영주들의 건방진 행태를 포착하기도 했으니."

'빚지는 건 질색이야.'

황제가 꿍얼거렸다. 요컨대 그녀는 일부러 빅투아르를 전력으로 상대하지 않았다. 괴도가 빨리 잡혀서 좋을 게 없었고, 한편으로는 그녀의 사연이 더욱 극적인 방식으로 알려지길 바라서였다.

다만 빅투아르가 한 명이 아닌 둘이었다는 점, 폼 할머니의 폐병이나 마차 사고 등은 추리하지 못했다고 했다. 추기경의 말마따나 두 어른은 현장에 나갈 수가 없었기 때문이었다.

"그래서… 아, 그새 간식을 다 비웠구나. 배고프니?"

스승님이 크리스텔과 나를 보며 다정하게 물었다. 우리는 민망한 표정으로 그렇다고 대답했다. 그때쯤 시종장 로라가 황제의 곁으로 다가오더니,

"폐하. 저녁 식사가 준비되었습니다."

최고의 소식을 전해주었다. 이내 에바가 이쪽을 돌아보며 귀를 쫑긋거렸다. 요한 경이 저만치서 전부 듣고 말을 전해준 모양이었다. 과연 공기 속성은 대단해.

* * *

저녁밥은 끝내줬다. 황궁 음식은 원래도 맛있는데, 야외에서 먹으니 더욱 입맛이 살았다. 밖에서 대기하던 시종들도 가까운 궁에서 식사 중이라는 얘기를 듣고 안심했다.

어느새 까맣게 물든 밤하늘엔 하얀 달이 떠있었다. 공기가 맑아서 별도 잔뜩 보였다. 달빛을 받은 튤립들이 바람의 손을 잡고 즐겁게 산들거렸다. 꼭 누군가의 단꿈 한복판에 흘러들어 온 기분이었다. 신비로운 보라색 꽃밭, 흘러가는 구름 몇 조각… 그리고 잊지 못할 식후주 한 잔.

"콜록, 콜록! 씁니다, 폐하. 맛이 이상합니다!"

"그러게 맛없을 거라고 하지 않았느냐."

"하지만 사르네즈 경은, 으. 이만한 진미가 없다고 했습니다…"

'속이 화끈거립니다. 상한 것 아닌가요?'

에바의 반응에 황제가 피식했다. 소공작은 원망스러운 눈길로 옆자리의 크리스텔을 돌아보았다. 주인공이 키들거리며 아이의 입에 레몬 타르트를 넣어주었다. 오물오물 잘 받아먹으니 요한 경이 낮게 웃었다. 빈 접시를 내가던 일손들도 우리를 보며 입꼬리를 올렸다.

오늘 에바는, 성인이 되고 처음으로 술이라는 것을 마셔봤다. 아이는 요즘 후계자 교육을 받느라 영주성과 황도 공작저를 바삐 오가고 있었다. 와중에도 부모님으로부터 술을 받은 일이 없다고 하니, 제국의 주인이 친히 어주御酒를 내렸다. 그게 달콤한 햇와인이나 맥주였다면 괜찮았을 텐데 말이지.

"아르마냐크는 조금 이르지 않았나 싶습니다, 에바."

내가 아이에게 물잔을 밀어주며 말했다. 그러자 흑갈색 눈동자가 삐죽 솟았다. 술은 겨우 한 모금 들어갔는데 두 귀가 발갰다. 그야, 저건 50도짜리 브랜디니까!

"저도 마실 수 있어요!"

"마실 수야 있지만, 아침에 머리가 아플지 모르니까요."

"어른은 골이 울려도 일어나서 일하러 가야 한대요. 무테 경이 그랬습니다."

나는 침착한 눈빛으로 소백작을 바라보았다. 그녀가 애써 내 시선을 피하며 입가심으로 나온 파스티유를 주워 먹었다. 삶의 진리를 너무 일찍 가르치신 거 아닙니까…

"저대로 보내면 코가 비뚤어질 테니 산책을 시켜야겠군."

'세드리크, 네가 사촌을 데리고 다녀와라.'

황제가 즐거운 기색으로 말했다. 추기경이 한숨을 푹 쉬었다. 모르긴 몰라도 반려에게 영혼의 잔소리를 쏟아내고 있지 않을까 싶었다. 태자는 우아하게 자리에서 일어나더니, 에바에게 다가가 묵묵히 오른팔을 내밀었다. 감탄이 절로 나왔다. SRT 타고 가면서 봐도 로판 메인 남주 같은 자태였다.

"저, 그, 감사합니다."

에바는 이제 양념치킨처럼 빨개졌다. 소공작은 삐걱삐걱 태자에게 팔짱을 끼고 일어서더니, 천천히 그와 함께 튤립 후원을 걷기 시작했다. 나는 멀어지는 둘의 뒷모습을 보며 미소 지었다. 태자 녀석이 크리스텔에겐 저런 태도를 보이지 않아 아쉽지만, 사촌끼리 잘 지내는 건 좋은 일이었다. 에바가 걱정됐는지 소백작이 두 사람을 따라나섰다.

"왕자님. 저 궁금한 게 있습니다."

"네, 사르네즈 경."

나는 고개를 돌려 크리스텔의 눈빛을 마주했다. 술잔을 잘게 흔들던 그녀가 여상히 말을 이었다.

"'엎드려뻗쳐' 같은 구령은 페네티안에만 있는 건가요?"

"예?"

목에서 삑사리가 났다. 하마터면 포크를 떨어뜨릴 뻔했다. 나는 대략 3초 후에야 질문의 요지를 정확히 파악했다. 팔뚝에 오소소 소름이 돋고 목덜미가 써늘해졌다. 모데스트 바카리를 만났던 고급 술집, '블루아'에서의 일이 빠르게 머릿속을 스쳤다.

'*동작 그만! 다들 입 닫고 엎드려뻗쳐!*'

…내가 분명히, 싸움꾼들에게 그런 신탁을 내렸었다. 순식간에 손바닥이 축축해지고 입술엔 가뭄이 들었다. 나는 그야말로 허술하기 짝이 없고, 주인공으로 빙의했으면 진작 나라 하나 말아먹었을 노답 인간이었다. 정예서야, 열 받는다고 그렇게 한국적인 말을 막 내뱉냐? 옆에 한국 출신 진짜 주인공이 떡하니 버티고 서있는데? 심지어 그걸 여태 까먹고 있었네?

"엘리자베트 경에게 물어봤는데, 제국에는 그런 구령이나 동작이 없다고 합니다. 그래시 왕자님이 귀족들 혼내시는 모습을 보고 내심 놀랐대요."

'저도 깜짝했습니다. 박력 있으셔.'

그녀가 실눈을 뜨며 장난스럽게 덧붙였다. 적당히 취했는지 말꼬리가 조금 늘어졌다. 크리스텔은 대수롭지 않게 여기는 듯했지만 나는 어떻게 답해야 할지 막막했다. 대충 신국에서 봤다고 거짓말하고 싶은데,

"…"

맞은편에 요한 경이 앉아있었다. 미치겠네!

"아마 페네티안 왕성의 병사 교육법이 아닐까 싶어요."

그때, 백발의 성기사가 운을 뗐다. 나는 놀라서 턱을 벌렸다.

"왕성에 들어가 본 적은 없지만, 그곳 훈련이 유독 힘들고 중도 포기자도 많다는 풍문을 들었거든요. 대신 정련병의 수준은 하급 기사와 맞먹는다고 하더군요."

민트색 눈동자가 나를 향해 호선을 그렸다. 나는 고장 난 것처럼 고개를 끄덕이고는 생수를 꿀꺽꿀꺽 들이켰다. 이놈의 주둥이를 가만뒀다간 요한 경에게 '도와주셔서 고맙습니다' 같은 소리를 할 게 뻔했다. 크리스텔이 '역시 그랬구나' 하며 둥근 아르마냑 잔에 입술을 묻고 실실 웃었다. 취기 올라서 천만다행이다…

"신국이 잡졸까지 고되게 굴린다는 소문은 나도 접했다. 흥미롭군."

병사 훈련 이야기에 황제가 말을 얹었다. 이건 예상치 못한 흐름이었다. 내게 뭐라도 물어볼까 봐 후식으로 나온 자두 셔벗을 푹푹 떠먹고 있는데, 로라가 조용히 다가와 주인의 귓가로 허리를 숙였다. 시종장의 보고를 들은 황제는 눈을 굴려 후원 입구를 바라보았다. 모두의 시선이 같은 곳을 향했다. 어?

"프랑수아 뒤엠 후작이네요."

"쯧. 벌써 그 기간이 됐나."

황제가 혀를 차며 몸을 일으켰다. 내가 따라 일어서려 하자 그녀는 손을 뻗어 제지했다. '그 기간'?

"얘기 좀 하고 오지."

"내 안부도 전해줘."

"그래."

소드마스터의 단단한 손이 추기경의 어깨를 짚고 멀어졌다. 무슨 대화를 하기에, 후작이 오지 않고 도리어 황제가 그를 만나러 나가는지 궁금했다. 그러나 스승님은 이 상황을 딱히 부연하지 않았다. 마법 조명 아래 은은히 빛나는 얼굴이 어쩐지 슬퍼 보였다. 사적인 일인 듯해 나도 묻지 않기로 했다. 성큼성큼 걸어간 황제가 벌써 뒤엠 후작의 팔을 두드리고 있었다.

-쿵!

나는 흠칫하며 눈길을 옮겼다. 테이블에 머리를 박고 새근새근 잠든 크리스텔이 보였다. 어마어마한 독주로 황제와 대작을 했으니 지금까지 버틴 게 용했다. 퍼걸러에 걸린 마법 덕분에 춥진 않았지만, 친절한 요한 경이 코트를 벗어 그녀의 등을 덮어주었다. 세모꼴로 헤 벌어진 입을 보니 헛웃음이 났다. 주인공은 술 먹고 널브러져도 예쁘네.

"좋은 시간 보냈니?"

불쑥, 스승님이 내게 물었다. 주름진 베이지색 눈매가 상냥했다. 나는 씩 웃으며 다시 자두 셔벗을 한 스푼 떴다.

"네, 유익하고 재밌었습니다. 특히 폐하께서 좋은 말씀을 많이 해주셨어요. 새로운 정책을 시행할 때, 무언가를 조사하거나 파헤칠 때, 폭군이 되지 않도록 언제나 자신의 힘에 유의해야 한다는 조언이 인상 깊었습니다. 물론 저는 즉위할 일이 없지만…"

"다른 존재는 될 수 있어."

그녀가 부드럽게 말허리를 파고들었다. 나는 느릿느릿 셔벗을 삼켰다. 그제야, 추기경이 말한 '좋은 시간'이 비단 오늘 저녁만을 의미하는 게 아님을 깨달았다.

"전하, 저는…"

"나는 왕자님이 앞으로도 여기서 좋은 시간을 보냈으면 해. 진심이란다."

살가운 손길이 내 뺨을 어루만졌다. 그래, 아까부터 이게 문제였다.

"원한다면."

이곳 친구들이 내 미래의 일부를 원하면, 나는 어디까지 내줘도 괜찮은 거지?

"왕자님의 발치에서만 보라색 튤립이 피게 될 거야."

스승님이 속삭이듯 말을 맺었다. 그녀의 어깨 너머, 보랏빛 후원 중앙에 우뚝 선 사내가 보였다. 한 쌍의 작은 해가 나를 똑바로 응시했다. 나의 눈이 서서히 커졌다. 아니… 내가 방금 무슨 소릴 들은 거냐? 작가 내려와 보라 그래.

* * *

어젯밤.

'강요하는 게 아니야. 왕자님 의견이 가장 중요하니까.'

부티에 추기경은 분명히 그렇게 말했다.

'세드리크에겐 비밀로 해주련? 내가 말했다는 걸 알면 화낼 거야.'

그런 말씀도 속닥이셨다. 나로 말할 것 같으면, 난감하게 웃는 어른의 면전에 대고 거절할 수 있는 성격이 못 됐다. 결국 내가 그녀에게 돌려준 대답이라고는 '그… 생각해 보고 답변드리겠습니다' 같은 원론적인 말뿐이었다.

스승님은 언제까지고 기다릴 수 있다는 듯 자애롭게 고개를 끄덕였다. 그런 대사를 듣고 충격받은 건 나뿐인지, 요한 경은 아무렇지 않은 표정으로 모카 포 드 크렘을 떠먹었다.

아침에 일어나서 다시 생각해 봐도 꿈만 같았다. 아니, 이곳 친구들이랑 30년을 내다보고 부동산 투자를 한대도 고민할 판에… 이게 말이 되나? 이런 전개로 괜찮은 건가?

"퇴계공 평점 이미 바닥 친 거 아니냐? 너무 갔다."

-끼응

"그렇잖아, 데미. 빙의한 지 9개월이 다 됐는데 여태 주인공들이 안 사귀어. 나였으면 진작 하차했어."

-꾸르르르

레서판나가 끌끌 웃는 깃 같은 소리를 냈다. 레아와 페리는 내 허벅지를 한 짝씩 베고 색색 잠들어 있었다. 나는 녀석들의 따뜻한 몸통을 쓰다듬으며 고뇌에 빠졌다. 휴게실 벽난로만이 평화롭게 타들어 갔다.

-오지직, 타닥, 타닥…

추기경의 이야기를 듣고 쥘리에트 궁으로 돌아와서, 새벽까지 잠을 설쳤다. 아무리 퇴계공의 독자가 아니었다지만 나도 눈치라는 게 있는 사람이었다. 그건 잘못 해석할 수가 없는 문장이었다.

대륙에서 보라색 튤립이 갖는 의미는 다양했다. 주신, 교황, 신앙의 기적, 쌍성의 맹약 등등. 하지만 그게 '나의 발치에서만 피게 될 거다'? 그걸 굳이 튤립 후원에서 말한다? 최초의 종교적 반려가 된 아리안과 필리프의 설화가 전해지는 곳에서? 스승님의 말뜻은 명백했다. 나보고 황태자의 '종교적 반려'가 되라는 거였다.

"작가 진심인가?"

내가 중얼거렸다. 게다가 프레데리크 황제도 같은 생각일 게 뻔했다. 두 어른은 한마음으로 움직이니까.

"심지어 크리스텔은 조만간 소공작이 될 거라잖아. 그러면 황실하고 결혼을 못 해. 이건 정말 심각한 거야."

-끼이?

"응, 못 해. 여기는 집안에서 독립하는 게 둘째부터 가능하거든. 첫째나 외동이면 원칙적으로 가문을 물려받아야 돼. 딴 집에서 시집이나 장가를 와야 하는 거지."

언젠가 크리스텔이 들려준 이야기가 떠올랐다. 그녀와 세드리크 태자가 약혼하면, 사르네즈 공작은 가장 가까운 조카를 입양해 대를 잇게 할 예정이었다고 했다. 크리스텔이 외동이기 때문이었다.

"소공작이 되기 전에 둘이 연애하지 않으면, 큰일 나는 거야."

-끄잉

위기감에 혼잣말이 길어졌다. 수첩을 꺼낼 정신머리도 없었다. 나는 미친놈처럼 중얼중얼 가설을 쏟아냈다.

"소공작이 되고 나서 연애하면 곤란… 아냐. 그것도 나쁘지 않아. 최악은 피하는 거지."

다만 그럴 경우엔 일이 복잡해진다. 크리스텔이 소가주로 공표된 상황에서 태자와 사귀고 결혼까지 생각하게 되면, 사르네즈는 황실에 흡수되어 역사의 뒤안길로 사라질 각오를 해야 한다. 뒤늦게 조카를 입양해 크리스텔을 소가주 자리에서 내려오게 하면, 두고두고 사교계의 말거리가 될 테고. 어느 쪽이든 명문가 입장에서 반길 전개는 아니었다.

"하아…"

탄식이 절로 나왔다. 나는 푹신한 소파에 머리를 묻고 눈을 감았다. 소파 팔걸이에서 놀던 뚝심이가 호르르 날아와 목덜미에 앉았다. 기분 탓인지 어깨가 무거웠다. 피하는 게 힘들어서 친구만 하자고 결심했더니, 이젠 아예 '그릇'을 맡아달라고 하질 않나. 한창때인 주인공 러브라인이 세계관에서 제일 어려운 과업 같질 않나.

"갑자기 현타 온다. 주연들이 꼭 연애를 해야 할까?"

-삐이…?

굴뚝새가 의아한 소리로 울었다. 네가 웬일이냐는 투였다. 일순 눈이 번쩍 뜨였다.

"해야지. 아무렴 원작의 흐름을 고수해야지."

내가 다짐하듯 중얼대며 허리를 세웠다. 앞서 말했듯 나는 퇴계공을 읽어본 적이 없었다. 따라서 지금의 흐름이 원작과 얼마나 비슷한지, 또 얼마나 다른지 알지 못했다.

물론 정해진 노선에서 꽤 벗어나긴 했을 것이다. 본래는 두 남녀 모두 성기사가 아니었고, 진짜 예서 왕자도 체내에 에테르가 없었으니까. 나만 아는 소수의 이벤트를 주인공들이 거절하거나 외면하는 날도 있었다.

하지만 그렇다고 나까지 정신을 놔버리면, 이 소설의 큰 줄기를 무시하고 될 대로 되란 식으로 현재에 몸을 맡기면… 나를 지탱해 줄 지표는 아무것도 없게 된다. 솔직히 말해서, 아직은 그런 불안감을 버틸 자신이 없었다. 약해 빠졌다고 손가락질해도 유구무언이다.

"그리고 일단 둘이 같이 있으면 보기 좋잖아. 예쁘고 흐뭇한데."

이건 한 점의 티끌도 없는 진실이었다.

-삐이뽀오

"너 말투가 왜 그래."

뚝심이가 울음소리를 불량하게 늘어댔다. 나는 피식하며 녀석의 부리 끝을 건드렸다. 조금은, 아주 조금은 스승님이 원망스러웠다. 원작에선 크리스텔과 태자의 중매를 맡아 독자들로부터 '오 선생님'이라고 불린 그녀였다. 그런데 왜 지금은…

-똑똑

그때, 누군가 휴게실 문을 두드렸다. 손님이 도착할 시간이었다. 나는 레서판다들을 옆에 눕히고 재깍 자리에서 일어났다. 매무새를 정돈하고 뒷머리도 슥슥 문질렀다. 동시에 가나엘이 문틈으로 고개를 빼꼼 내밀었다.

"왕자님, 사라 벨리아르 경이 왔습니다."

"어. 들어오시라고 해."

내가 씩 웃었다. 테이블 위의 상자가 반질거렸다.

* * *

가나엘이 뚝심이와 애물단지들을 바리바리 꽃수레에 실어 나갔고, 피에르는 얼음물에 입수한 티테를 데리러 갔다. 곧 손님이 입장했다.

"쥘리에트 궁은 초행입니다. 벨리아르 가문의 무한한 영광입니다, 에서 왕자님."

언론인이 우아한 태도로 절을 올렸다. 벨리아르 경은 오늘도 멋진 드레스 차림이었다. 호사스러운 털로 장식한 로브와 장갑 또한 값비싸 보였고, 중후한 음성은 여전했다. 마주 인사하고 소파를 가리키니, 그녀가 날카로운 눈빛으로 사방을 관찰하며 착석했다. 15일에 나올 〈격주간 리에스테르〉의 내용이 훤히 보이는 것 같았다. 안 쓰는 방을 준비해 두길 잘했지.

"편안한 시간 보내십시오."

이어 뱅자맹이 다과를 놓고 자리를 비켜주었다. 약간의 빈틈도 없는 얼굴이었다. 우리 작가님은 본업과 부업의 분리가 철저했다.

"저를 먼저 부르실 줄은 몰랐습니다. 사실 이런 경우는 거의 없지요."

"하하. 아무래도 기자분을 사적인 곳에 들이기는 망설여지니까요."

내가 너스레를 부렸다. 나는 폼 할머니와 앙리에트의 장례를 치르고 올라오자마자, 정식으로 벨리아르 경을 이곳에 초대했다. 그녀의 손주를 위한 햇무리초를 전달하고 싶어서였다. 일찍이 태자의 오케이 사인이 있었고, 간밤엔 황제와 추기경에게 조심스레 허락도 받았다. 아직 당사자는 아무것도 모르는 상태지만.

"추가 인터뷰를 진행할 마음이 드신 거라면 최선을 다해 모시겠습니다."

"추가 인터뷰요?"

"그간 모인 질문지가 제법 됩니다. 독자들도 왕자님을 몹시 사랑하고 있지요. 왕자님의 인터뷰가 실린 지난 5월 1일 호는, 평소의 세 배 가까운 판매고를 올렸답니다."

'13년 만의 실적이었습니다.'

그녀가 기분 좋게 덧붙였다. 나는 어떻게 본론을 꺼낼까 고민하느라 즉각 대답을 내놓지 못했다. 벨리아르 경은 그것이 긍정의 의미라고 생각했는지, 작은 안경을 콧등에 얹고 수첩과 깃펜을 빼 들었다.

"준비되시면 말씀해 주십시오. 실례지만 시간은 얼마나 비워두셨는지요?"

"저는 여유롭습니다. 주말이니까요."

"오."

'제가 운이 좋군요.'

그녀가 하얀 커트 머리를 흔들며 감탄했다. 나는 여인이 손도 대지 않은 생강나무 꽃차를 바라보았다. 인터뷰할 때는 음료를 마시지 않는다고 했었지, 아마.

"벨리아르 경."

"예, 시작하겠습니다."

아이고, 속전속결이네.

"마담 빅투아르 사건에 관한 독자들의 문의가 빗발치고 있습니다. 그녀가 묵던 허름한 여관방에서는 시세 후작가의 성유물이 발견되었다지요. 좌판에서 함께 장사하던 노파들조차, 빅투아르가 동네 주민이라 믿어 의심치 않았다는데⋯ 왕자님을 포함한 태자 전하 일행이 직접 범인을 잡으셨다고 들었습니다."

"뭐, 그렇습니다."

"덕분에 전하께서 벌써 세력을 만들고 계시다는 해석이 나오고 있지요."

세력은 모르겠고, 반려는 만들려는 것 같아요.

"하여 첫 번째 질문입니다. 왕자님께서는 이제 단순한 황궁의 고해 신관이 아니라,"

"저기, 오늘은 차를 드셔도 괜찮습니다."

결국 내가 끼어들었다. 그녀가 눈을 깜빡였다. 나는 김이 오르는 찻잔을 밀어주며 신중하게 말했다.

"실망을 드려 유감이지만 인터뷰 때문에 경을 부른 것이 아닙니다."

"그럼⋯"

"요즘 손자분은 좀 어떤가요?"

그러자 벨리아르 경의 낯이 순식간에 어두워졌다. 제국에서 제일 표정 관리를 잘하는 사람 중 하나일 텐데, 손주의 이야기엔 이토록 약해지곤 했다. 신전 고해소에서 처음 만나던 날에도 이랬다. 마침내 그녀가 입술을 움직였다.

"…그걸 이리 꾸준히 물으시는 분은 왕자님뿐입니다."

아이는 여전히 의식이 없는 모양이었다.

"불편한 질문이었다면 죄송합니다."

내가 사과했다. 노인이 작게 한숨짓더니 안경을 벗었다.

"질타가 아니었습니다. 그저 어찌 이리 순하신가 하는 게지요. 저는 기삿감을 사냥하고 다니는 기자이고, 남작도 아닌 준남작의 배우자이니까요."

"그런 배경은 제 용건과 상관이 없습니다."

나는 그렇게 말하고, 테이블에 올려둔 상자를 열어 그녀에게 내용물을 보여주었다. 벨리아르 경이 그것과 나를 번갈아 보며 의문스러운 얼굴을 했다.

"이게 무엇입니까? 꽃차?"

"비슷합니다. 역시 감이 좋으시네요."

내가 싱긋했다.

"이건 햇무리초라고 합니다. 폐하께서 공표하시지 않은 새로운 약초이니, 발표될 때까지는 부디 발설하지 말아주셨으면 합니다."

"…알겠습니다. 한데 이것을 왜 저에게,"

그녀의 말이 뚝 멎었다. 녹색 눈동자가 믿을 수 없다는 듯 나를 바라보았다. 나는 머쓱해져서 목덜미를 문질렀다.

"이게 체내 에테르에 도움이 되는 성분을 지녔습니다. 이것을 약

차로 복용해 효과를 본 환자가 있고, 오랫동안 마셨지만 부작용도 없었답니다."

"…"

여인의 입술이 파르르 떨렸다. 나는 못 본 척 말을 이었다.

"손주분을 이미 치유 신관에게 보이셨겠지만… 그분들이 그릇을 살피는 서클까지 열진 못했을 겁니다. 그건 외우기 무척 까다롭고 전개할 때 에테르도 많이 들어서, 황궁에 드나들 정도의 고위급이 아니면 구사하기 어렵거든요."

당연히 나도 못 했다. 나는 착하고 용감한 헤릿을 떠올리며 미소했다.

"그래서 경에게 이걸 전해주고 싶었습니다. 물론 손자분이 에테르와 전혀 관계없는 질환을 앓고 있을 수도 있는데, 사람 마음이 그렇지 않습니까. 가능한 약은 다 써보고 싶죠."

"폐하께서 이를 허하셨습니까?"

그녀가 바들거리는 목소리로 물었다. 나는 가만히 주억였다.

"제가 여쭤봤을 때, 빠르게 답을 주진 않으셨습니다. 그래도… 마지막엔 제 뜻대로 하라고 하셔서요. 혹시 문제가 있습니까?"

내 말에 벨리아르 경이 황급히 고개를 내저었다. 그러고는 깊이 머리를 숙였다. 노인의 호흡이 거칠었다.

"감사합니다. 베풀어 주신 성은은… 결코 잊지 않겠습니다."

"별말씀을요. 아직 효험이 드러난 것도 아닌데요."

나는 부러 밝게 대답하고, 상자를 닫아 그녀에게 건넸다. 과한 기대를 하게 하면 돌아오는 상처도 깊을 터였다. 벨리아르 경은 손수건으로 자신의 입을 막고 심호흡을 했다. 그녀 역시 햇무리초에 매달리지 않으려 애쓰는 표정이었다. 실망하게 될 때의 아픔을 누구보다 잘 알 테니까.

"제게. 저에게 원하는 것이 있으십니까? 필시 있으시겠지요."

"예?"

그런데 기자가 불쑥 그런 말을 했다. 당황스러웠다. 대가를 바라고 전한 건 아니었는데?

* * *

하지만 주겠다는데 안 받는 것도 미련한 듯해서… 벨리아르 경에게 짧은 소망 하나를 말하고 만남을 파했다. 그게 과연 이루어질지는 모르겠지만, 내가 준 약초도 효과가 어떨지 모르니 샘샘이라 치기로 했다. 부지런한 시종들이 휴게실로 들어와 그녀가 떠난 소파며 테이블을 정리했다. 피에르는 보송보송하게 말린 하프물범을 내 품에 안겨주었다.

"고마워, 수고했어. 재밌었어? 형 없어도 놀만했어?"

-아우우

티테가 아니라는 양 지느러미발을 바동거렸다. 내가 파안하며 녀석을 어르는데,

-똑똑

"예서 왕자님."

엘리자베트 경의 다급한 목소리가 들렸다. 나는 묘한 불길함을

느끼며 문가를 돌아보았다. 부근위대장의 단정한 단발이 바람에 흐트러져 있었다. 그녀가 만든 문장은 그보다도 훨씬 혼란스러웠다.

"말씀하셨던 점쟁이 할머니가… 존재하지 않습니다."

* * *

나는 멍하게 눈을 깜빡였다.

"우선 앉으시죠."

일단 추워 보이는 엘리자베트 경을 방으로 들이고, 벽난로 앞 소파를 내주었다. 가나엘이 살금살금 눈치를 보며 생강나무 꽃차를 새로 우렸다. 이어 피앙세에게 코코아를 서빙하고는 후다닥 자리를 떴다. 심각한 분위기를 감지한 모양이었다. 둘만 남자 내가 빠르게 속삭였다.

"무슨 뜻입니까? 점쟁이 할머니가 존재하지 않는다니요."

부근위대장의 회색 눈동자가 당혹한 빛을 띠었다. 어디서부터 어떻게 설명해야 할지 난감해하는 표정이었다. 나는 얼마 전 황태자에게 한 가지 부탁을 했다. 마담 빅투아르 사건 와중이었지만 괴도와 관계있는 일은 아니었다. 지난여름, 태자에게 불길한 예언을 남겼던 노파가 있었다.

'고귀한 분께서는, 인연을 또 잃으시겠습니다. 딱해라…'

나는 문득 그녀의 안부가 궁금해졌다. 원작에 없는 내용을 예지하고, 기억을 통째로 잃었다는 모데스트 바카리의 소식을 접했기 때문이었다. 골목 좌판에서 장사하던 할머니들을 보니 그날 만난 점술가가 떠올랐다.

'그분 상태도 확인해 보고 싶습니다.'

'그자는 천한 사기꾼이야.'

세드리크 태자는 내 의견에 노골적인 반감을 드러냈다. 결국 내 요청을 들어준 건 엘리자베트 경이었다.

'제게 맡겨주십시오, 왕자님. 알아봐 드리겠습니다.'

그랬는데…

"세상에 존재하지 않았던 사람처럼, 아예 흔적조차 없습니다."

"더는 그곳에서 점을 보지 않는다는 겁니까? 그래도 목격자가 있을 텐데요."

내가 물었다. 소백작이 미간을 찌푸렸다.

"바로 그게 문제입니다, 왕자님. 목격자들조차 점쟁이에 관해 아무것도 기억하지 못합니다."

뭐…?

"수소문 끝에, 그날 점쟁이를 끌어낸 르고 종합 무역소의 직원을 찾았습니다. 한데 근위대가 그자를 추궁하니 이상한 진술을 하더군요. 태자 전하와 왕자님, 크리스텔 경 앞에서 어느 노인을 밀어낸 것까지는 기억하나…"

엘리자베트 경의 목소리가 묘하게 변했다. 믿을 수 없다는 투였다.

"그녀가 누구인지, 언제 나타나서 언제 사라졌는지. 심지어 무슨 일을 하던 자였는지도 기억해 내지 못했습니다. 생김새를 떠올리려 안간힘을 썼지만, 꼭 잉크를 쏟은 것처럼 머릿속 얼굴이 검게 번져… 알아볼 수가 없다고 합니다."

4. 보라색 튤립

소름이 끼쳤다.

"그게."

가능합니까? 나는 애써 찻물로 뒷말을 삼켰다. 오싹한 일이지만 가능할지도 몰랐다. 수수께끼의 점술가 노인이, 그저 지나가는 클리셰가 아니었다면 말이다.

"가족이나 친구도 못 찾으셨겠군요."

"예. 근방을 전부 수색했지만, 노파를 아는 자가 없으니 친지 또한 찾을 수 없었습니다. 캐물으면 '그러고 보니 그런 노인이 지나다녔던 것 같다'라고 대답합니다. 하지만 그뿐이고, 이어지는 진술은 모두 동일했습니다. 얼굴이…"

"안 보인다는 거죠. 까맣게 칠해진 것처럼요."

"그렇습니다. 기이한 일입니다."

'목소리조차 모르겠다고 하더군요.'

부근위대장이 무겁게 덧붙였다. 휴게실에 얼마간의 침묵이 흘렀다. 이따금 소백작이 코코아를 홀짝이는 소리, 벽로의 불씨 튀는 소리만이 방을 떠돌았다. 그렇다면 나는 어떨까 싶어서 차분히 마음속 서랍을 정리해 보았다. 그때가 대충 6월 말이었고, 우리는 무역소에서 쇼핑을 끝내고 마차에 오르기 직전이었다. 그러던 중 저편에서 소란이 일었다…

'할머니, 어디 편찮으세요?'

크리스텔의 음성. 이어서 모습을 드러낸 노인. 아흔이 넘어 보이는 낯과, 탁하고 조그마한 두 눈. 나는 반사적으로 마른침을 삼키며 찻잔을 꾹 쥐었다. 안다. 내 머리는 또렷이 그녀를 기억하고 있었다.

'이곳 분이 아니시군요.'

오묘한 음색도 귓가에 생생했다. 소설 밖에서 온 나는, 다른 이들과 달랐다.

"…고맙습니다, 엘리자베트 경. 궁금증이 많이 풀렸습니다."

내가 겨우 입을 열었다. 그녀는 호기심 많은 고양이처럼 고개를 기울였다.

"정말 괜찮으십니까? 그 노파의 근황을 궁금해하셨는데 알아낸 것이 없습니다. 근위대를 대표해 사과드립니다."

"아닙니다. 저야말로 개인적인 일에 도움을 주셔서 감사합니다."

생긋 웃으며 말하자, 부근위대장이 다행이라는 듯 미소 지었다. 추가 조사를 원하느냐고 묻기도 했지만 내가 정중하게 사양했다. 100% 정확하진 않아도 대략적인 감이 잡히고 있었으니까.

모데스트 바카리는, 원작이 아닌 내용을 예언하고 그 밤을 잊었다. 예언은 나와 관련된 것일 공산이 컸다. 그리고 문제의 노파는, 아리송한 계시를 남긴 뒤 홀연히 사라졌다. 사라졌다고 말하면 단순한 실종처럼 보이지만 실은 그렇지 않았다.

그녀는 세계관 토박이들의 뇌리에서 '지워진' 것에 가까웠다. 할머니도 바카리처럼 원작 밖의 내용을 엿본 거란 결론을 내리기에 충분했다. 내가 이곳 사람이 아님을 곧장 알아채기도 했으니. 그렇다면 누가, 혹은 어떤 힘이 그녀를 지운 걸까.

"없는 사람…"

내가 타오르는 장작을 보며 중얼거렸다. 바카리의 기억을 삭제한 것과 동일한 힘이라고 가정하면, 역시 '작가'인가. 기억 상실로 끝난 청소년과 달리 할머니가 실체마저 소실된 건… 퇴계공에서 '덜 중요한 인물'이기 때문이고? 하긴 조연보다는 단역이 지우기 쉽겠지.

-똑똑

"왕자님."

여기까지 내가 전부 맞는다고 가정하면, 작가에게 맞서면서까지 우리에게 미래를 경고하는 자는 누구지? 아니, 그냥 소수의 오류나 일탈 같은 건가? 무협 작가인 형이 그런 말을 하기는 했다. 등장인물을 구축하고 나면, 줄거리가 작가의 의도와는 관계없이 흘러가는 경우가 있다고. 인물들이 의지를 가지고 자생하며 스스로의 앞날을 만들어 가기도 한다고. 그런 정현서 씨의 경험담을 참고하면 가능성은 크게 두 가지였다.

첫째, 작가에게 저항하는 외부의 존재가 있거나.

둘째, 일부 인물의 돌발 행동을 작가가 뒤늦게 수정했거나.

"왕자님."

…어라? 잠깐만. 이 모든 게 작가의 계획일 수도 있는 거 아냐? 떡밥을 주는 것도 작가, 나중에 의미심장하게 삭제하는 것도 작가라면?

"예서 왕자님."

흠칫. 나는 어깨를 짚는 손길에 상념에서 깨어났다. 뱅자맹이 자상한 눈빛으로 나를 내려다보고 있었다.

"심사를 흩트려 송구합니다. 여러 번 불렀지만 답이 없으셨습니다."

"아, 죄송합니다. 무슨 일인가요?"

내가 차로 목을 축이며 물었다. 중년인이 별일 아니라는 듯 대답했다.

"로메로 궁에서 왕자님을 부르셨습니다."

"예. 예?"

나는 눈을 휘둥그레 뜨며 그를 올려보았다.

"평소와 같은 용건입니다. 태자 전하께서 에테르 보급을 원하십니다."

뱅자맹은 침착했다. 우리를 바라보는 엘리자베트 경도 침착했다. 오로지 나만 좌불안석이었다. 이럴 필요가 없는데, 어젯밤 부티에 추기경의 '제안'을 들어서인지 기분이 괜히 싱숭생숭했다. 태자가 난데없이 부른 것도 아니건만 긴장으로 목이 뻣뻣해졌다. 나는 그간 평일이건 주말이건 가리지 않고, 녀석의 신관 파트너로서 에테르 보급에 힘써왔는데.

"그게…"

그런데 당장은 얼굴 보기가 그랬다. 아무튼 살짝 그래.

"특별히 원하는 간식이 있으십니까?"

"아뇨, 제가… 몸이 안 좋네요. 태자님만 괜찮으시다면 쥘리에트 궁에서 쉬고 싶습니다. 접때 에테르를 담아 드린 도구가 있으니, 금일은 그쪽을 써주시면 좋겠습니다."

나는 최대한 불쌍하고 힘없는 표정을 지어 보였다. 연기엔 소질이 없는 걸 알지만 최선을 다했다. 그러자…

"주신 맙소사, 자비를 내리소서."

뱅자맹이 정색을 했다. 그는 전광석화처럼 곁방 문을 열어 시종들을 호출하더니,

"왕자께서 편찮으시다. 쾌차하실 때까지 전원 비상근무 체제로 전환할 터이니 모두에게 그리 알리거라. 주방장 로랑스에겐 특식이 필요하다 전하고."

그렇게 엄청난 명령을 내뱉고는,

"가나엘, 피에르를 데리고 와서 왕자님을 침실까지 모시거라. 귀한 발이 바닥에 닿아서는 아니 된다."

이런 폭탄까지 투하했다.

"네, 뱅자맹 님!"

쥘리에트에 와서 그렇게 질서 정연한 답은 처음 들었다. 갑자기 복도가 분주해지고, 사방의 출입문이 열리고, 바깥에선 병사와 하인들이 무슨 난리라도 난 것처럼 웅성거렸다. '왕자님!' 가나엘이 울먹이며 다가와 양손을 덥석 붙들었다. 나는 당황해서 입을 벙긋거렸다. 거짓말 1차 시도에 양꼬치까지 털린 양치기 소년이 된 기분이었다. 제가 잘못했으니 그만하시라는 소리가 목구멍까지 치고 올라왔다.

"어헝…"

곁을 돌아보니, 소백작이 코코아 잔을 붙들고 꺼이꺼이 웃고 있었다. 나는 시종들에게 들려가며 애처롭게 그녀를 바라보았다. 필사적으로 입 모양도 움직였다. 엘리자베트 경, 이거 태자 놈한테는 비밀입니다!

"네, 비, 흑, 비밀… 흐흑."

그녀가 새끼손가락을 들다 말고 쿠션에 고개를 묻었다. 나는 이를 악물었다. 왜 연기 못하는 엘리자베트 경 빼고 다 속는 건데?!

* * *

결국, 꾀병은 하루도 못 갔다. 나는 스스로의 부족함을 겸허히 받아들였다. 연기와 능청은 내가 소화할 수 있는 분야가 아니었다. 그건 주인공인 크리스텔의 특기지, 감히 나 같은 조연이 넘봐선 안 되는 재주였다. 어제는 태의를 부르겠다는 걸 간신히 말렸더니,

'그렇다면 추기경 전하를 모셔 오겠습니다.'

뱅자맹이 내게 더 큰 위협을 가했다. 이쯤 되니 간병인지 돌려 멕이는 건지 알 수 없었다. 나는 마침내 침대에서 벌떡 일어나 선언했다.

'저기, 그냥 피곤해서 난조에 빠진 듯싶습니다. 푹 자면 나을 테니 다들 걱정 마시고 평소처럼 계셔주십시오. 부탁드립니다.'

'…분부 받들겠습니다.'

나이롱환자 때문에 다들 고생하는 게 미안해서, 도저히 가만 누워있을 수가 없었다. 그래서 나는 짧게 앓았다가 털고 일어난 놈이 됐다. 얼렁뚱땅 스승님과의 수업도 하루 쉬게 됐다. 하지만 난제는 여기서 끝이 아니었다.

-끼이, 끼이

"응, 데미. 형도 같이 나갈 거야. 걱정하지 마."

지금 나는, 레서판다들의 선봉에서 창밖을 열심히 노려보고 있었

다. 품에는 티테가 있었고 머리 위엔 뚝심이도 함께였다. 최근 빅투아르 사건을 해결하느라 신수들과 놀아주지 못한 게 맘에 걸렸다. 그래서 오늘은 두꺼운 코트 위에 톡톡한 로브까지 걸쳤다. 안감 넣은 엄지장갑에, 마수 털을 덧댄 겨울 부츠도 착용했다.

애들을 데리고 나가 산책시키고, 겸사겸사 나도 운동 좀 하고, 해수 풀장에서 티테의 얼음 수영까지 응원할 참이었다. 뱅자맹은 내가 낫자마자 찬 바람을 쐰다며 걱정했지만, 애초에 아팠던 적이 없으니 괜찮았다. 분명 그랬는데.

"야. 팬 미팅 하냐."

내가 꿍얼거렸다. 쥘리에트 궁 정원에 태자가 나와있었다. 그를 동그랗게 둘러싼 귀족 아가씨들도 보였다. 그중 태자와 잘 어울리는 숙녀가 있을까 싶어 조금 경계했는데, 다행히 크리스텔을 능가하는 이는 없었다. 태자도 심드렁한 태도였다.

이블린에서 봤던 대공의 털가죽이 넓은 어깨를 감싸고 있었다. 조각 같은 뺨은 겨울 햇살 아래 다소 창백한 빛을 띠었다. 저건 단순히 피부가 좋아서 그런 거지? 설마 내가 하루 에테르 안 줬다고 저렇게 됐겠어.

"왕자님, 산책 준비가 다 됐습니다. 바로 나가셔도 됩니다."

가나엘이 커다란 피크닉 바구니를 들고 다가와 말했다. 직접 뜬 귀마개를 쓴 소년은 꼭 하늘색 리트리버 같았다. 나는 가나엘을 보고 잠깐 내적인 평화를 찾았다가, 창문 너머를 보며 다시금 눅눅해졌다.

"으음."

…또 피하는 건 역시 아니었다. 아무리 그래도 친구인데 인사는 해야 한다는 생각이 들었다. 종교적 반려 어쩌고는 어른들만의 생각일 수 있는 거고, 저 녀석은 별 계획이 없을지도 모르는데 나 혼자 너무 오버하는 것 같았다.

결정적으로 나는 스승님의 제안에 응할 마음이 없었다. 그러고 싶지 않았고 그래서도 안 됐다. 내 목표를 고려한다면 절대 불가능했다. 어제는 심히 당황했지, 그래.

"나가서 어른스럽게 상대하자. 내가 형이잖아."

-삐삐삐!

뚝심이가 제발 좀 그러라는 양 다그쳤다. 그때였다.

"앗, 저기 보십시오. 에르베 뒤엠 경입니다!"

가나엘이 반가운 기색으로 창가 구석을 가리켰다. 변함없이 크고 잘생긴 황실 근위대장이, 낯선 병사들을 이끌고 외진 데까지 나와있었다. 보아하니 신입 교육 중인 모양이었다. 그는 두툼한 팔을 들어 쥘리에트 궁을 가리켰다가, 로메로 궁을 짚었다. 순간 기막힌 아이디어가 뇌리를 스쳤다. 짜릿했다!

"저거다, 가나엘. 근위대를 방패로 쓰는 거야."

"네…?"

"마침 입구까지 왔네. 저분들 틈에 숨어서 연못까지 도망가자!"

-끼이이!

내가 잽싸게 복도를 내달렸다. 신난 레서판다들이 뒤따라 질주했다. 꾸르릇!

"왕자님, 잠시만요!"

가나엘이 웃음과 당혹 섞인 목소리로 나를 불렀다. 나는 속으로 태자에게 진심 어린 사과를 보냈다. 미안, 심사숙고해 봤는데 아무래도 오늘은 안 되겠다. 형이 정신력 회복할 때까지만 목걸이로 버텨주라!

* * *

-척, 척, 척!

황실 근위대가 발맞춰 행진했다. 그렇다. 우리의 엄폐 작전은 성공했다. 놀랍게도 말이다!

"초면인 분이 많네요."

나는 에르베 뒤엠 근위대장의 드넓은 등짝을 가림막 삼아, 인파에 섞여 이동했다. 티테와 레아는 내가 안고, 데미와 페리는 가나엘이 맡아주었다. 뚝심이는 존재감을 드러내지 않고 어깨에 얌전히 앉아있었다. 역시 대륙에서 제일 똑똑한 굴뚝새다웠다.

"예, 왕자님. 사르네즈에서 양성한 신입 기사와 병사들입니다. 시몽 드 사르네즈 공작의 지원으로 대거 입대했습니다."

뒤엠 경이 근사하게 웃으며 설명했다. 그는 갑작스럽게 나타난 나와 가나엘을 보고 놀란 듯했으나, 오랜만에 운동을 나왔다는 말에 반색했다. '근육을 잃지 않게 조심하셔야 한다'라고 두 번이나 강조하기도 했지만 거기까지였다.

근위대장은 우리의 합류에 별 의문을 표하지 않았고, 흔쾌히 티테의 연못까지 동행해 주기로 했다. 과연 '리에스테르에서 가장 매력적인 독신남 10인'. 외모와 인성이 비례하는 흔치 않은 경우였다.

"근위대 규모가 훅 커진 셈이군요."

내가 널찍한 보폭으로 걸으며 말했다. 쥴리에트와 로메로 구역을 최대한 빨리 벗어나고 싶어서였다. 새로 들어온 근위대원들이 나를 훔쳐보는 시선이 느껴졌다. 이런 건 아무리 시간이 흘러도 익숙해지지 않았다.

"하하하, 그렇습니다. 보초 충원이야 지난봄부터 꾸준했습니다만, 기사와 정예병까지 우르르 들어오는 일은 드물었지요. 허나 '천공穿孔의 하늘' 사태 이래 황궁 병력을 증원해야 한다는 의견이 힘을 얻었고… 궁에 지켜야 할 분도 늘었으니 예견된 수순이긴 합니다."

연분홍색 눈매가 멋들어지게 휘었다. 그를 보며 질문을 이어가려는데, 굵직한 어깨 너머로 누군가와 눈길이 마주쳤다. 우연이었다.

"헉."

나는 잽싸게 목을 수그렸다. 멀리서 꺼먼 놈이 혼자 활활 타오르고 있었다. 야, 누가 보면 정원에 불난 줄 알겠다!

"…진짜 열 받았나?"

아니겠지. 황태자는 아침 먹을 때도 눈이 저렇잖아. 나는 상황을 이성적으로 보고자 애를 썼다. 와중에 레아는 앞발로 내 뺨을 꾹꾹 누르며 즐거워했다.

'왕자님?'

뒤편에서 가나엘이 근심스레 나를 불렀다. 나는 소년에게 싱긋한 후 재빨리 아무 말이나 주워섬겼다.

"그, 흠. 엊그제 경의 형님을 봤습니다. 밤늦게 폐하를 알현하시던데…"

"아."

그러자 뒤엠 경의 눈빛이 잠깐 흔들렸다. 뒤늦게 내가 말실수를 했다는 생각이 들었다. 튤립 후원에서도 스승님의 낯에 슬픔이 묻어나 캐묻지 않았는데, 당사자의 동생에게 너무 가볍게 언급해 버렸다. 나는 급히 덧붙였다.

"답해주지 않으셔도 됩니다. 마땅한 용건이 있으셨겠죠."

"예, 형님은… 당분간 후작령에서 지낼 겁니다. 그래도 폐하의 탄신일 이전에는 올라오리라 예상합니다."

그가 부드럽게 입꼬리를 올리며 말했다. 후작이 자신의 영지에 머무르는 건 당연한데, 어쩐지 피치 못할 사정이 있다는 뜻으로 들렸다. 나는 거기까지만 짐작하고는 머리를 주억였다.

얼마간 후작을 못 본다는 게 조금 섭섭하긴 했다. 우리는 이후로도 이런저런 이야기를 나누며 걸었다. 천만다행히, 세드리크 태자가 나를 때리려고 달려오거나 근처의 수풀을 불태우는 일은 없었다.

"저기, 연못이 보이는군요. 살얼음이 끼어서 신수님 놀기에 좋을 겁니다."

근위대장이 티테의 해수 풀장을 가리켰다. 품속의 하프물범이 '아우우!' 하고 기쁘게 울었다. 나는 파안하며 녀석의 찹쌀떡 같은 턱살을 문질러 주었다.

* * *

그렇게 나는 월요일 내내 신수들과 몸 바쳐 놀고,
'형은 얼음물 입수 못 해. 간절하게 봐도 안 돼. 미안.'
'-참방! 참방참방!'
'으앗! 티테 님, 물 끼얹지 말아 주세요!'
'도망쳐, 가나엘!'
겨울바람을 맞으며 열심히 뛰어다니고,
'레아, 페리! 허억, 너희 리드 줄 맬 생각 없냐?'
'-끼흥!'
데미가 바닥에 뱉은 꽃잎도 깨끗하게 치웠다.
'-퉤'
'세상은 요지경…'

대지 속성 신수들이 극도로 흥분하면, 거품 대신 꽃 이파리를 문다는 걸 이번에 처음 알았다. 가나엘은 경악했지만 나는 그게 황당하고 귀여워서 한참 웃었다. 즐거운 시간이었다.

그리고 오늘은, 수요일이었다. 부티에 추기경은 오전 수업 내내 '종교적 반려'의 지읒 자도 꺼내지 않았다. 하지만 오후엔 요한 경이 이끄는 성기사 클래스가 있었고, 나는 주인공들의 신관 파트너로서 도리를 다해야만 했다.

-다그닥, 다그닥…

실내 연무장으로 향하는 마차가 황궁을 가로질렀다. 프레데리크 황제의 탄신일이 한 달 앞으로 다가온 데다, 12월 31일과 1월 1일은 퇴계공 세계관에서도 크게 기념하는 연말연시의 축제였다.

봄 무도회 때와는 비교도 되지 않는 대인원이 곳곳에서 가구와 장식을 나르고 있었다. 모두가 도톰한 옷차림으로 종종걸음을 놓았다. 추운 날씨에 화려한 생화가 보이는 게 신기했는데, 값비싼 마도구 화분을 이용해 온기와 생명력을 유지한다고 했다. 엄청난 사치였다. 나는 생동감 넘치는 창밖을 바라보며 중얼거렸다.

"이제 정말 못 피해."

-삐이…!

뚝심이가 비장하게 말을 받았다. 나는 꼬마와 무거운 시선을 교환했다.

"성숙한 스물아홉의 처세를 보여준다. 이번엔 진짜로."

-삐르르르

그러자 맞은편에서 비품 목록을 확인하던 뱅자맹이 빙그레했다. 가나엘도 못 말리겠다는 표정이었다. 두 사람 모두, 내가 태자를 피하고 있다는 걸 알아챈 눈치였다. 그러면서도 이유를 묻지 않는 게 더 창피했다. 나는 묵묵히 입술을 말아 물었다.

황궁이 어린이집도 아니고, 너무 유치하게 행동하는 것 같았다. 다음 달이면 떡국 먹고 세는나이로 서른 될 텐데. 아무리 내가 혼란스럽다고 해도, 상대를 일방적으로 안 보는 건 올바른 대처가 아니었다.

-똑똑, 달칵

생각에 잠겨있는 사이 마차가 멈췄다. 마부가 정중하게 우리를 에스코트했다. 나는 떨어지지 않는 발을 겨우 옮겼다. 이게 뭐라고, 정예서. 그냥 아무 일 없었던 양 대하면 돼. 실제로 그놈하고 그런 대화를 한 것도 아니잖아.

"문을 열겠습니다, 왕자님."

정신을 차려보니 어느새 연무장이 코밑이었다. 나는 침착하게 고개를 끄덕였다. 덜컹! 출입문 열리는 소리가 널따란 장내를 길게 울렸다. 이윽고 세 남자의 실루엣이 모습을 드러냈다.

"어서 오세요, 전하."

"예서 왕자님, 안녕하십니까!"

요한 경과 산트가 반갑게 나를 맞아주었다. 나는 작게 인사했다. 이어 문제적 사내와 시선을 마주했다. 절로 마른침이 꼴딱 넘어갔다. …망했다. 저 녀석 폭발하기 일보 직전이잖아.

"태자,"

"왕자님? 어디 불편하세요?"

그때, 맑은 목소리가 귓가를 울렸다. 나는 이글거리는 사막에서 오아시스를 발견한 사람처럼 황급히 뒤를 돌았다. 여느 때와 다름없이 곱게 찰랑이는 파스텔 핑크의 머리카락과, 별처럼 빛나는 청회색 눈동자가 보였다. 두툼한 로브 차림의 크리스텔이 목을 갸웃거리고 있었다.

"왜 이렇게 에테르가 불안정하지? 무슨 일 있으셨습니까?"

"사르네즈 경."

내 에테르 흐름이 나쁜가? 나조차도 알 수 없는 것을 주인공은 쉬이 포착해 냈다. 걱정시키고 싶지 않아 대충 미소하자, 크리스텔의 눈길이 삽시에 날카로워졌다.

그녀는 나를 보호하듯 막아서더니 연무장에 있는 이들과 나를 번갈아 살폈다. 험악한 분위기를 느낀 산트가 발을 동동 굴렀고, 요한 경은 무풍지대처럼 고요했다. 태자가 용광로 같은 눈빛으로 그녀를 쏘아보고 있었다. 덥석, 크리스텔이 내 손목을 붙잡았다. 오늘도 전혀 아프지 않았다.

"가요."

"예?"

내가 바보처럼 되물었다. 그녀를 따라온 공작저 시종이 입을 헤벌렸다.

"지금 힘드시잖아요. 이유는 모르겠지만 제가 지켜드릴 테니까. 같이 도망가요."

탓! 내가 뭐라고 대답할 틈도 없었다. 순식간에 나를 납치한 크리스텔이 길을 내달렸다. 나는 저항도 하지 못하고, 어쩌면 그럴 마음조차 없이 함께 달렸다. 뚝심이가 배후에서 바람을 일으켜 속도를 높여주었다. 그래도 불안을 떨칠 수는 없어 다급히 뱅자맹과 가나엘을 돌아보는데-

"허허허."

중년인이 뒷짐을 진 채 인자하게 웃고 있었다. 나란히 선 소년은 볼이 발개져서 헤실거렸다. 본능적인 위기감이 들었다. 저기, 두 분 다 오해하지 마세요! 무슨 도피 그런 거 절대 아닙니다!

-콰아앙!

동시에 연무장 안에서 엄청난 폭음이 일었다. 나는 식겁해서 앞으로 눈길을 돌렸다. 쪽빛 로브 자락이 휘날렸다. 크리스텔이 나를 돌아보며 환하게 웃고 있었다. 시원한 겨울 공기가 속을 탁 열고 들어왔다. 헛웃음이 터졌다.

* * *

요한 헤인스는 요즘 하루하루가 기꺼웠다. 비록 제자가 멀쩡한 연무장에 대문짝만한 구멍을 만들긴 했지만, 뭐. 그의 감상엔 변함이 없었다.

"비켜."

"곤란하네요."

태자가 을러댔으나 요한은 흔들리지 않았다. 상대는 무려 신물의 선택을 받은 천재로, 7급 마법사이자 8급 검사였다. 그러나 자신은 스물일곱에 성흔을 깨우친 추기경이었다. 스승과 제자 사이에 무력 차이가 분명하니 굽힐 이유가 없었다.

요한은 도리어 죄 없는 사제의 안위를 우려했다. 그의 주군은 산트가 다치는 것을 바라지 않을 터였다. 남자가 한 팔을 들어 손짓하자, 순박한 청년의 몸이 허공에 둥실 떠올랐다.

"으아, 헤인스 경!"

"괜찮아요. 저쪽에 앉아서 안전하게 쉬고 있어요."

"네에에에-!"

사제가 허우적거리며 연무장 구석 소파로 날아갔다. 요한은 쿠션을 끌어안는 산트를 꼼꼼히 확인했다. 저 도련님은 확실히 예전에 비해 대범해졌다. 더는 이런 상황을 보고 달아나거나 눈물을 보이지 않았-

-카가강!

화성의 혜검이 정면에서 그를 노렸다.

-끼긱, 끼기기긱…

추기경은 느릿느릿 고개를 돌려 주홍빛 눈동자를 응시했다. 교차한 두 개의 검 사이로, 태자의 홍채가 달그림자에 가린 해처럼 가늘어졌다. 자신의 공격을 보지도 않고 받아낸 것이 분한 모양이었다. 요한의 무기는 언제나처럼 희고 불투명한 공기의 칼날이었다. 두 남자의 팔이 힘을 겨루며 진동했다. 까드득, 까득…

"어째서 방해하지?"

"사르네즈 경의 말이 옳으니까요."

그가 나직이 답했다.

"제 주인께서 혼란에 빠져 계신지라. 지금은 전하를 보내드릴 수가 없어요."

요한은, 혼란의 이유를 아는 낯빛이었다. 세드리크가 입술을 악다물었다.

-쿠웅!

검은 부츠 밑이 움푹 꺼지고, 두 개의 신형이 깜빡이며 사라졌다.

-콰아앙!

-챙, 채챙, 카가강-!

그리고 연무장 저편에 다시 출현했다. 검날은 일반인의 눈으로 따라잡을 수 없을 만치 빠르게 충돌했다. 왕자가 참관할 때는 이렇듯 격렬히 대련한 적이 없었다. 태양의 흑점을 닮은 머리칼이 거칠게 흩날렸다. 사내가 잇새로 말을 뱉었다.

"왕자는 내게 해명하지 않았어."

"그러니 기다려 주셔야죠."

"왜."

"전하께서도 늘 태자 전하를 기다려 주시니까요."

타이르는 목소리, 여유로운 눈빛 따위가 전부 거슬렸다. 빠드득 이가 갈렸다. 요한은 그런 세드리크를 다루는 법을 확실히 알았다.

'운이 닿는다면.'

그가 입을 열었다.

"언젠가 엘리서 왕세녀 전하와 다시 손을 섞으시겠죠."

"…"

"저를 이기지 못하신다면 그분은 어림도 없을 거예요."

-화르르륵!

혜검에서 불길이 솟구쳤다. 민트색 눈동자가 유쾌한 호선을 그렸다. 휘이이잉! 뻥 뚫린 벽에서 북풍이 들이닥쳤다.

* * *

"후욱… 더는 못 뛰겠, 콜록!"

"여긴 사람이 별로 없습니다. 저 궁으로 가요!"

크리스텔이 마지막으로 나를 이끌었다. 와중에도 내 팔에 멍이 들까 봐 살살, 자세를 바꿔가며 붙잡았다. 그런 배려가 고마워서 입가가 자꾸 풀어졌다. 정신없이 달려서 얼마나 멀리 왔는지는 알 수 없지만, 확실히 황궁의 이쪽은 인구가 적었다. 나는 사방을 두리번거렸다. 여긴 또 처음이네. 빈 궁인가? 아니면 스트로다 궁처럼 손님용? 쓰임새를 모르겠다.

"뒷문, 뒷문. 열려있다. 운발 오졌고."

크리스텔이 한 큐에 국적 파악되는 대사를 거침없이 중얼거렸다. 꼭 정은서 같은 말투였다. 나는 간신히 웃음을 참으며 숨을 골랐다. 주인공은 나를 보며 양 눈을 번갈아 윙크하더니, 잽싸게 문을 열고 어느 궁에 나를 밀어 넣었다. 이러니까 마치 학생 때로 돌아간 것 같았다.

"쿨럭! 하아…"

"안쪽으로 모시겠습니다. 누추하지만, 아니. 황궁인데 누추하다고 하면 불경죄겠죠?"

복도에 행커치프를 깔아주던 크리스텔이 후딱 말을 수습했다. 나는 킥킥거리며 호의를 받아들이고, 내 손수건을 꺼내 옆자리에 폈다. 크리스텔이 싱글벙글 착석했다.

한동안 우리 사이에는 별말이 오가지 않았다. 한두 번 창밖에서 시종과 하인들의 목소리가 들렸지만, 대체로는 아주 평화로운 분위기였다. 주인이 없는 궁인지 뒷문을 살피거나 드나드는 이도 없었다. 가쁜 호흡이 가라앉을 무렵, 다정한 음성이 귓가에 와 닿았다.

"이제 얘기하셔도 돼요. 제가 다 들어드릴게요."

나는 고개를 돌렸다. 어여쁜 얼굴이 무척 가까웠다.

* * *

"…하하."

크리스텔의 말에 웃음이 터졌다. 그녀가 눈을 동그랗게 뜨고 나를 바라보았다.

"진짜입니다. 뭐든 말씀해 보십시오. 당연히 비밀도 지켜드릴 거예요."

"네, 압니다."

그저 재미있다고 느꼈을 뿐이다. 올봄만 해도 크리스텔을 피하겠다고 안간힘을 썼던 나인데, 그녀와 얽히지 않겠다고 몇 차례나 다짐했던 나인데. 이렇듯 나란히 어느 복도에 앉아서 속닥거리고 있다는 게 우스웠다.

심지어 나는 그녀의 제안대로 목을 가다듬고 있었다. 은서는 대화가 중요하다고 여러 번 강조했으니까. 나 역시 수첩이 아닌 누군가에게 속을 털어놓고 싶었으니까. 그리고 상대가 크리스텔이라면, 이건 그냥 나만의 기대일 뿐이지만… 이곳의 누구보다도 나를 이해해 줄 것 같았다.

"별건 아닌데, 혼란스러워서요."

나는 고백하듯 운을 뗐다. 청회색 눈동자가 다정한 빛을 내며 다음 문장을 기다렸다.

"여기 오고 나서 제가 정한 몇 가지 규칙이 있었습니다. 저만의 규칙요. 이런 건 하면 안 된다, 저런 것만 하자. 그렇게 결심한 부분들이 있었는데."

"네."

"그게 조금씩 무너졌습니다. 물론 돌이켜 보면… 저도 원칙이 허물어지는 걸 진심으로 싫어하진 않았던 것 같고요."

내가 입꼬리를 올리자, 크리스텔은 눈꼬리를 접었다. 그러고는 벽에 머리를 기대며 소곤거렸다.

"저도 왕자님하고 친해져서 기쁩니다. 다른 친구들이 많이 생긴 것도, 사방을 쏘다니면서 이상한 일을 겪는 것도 신나요. 항상."

그 말엔 함박웃음을 지을 수밖에 없었다. 그녀는 역시 알고 있었다. 내가 모종의 이유로 자신을 비롯한 이들에게 선을 그었다는 것과, 언제부턴가 그 경계가 희미해지고 있었다는 사실을. 그리고 경계선은, 인제 흐려지다 못해 나조차 분간이 안 될 지경이었다.

"거기까진 좋았고, 유쾌하게 받아들일 수 있었습니다. 그런데 이젠 앞날 때문에 마음이 복잡합니다."

내가 한숨을 섞어 말했다. 크리스텔이 나를 응시했다.

"저는… 언젠가 돌아가야 합니다. 그런데 이곳 분들은 자연스럽게 제가 있는 미래를 말씀하세요. 어리석다고 여기셔도 할 말은 없지만, 전 거기까지 고려해 보지 못했습니다. 그럴 겨를도 없었고…"

뒷말이 흐려졌다. 그래도 소리 내 말하니, 어지럽던 머릿속에 조금이나마 질서가 잡히고 눈앞이 또렷해졌다. 어쩌면 나는 이곳에서의 훗날을 의식적으로 기피했던 것일지도 모른다. 그런 걸 구상할 여유는 없다고, 내 목숨 붙여놓기 바쁘다고 스스로에게 핑계를 대며 생각하기를 거부한 것일지도 모른다.

그래서 아는 것도 별로 없는 원작을 하늘에서 내려온 동아줄처럼 붙들었다. 그것이 내 버팀목이 되고, 나침반 노릇을 해주길 바랐다. 실은 마음 한구석에서 느끼고 있었다. 어쩌면 평생, 집으로 돌아가지 못하고 여기서 살아야 한다는 현실을.

"그거 되게 외롭지 않으십니까? 쓸쓸한 기분 들고."

그때 크리스텔이 물었다. 나는 눈을 깜빡이며 그녀를 돌아보았다. 무릎을 세워 끌어안은 주인공이, 나를 향해 씩 웃고 있었다.

"저도 그랬습니다."

"…"

"솔직히 지금도 그래요. 이렇게 왕자님하고 오붓한 시간 보내고 있다가, 갑자기 내가 튕겨 나가면 어떻게 될까. 예전 크리스텔의 기억이 돌아오고, 나는 당장이라도 여기 없는 사람이 될 수도 있는데. 그러면… 그때를 대비해서 나는 어떻게 살아야 하나. 그런 의문이 불쑥불쑥 듭니다."

내 입이 천천히 벌어졌다. 그녀는 밝은 낯으로 말을 계속했다. 어떻게 저런 속을 토해내면서, 저런 표정을 지을 수 있을까.

"처음엔 횡재했다 싶었습니다. 예쁘고 어린 몸에서 깨어났으니까, 두 번째 인생 얻은 셈 치면 되겠다. 뭐가 뭔지는 몰라도 땡잡았구나. 그랬습니다."

'근데 이틀도 안 돼서 제가 얼마나 등신인지 알았어요.'

크리스텔이 신랄하게 덧붙이고는 키들거렸다. 나는 웃을 수가 없었다. 오래 앓아 기억을 잃은 귀공녀로 행세하고 있지만, 그녀는 20년도 훌쩍 넘게 한국인으로 살았다. 여기가 소설 속임을 초장에 인지한 나와는 기반부터 달랐다. 나는 주연들의 외모, 성향 등에 관해 들은 바가 있었고 원작의 흐름도 아주 대강은 알았다. 그걸 의지 삼아 정신력을 유지할 수 있었지만, 크리스텔은…

"모르는 것투성이, 모르는 얼굴투성이, 음식도 동네도 전부 다 낯선 것들. 그런데 적응은 해야 하고, 와중에 주변에서 기대하는 것도 많고, 모두가 저를 아는 양 대하고. 그게 참 힘들었습니다. 늘 배부르고 등 따수운 부잣집 아가씨인데도…"

그녀는 여기서 철저히 혼자였다. 그냥 난데없이 별세상에 떨어졌다. 게다가 깨어났을 때는 익숙지 않은 초능력까지 지니고 있었다. 물의 힘, '창해의 축복'.

"경은 어떻게 버티셨습니까?"

내가 겨우 물었다. 목이 잠겼는데도 크리스텔은 단박에 내 질문을 포착해 냈다. 고운 입술이 거침없이 열렸다.

"무데뽀 정신이죠."

기어코 헛웃음이 흘렀다. 저건 일본어에서 유래한 말이니까, 알아들은 티를 내면 안 되는데 참기가 힘들었다. 크리스텔이 짐짓 심각한 표정을 했다.

"될 대로 돼라. 나는 나만의 길을 간다. 그런 자세가 은근히 큰 힘을 줘요. 왕자님께도 도움이 될지 모릅니다."

"명심하겠습니다."

"그러면 현재에 집중할 수 있거든요. 어려운 문제에 너무 골몰하지 않아도 됩니다."

"…"

내 입가에서 웃음기가 사라졌다. 그녀는 허공을 보며 말을 이었다.

"아까 말씀드린 것처럼요. 내가 5초 후에 에바 옆에서 사라지면 어떡하지. 내일 일어났는데 공작저가 아니면 어떡하지. 그런 걱정을 하는 대신에… 최선을 다해서 지금을 살기로 했습니다. 제가 여기서 씩씩하게 잘 지내다 간 흔적이라도 남기자는 심정으로요. 언젠가 엘리자베트 경이 결혼할 때 부케는 못 받더라도, 제가 아닌 크리스텔이 참석하게 되더라도… 그날을 함께 계획하면서 오늘 즐거울 수는 있잖아요."

'그날을 함께 계획하면서 오늘 즐거울 수는 있다.'

나는 그 문장을 입속으로 여러 번 되뇌었다. 크리스텔이 나직하게 말꼬리를 붙였다.

"기억이 돌아오면, 그날의 저는 분명 지금의 제가 싫을 겁니다. 이상한 짓을 잔뜩 해놨으니까요. 제 딴에는 해도 괜찮은 일만 하려고 노력했는데도, 성격상 그게 안 되고…"

나는 빙그레 미소했다. 그녀가 활약한 수많은 순간이 뇌리를 스치고 지나갔다. 여관 주인에게 물을 끼얹고, 마수를 때려잡고, 궁에 유폐된 나를 몰래 만나러 와주던 왈패 아가씨.

"이런저런 사정 다 재다간 밥숟갈도 제대로 못 뜬다. 이왕 이렇게 된 거 질러버리자! 울컥해서 행동한 겁니다. 무책임하죠, 흐흐."

'어른은 개뿔…'

크리스텔이 작은 목소리로 중얼거렸다. 나는 숨이 닿을 듯한 그녀의 옆모습을 가만히 들여다보았다. 퇴계공 세계관에서 혈혈단신인 것도 모자라, 그녀는 진짜 크리스텔을 향한 죄책감까지 켜켜이 쌓아가고 있었다.

원치 않은 빙의였다고 해도 달라지는 건 없다. 어느 날은 무척 사소한 마음이겠지만, 어떤 순간엔 말도 못 할 죄의식을 느낄 게 분명했다. 나라도 그랬을 테니까. 에서 왕자가 소설의 '등장인물'이라는 점을 몰랐다면, 나 또한 지금보다 훨씬 힘들었을 테니까. 크리스텔은 정말 강한 사람이다.

"…크리스텔은 정말 강한 사람입니다."

나는 생각을 고스란히 말로 뱉어냈다. 그녀가 놀라서 나를 돌아보았다. 그제야 내가 그녀를 이름으로 불렀다는 사실을 깨달았다. 성도, 작위도 아닌 이름으로만.

"듣기 좋네요."

이내 크리스텔이 부드럽게 말했다. 나는 머쓱해서 입술을 축였다. 그러자 그녀가 천천히 몸을 내 쪽으로 기울였다. 크리스텔은 더 가까워질 수 없을 만큼 내게 바싹 다가오더니,

-콩

살짝궁 이마를 맞대고는 멀어졌다. 이어서 이렇게 말했다.

"함가인."

"…예?"

나는 멍청하게 입을 벌렸다. 그와 동시에 정은서의 목소리가 해일처럼 밀려왔다. 쏴아아아…! 기억에도 버튼이 있다면, 방금 크리스텔이 그중 하나를 제대로 찾아 누른 게 확실했다. 무의식 귀퉁이에 박혀있던 동생의 음성이 귓가를 생생하게 울렸다. 상의는 교복, 하의는 학교 체육복 차림의 고삼이 소파를 뒹굴며 외치던 말.

'자, 드가자! 뺨 갈기자! 함 가자, 함가인!'

'형, 쟤 왜 저래.'

'일주일 동안 꿀 고구마 먹다가 드디어 스프라이트 샤워.'

'퇴계공?'

'그거 말고 또 있겠냐.'

…'함가인'은, 크리스텔의 몸에 깃들어 있는 주인공의 본명이었다. 나는 충격에 어떻게 반응해야 좋을지 몰라 금붕어처럼 뻐끔거렸다. 내가 자신의 이름 석 자를 못 알아들어서 그런다고 여겼는지, 크리스텔이 파안하며 설명했다.

"제 흔적. 제일 중요한 거니까 왕자님한테만 알려드릴게요. 아직 어머니께도 말씀 못 드렸습니다."

"흔적이라면,"

"나중에 왕자님이 '함가인'이라고 하셨는데 제가 못 알아들으면, 더는 왕자님이 아는 크리스텔이 아닌 거예요."

"…"

그렇게 말하는 크리스텔의 얼굴은 강인했고, 푸른 눈빛엔 한 치의 흔들림도 없었다. 도저히 말로 설명할 수 없는 기분이 나를 휘감았다. 나는 입을 굳게 다물고서 간신히 고개만 끄덕였다.

뒤늦게 내가 얼마나 배부른 고민을 하고 있었는지를 깨달았다. 스물아홉이나 먹고 예상치 못한 변수에 도망친 내가 얼마나 나약한 놈인지. 크리스텔보다 훨씬 많은 힌트를 갖고 시작했으면서, 1년도 못 버티고 심란하다며 어리광 부릴 데나 찾는 내가…

"고맙습니다."

나는 자책을 이어가는 대신, 마땅히 해야 할 말을 꺼냈다. 그녀가 고개를 기울였다. 이름 모를 궁, 깨끗하게 닦인 유리창 너머로 긴 겨울 볕이 손을 뻗었다. 하늘의 쓰다듬을 받은 주인공의 머리칼이 환하게 빛났다. 이따금 새소리와 바람 소리가 뒷문을 간질이고 지나갔다. 크리스텔은 모를 것이다. 그녀가 존재 자체로 내 동생을 지탱했고, 지금은 나의 닻이 되어주고 있다는 사실을.

"…좋은 이야기를 들려주셔서요. 저도 크리스텔의 태도를 배우겠습니다."

"될 대로 돼라, 나는 나만의 길을 간다는 거요?"

"네, 그것도 포함입니다."

그러자 크리스텔이 미간을 찌푸렸다. 종달새 같은 종알거림이 이어졌다.

'제가 또 뭐라고 했죠? 나쁜 거 배우시면 안 되는데.'

나는 결국 소리 내어 웃었다.

* * *

밤이 깊었다.

이젠 괜찮았다. 크리스텔과 허심탄회하게 대화하고 쥘리에트 궁으로 돌아오니, 속이 뚫리고 머리도 한결 가벼워진 기분이었다. 뱅자맹과 가나엘은 자꾸 묘한 눈빛으로 나를 보고 웃었다. 무슨 오해를 하는지 알 것 같은데, 내가 먼저 부정하면 그림이 더 이상해질 듯해서 그만두었다. 내일은 황태자에게 진심으로 사과하자. 그리고 일상으로 돌아가면 돼.

"옳지, 다시 한번 해보자. 여기 그림책에, 페리가 좋아하는 무지개가 있어."

-끼응!

"레아도 좋아해? 그렇구나. 형도 레아 좋아해."

지금 나는, 레서판다들과 침실 한복판에 서서 새로운 실험을 진행 중이었다. '진로 고민'을 털어냈다고 해도 생존을 위한 노력은 그만둘 수 없었다. 아니, 오히려 정신을 늦게 차렸으니 더욱 부지런히 움직여야 했다. 집에 돌아가겠다는 목표 또한 확고했다. 그렇다면 더 정확하고, 더 많은 정보야말로 나의 손발이 되어주겠지.

"여기 끝에 있는 색 보여? 이걸 보라색이라고 해."

꺄웃, '그래서 뭐?'

"그리고 이건, 아까 데미가 키운 튤립이야."

킁킁, 냄새 맡기.

"괜찮으면 형한테 이 색깔의 튤립을 피워줄래? 다른 색 말고 이걸로."

-끼잉!

그러자 데미가 벌떡 일어나 뒷다리로 서더니, 앞발을 허우적거리며 아장아장 걸어왔다. 나는 재빨리 무릎을 꿇고 녀석을 받아 안았다. 오늘의 목표는 하나다. 대지 속성 신수가, 보라색 튤립이나 햇무리초를 자력으로 틔울 수 있는지 확인하기.

"옳지, 똑똑해. 1등으로 보라색 튤립 주려고? 아니, 데미. 형 눈이 보라색인 건 맞는데."

신수가 내 눈꺼풀이며 뺨을 마구 핥기 시작했다. 나는 순식간에 나머지 둘에게 함락당해 바닥을 나뒹굴었다. 본인의 침대에 들어가 있던 뚝심이와, 내 침대에 누운 티테가 우습다는 듯 재잘거렸다. 반려 인간 살려…

"페리, 잠깐만. 찬 바람 들어온다. 창문 열려있나 봐."

-꾸룻

나는 레서판다 목도리, 레서판다 귀마개, 레서판다 허리띠까지 걸치고 나서야 겨우 일어섰다. 어디선가 냉기가 들어오고 있었다. 가나엘이 열고 간 적은 없으니 뚝심이나 애물단지들의 소행일 가능성이…

"왜 피하지?"

뒤돌아보던 나는 고드름처럼 제자리에 얼어붙었다. 귀에 익은 아이의 음성. 커다란 주황색 눈동자와 까만 머리카락. 놀라서 턱이 쩍 벌어졌다. 세이디가 난데없이 침실에 찾아와서는 아니었다. 이건 한두 번도 아니니까. 근데, 설마, 지금-

"…너 울어?"

식겁했다. 나는 잽싸게 녀석 앞으로 달려가 주저앉았다!

* * *

"…그대는 대화를 선호하지."

어린 목소리가 물에 잠긴 듯 눅눅했다.

"말하지 말아 봐."

"말로 해결 못 할 건 없다고 하지 않았나?"

세이디가 한마디도 지지 않고 힘겹게 대꾸했다. 꼬마의 턱 밑으로 투명한 방울이 떨어졌다. 다시 보니 눈물은 아니었다. 하지만 이마가 땀으로 흠뻑 젖어있었고, 눈은 붉게 충혈된 데다 고열이 올라 촉촉했다. 뺨도 발갛고 눈동자엔 초점이 흐렸다. 나는 비틀거리는 녀석의 양팔을 꼭 붙들었다.

"왜 이렇게 상태가 안 좋냐. 응? 어머니는 아셔?"

"말해. 들어줄 테니."

소년이 이만치 앓는 모습은 본 적이 없었다. 신전 고해소에서 처음 만나던 날에도 이 정도는 아니었다. 나는 더 생각할 것도 없이 살살 꼬마를 안고 일어섰다. 영차.

당연히 저항을 예상했는데, 녀석은 예전처럼 내 복부를 걷어차거나 발버둥 치지 않았다. 물먹은 솜처럼 축 늘어지는 몸이 못 견디게 안쓰러웠다. 털가죽을 두른 황태자의 커다란 망토가 바닥에 질질 끌렸다. 어이구, 어쩌다 이렇게 됐어.

"가서 눕자. 너 열 좀 내려야 돼."

"…피하지 마."

"이제 안 피할게. 약속. 미안하다."

나는 녀석의 뜨끈뜨끈한 뒷머리를 감싸며 속삭였다. 펄펄 끓는 이마가 어깨에 닿자 안타까운 마음이 밀물처럼 들어찼다. 심각한 에테르 고갈 증세지만 내 능력이라면 어떻게든 낫게 할 수는 있었다. 다만 이렇게 땀이 많이 흐를 때 방심하면 곤란했다. 성기사라 해도 감기에 걸릴지 몰랐다. 그러니 지금 이 순간, 내 뇌리를 맴도는 문장은 단 한 줄뿐이었다.

'동생 열나고 아플 때 대처법, 5~7세용.'

"데미, 저기 테이블 위에 세탁한 손수건 몇 장 개 둔 거 있어. 갖다줄래?"

-끼응

"페리. 발코니 문 열린 거 혼자 닫을 수 있을까?"

-낑!

"고마워. 티테, 친구랑 같이 누울래?"

-애우

"옳지. 레아, 티테 조금만 옆으로 옮겨주자."

-끼잇

착한 신수들이 모두 나를 돕고 양보해 주었다. 나는 내 침대에 세이디를 눕히고, 즉시 성소를 전개했다.

-샤아아아…!

환하고 선명한 금빛이 조그마한 체구를 감쌌다. 소년은 이미 의식이 없었다. 여력의 대부분을 여기 와서 말하는 데 쓴 것이 분명했다. 에테르 고갈로 인한 증상이 확실하지만, 그래도 겨울이었다. 밤늦게 발코니와 정원을 넘어오느라 찬바람도 맞았을 테니 해열제를 먹여두는 게 좋았다.

"약을 여기 넣어 놨는, 윽."

나는 협탁 서랍을 열다 말고 비척거렸다. 일순 엄청난 양의 에테르가 훅 빠져나간 탓이었다. 잠든 세이디는 마치 걸신들린 것처럼 내 힘을 흡입하고 있었다.

꼬마의 머리맡에 날아든 뚝심이가 걱정스러운 눈길로 나를 보았다. 나는 굴뚝새를 향해 씩 미소 지었다. 괜찮아. 어느 정도는 자업자득이지. 급한 손길로 해열제를 꺼내 올려놓고, 찻주전자와 찻잔이 놓인 쟁반을 비웠다. 다행히 현기증은 금방 가라앉았다.

"고맙다, 우리 대장님. 티테, 여기에 미지근한 물을 부어줄래?

티테 좋아하는 찬물은 나중에 친구 나으면 주자."

-아웅

이어서 데미가 물어다 준 손수건을 깊은 은쟁반에 넣고, 티테의 따스한 물을 받아 듬뿍 적셨다. 내가 세이디의 얼굴과 목덜미를 닦아주는 동안, 뚝심이는 다른 수건을 부리로 물어 쟁반에 넣었다. 오르락내리락 날며 천을 물에 적셔주기도 했다.

"우리 뚝심 천사다."

-삐뽀!

뚝심이가 당당하게 부리를 벌려 울었다. 철썩! 수건이 쟁반에 떨어지며 사방으로 물을 튀겼다. 수염이 젖은 레아가 도리질했다. 나는 피식하며 환자의 셔츠 단추를 풀기 시작했다. 그러다 동작을 뚝 멈췄다. 눈앞에 보이는 것을 믿을 수가 없었다.

"…목걸이 하나도 안 썼네."

내가 에테르를 꾹꾹 눌러 담아준 성석 목걸이가, 하얀 천 아래서 눈부시게 빛나고 있었다. 나는 울컥하고 화가 올라오는 걸 참아냈다. 아무리 자고 있대도 아픈 아이에게 상스러운 말을 할 수는 없었다. 그래서 속으로만 욕했다.

미친놈. 이 지경이 되도록 이거 안 쓰고 뭐 했냐. 뒀다 국 끓여 먹을래? 이게 일회용이냐? 비우면 내가 어련히 알아서 새로 채워줄 텐데, 대체 언제 쓰려고 좀생이같이 아끼고 있어. 뒷면에 재활용 마크 그려주랴?

"내 팔자야…"

나는 그렇게만 한탄하고 부지런히 젖은 수건을 움직였다. 혹시라도 내가 먼저 기절하면 안 되니 에테르 보급량도 꼼꼼하게 체크했다. 이거 끝내면 약 먹이고, 상태 안정되는 거 봐서 깨워 보내든지 해야겠다.

* * *

푸르스름하게 동이 트는 새벽. 세드리크 리에스테르가 깨어났다.
자신의 침실은 아니었다. 사내는 천천히 허리를 일으켰다. 머리가 개운하고 몸도 가벼웠다. 셔츠 아래 가득 찬 신체는 본래의 것이었다. 누군가는 '세이디'란 아명으로 부르는, 어리고 약해 빠진 모습은 이제 사라지고 없었다.

"..."

곁에 자리끼가 놓여있어 단숨에 들이켰다. 이내 어둠 속에서 주황색 눈동자가 가늘어졌다. 침대 커튼 한편이 훤하게 걷혀있었다. 너머로는 기다란 소파가 보였다. 예서 왕자가, 그곳에서 신수들과 함께 담요를 겹겹이 덮고 잠들어 있었다.

숙면 중인지 미동조차 없었다. 색색거리는 여러 숨소리만이 뒤섞여 들릴 뿐이었다. 태자는 침대를 벗어났다. 그제야 자신의 목 끝까지 이불이 덮여있었다는 사실을 깨달았다. 왕자는 유약한 것에 유난스러운 구석이 있었다.

–삐이

그때, 어디선가 굴뚝새가 날아와 협탁에 앉았다. 신물 옆에는 물이 든 쟁반과 젖은 수건, 약통 따위가 널려있었다. 파지에 단정히 적힌 기록도 시야에 들어왔다.

'2시 30분, 미열 있음. 에테르 여전히 흡수 중. 3시, 열 거의 내림. 에테르 극소량 필요. 호흡 안정.'

까만 눈이 그를 빤히 올려다보았다. 세드리크가 고개를 기울였다.

"노고를 알아달라는 뜻인가."

-삐

사내는 꿈쩍도 하지 않았다.

"황족을 기피한 대가를 치른 것이다."

-삐릿!

그가 무뚝뚝하게 대응하자, 신물은 화가 난 듯 자리에서 폴폴 뛰었다. 태자는 새의 항의를 무시하고 열린 서랍을 관찰했다. 첫 번째 칸에는 그가 선물한 크리스털 종과 여러 약품이 반듯이 정리되어 있었다. 왕자는 병약함과 거리가 머니 이것들은 그를 위한 게 아니었다. 필시 어려진 자신이나 쥘리에트 궁의 아랫사람을 챙기려는 목적이었다.

"…"

-드르륵

그는 망설임 없이 두 번째 서랍을 열었다. 수첩 하나가 눈에 들어왔다. 왕자가 종종 다과 시간에 꺼내 들고 무언가를 정리하는, 아주 소중해 보이는 물건이었다. 태자의 눈빛에 이채가 돌았다. 그러자 굴뚝새가 포르릉 날아와 수첩 위에 주저앉았다.

-삐뽀!

노란 부리로 야무진 경고까지 날렸다.

"충성스럽군."

-삐삐

새가 몸통을 공처럼 부풀려 위협했다. 세드리크는 개의치 않고 수첩을 집었다. 신물이 소스라치며 그의 손등을 콕콕 쪼아댔다. 그러나 사내에겐 양보할 이유가 없었다. 왕자는 일방적으로 자신을 피했고, 감히 아버지의 처소인 샤르팡티에 궁으로 도주했으며, 그에 관한 해명이나 사죄조차 없이 수업에 불참했다. 결국 태자는 요한 헤인스와의 대련에서 극심한 양의 에테르를 소모하고 패배했다. …혜검이 있으니 버틸 수도 있었다. 허나 그러고 싶지 않았다.

-삐르르! 삐르르르!

왕자와 그에 관한 모든 것이, 자신의 뜻대로 움직이지 않았다. 심히 거슬리고 답답했다. 그러니 알아야 했다. 저 작은 머리통으로 도대체 무슨 생각을 하고 있는지.

-삐삐삐이!

"조용히."

그가 낮게 을렀다. 그때였다.

"정은서, 올 때 닭강정… 오빠 카드 가져가."

기이한 잠꼬대였다. 세드리크는 미간을 찌푸리며 소파를 살폈다. 왕자는 언제 소리를 내었냐는 듯 고요히 꿈꾸고 있었다. 해사한 꼴을 보자 문득 '그날'의 풍경이 눈앞을 스쳤다. 기괴한 전율을 불러 일으키던 천공의 하늘. 양팔을 뻗고 날아오르던 피투성이 남자. 연보라로 반짝이던 금속성의 날개와, 간절한 자수정의 눈빛.

'은서,'

'-퍼억!'

동시에 세드리크는 상념에서 깨어났다. 당시 왕자는 '은서'라는 단어를 언급했다. 그런데 조금 전에도 이와 비슷한 말을 했다. 태자의 입술이, 느릿느릿 움직여 낯선 언어를 담아냈다.

"…정은서."

무슨 의미일까. 어색한 발음이었다. 페네티안의 어휘는 아닌 듯한데, 잠꼬대의 맥락으로 유추하건대 인명人名일 공산이 컸다. 고향에 두고 온 연인이라 짐작하기엔 태도가 경박했다. 그가 몰고 다닌 염문이 진실 같지도 않거니와… 신국의 동생이나 시종에게 저런 식으로 명령할 이도 아니었다. 그가 아이 앞에서 유독 말을 가린다는 사실은 익히 알았으므로.

"은서. 정은서."

-삐르르르!

세드리크가 나직이 단서를 읊조리자, 굴뚝새가 콩콩거리며 수첩을 내려놓으라고 아우성쳤다. 급기야 손등엔 피가 맺히고 있었다. 태자는 묵묵히 손에 쥔 것을 바라보았다. 지금 불을 밝히고 이것을 펼치면, 자신이 그간 왕자에게 품었던 의문이 전부 풀릴 것만 같았다. 강렬한 충동이 그의 뇌를 두방망이질했다. 하지만…

'그 아이는 선해. 네 손을 뿌리치지 않을 거야.'

흘러간 봄에, 그의 대모는 그리 말했다.

'세드리크, 왕자님을 믿고 싶잖아. 그럼 그렇게 해.'

후작령의 숲에서, 그의 소꿉친구도 그런 말을 남겼다.

'신뢰를 얻는 것이 쉬운 일은 아니지. 더 노력해라.'

연회장의 어머니 역시 조언했다.

'기다려 주셔야죠.'

불경하기 짝이 없는 선생의 목소리가 귓가를 스쳤고…

'왕자님의 호의에 대한 답례로, 전하께서는 그런 걸 주고 싶으신 건가요?'

이블린에서 보낸 여름날의 낭랑한 음성이, 다시금 그를 꾸짖었다.

'성의를 표현해 주세요. 그러면 가까워질 수 있을 겁니다.'

크리스텔 드 사르네즈.

태자의 손에 하얗게 힘이 들어갔다. 인정하고 싶지 않지만, 그녀의 방향성은 늘 더 나은 결과를 도출해 냈다. 논리적으로 허점이 없었고 왕자 또한 그녀에게 두터운 호의를 보였다. 자신의 단점을 거침없이 지적하는 청회색 눈동자를 볼 때면, 건방진 태도를 코앞에서 목격할 때면 본능적인 불쾌감이 치솟았으나…

-탁!

세드리크가 수첩을 서랍에 돌려놓았다. 신물이 놀란 듯 배를 흔들었다. 쉬이 진정되지 않는지 숨을 몰아쉬기도 했다. 반대로 사내의 주홍빛 홍채는 차분히 가라앉았다. 그녀의 말이 옳았다.

-펄럭!

태자는 의자에 놓여있는 자신의 망토를 걸쳤다. 그리고 발코니로 향하기 전, 마지막으로 소파를 돌아보았다.

'이제 안 피할게. 약속. 미안하다.'

밤은 계획대로 흐르지 않았다. 자신의 실신이 지나치게 빨랐던 탓에, 왕자로부터 어떠한 설명도 듣지 못했다. 다만 짧은 서약과 사과는 받아냈다. 그가 '세이디'와 자신을 구별해서 대하던 것조차 잊고, 다급히 말을 흘린 것이다.

"…"

오늘은 이쯤에서 만족하기로 했다.

-부스럭

세드리크는 망토 주머니에서 단출한 카드와 몇 개의 구슬을 꺼냈다. 그러고는 탁자 위의 빈 쟁반에 소리 없이 올려두었다. 오는 것이 있으면 가는 것도 있어야 한다. 그것이 황족의 인간관계였다. 왕자는 어떻게 여길지 모르겠으나 그는 이런 방식이 익숙했다.

-끼으?

그 무렵, 꼬리 끝이 하얀 신수가 잠에서 깨어 그를 올려보았다. 인제 보니 소파 주변엔 큼직한 그림책과 튤립이 흩어져 있었다. 이건 또 무슨 판인지. 왕자의 머릿속은 아직 오리무중이었다. 태자는 코웃음 친 뒤 침실을 떠났다.

* * *

왜 그랬대, 궁금해 죽겠네.

"아니, 진짜로."

나는 브런치 식탁에 홀로 앉아, 진지한 눈으로 카드와 구슬을 내려다보았다. 새벽에 세이디가 두고 간 것들이었다. 솔직히 아침엔 정신이 하나도 없었다. 가나엘은 평소와 같은 시간에 나를 깨우러 왔다가 소파에 구겨져 있는 우리를 보고 경악했고, 젖은 수건과 물

쟁반을 발견하고는 기절초풍했다. 내가 간밤에 혼자 앓았다고 착각한 것이다. 방 몰골이 말이 아니니 누구라도 오해할 법했다. 나는 결국,

'데미가 아팠어.'

그런 무리수를 던졌다. 내가 아팠다고 하면 궁이 뒤집어질 테고, 태자의 비밀을 털어놓을 수도 없으니 방법은 이것뿐이었다.

'예…?'

'실험 중이었거든. 신수들이 보라색 튤립이나 햇무리초를 피울 수 있는지 궁금해서 새벽까지 무리를 했더니, 데미가 몸져눕더라.'

절반은 참이었다.

'-끼잉, 끼잉, 끼잉'

그러자 데미가 앓는 소리와 함께 발라당 뒤집어졌다. 힘없이 꼬리를 살랑이며 가나엘을 바라보기도 했다. 물오른 연기력이 골든글로브 저리 가라였다. 소년은 무척 충격받은 표정이었다.

'시, 신수님도 몸살이 나시는군요… 주신의 사자이니 무적이신 줄로만 알았는데.'

'응, 나도 매우 반성했어. 용서해 줘, 데미.'

'-끼이이!'

데미가 알아서 모시라는 양 뻣뻣하게 굴었다. 아무튼 그렇게 난리가 날 뻔한 걸 겨우 수습하고, 가나엘을 돌려보내며 아침밥을 미루고, 침대로 가서 몇 시간 더 자고 일어나 보니…

'파브리스 베랑과 안 베랑 남작 부부 올림.'

제국 남단에서, 몹시 소박한 초대장이 와있었다.

* * *

이 초대장을, 간밤에 황태자가 두고 갔다 이거다.

"…다녀와도 된다는 뜻이겠지?"

-꾸릉

식탁 아래서 공을 가지고 놀던 페리가 답했다. 아니, 아무리 생각해도 그런 의미 같았다. 내게 오는 우편물을 황실에서 일차적으로 검수한다는 사실은 익히 알고 있었다.

대부분은 쥘리에트 궁에 전달되지만, 문제의 소지가 있다면 짤없이 걸러졌다. 그러니 이걸 로메로 궁주가 직접 주고 간 건 상당히 긍정적인 신호였다. 기분이 좀 풀렸나? …앞으론 안 피할 거고 미안하다는 말을 '세이디' 모습일 때 해버렸는데, 그것도 사과로 친 건가.

"으."

나는 밀려오는 쪽팔림에 이마를 감싸고 끙끙거렸다. 세드리크 태자가 어려지면 도저히 당해낼 수가 없었다. 물론 잘못한 건 나였고, 아프면 본인만 힘들 테니 설마 일부러 최악의 상태로 오진 않았겠지만…

-짝!

나는 가볍게 뺨을 치며 정색했다.

"현재에 집중하자, 정예서."

우리의 주인공께서도 그렇게 말씀하시지 않았던가. 정신 차리고 남작 부부가 보낸 카드를 다시금 살폈다. 빙의하고 얼마 지나지 않아, 나는 시종으로 위장한 신국 출신 쌍둥이 암살자의 공격을 받았다. 베르너르 국서가 열세 살 난 아이들을 세뇌해 살수로 이용한 것이다.

두 녀석은 쥘리에트에 잠입하고자 원래 입궁하기로 했던 아이들을 살해했는데, 그 희생양이 바로 베랑 가문의 쌍둥이인 르노와 스테브 베랑이었다. 이후 나는 장례비라도 보태고자 남작령에 얼마간의 돈을 부쳤다. 부부가 보육원과 운하를 짓는 데 그 돈을 쓰고 있다는 것을 안 뒤론, 익명으로 꾸준히 기부금도 보내고 있었다. 그랬는데.

'고귀하신 신국의 달, 예서 페네티안 왕자님께 바치는 글.'

'…저희의 영세한 땅은 몹시도 초라하고 누추하여 감히 존귀하신 분을 모실 형편이 되지 못합니다. 허나 영지에 작은 경사가 생겨, 부끄러움을 무릅쓰고 왕자님께 초청의 말씀을 올리게 되었습니다.'

'왕자님의 도움으로 첫 삽을 뜬 보육원이, 오는 12월 19일에 조촐하게나마 개원식을 엽니다. 왕자께서 용맹하신 태자 전하와 친우분들을 돕느라 바쁜 나날을 보내고 계시다는 소문이 이곳 벽지까지 자자하나…'

'보혈을 타고난 왕족 신관께서 귀한 걸음을 해주신다면, 원아들에게는 평생에 다시없을 축복과 위안이 될 것입니다.'

…그분들이 나를 먼저 보고 싶어 할 줄은 몰랐다.

"꼭 가야지."

-아웅

내가 혼잣말했다. 푹신한 방석에 누운 티테가 맞장구쳤다. 나는 녀석의 동그란 머리를 쓰다듬어 주었다. 후작위를 받은 뒤로 황궁 출입은 비교적 자유로우니(잠깐 힘을 잃었을 때 빼고 말이다), 어른들에게 미리 알리기만 하면 남부 여행도 가능할 것 같았다. 제국 남단南端이면 뒤엠 후작령보다도 멀었다. 다 같이 가면 좋겠는데.

"그러면 이제 이게 남았네."

-삐이

포도동 날아온 뚝심이가, 접시 옆에 서서 다음 코너를 소개했다. 바로 태자 녀석이 카드와 함께 두고 간…

"성석 구슬 3종 신기神器 되시겠습니다."

-삐뽀!

굴뚝새가 정답이라는 양 높게 울었다. 나는 파랗고, 빨갛고, 하얗게 빛나는 세 개의 구체를 유심히 관찰했다. 이거 분명히 내가 에테르 못 뿜어내고 갇혀 지낼 때…

'제가 쓰러져 있는 동안 성석 안정화 비결을 알아내신 겁니까?'

'틀린 말은 아니야.'

태자와 대화를 하겠다고, 늦은 밤 로메로에 기어들었다가 목격한 것들이었다. 각각 크리스텔과 태자와 요한 경의 힘을 품은 세 구슬은, 당연히 강력한 무기였다.

전쟁 시대의 신국은 특수 에테르를 주입한 성석을 투석기에 실어 던졌다고 했다. 요컨대 이건 황실이 시험적으로 제작한 수류탄이었다. 안전핀이 없다는 게 함정이지만. 아무튼, 외부에 반출되면 경을 칠 물건을 나한테 준 이유는 뭘까?

"…호신용이겠지. 나는 마르티어 같은 전투 신관이 아니니까."

최근에 내가 방심해서, 모르는 사람 졸래졸래 따라갔다가 납치당할 뻔하기도 했고. 나는 애써 상황을 합리화했다. 하지만 납득할 수 있다고 해서 놀라움이 사라지는 건 아니었다.

이러니저러니 해도 나는 황궁의 볼모인지라, 지금껏 무기가 될 만한 건 가져본 적이 없었다. 커틀러리는 고사하고 종이칼조차 방에 두지 못하는데, 무려 폭탄이라니. 고맙긴 한데 나를 너무 믿는 것 아닌가 싶었다. 어머니랑 대모님 허락은 받았냐?

-끼잉

상념을 깨고, 데미가 의자 다리를 대롱대롱 기어오르기 시작했다. 녀석은 그날도 성석 구슬에 지대한 호기심을 보였더랬다. 나는 레서판다의 엉덩이를 받쳐 등반을 도왔다. 그러고는 얼마 전 가나엘이 선물한 가방을 열었다.

내가 수첩이며, 크리스털 종이며, 애들 간식까지 품에 넣어 다니는 걸 보다 못한 소년이 손수 만들어 준 것이었다. 여하튼 호신구가 생겨서 나쁠 건 없었다. 나는 생존 지상주의자니까. 이제부턴 여기에 같이 챙겨 다녀야겠다.

"종, 수첩, 휘장, 간식, 삼종 신기…"

그리고 또 다른 수첩. 나는 조심스레 낡은 일기장을 짚었다. 데미가 가방에 얼굴을 집어넣고 기웃거렸다. 폼 할머니와 앙리에트의 유품이었다. 나는 이게 마담 빅투아르 사건의 증거물 중 하나라고 생각했다.

그래서 황실이 거두어 가리라 여겼는데 누구도 요구하지 않았다. 두 범인이 이미 사망한 점, 피해 귀족 대다수가 백성을 수탈한 정황이 포착된 점이 주효했다. 그리하여 앙드레지 백작가의 다이아 목걸이는 국고로 들어갔지만, 수첩은 고스란히 내게 남았다. 나는 이 길 소중하게 간직하기로 했다.

-똑똑

그때, 가나엘과 뱅자맹이 커다란 수레를 끌고 식당으로 들어왔다. 재빨리 가방을 닫아 등받이에 걸었다.

"왕자님, 간단한 아점 나왔습니다. 트뤼프 오일 뿌린 스크램블드에그, 갓 구운 팽 코르동 한 덩이와 무화과잼, 신선한 염소 치즈를 곁들인 샐러드, 강낭콩 포타주, 그리고 일단 많은 고기요!"

소년이 팔을 벌리며 금빛 눈동자를 반짝였다. 기어코 웃음이 터져 나왔다.

* * *

오늘은 목요일이라, 스승님의 강의가 없었고 오후에 성기사 수업만 있었다. 그런데 후자도 결국 물 건너갔다. 실내 연무장이 태자와 요한 경의 대련 때문에 재차 보수에 들어가게 됐고, 밖엔 추적추적 겨울비가 내리는 까닭이었다. 유리창 너머로 빗방울에 엉긴 얼음 조각이 미끄러졌다. 춥긴 추운가 보다.

-*쏴아아아…*

-*타닥, 터덕터덕…*

빗소리와 장작 타는 소리가 사이좋게 실내를 물들였다. 밖이 어둑어둑했지만 쥘리에트 궁은 밝고 시끌벅적했다. 나는 줄곧 입꼬리를 올린 채 벽난로 곁에 앉아있었다.

"제 차례예요!"

간만에 놀러 온 에바가, 씩씩하게 맬릿을 쥐고는 자신의 자리로 걸어갔다.

'소공작님, 당신의 능력을 보여주세요!'

쥘리에트 시종들이 한데 모여 아이를 응원했다. 로메로 궁 시종들은 태자의 팀을 응원하고 있었다. 빈 휴게실을 급조해 만든 크로케croquet 방은 발 디딜 틈도 없었다. 경기 참가자, 구경 온 하인과 병사들, 간식을 나르는 일손들과 내기를 벌인 이들로 사방이 소란스러웠다.

"요한 경의 공을 때릴 겁니다."

"무서워라. 한 번만 봐주세요, 소공작님."

성기사가 눈썹을 늘어뜨렸다. 장내는 3 대 3 크로케 대결의 열기로 후끈했다. 크리스텔과 요한 경, 산트가 한 조였고 태자와 에바, 엘리자베트 경이 한편을 먹었다.

머릿수가 맞지 않아서 나는 깍두기를 하기로 했다. 프랑수아 뒤엠 후작이 있었다면 4 대 4가 가능했을 테니 아쉽지만, 공 치는 것보다 친구들을 구경하는 게 훨씬 재미있었다.

-끼이이

"데미, 이리 와. 저건 가지고 놀면 안 되는 공이래."

나는 경기장 한복판으로 달려 나가려는 데미를 보듬었다. 레서판다가 앞발을 죄암질하며 칭얼거렸다. 아이고, 마마님. 송구합니다.

"이따가 밤에 형이랑 갖고 놀자. 보라색 튤립도 재도전해 볼까?"

-끼엉

"…방금 싫다고 한 거 아니지?"

내기 헛웃음을 흘렸다. 다른 두 녀석도 시큰둥하긴 마찬가지였다. 여러 차례 실험했으나, 대지 속성 신수들은 끝내 보랏빛 튤립과 햇무리초를 틔우지 못했다. 불가능한 건지, 해선 안 되는 건지 알 수 없지만 좌우간 그랬다. 두 식물은 진정 주신만의 기적인 모양이었다.

"와아! 소공작님이 해냈다!"

갑작스레 함성이 터졌다. 나는 깜짝 놀라 눈을 들었다.

"블랑케르! 블랑케르! 블랑케르!"

에바가 정말로 요한 경의 공을 치는 데 성공했고, 추가 기회를 얻어 그의 진로까지 방해할 수 있게 됐다. 나도 열심히 박수를 보냈다!

"이것 참 곤란하게 됐네요."

"약한 척하지 마십시오, 헤인스 경. 꼬리 보입니다."

소공작이 입술을 씰룩거리며 새침하게 말했다. 성공해서 기쁜데, 요한 경 앞에서 어른스러운 모습을 보이려고 애쓰는 기색이었다. 헤릿 아버지가 미소하는 동안 산트는 맬릿을 꼭 잡고 긴장한 낯으로 나섰다. 크리스텔이 '사제님, 다 죽여!' 하고 외치자, 가나엘과 피에르가 따라서 '다 죽여!' 했다. 애들을 훌리건으로 키우면 안 되는데…

-삐익

뚝심이가 테이블의 수첩을 콕콕 쪼아댔다. 적당히 구경하고 이것부터 정리해 보라는 독촉 같았다. 나는 피식하며 검지로 녀석의 등을 쓸었다.

"알았어. 집중해서 빨리 끝낼게."

-삐

그러고는 깃펜의 흔적을 내려다보았다.

-(아마도) 원작 밖을 내다본 예언들
· 점쟁이 할머니 → 실종
ㄱ. 나: 이곳 사람이 아님
ㄴ. 크리스텔: 인상 좋고, 기운 맑고, 세상의 중심에 가까움
ㄷ. 태자: 인연을 또 잃을 것

· 모데스트 바카리 → 기억 상실
ㄱ. 죽음의 그림자
ㄴ. 모략의 악취
ㄷ. 단 한 사람의 고통

며칠 전.

엘리자베트 경이 점쟁이 할머니의 근황 아닌 근황을 전해주었고, 나는 이런 예지를 우리에게 전하려는 존재에 관해 고심했다. 그게 누구이며 왜 계시를 보여주는지 궁금했다. 이것 역시 결론은 하나였다.

'그건 중요하지 않다.'

소원의 성반으로 나를 빙의시킨 이가 누군지 여태 알지 못하는 것처럼, 예지의 주체도 내가 도달할 수 없는 곳에 있을 가능성이 컸다. 그렇다면 중요한 건 '지금'이었다. 이루어질지 모를 미래를 엿보여 주는 자가 아니라, 그것의 내용 말이다.

"하지만 바카리의 예언은… 흐지부지된 느낌인데. 너도 공작령에서 돌아온 후로 조용하잖아."

—삐삐?

뚝심이가 '내가 뭐?' 하는 태도로 고개를 갸웃거렸다. 블랑케르 영주성에 갈 때만 하더라도, 내 꿈에 들어와서 온갖 무서운 이야기를 늘어놓던 신물이었다. 주신이 나를 위해 예비한 게 있다느니, '그대가 위험하다'느니. 그래서 바카리의 말을 듣고 긴장했던 건데 내내 조용했다.

"이 사태를 어떻게 책임질래, 응? 정뚝심."

내가 소곤거리며 깃펜으로 녀석의 배를 간지럽혔다. 뚝심이는 짧은 다리로 쫑쫑 달아났다. 귀여워서 히죽거리는데, 맬릿을 잡고 선 태자와 눈이 마주쳤다.

"…"

크리스텔이 세상의 중심에 가깝다는 계시를 받은 건, 그녀가 주인공이기 때문일 터였다. 내가 이곳에 속하지 않는다는 것도 팩트였다. 다만 바카리의 모호한 예지와, 태자가 인연을 잃을 거란 말은 아직 이루어지지 않았다.

인연을 '또' 잃는다는 건, 예전에 잃어버린 이가 있다는 뜻이다. 혹시 부친인 알렉상드르 국서를 의미하는 걸까? 그렇다면 미래에 놓치는 건 누구지. 물론 절대로 그런 일이 생겨서는 안 되지만, 혹시 모르니 대비는 해야 했다. 그에게 예언이 내려져야 할 만큼 주요한 인물이라면…

"맬릿으로 뚝배기 깨러 가즈아!"

"가즈아!"

"크리스텔 경, 뚝배기가 뭔지는 몰라도 맬릿으로 깨시면 안 됩니다."

역시 크리스텔인가. 함가인 씨하고 태자가 헤어지게 된다는 거야?

"안 되지. 독자에 대한 배신이지, 그건."

나는 차갑게 비평했다. 내가 원작에 과하게 집착하는 건 인정하지만, 두 눈에 흙이 들어가도 그런 꼴은 못 본다.

"전하, 황제궁에서 전갈이 왔습니다."

그때, 다비드가 태자에게 다가와 말했다. 나는 수첩을 챙기며 은근슬쩍 귀를 기울였다. 신수들과 뚝심이도 목을 쭉 뺐다.

"황도 수비대 사관학교 창립식이 12월 19일로 확정되었다는 소식입니다. 하여 전후 사흘간의 일정을 정리할까 합니다."

아.

"그럼 못 가려나…"

내가 중얼거렸다. 베랑 남작 부부의 보육원 개원식이, 하필이면 같은 날이었다. 안 그래도 정식으로 물어볼 참이었는데 기회조차 사라져 버렸다. 나는 태자의 신관 짝이니 그의 일정을 따르는 게 우선이었다. …가고 싶었는데. 아이들 부모님께 인사도 드리고.

"18일 오전까지 베랑 남작령에 있을 테니 알아서 조율하도록."

어? 나는 번쩍 고개를 들었다. 주황색 눈동자가 묵묵히 나를 응시하고 있었다. 설마 하는 마음에 입가가 벌어졌.

"전하, 남부에 가십니까? 금시초문입니다."

엘리자베트 경이 눈을 동그랗게 뜨고 소꿉친구를 바라보았다. 나는 환하게 웃으며 대신 대답했다.

"네, 남단의 영지에 초대받았습니다! 함께 가실래요?"

* * *

그 순간.

"안 됩니다!"

에바가 불쑥 외쳤다. 우리의 시선이 소공작을 향했다. 대화의 흐름을 놓친 크리스텔이나 산트와 달리, 아이는 내용을 분명히 파악한 기색이었다.

"저, 할 일 많은데 왕자님께서 도와주셔야 한단 말이에요. 못 가십니다."

가까워진 흑갈색 눈동자가 또랑또랑 빛났다. 난감했다. 무슨 용건인지는 몰라도 에바를 돕고 싶은데, 보육원 개원식 역시 가고 싶었다. 크로케 경기가 자연스레 중단됐다. 시종들이 수런거렸다. 어느새 다가온 요한 경이 부드러운 음성으로 물었다.

"소공작님, 송구하지만 그게 사촌 오라버니의 일정보다 중요한가요?"

"그, 그게…"

아이가 한발 물러서며 황태자의 눈치를 봤다. 아차 하는 표정이었다. 나는 황급히 태자를 돌아보았다. 잘생긴 주황색 눈동자가 호승심으로 번쩍이고 있었다. 야, 스케줄 넣어줘서 고맙긴 한데 네가 열여섯이랑 경쟁하면 안 되지!

"에바, 무슨 일입니까?"

"…별거 아닙니다. 태자 전하의 귀하신 걸음에 비하면 먼지나 다름없어요."

"아뇨. 저한테는 똑같이 중요합니다. 크리스텔도 같은 생각일걸요."

내가 크리스텔을 보며 말했다. '빠각!' 벽난로의 장작 튀는 소리가 우렁찼다. 그러자 그녀가 대놓고 킬킬거리며 에바를 어르기 시작했다.

"그럼요. 저도 너무 궁금합니다. 우리 에바가 혼자서 무슨 계획을 세웠을까? 으응?"

"대단한 건 아니고요, 그냥… 그 술집을 제가 인수하기로 했습니다."

소공작의 목소리가 크리스텔의 품으로 기어들어 갔다. 우리는 이게 무슨 말인가 싶어 갸웃했다. 가만히 듣고 있던 산트가 엘리자베트 경에게 물었다.

"접때 다 같이 가셨다던 고급 술집 아닐까요? 모데스트 바카리 단장을 구해주신 곳…"

"아. '블루아' 말입니까?"

소백작의 회색 눈동자가 동그래졌다. 우리의 눈길이 다시금 에바에게 쏠렸다. 그곳은 부유한 주폭, 잔 틸리에 남작이 운영하던 주점이었다. 자칭 중부의 정보통이자 주먹왕인 그녀는 불법 과세와 폭행죄로 프레데리크 황제의 죄인이 되었다. 주인이 감옥에 갔으니 가게가 어떻게 될지 궁금하긴 했는데, 그걸 에바가 샀다고? 진짜로?

"맞습니다. 저는… 권력을 갖고 싶다고 말씀드렸잖아요."

"예."

그랬다. 에바는 공녀 시절부터 높은 지위에 올라가고 싶어 했고, 그래서 소공작 자리를 탐냈다. 잘해낼 자신도 있다고 했다. 권력이 뭔지는 알까 싶을 만큼 순진한 태도였다. 하지만 이곳 귀족들은 젊은 나이에 작위를 세습 받고, 실물경제와 정치판을 몸소 겪으며 지도자로 성장했다.

그러니까 에바도 조금씩 배워가면 됐다. 아무렴 로베르 블랑케르 같은 놈과는 비교도 안 될 만치 좋은 공작이 될 터였다. 내가 이제껏 지켜본 에바는 원하는 바가 뚜렷하고 영리한 소녀였다.

"그런데 지난주에, 어머니가 그러셨습니다. 혼자 마음대로 권력을 휘두르는 건 폭력이라고요. 사람들의 인정을 받는 권력이야말로 진정한 힘이라고 하셨습니다."

"오…"

우리가 일시에 감탄했다.

"그래서 제가 진정한 권력을 가질 방법에 관해 생각해 봤는데요."

"네."

"지금의 친구들로는 부족합니다. 세력을 키워야 해요."

"네?"

내가 눈을 깜빡였다. 세드리크 태자도 고개를 기울였다.

"황도엔 저 같은 귀족 자녀가 많을 겁니다. 가족이 이상한데 말할 데가 없거나… 아직 어린데 소가주가 돼서 고민이 산더미거나. 아무튼 고단한 영혼?"

아이가 자신 없는 목소리로 말했다. 크리스텔이 붉은 곱슬머리를 쓸어주며 말을 받았다.

"에바와 비슷한 처지에 있는 사람을 모아서 사교클럽을 만들고 싶다는 거네요. 제국 사교계는 권력의 중심이잖아요."

"음, 비슷합니다. 네."

소공작이 그녀의 어깨에 기대어 중얼거렸다. 엘리자베트 경과 태자가 시선을 교환했다.

"그치만 사교계는 마음에 안 듭니다. 헤릿하고 같이 다닐 수가 없잖아요. 그 애는 술도 못 마시고 일찍 쉬어야 합니다. 지금도 옆방에서 낮잠 자는걸요."

"…"

요한 경이 놀란 눈으로 에바를 바라보았다. 아이는 손가락을 꼽으며 말을 계속했다.

"왕자님처럼 허브차만 마셔도 되고, 저보다 어려도 편히 머물 수 있고, 평민이 함께 드나들어도 뒷말 안 하는… 그런 곳이 좋습니다."

'하지만 쥘리에트 궁을 나서면 아무 데도 없어요.'

에바가 작게 말을 맺었다. 내 발치에 누워있던 레아가 소공작의 드레스에 뺨을 비볐다. 나는 그 모습을 지켜보며 입을 열었다.

"근사한 계획이네요."

"정말요?"

소녀가 눈을 휘둥그레 떴다. 입가에 절로 미소가 맺혔다. 이 애는, 지난주 황제의 앙드레지 재판에서 많은 생각을 한 게 분명했다. 백작가의 잔혹한 역사와 피해자들의 이야기를 접하고, 이후엔 튤립 후원에서 군주의 정치 수업을 들으며. 이어진 모친의 교육을 통해. 자신은 무엇을 할 수 있을지 고민한 것이다.

"네. 저도 에바의 가게에 작게나마 보탬이 되고 싶습니다. 보육원을 다녀와서도 돕겠습니다."

그게 고마웠다. 에바가 홀로 잘 자라서, 약한 이에게 마음을 쓰기 시작한 게 자랑스러웠다. 그들을 모아서 이야기를 듣고 싶어 한다는 점도 존경스러웠다. '세력'은, 어쩌면 거창한 게 아니다.

"재밌겠다. 도배랑 장판 싹 새로 할까요? 크로케 끝나고 무역소에 자재 보러 가는 건 어떻습니까?"

크리스텔이 아이의 머리에 뽀뽀를 심으며 제안했다. '장판이 뭐예요?' 에바가 천진하게 물었다. 나는 소리 내어 웃고서 옆을 돌아보았다. 태자가 들릴 듯 말 듯 코웃음 쳤고, 소백작이 고개를 끄덕였으며, 산트는 함박웃음을 지었다. 마지막으로 요한 경이 나를 향해 미소했다.

* * *

아주 오랜 역사를 지닌 영주성. 앙드레지 백작가의 후계자였던 소년이, '남자' 앞에 거듭 머리를 숙였다. 손에는 조약돌만 한 약봉지가 들려있었다.

"고맙습니다. 정말 감사합니다…"

"나야말로 용맹한 결정에 경의를 표하네. 자네의 영혼을 위해 기도하지."

영주가 근엄하게 말했다. 그러자 아이의 눈빛이 광기로 번뜩였다. 예상대로 가족 모두 정상이 아니었다. 그런 부모 밑에서 자랐으니 어떤 신앙 교육을 받았을지는 보지 않아도 뻔했다.

다만 남자는 그것을 바로잡을 생각이 없었다. 오히려 철저히 이용할 심산이었다. 블랑케르 공작가의 망나니도 나쁘지 않은 패였으나, 그만으로는 부족했다. 양동 작전은 기본 중의 기본이었다.

"가보겠습니다."

"조심해서 돌아가게."

영주가 인사하자, 곁을 지키던 시종장이 소년을 데리고 나갔다. 이내 드넓은 응접실엔 남자만이 남았다. 그는 최근 매우 바빴다. 부지런히 영지를 돌보고 국정을 소화하는 한편, 측근이 아닌 사용인은 전부 유급으로 휴가를 보냈다.

완벽히 믿을 수 없는 이는 잠재적 배신자로 여기는 쪽이 현명하기 때문이었다. 또한 '모략'이 어떤 결과로 끝나든 주변인은 적을수록 좋았다. 실패하더라도 자신 외의 피해자를 최소화할 수 있었고, 성공할 경우엔 말이 퍼져나가는 것을 막기 쉬웠다.

"…하하."

그는 소파에 쓰러지듯 앉아 자조했다. 모든 것이 와인 한잔처럼 간단했다. 유능한 대귀족으로 명성을 떨친 그였으나, 이런 쪽에 재능이 있는 줄은 자신조차 몰랐다. 그의 뇌는 마치 배반을 위해 태어난 양, 이런 기회를 기다렸다는 양 끊임없이 회전하고 판을 짰다.

혈관을 흐르는 세작의 피가 불순한 희열과 죄책감으로 요동쳤다. 취할 만큼 마시지 않았건만 손끝이 저릿저릿했다. 남자는 주먹을 쥐었다 폈다 하며 책상을 바라보았다. 텅 빈 편지지가 그의 잉크를 기다리고 있었다.

'생존을 위한 선택이었다. 그러니 부끄럽지 않아.'

지긋지긋한 증조모의 환청이 귓전을 울렸다. 남자는 이를 악물었다. 잠깐만 버티면 사라질 귀곡성이었다. 요즘은 확실히 빈도가 낮아졌고, 전처럼 쩌렁쩌렁 고막을 고문하지도 않았다. 그러니 괜찮았다. 가문의 명예와 번영을 위해. 그리고 황도에 있을 가족을 지키기 위해…

"헉, 쿨룩. 콜록콜록!"

이 정도는 참을 수 있었다. 남자는 자리에서 벌떡 일어나 책상으로 걸어갔다. 조율을 마쳤으니, 그의 목줄을 쥔 이에게 상황을 보고해야 했다.

-사각, 사각사각…

그는 깃펜을 잡고 미친 듯이 글씨를 휘갈겼다. 수신인이 일국의 국서임을 고려하면 몹시 불경한 처사였다. 그러나 남자의 손놀림엔 거침이 없었다. 달리는 것도 아닌데 가쁜 숨이 터져 나왔다. 이마에 맺힌 땀방울이 종이와 나뭇결 위로 질서 없이 쏟아졌다.

'아리안의 발밑에 보라색 튤립 한 송이가 피었다.

슬프도다, 황제의 사냥개는 색에 어두웠다.

잎에 침을 바르고 꽃을 물어뜯었다.

그녀는 순진한 고양이를 탓했다.

열 번째 달, 열아홉 해의 일.'

탁. 그는 던지듯 펜을 내려놓았다. 자신이 쓴 것을 다시 읽어볼 기운조차 없었다. 허나 이 정도면 충분하리라는 예감이 들었다. 베르너르 페네티안이라면 단박에 이해하겠지만, 아무것도 모르는 이에겐 단순한 설화로 보일 문장들이었다. 남자는 마지막 문장의 날짜를 곱씹으며 몸을 일으켰다. 이제 이것을 황궁의 세작에게 전하고…

-똑똑

"들어오게."

그는 아무렇지 않은 표정과 음색을 꾸며내고, 재바른 동작으로 편지를 봉투에 넣었다.

"주인님. 외제니 케시에 대주교 은하께서 당도하셨습니다."

팔순의 충직한 시종장은, 땀으로 흥건한 주인을 보고도 군소리 한마디 없지 않았다. 남자는 애써 웃으며 손수건으로 목덜미를 닦았다. 케시에는 그의 계획에서 막중한 역할을 수행하는 자였고, 조금 전에 만난 코흘리개와 달리 호락호락하지 않았다. 이제까지는 그녀와 손발이 맞았으니 앞으로도 그래야만 했다. 남자가 차분히 목을 가다듬었다.

"고맙네. 10분 뒤에 모시지."

"예. 황도로 가는 마차를 준비할까요?"

노인은 눈치가 빨랐다. 그의 손에 들린 봉투를 알아본 것이다.

"아니, 당분간 영주성을 떠나지 않을 계획이네. 가족들은 나중에 보기로 했어."

"알겠습니다."

그는 두말없이 허리를 숙이고 물러갔다. 남자가 긴 숨을 내쉬었다. 친애하는 황제의 탄신일 전에, 전부 끝맺을 수 있어 다행이었다.

* * *

닷새 후, 12월 15일. 사방이 파랗게 보일 만치 이른 새벽이었다.

-끼이이!

"어어, 완전 춥다. 장난 아니다."

말할 때마다 하얀 입김이 몽실몽실 솟아올랐다. 나는 레서판다 셋을 가슴팍에 둘러 싸매고 쥘리에트 궁을 나섰다. 뚝심이는 태자의 털가죽에 몸을 묻었고, 티테는 크리스텔의 품에서 신난 얼굴이었다. 꼬마가 추위를 타지 않아 다행이지만 문제는 나였다.

"와…"

얼어 죽겠다, 진짜로! 황궁에서 가장 두꺼운 옷차림을 하고 있는데도 소용이 없었다. 이가 자동으로 딱딱 맞부딪히고 어깨는 끊임없이 진동했다. 역시나 예서 왕자의 몸은 기대를 저버리지 않았다.

끝내 이블린으로 피서를 가야 했던 여름에 이어, 한겨울엔 추위를 엄청나게 탔다. 무슨 체감 온도가 순식간에 서울이 되냐. 저번

주까진 나름 괜찮지 않았냐고. '온화한 황도' 설정 돌려줘!

"왕자님, 많이 추우십니까? 더위도 타시더니."

크리스텔이 걱정스러운 눈길로 다가왔다. 나는 본능적으로 한 걸음 물러났다. 그녀가 싫어서가 아니라, 물 속성 성기사에게서 은은한 냉기가 흐르는 까닭이었다. 실눈을 뜨는 그녀에게 샐쭉하고는, 온기가 감도는 기둥 쪽으로 다가섰다. 요한 경이 우리를 보며 낮게 웃었다.

"…"

왜 그러나 싶어 돌아보니 기둥이 아니라 태자 녀석이었다. 와, 인간 핫팩이다. 심지어 방금 뜬 것처럼 컨디션 좋아 보여!

"남부 일정이 적절한 시기에 잡힌 듯합니다. 지금쯤 베랑 남작령은 초가을 날씨일 겁니다."

"한낮엔 여름 같대요, 왕자님!"

커다란 마차에 짐을 싣던 뱅자맹과 가나엘이 말했다. 나는 제발 그랬으면 좋겠다는 심정으로 고개를 주억였다. 출발 준비가 마무리될 무렵, 온몸을 꽁꽁 감싸고 얼굴만 내놓은 에바가 불만스레 입을 뗐다. 헤릿의 손을 꼭 잡은 채였다.

"개원식 끝나면 꼭 출발하셔야 합니다. 네? 즐겁다고 하루 더 계시면 안 돼요."

"네, 약속합니다. 20일에 만나요."

내가 싱긋하며 대답했다. 에바와 우리는 지난 며칠간 즐거운 시간을 보냈다. 가게 벽에 걸만한 그림을 조안에게 주문했고, 황궁 대장장이 프랑크에게 간판 제작도 문의했다. 벽지는 주말에 아녜스와 골랐다고 하니 다녀와서 가구만 맞추면 됐다.

"조명도 봐야 해요."

"그걸 잊을 뻔했네요."

내가 헤릿을 안아주며 잽싸게 덧붙였다.

"삼촌이 맛있는 거 사 올게. 산트 삼촌이랑 에바 누나 말 잘 듣고 있어. 약 잘 챙겨 먹고. 무슨 일 있으면 엘리자베트 고모한테 알려주고. 응?"

"전하, 제가 이미 다섯 번은 말한 내용이에요."

"저도 말했습니다."

요한 경과 크리스텔이 너스레를 놓았다. 헤릿은 졸린 낯으로 턱을 끄덕거렸다. 나는 아이의 귀가 닳진 않았는지 몇 번이나 확인하고 마차에 올랐다. 우리가 빨리 가야 애들이 들어가서 더 잘 것 같았다.

5. ✦ 인터미션

-다그닥, 다그닥…

"이랴!"

포털을 네 개쯤 통과했다. 우리가 굳이 쌀쌀한 새벽부터 출발한 이유는, 마지막 포털을 지난 뒤에도 남쪽으로 한나절 넘게 달려야 베랑 남작령이 나오기 때문이었다. 영지는 제국의 끄트머리에 있는 데다 가는 길도 순탄치 않았다. '율리터의 머리장식'이 없었다면 못해도 일주일은 걸렸을 거라고, 뱅자맹이 친절하게 짚어주었다.

"이런 마차는 태어나서 처음 타봅니다. 진짜 신기해요."

크리스텔이 사방을 둘러보고 감탄했다. 나는 신수들을 품에서 내려주며 동의했다. 열풍 기간에 더위 먹고 이블린으로 실려 갈 때, 냉기 보존 마법을 건 황실 마차를 탄 적이 있었다.

일반적인 마차보다 훨씬 크고, 내부엔 침대와 소파까지 딸린 프리미엄 에어컨 차량이었다. 우리가 이번 여행에서 이용하는 교통수단은 그것의 겨울 버전이었다. 프레데리크 황제가 친히 내어준 사치품 되시겠다.

"저도 처음이에요, 사르네즈 경. 교황청은 예산 절약에 혈안이 돼있거든요."

"거긴 다 아끼네요. 돈도 아끼고, 사람 보는 눈도 아끼고."

크리스텔이 툴툴거렸다. 요한 경은 나직이 웃었다. 아무튼 '온기 보존 마법'이라니 근사했다. 차내엔 작은 침대가 두 개, 소파도 두 개라 다들 편히 가기에 부족함이 없었다. 소설에 판타지적 요소가 잔뜩 섞여있으니 편리한 부분이 많아 좋았다. 프랑수아 뒤엠 후작에게 부탁하면 냉풍기나 온풍기도 발명해 주지 않을까? 그럼 내년엔 더 쾌적하게 지낼 수 있으려나. …그래, '내년' 말이다.

"왕자님, 행찬行饌을 준비하겠습니다."

"네. 고맙습니다."

뱅자맹과 가나엘이 큼직한 바구니를 열고는, 가면서 먹을 주전부리를 끝도 없이 벌여놓기 시작했다. 황태자는 아무렇지 않은 표정이었지만 그의 시종인 다비드는 명백히 놀랐다.

"평소보다 양이 많은 느낌이군요."

"우리 주방장 로랑스가 오늘부터 휴가입니다. 가기 전에 여기저기 챙겨준다고 잔뜩 만들었습니다. 고맙죠."

나는 타이밍을 놓치지 않고 자랑했다. 가나엘이 냉큼 말을 얹었다.

"로랑스네 딸이 결혼한다고 해서, 왕자님이 예물도 해주시고 왕복 포털 요금도 대주셨습니다. 아, 예식 비용까지 부담해 주셨어요!"

"가나엘."

내가 서둘러 말렸다. 소년은 뭐가 그리도 자랑스러운지, 입을 씰룩거리며 테이블보를 깔고 화려한 접시와 은식기를 차렸다. 내가 일부러 로랑스 얘길 꺼낸 것처럼 보일까 봐 목덜미가 홧홧했다. 대단한 일도 아닌데.

-끼잉, 끼으

"어, 데미 과일 먹자. 이게 남부 특산품이래."

정말로 눈길이 모이는 듯해, 나는 다급히 데미를 위해 귤을 깠다. 크리스텔과 티테가 끌끌 웃었다. 베랑 남작령으로 떠나는 인원은 많지 않았다. 다 같이 가면 더 즐거울 텐데, 각자 사정이 있어서 그러기는 어려웠다.

대표적으로 엘리자베트 경이 불참했다. 에르베 뒤엠 근위대장이 황궁 호위의 총책으로서 황제를 지키는 동안, 그녀는 19일에 있을 황도 수비대 사관학교 창립식을 준비해야 했다. 세드리크 태자가 그 행사에 황실 대표로 참석하기 때문이었다.

주요 동선을 짜고, 인력을 배치하고, 학교 측과 많은 부분을 조율하느라 이번엔 동행하지 못했다. 대신 근위대의 정예 기사 여럿이 함께했다. 성기사가 셋이나 되는데 무슨 일이야 있겠냐마는…

"에바야 요즘 계속 바쁘다지만, 산트 사제님이 같이 못 가는 게 아쉽습니다. 귀화 문제가 완벽히 해결이 안 돼서라는데."

크리스텔이 팽 데피스를 큼직하게 자르며 말했다. 나도 마침 같은 생각 중이었다.

"요한 경, 사제님은 괜찮을까요?"

달콤한 꿀과 생강 향이 올라오는 빵을, 내가 모두의 접시에 한 조각씩 덜었다. 그사이 뱅자맹과 다비드는 뜨거운 음료를 준비했다.

요한 경이 배 콩피와 치즈 플래터를 차리며 대답했다.

"걱정 마세요, 전하. 그 댁은 원래 유난스럽기로 유명하거든요. 하지만 금방 포기할 거예요."

"으음. 뭔가 대단한 냄새가 나는데."

주인공의 눈매가 가늘어졌다. 또 나와 생각이 통했다. 그녀가 맞은편 소파에 앉은 스승과 태자를 번갈아 보았다.

"전하나 선생님은 아시는 게 있죠?"

"경에게 말할 의무는 없어."

태자가 단칼에 말머리를 잘랐다. 크리스텔이 입을 비죽거리며 빵을 앙 깨물었다. 말이야 맞는 말인지라 나도 그쯤에서 웃어넘겼다. 산트의 집안일이니, 본인이 직접 말해주기 전까지는 기다려야겠지.

-다각, 다각…

좌우간 그래서, 요번 남부 여행 멤버는 단출했다. 크리스텔, 태자, 나, 요한 경, 뱅자맹, 가나엘, 다비드, 뚝심이와 애물단지들. 나머지 일손은 최소화했고 근위대만 조금 많았다. 우리는 도란도란 대화하며 로드 트립을 즐겼다. 태자 녀석은 말을 별로 섞지 않았지만 듣는 것 같긴 했다.

"아시다시피 태자 전하께선 18일 오전에 먼저 출발하십니다. 왕자님과 두 분은 19일에 함께 돌아오시는 일정입니다. 근위대는 대부분 두고 가겠다는 전하의 말씀이 있으셨습니다."

다비드가 우아하게 찻잔을 내려놓으며 말했다. 나는 눈을 휘둥그레 떴다.

"그래도 절반은 데려가시는 게 좋지 않겠습니까?"

"가는 곳마다 사고를 몰고 다니는 자가 누구지?"

태자 놈이 위엄 있는 눈빛으로 나를 빤히 바라보았다. 순간 울컥했다. 야, 그건 너랑 네 예비 신부 얘기고. 나는 상대적으로 만만하니까 잘 휩쓸리는 거야… 인정하려니 슬펐다.

-삐이, 삐이

"응, 저기 뚝심이 친구 있네. 쟤는 날개 펼치면 에바만 하겠다."

결국 나는, 부리로 창문을 두드리는 굴뚝새와 놀며 딴청을 피웠다. 창밖의 풍경은 시간이 지날수록 푸릇해졌다. 넓적한 나뭇잎을 보니 확실히 남쪽으로 향하고 있다는 느낌이 들었다.

오후가 되자 볕도 길어졌고, 이따금 숲길 사이로 뛰어다니는 토끼나 사슴도 보였다. 애물단지들은 침대에서 새근새근 자고 있었다. 잘 때가 제일 예뻤다. 삶은 달걀과 탄산수까지 야무지게 챙겨 먹은 데미는 혼자 배가 볼록했다.

-히히힝!

"이러!"

해 질 녘까지 우리는 차내에 있었다…

중간중간 내려서 쉬고, 순해진 바람을 쐬며 산책도 했지만 대부분은 이동 시간이었다. 꼭 명절 때 고속버스 타고 할머니 댁에 가는 기분이었다. 침대에서 잠깐씩 눈을 붙인 건 나와 세 시종뿐이었다. 크리스텔도 누우려고 했던 것 같은데, 요한 경이 '저는 괜찮아요. 추기경은 긴 휴식이 필요 없거든요' 하고 말하자 벌떡 일어났다.

태자 녀석이 덩달아 요한 경을 쏘아보았다. 저 커플은 가끔 이해할 수 없는 행동을 했다. 여하튼 둘만의 공감대가 생기는 건 좋은 일 같아서 내버려두었다. 그리고 그동안, 우리의 수다는 굉장한 결과물을 도출해 냈다. 예컨대…

'가가방.'

'예?'

'가나엘이 만들어 준 가방, 줄여서 가가방입니다.'

내 가방이 크리스텔에게 작명당해 버렸고,

'맞다, 왕자님. 그때 필살기 쓰셨다면서요!'

'예?'

또 바보같이 되물은 건 덤이었다.

'왜, 마담 빅투아르한테 납치당하실 뻔했을 때요. 요한 경이 멀리서 봤다고 했습니다. 왕자님의 성지에서 돌고래가 솟아올랐대요.'

'아, 네. 오렐리 전하의 성역에서 에테르가 솟구치는 걸 보고 구상했습니다. 공격은 못 하지만, 금빛이 밝으니까 모양만 그럴싸하면 혼란을 줄 수 있을 듯해서요.'

'저도 보고 싶습니다. 그 기술에도 이름을 붙여야 하는데.'

'…'

'빛-폴짝. 빛-튀김.'

충격적이었다. 어찌어찌 스킬 이름은 미루고, 요한 경이 내 백마에게 '아름하르트Armgard'라는 이름을 붙여주는 것으로 작명 쇼는 마무리됐다. 멋들어진 페네티안식 호칭이었다. 그 애만 좋다고 하면, 줄여서 아름이라고 불러야지.

"아이고, 매운 슈크루트 가져오는 걸 깜빡했네요. 가서 담가도 괜찮으려나?"

크리스텔이 퍼뜩 생각났다는 듯 중얼거렸다. 그녀는 대외적으로 '김치'를 말할 때 그나마 비슷한 프랑스 음식 이름을 빌렸는데, 그게 김치를 뜻한다는 건 오직 나만 알았다. 나는 양 볼을 비숑 오 시트롱으로 가득 채우고 있어 반응할 수가 없었다.

다만 딱히 할 말도 없긴 했다. 전에 먹었던 크리스텔표 햇무리초 김치가 너무 맛있어서 조리법을 묻고 싶었으나… '동작 그만, 엎드려뻗쳐'가 그녀에게 깊은 인상을 남겼다는 사실을 안 후론, 먼저 질문하기가 껄끄러웠다.

뭐든 한국적인 요소에 말을 보탰다간 괜한 의심을 살 것 같았다. 요전엔 그녀의 본명까지 들었고. 음… 그래도 김치 먹고 싶다. 노릇하게 구운 김치 메밀전병이랑, 통삼겹살 넣고 끓인 김치찌개도.

"아! 그러고 보니 신수들은 햇무리초를 틔울 수 있던가요?"

크리스텔이 번뜩 물었다. 묵묵히 창밖의 어둠을 응시하던 태자가 내게 눈길을 돌렸다. 요한 경의 시선도 느껴졌다. 나는 따뜻한 두유를 꿀꺽 삼키고 대답했다.

"그걸 최근에 실험했는데, 역시 안 됐습니다. 마찬가지로 보라색 튤립도 피우지 못하더군요."

그러자 태자가 미간을 찌푸렸다.

"…보라색 튤립을 피우지 못한다고?"

"네."

문제 있냐? 어차피 너희 집 마당에 많잖아. 내가 고개를 갸웃하자 녀석이 침대 쪽을 돌아보았다. 주황색 눈동자를 마주한 페리가 혀를 날름거렸다.

"너,"

-끼이잉!

태자가 운을 떼자마자 신수가 몸을 날렸다. 그러더니 그의 목덜미에 매달려 뺨이며 입술을 마구 핥아댔다. 사내가 낮게 앓는 소리를 냈다. 낯선 모습에 다비드와 나는 나란히 웃음을 터뜨렸다. 크리스텔이 '아, 폰 없어서 아쉽다'라고 혼잣말했다. 동감이었다.

-똑똑똑똑

그때, 마부가 찻간을 네 번 두드렸다. 곧 도착한다는 신호였다. 우리의 재빨리 시선을 나누고 우르르 창가에 매달렸다!

"우와, 왕자님. 여긴 집들이 알록달록해요!"

"인형의 집 같다! 낮에 보면 더 예쁘겠어요."

"강가에도 집이 있다고 들었습니다."

가나엘과 크리스텔, 내가 창밖을 보며 한마디씩 했다. 뒤편에서 태자가 낮은 한숨을 내쉬었다.

* * *

베르너르 페네티안은 만족했다. 그러므로 왕성의 아랫것들이 모두 만족했다.

"좋아… 아주 좋다."

옥반의 진주처럼 아름다운 목소리였다. 남자는 호사스러운 소파에 다리를 꼬고 앉아, 대륙 반대편에서 날아온 밀서를 살피고 있었다. 희귀한 마수 털 카펫 위로 금박을 입힌 가운이 흘러내렸다. 얌전히 시립한 시종들은 때때로 그의 입술에 다과를 올리고 발을 주물렀다.

국서는 지난번 국왕의 '만찬'에 초대받지 못한 이래 자신의 공간에서만 지냈다. 웬만한 사교 행사에도 얼굴을 비추지 않았고, 큰딸과의 교류는 최소화했다. 누구도 이런 것을 가르친 적이 없었건만 그는 본능으로 알았다. 큰일을 도모하기 전에는 몸을 사려야 했다.

"'그녀는 순진한 고양이를 탓했다.' 마음에 드는 구절이야. 어느 무고한 집안에 죄를 뒤집어씌울 요량이군."

"영리한 판단입니다."

"그래. 과연 경험 있는 가문은 다르다. 배신도 해본 핏줄이 능숙하다는 것 아니겠느냐."

남자의 입꼬리가 매혹적인 선을 그렸다. 아직 뚜렷한 결과가 나오지는 않았으나, 그는 리에스테르의 대귀족이라는 세작이 썩 마음에 들었다. 왜 진작 이런 방법을 떠올리지 못했을까 하는 생각도 들었다. 왕자가 신국에 있던 시절에도 제대로 죽이지 못했으니, 물리적 거리가 있는 제국에서는 당연히 정밀한 타격이 어려웠다.

미천한 성기사와 그 피붙이가 손아귀를 빠져나간 사실을 뒤늦게 알았을 때, 베르너르는 자신의 오판을 깊이 뉘우쳤다. 그러니 이쪽이 나았다. 어쩌면 서로에게 정을 붙인 지금이 가장 적절한 시기일 것이다. 그 추잡한 핏덩이를 자신의 손으로 없애는 게 아니라⋯

"'열 번째 달, 열아홉 해의 일.'"

그가 고운 손가락을 뻗어 마지막 문장을 쓰다듬었다. 언뜻 10월을 뜻하는 말 같지만, 고대의 숫자 $10^{décem}$을 숨긴 달은 12월^{december}이었다. 열아홉 해는 문자 그대로 열아홉 번째 '날'을 의미했다.

12월 19일.

"날샵군. 엘리서의 생일이면 부고가 닿을지도 모르겠어."

"…"

그가 천사 같은 얼굴로 끔찍한 소리를 내뱉었다. 어린 시종들은 침 넘어가는 소음을 내지 않고자 안간힘을 썼다. 베르너르가 고개를 돌려 시종 총괄을 바라보았다.

"독을 준비하거라. 잠깐 몸을 망칠 정도면 돼."

"예, 전하. 누구에게 쓰시겠습니까?"

노복이 몹시 익숙한 태도로 말을 받았다. 모르는 이가 들었다면 벗에게 보내는 선물이나 편지를 연상할 만큼 덤덤한 음성이었다. 그러나 이어진 윗전의 답에는, 고목처럼 단단한 시종의 낯에도 마침내 균열이 일었다.

"내가 마실 것이다."

"…"

"금일부터 조금씩 섭취할 테니, 코르넬리서의 뜰에 내 안색이 좋지 않다는 말을 흘리거라."

엘리서에게 직접적으로 알리는 방식은 효과를 장담할 수 없었다. 허나 여덟 살 난 작은딸이라면 다를 것이다.

"막이 오르기 전에 나도 분장을 해야 하지 않겠느냐?"

국서의 초콜릿색 눈동자가 녹아내리듯 사르르 접혔다. 그것이 남자의 본모습이라 믿는 이는 아무도 없었다.

* * *

영주성에 도착하니 컴컴한 밤이었다. 제국 남단의 공기는 정말로 딱 상쾌할 만큼 선선했다. 베랑 남작령이 영세하다는 건 굳이 여기저기를 둘러보지 않아도 알 수 있었다. 영주성은 조그마했고, 곳곳을 밝힌 마법 조명의 개수도 무척 적었다.

성이라기보다는 성 모양으로 지은 저택에 가까워 보였다. 마차에서 내린 우리를 맞은 건 소박한 차림의 부부였다. 나는 곧바로 긴장했다. 두 사람이 나를 보고 마음 아파하길 바라지 않았으니까.

"고귀하신 세드리크 황태자 전하와 예서 페네티안 왕자님을 뵙습니다. 파브리스 베랑입니다. 이리 누추한 곳까지 먼 걸음 하시게 해 면목 없습니다."

"안 베랑입니다. 부디 관용을 베풀어 주십시오."

중년의 남성이 먼저 정중하게 예를 차렸고, 부인도 깊이 몸을 낮췄다. 태자는 살짝 턱을 까닥이는 것으로 답을 대신했다. 잠든 티테를 안은 크리스텔이 밝게 인사했다.

"안녕하세요, 크리스텔 드 사르네즈입니다. 며칠간 신세를 지게 됐습니다. 잘 부탁드려요."

"경의 명성은 익히 들었습니다. 뵙게 되어 영광입니다."

"요한 헤인스입니다."

"태사님, 환영합니다."

베랑 남작이 자상하게 일행을 맞았다. 나는 마른침을 꿀꺽 삼켰다. 품 안의 레서판다들이 나의 불안을 느끼고 꼬물거렸다.

"…반갑습니다. 초대해 주셔서 감사합니다."

목소리는 평범하게 흘러나왔다. 남작 부부가 찬찬히 내 얼굴을 들여다보았다. 서로를 닮은 눈빛엔 온기와 정이 가득했다. 이분들이, 내게 두 아들을 보냈다가 한꺼번에 잃고 만 유가족이었다.

"어서 오십시오, 왕자님. 초청에 응해주셔서 진심으로 감사드립니다."

남작이 파안하며 내게 팔을 뻗었다. 그제야 숨이 좀 트였다. 악수를 청하는 건가 싶어 선뜻 손을 내밀자, 그가 허리를 굽히며 내 손등에 조심스레 이마를 댔다.

'주신이시여.'

작게 기도하는 소리도 들렸다. 이어 남작 부인이 배턴을 넘겨받듯 양손으로 내 손을 쥐었다. 몹시 귀한 것을 대하는 태도에 민망함이 정수리까지 차올랐다.

"고맙습니다. 저희 아이들도… 성은에 감격할 것입니다."

그녀가 속삭이고는 내 손등에 입을 맞추었다. 그렇게 생각해 주는 것이 못내 고마웠다. 다행히 남작 부부는 나를 보고 괴로워하지 않았다. 절로 안도의 미소가 떠올랐다.

"이쪽은 저희 집안의 소가주이자 큰딸인 엘로디입니다."

남작이 손짓했다. 품에 커다란 고양이를 안은 숙녀가 허겁지겁 머리를 숙였다. 그녀는 스무 살 안팎으로 보였다.

"화, 황공합니다. 엘로디 베랑이라고 합니다."

-먀약

그러자 고양이가 짧게 울었다. 크리스텔이 앓는 소리를 냈고, 엘로디는 어쩔 줄 몰라 했다. 주근깨 박힌 낯이 조명 아래 빨갛게 익어가고 있었다.

-끼이?

데미는 목을 쭉 뺐다. 고양이가 신기한 듯했다. 나는 공손하게 인사말을 건넸다.

"만나서 기쁩니다, 마드무아젤. 귀여운 친구는 이름이 뭔가요?"

"세상에. 저, 저는 엘로디입니다. 아차. 얘는, 이 녀석은…"

-냐!

삼색 고양이가 더는 주인을 못 버티겠다는 듯 뛰어내렸다. 엘로디는 크게 당황하며 매무새를 추슬렀다. 고양이가 낡은 드레스의 일부를 가려주고 있었던 것이다. 부인 역시 당혹한 얼굴로 딸을 돌아보았다. 허둥지둥하다 태자와 눈길이 마주친 엘로디는,

"…코코! 이리 와! 같이 자기로 했잖아!"

-미야아옹

거의 울다시피 하며 고양이를 따라 내달렸다. 부인이 한숨지었고, 남작은 마른세수를 했다. 돼냥이 이름이 코코구나.

"황송합니다. 딸자식이 아직껏 철이 없어…"

"들어가지."

태자가 중년인의 말허리를 잘랐다. 언뜻 싸가지 없게 들리는 대사였으나 차가운 말투는 아니었다. 나는 이제 녀석의 대외적 태도를 제법 능숙하게 해석해 냈다. 저건 대충, '피차 고단할 테니 이만하고 쉬자'라는 의미였다.

그를 알아들었는지 남작이 재깍 고개를 숙였다. 곧 남작가의 나

이 든 시종이 우리를 안내했다. 성의 외벽에 양각된 가문의 문장이 보였다. 아담하지만 단정하게 관리된 떨기나무와, 단풍 든 고목들도 눈에 들어왔다.

-음머어

근처에선 친근한 울음이 들렸다.

"여기 소도 키우시나 봐요. 재밌겠다."

크리스텔이 신나서 속삭였다. 나는 웃으며 고개를 끄덕였다.

* * *

다음 날 아침.

-끼이익…

"음."

방문 열리는 소음에 눈이 뜨였다. 나는 거슴츠레 뒤척이며 주변을 살폈다. 남부의 따스한 아침햇살이 커튼 사이로 길게 침대를 비추고 있었다. 자신의 침상에서 색색 잠든 뚝심이와, 자그마한 벽난로 앞에 흐물흐물 녹아내린 애물단지들도 보였다.

남작 부부가 내어준 손님방은 수수하고 포근한 공간이었다. 낯선 집인데도 편하게 잘 잤다. 나는 머리에 까치, 아니, 굴뚝새 집을 지은 채 천천히 몸을 일으켰다. 지금이 몇 시냐…

"우와, 예쁘다!"

응?

"쉿."

"천사 아닐까?"

"진짜 보라색이야."

어디선가 어린 목소리들이 속닥거렸다. 나는 놀라서 문 쪽을 바라보았다. 그러자,

"우리를 보셨어!"

"나도 보고 싶어…"

"넌 늦게 왔잖아, 로맹."

문틈에 다닥다닥 붙은 각양각색의 눈망울과 시선이 닿았다. 눈높이가 하나같이 낮았다. 나는 잠깐 놀랐다가, 슬며시 입꼬리를 올렸다. 저 아이들이 누구인지 알 것 같았다. 놀라지 않게 느릿느릿 손가락을 흔들어 주고, 다른 손으로는 엉망인 뒷머리를 슥슥 문질렀다.

"인사하셨어!"

"저렇게 이쁜 분은 처음 봐."

"아니야, 아까 분홍색 공주님이 더 고왔어."

"로맹! 밀지 마!"

"어허."

그때, 점잖은 음성이 복도를 울렸다.

"꺄아!"

"도망쳐!"

"큰일 났다!"

우당탕우당탕! 아이들 특유의 까르르 웃는 고성과 함께, 복도를 달음박질치는 소리가 났다. 나는 그제야 웃음을 터뜨렸다. 문을 두

드린 뱅자맹이 난감한 표정으로 들어왔다.

"송구합니다, 왕자님. 저 아이들은 남작 부부의 가족이나 다름없어 출입을 막지 못했습니다. 아직 배움이 부족하여…"

"괜찮습니다. 어차피 일어나 있었는데요. 푹 쉬셨어요?"

내가 손사랫짓하며 물었다. 이번에 지은 보육원은 남작령에 최초로 생긴 양육 시설이고, 이전까지는 남작 가족이 직접 고아들을 거두어 글과 예절을 가르쳤다고 들었다. 저 애들은 그중 일부일 터였다. 이내 뱅자맹이 인자한 눈빛으로 말했다.

"왕자님 덕분에 늘 좋은 꿈을 꾸지요. 다만 조식이 늦어지고 있습니다."

"무슨 일 있습니까?"

"주방 일손이 달려 남작이 손수 요리를 하더군요. 다비드 님과 가나엘이 힘을 보태는 중입니다."

나는 눈을 깜빡였다. 그의 눈썹이 조금 처졌다.

"생각보다도 살림이 힘든 듯합니다. 세금 소모를 줄이기 위해 전대 영주부터 몸소 노동을 했다는군요. 왕자님께서 보내주신 돈은 대부분 보육원과 운하 건설에 쓴 모양입니다. 가구며 세간을 마련하는 비용도 비용이거니와, 이곳도 1월이면 쌀쌀해지니 그전에 공사를 끝내고자 마법사를 여럿 고용했다고 합니다."

"…"

잠이 확 깨고 턱이 스르르 벌어졌다. 아이들이 겨울에 떨지 않도록, 일반 인부와 더불어 마법사까지 고용했다면 당연히 지출이 컸을 것이다. 나는 그런 줄도 모르고 다른 친구들과 함께하지 못해서 아쉽다는 생각이나 했다. 남작 부부는 많은 각오를 하고 나를 초대했을 텐데, 속 편하게 아침 메뉴를 궁금해했다.

'형편이 어려운 영지'라는 말을 그러려니 하고 귓등으로 흘려들은 것이다. 부부가 경매에 내놓은 율리터의 머리장식까지 갖고 있으면서. 부끄러워서 얼굴이 벌게졌다. 어른들 사정 모르는 꼬마도 아니건만, 나는 언제쯤 철이 들까 싶었다. 이러고 있을 때가 아니었다. 황급히 침대를 벗어나며 잠옷 단추를 풀었다.

"크리스텔하고 태자님은요? 요한 경도 일어났습니까?"

"전하와 헤인스 경은 일곱 시부터 영혼 수양을 하고 계십니다. 사르네즈 경은 왕자님과 비슷하게 기상했습니다."

"잘됐네요. 우리도 일을 도와야겠습니다."

내가 단호하게 말했다. 뱅자맹이 쓴웃음과 함께 고개를 주억였다. 예상했다는 반응이었다.

* * *

리에스테르 동부의 광활한 숲땅. 블랑케르 공작령 구석의 어느 별장.

-타닥, 타닥!

"빌어먹을."

벽로 앞에 앉은 로베르 블랑케르가 욕설을 씹어뱉었다. 왼손에 쥔 깃펜이 벌벌 흔들리며 벌레 같은 글씨를 만들어 내고 있었다. 태자의 불꽃에 당한 오른손은 신경이 타고 살이 녹아, 필기구를 가눌 수 없게 된 지 오래였다. 그러나 그의 머리칼을 헝클어뜨리기엔 충분했다. 산발이 된 남자가 이를 갈았다.

"제길. 에바, 이건 답장해야 할 거다."

그가 저주하듯 혼잣말했다. 동생에게 보내는 편지의 내용도 다르지 않았다.

'네가 소공작 자리를 감당할 수 없다는 거 안다', '지금이라도 어머니께 솔직히 고하고 포기해'.

온갖 으름장이 값진 종이를 가득 채우고 있었다. 로베르의 눈동자에 시퍼런 독기가 서렸다. 비뚠 글자가 일그러진 폭언만을 쏟아냈다.

'너는 착한 동생이지만, 머리 회전이 느리고 배려심이 없어 영지민들의 존경을 얻기 어렵다. 오라비의 용돈을 받으며 사는 게 편할 거야. 드레스와 리본에만 관심 두는 녀석이 무슨 정치를 하겠다고. 게다가 너는 마법에도 소질이 없잖아. 그대로 공작 위에 올랐다간, 마법사 가문의 명예를 더럽힌다고 손가락질이나 받게 될 거다. 쉬운 방법을 두고 돌아가지 마라…'

"더 살살 써야 하나. 쳇."

남자의 입술 사이로 침이 튀었다. 어쩌면 이번이 에바를 설득할 마지막 기회였다. 접근 금지 명령을 받긴 했으나 편지를 부치지 말라는 말은 없었다. 다만 포털 우편 비용은 비쌌고, 그는 이제 쥐똥만 한 연금을 헤아리며 노후를 걱정해야 하는 처지였다. 쾅! 거기까지 생각이 닿자 로베르는 책상을 거칠게 내리쳤다. 주문 제작한 향수 잉크가 사방으로 튀었다.

"내가 다시 소공작이 되기만 하면…"

그가 뺨을 닦으며 씩씩거렸다. 여태껏 황도의 블랑케르 공작저로 보낸 서신은 전부 반송됐다. 처음 한두 통은 뜯어본 흔적이라도 있었으나, 이후엔 새것 같은 모습 그대로 짧은 답신조차 없이 돌아왔다.

에바답지 않은 행동이었다. 필시 뒤에서 녀석을 조종한 자가 있을 터였다. 요 며칠 로베르의 머릿속을 맴돈 것은 화려한 회색 눈동자였다. 엘리자베트 무테. 언젠가 동생을 데려가 끼고 지내던 검사.

"황실의 개 주제에. 북부에서 마수나 잡아먹는 변경백 집안이 어딜 감히."

그자가 어린 동생을 꼬드겨 권력을 탐하려는 것이 분명했다. 게다가 무테 소백작은 에서 왕자의 친우로 유명했다.

"제국은 그 왕자 때문에 망할 거야. 아니…"

그가 책상 한편에 올려둔 또 다른 봉투를 흘깃했다. 사라 벨리아르에게 부칠 무기명 투서였다. 가장무도회에서 접선한 '대귀족'이, 아침에 어느 사교클럽 이름으로 보내온 물건이었다.

로베르는 단순히 겉봉을 바꿔 끼우는 전달책 역을 맡았을 뿐인데, 왕자의 몰락을 코앞에서 관람할 수 있게 되었다. 썩 기꺼운 복수였다. 봉투의 내용물을 떠올리면 기분도 한결 나아졌다. 그가 씨익 웃으며 편지의 마지막 줄을 휘갈겼다.

'네가 정신 놓고 따라다니는 사생아는 조만간 명줄이 위태로워질 거다. 하니 잘 생각해. 누가 평생 네 오라비 노릇을 할지.

-R. B.'

멋들어진 서명도 남겼다. 그러고는 요란하게 종을 울려 유모를 불렀다. 이내 서재 문이 열리고 중년의 여인이 모습을 드러냈다.

"도련님, 찾으셨어요?"

"어. 포털 우편을 부칠 거야. 이건 황도 저택으로, 그건 사라 벨리아르의 사무실로. 19일 아침에 도착하게끔."

그가 서신을 봉투에 넣어 내밀었다. 유모가 눈매가 둥그레졌다.

"벨리아르요? 그 기자 말씀이셔요?"

"그래. 무서명이니까 알아서 잘 처리해. 무슨 뜻인지 알지?"

그가 나직이 말하며 날카로운 시선을 쏘았다. 중년인은 마른침을 꿀떡 넘겼다. 그녀는 공작가에서 오래 일한 하인이었다. 긴 설명이 필요치 않을 만큼 눈치가 빨랐다.

도련님은 이것의 내용물을 중히 여기고 있었고, 도련님이 이를 황도로 보냈다는 사실은 알려져선 안 됐다. 가엾은 분이 당신의 처지를 알리고자 기사라도 실으려는 듯싶었다. 유모는 여기까지 생각한 뒤 잽싸게 대답했다.

"맡겨주셔요. 장 보러 가서 거지 하나를 수배하겠습니다. 은화 한 푼 쥐여 주고, 두둑한 옷 한 벌 해 입히면 입 막고 우편물 부치는 데는 문제없을 거여요."

"좋은 생각이네. 점심은 건너뛸 테니 찾지 말고."

"…예. 그래도 출출하시면 꼭 저를 부르시고요?"

여인이 염려스러운 눈길로 두 개의 서찰을 끌어안고 나갔다. 창밖으로 그녀가 정문을 통과하는 것까지 확인한 후, 로베르는 만족스러운 표정으로 책상을 정리하기 시작했다. 가장무도회 전에 받았던 쪽지는 '신탁'대로 모조리 불태웠다. 그러니 사교클럽 명의로 왔던 봉투만 벽난로에 넣으면 끝이었다. 탁!

-화르륵!

그의 손아귀를 벗어난 종이가 활활 타올랐다. 그때였다.

"우욱."

남자의 허리가 꺾였다. 후드득. 입에서 시커먼 핏덩이가 쏟아졌다.

* * *

우리가 할 수 있는 일은 많았다. 에이츠 마을에서는 마을 어르신들의 호의에 보답하고자 노동했다면, 베랑 남작령에선 숨만 쉬어도 일거리가 늘었다. 남작 부부가 쉬지 않고 영지를 돌보니 당연지사였다. 물론 두 사람은 한사코 우리의 도움을 거절했다. 멀리서 오신 귀한 분들께서 잡일을 하시는 건 가당치 않다며 정색했다.

'영지의 일손으로 넉넉히 해낼 수 있는 작업들이니, 괘념치 마십시오. 귀빈들께서 편히 쉬다 가시는 것이 저희의 간절한 바람입니다.'

그렇게 안심시키기도 했다. 하지만…

'남작님, 소남작님. 황도와 서부를 기점으로 제국 전역에 독감이 퍼지고 있다는 소식입니다. 황제 폐하께서 지방 곳곳에 의원을 급파하셨습니다. 우리 영지에는 다음 주면 도착할 것이라고 합니다.'

영주성의 시종장이 식당에서 그런 말을 속삭였다. 베랑 부녀의 안색이 어두워졌다. 그들 근처에 앉아있던 나와 황태자는 당연히 귀엣말을 죄다 들었다. 나는 그즈음 따끈따끈한 팽 오 누아 조각에, 레몬 마멀레이드를 발라 한입 가득 베어 물고 있었다.

거친 빵에선 호밀 특유의 씁싸래한 맛이 났다. 부드러운 빵에 로크포르를 얹어 먹는 쥘리에트 궁 아침 식사도 좋지만, 이런 조식도 충분히 맛있었다. 드문드문 박힌 호두를 깨물고 있는데 남작이 난감한 얼굴로 나를 바라보았다. 직감적으로 알았다. 드디어 우리도 일한다!

"예, 전하. 그런 식으로 진행하시면 됩니다. 소질이 있으십니다."

그리하여 현재, 영주성의 아담한 거실.

"…"

남작의 지도를 받은 태자의 얼굴은 몹시 진지했다. 원래도 매사에 진중한 녀석인데, 지금은 손에 쥔 뜨개바늘을 눈빛으로 태워버릴 기세였다. 그를 힐끔한 크리스텔이 입술을 말아 물고 출렁거렸다. 언제까지 어깨춤을 추실 거예요.

"사르네즈 경, 코가 하나 빠진 것 같아요."

"아, 또 이렇게 됐네요."

그녀가 재빨리 표정을 갈무리하고 요한 경이 지적한 부분을 되짚었다. 손재주 좋은 요한 경이 뜨개질까지 잘하는 건 놀랍지 않지만, 뜨개 경험 있다는 주인공이 인생 최초의 도전 중인 태자보다 못할 줄은 몰랐다.

나는 소리 없이 웃으며 내 뜨갯감에 집중했다. 목도리는 떠본 적이 있어 기억을 되살리기 쉬웠다. 정은서가 뜨다 말고 내팽개친 걸 어떻게 할까 고민하다가, 유튜브로 배워서 완성했었는데 나름 할

만했다.

"제국에서 가장 존귀한 분들이 떠주시는 보물이니, 영지의 노인과 아이들이 오래오래 건강하게 겨울을 날 겁니다. 진심으로 감사드립니다."

남작이 자신의 뜨갯것을 내려놓으며 자상하게 말했다. 그의 손에서 순식간에 마무리된 니트 조끼는 알록달록하니 귀여웠다. 뱅자맹과 가나엘, 다비드 역시 한껏 뜨개질에 집중하고 있었다. 꼭 시골에 뜨개방을 차린 기분이라 즐거웠다. 타닥타닥. 벽난로 장작 타는 소리도 듣기 좋았다.

신수들은 고양이 코코와 함께 누룽지처럼 카펫에 눌어붙었다. 부부가 힘겹게 살림을 꾸리는 만큼, 영지에도 가난한 이가 많았다. 대부분은 영주의 지원을 받아 겨울옷을 장만하고 땔감도 구했다. 영지민들 또한 서로를 돕고 사는 데 익숙하다고 했다.

다만 홀로 다음 달을 나야 하는 소수의 노약자도 있었다. 남작 가족은 이들을 위해 틈틈이 모자나 장갑 등을 만들었다. 본래라면 월말까지 마쳐도 되는 일이지만, 위쪽 지방에 독감이 유행한다니 한시가 급했다. 우리가 조금이라도 보탬이 될 수 있어 다행이었다.

"독감이 많이 위험한가요?"

크리스텔이 빠진 뜨개코를 수습하다 말고 물었다. 나도 그게 궁금하긴 했다. 원래 세계의 독감이랑 비슷한 건가?

"건강하고 젊은 사람은 문제가 없는데, 노약자들은 취약합니다. 평소 과로에 시달리는 이도 쉽게 걸리고요… 영지에 매년 사망자가 나오니 주의를 기울여야 합니다."

뜨개질에만 몰두하던 엘로디가 작은 목소리로 설명했다. 쑥스러움이 많은 듯하지만, 소가주답게 자신이 물려받을 땅의 사정은 잘 알고 있었다. 독감은 역시 내가 아는 독감과 유사한 듯싶었다.

"뒤엠 후삭님도 아프다던데, 혹시 독감에 걸린 걸까요?"

옆자리의 가나엘이 내게 소곤거렸다. 나는 입을 떡 벌렸다. 국민 MC 겸 괴짜 마도과학자 겸 유능한 마법사가 병석에 있다니, 믿기 힘들었다.

"진짜 아프대?"

"황궁에서 그런 소문을 들었습니다. 매년 이맘때면 안 보이는데, 영주성에서 몸져눕는다는 말이 있대요. 저도 자세히는 모르겠습니다."

가나엘이 눈썹을 늘어뜨리며 속닥였다. 문득 에르베 뒤엠 근위대장의 목소리가 떠올랐다.

'형님은… 당분간 후작령에서 지낼 겁니다.'

그러고 보니 튤립 후원에서 프레데리크 황제가 흘린 말도 마음에 걸렸다.

'쯧. 벌써 그 기간이 됐나.'

그게 설마 앓는 기간을 의미한 거였을까. 그래서 스승님이 슬픈 표정을 하셨던 건가? 도통 무슨 일인지 모르겠다. 전혀 그렇게 안 보이는데 은근히 기가 허한 타입인가 싶었다. 조만간 뒤엠가에 홍삼이라도 한 박스 보내야… 음, 여기는 인삼이 없으려나.

"영주님."

그때, 남작의 하인이 다가와 허리를 숙였다. 나는 반사적으로 귀를 기울였다. 또 일감인 게 분명했다.

"부인께서 다락의 옛 물레들을 해체해 장작을 만들고자 하십니다."

"좋은 생각이군. 그리하게."

"한데 옮길 일손이 부족하여… 영주님을 찾으십니다."

남작은 망설임 없이 몸을 일으켰다. 내가 더 빨랐다. 벌떡!

"제가 다녀오겠습니다."

"아닙니다, 왕자님. 먼지가 많은 방이라 고귀한 분께서 가실 데가 못 됩니다."

"저 힘 좋습니다. 기관지도 튼튼합니다."

나는 씩 웃으며 대답했다. 크리스텔이나 태자와 비교해서 약한 거지, 나도 체력과 근력은 괜찮은 편이었다. 바윗덩이도 아니고 물레 정도라면 가뿐했다. 게다가 뜨개방에는 믿음직한 리더가 필요했다. 시선이 마주친 태자는 탐탁지 않다는 낯을 했다. 절묘한 타이밍에 나를 따라 일어선 크리스텔이, 자신의 뜨갯거리를 태자 쪽으로 밀었다. 미남의 미간에 기어코 주름이 팼다.

"저는 야외 활동으로 돕겠습니다. 뜨개질은 아무래도 제 적성이 아닌 것 같아요."

청회색 눈동자가 넘치는 의욕으로 반짝거렸다. 어지간하면 실내에만 있게 할 텐데, 남작도 차마 그녀의 말을 부정하지 못했다.

-미야앍

코코가 크게 울고는 하품했다. 가나엘이 녀석의 배를 쓸어주었다.

* * *

-음메에

열린 창밖에서 소 울음이 들렸다. 피어오르는 먼지 사이로 여물 냄새가 났다.

"응, 좀만 기다려. 언니가 아주 새집으로 리모델링 해줄게!"

크리스텔의 씩씩한 목소리도 잇따랐다. 구경 나간 아이들이 꺄르르 웃었다. 바깥일을 하고 싶다더니, 주인공은 정말로 겨울맞이 외양간 보수를 거들게 됐다. 나는 그녀의 생중계를 배경음 삼아 다락 일거리를 도왔다. 안 베랑 남작 부인은 여기까지 올라온 나를 보고 경악했지만, 내 지원군을 보고는 두 손 두 발 다 들었다.

-끼이!

"우리 데미 천사표네."

-삐이!

"너도 응원하러 와줘서 고맙다."

내가 어깨에 앉은 뚝심이를 쓰다듬었다. 오늘의 MVP는 누가 뭐래도 데미였다. 다른 신수들이 신생아처럼 밤낮으로 자고 있는데도, 녀석은 고고히 수면욕을 뿌리치고 나와 동행해 주었다. 그러고는 다락에 선수 입장하시자마자…

'-낑'

눈에 힘 빡 주고 덩굴을 쑥쑥 키워내더니,

'-와지끈뚝딱!'

'-오지끈똑딱!'

한가득 쌓인 물레를 우지끈우지끈 부수기 시작했다! 보기만 해도 속이 뻥 뚫리는 광경이었다. 기절초풍한 하인들이 바닥에 엎드려 데미를 찬양했고, 부인은 주신의 기적이라며 크게 놀랐다. 황궁 밖의 일반인이 신수의 능력을 코앞에서 볼 기회는 드물었다. 아무튼, 모두가 녀석 덕분에 수고를 덜었다.

"앞으로도 받들어 모시겠습니다, 데미 님. 손끝이 노래지도록 귤을 까서 바치겠습니다."

-끼흥

레서판다가 의기양양하게 코웃음 쳤다. 그새 태자에게 배운 모양이었다. 내가 굽실거리며 바닥의 먼지와 거스러미를 비질하는 동안, 하인들은 부서진 물레를 자루에 차곡차곡 담아 내갔다. 부인은 나머지 공간을 정리하며 감탄했다.

"신수님의 신력이 참으로 신통합니다. 저런 존재를 길들이시다니 과연 왕족 신관은 다르십니다."

"하하, 아닙니다. 꼬마들이 착해서 저를 도와주는 거죠."

내가 대답했다. 순도 100% 사실이었지만, 그녀는 내가 겸손을 차린다고 생각했는지 우아하게 웃을 뿐이었다. 얼마간 편안한 침묵이 흘렀다. 나는 뚝심이가 부리로 쪼는 곳을 부지런히 쓸었고, 부인은 여기저기 흩어진 고서와 장식품 등을 살폈다. 내다 팔만한 게 있는지 가늠하는 눈빛이었다.

-삐뽀!

난데없이 뚝심이가 짤막한 쇠꼬챙이 앞에서 폴짝폴짝 뛰었다. 나는 다급히 주저앉아 녀석을 훑었다.

"왜, 물렛가락에 찔렸어? 피나? 갑자기 졸려? 아니구나."

'이게 실제로는 별로 뾰족하지 않네.'

내가 물렛가락을 치우며 중얼거렸다. 뚝심이는 그저 먼지 구덩이에서 반짝이는 걸 보고 흥분한 모양이었다. 세드리크 태자의 휘장도 훔쳤던 녀석이라 그러려니 했다. 잠자는 숲속의 미녀는 이런 데 찔려서 잠든 거야? 쉽지 않았겠는데.

-삐이이!

그런데 굴뚝새가 내 소매를 물고 늘어졌다. 그게 아니라는 제스처였다. 다시 보니 떨어진 물렛가락 근처에, 회색 먼지를 뒤집어쓴 네모난 물건이 있었다. 나는 침착하게 빗자루로 윗면을 쓸었다. 낡은 필첩 한 권이 모습을 드러냈다. 어느새 다가온 부인이 나와 함께 표지에 쓰인 글자를 읽었다.

'기사 잉그리드 베랑, 전쟁 시대의 기록'

…우리는 휘둥그레진 눈을 마주했다. 이제 〈진품명품〉 나가시는 거예요?

* * *

아쉽게도 TV 쇼는 불발됐다! 하지만 우리가 찾은 수첩은 명백히 진귀한 물건이었다. 소식을 들은 남작이 급히 계단을 올라왔고, 물레를 옮기던 하인들은 물러갔다. 나는 애매하게 서서 비를 휘저었다. 심각해 보이는데 계속 여기 있어도 되나?

"우리도 내려갈까?"

내가 데미와 뚝심이를 내려보며 속살거렸다. 그때였다.

"대단히 감사합니다, 왕자님, 신수님. 덕분에 귀중한 가보를 찾았습니다."

 남작이 인사했다. 나는 고개와 빗자루를 동시에 흔들었다.

"아뇨, 저희가 없었어도 오늘 발견하셨을 물건입니다."

 그러자 부부가 잔잔히 웃었다. 두 분이 행복하다니 됐다. 전쟁 시대의 기록이라면 난중일기 같은 건가. 잉그리드 베랑은 남작의 조상님이고?

"제 조모님의 일기장입니다. 이것을 남기셨다는 말씀은 어릴 때부터 들었는데, 어딘가에서 소실된 줄 알았습니다. 코밑에 있었다니…"

"잘됐네요."

"이분이 율리터의 머리장식을 거두셨습니다."

 턱이 스르르 벌어졌다. 그것은 이제 내 소유물이었다. 남작이 씁쓸하게 말을 이었다.

"할머님은 로메로 선황 폐하의 수행 기사로 활약하신 분입니다. 전쟁이 발발하기 전부터 폐하의 신임을 받으셨지요. 율리터와도 친분이 있었다고 합니다. 그녀와 폐하의 관계를… 시종장만큼이나 가까운 곳에서 지켜보셨습니다."

 침이 꼴딱 넘어갔다. 이건 새로운 정보이기 이전에, 제국과 신국 관계에서 가장 예민한 문제이자 황실의 극비에 해당하는 사항이었다. 절로 다음 문장이 간절해지고 심장이 벌렁거렸다.

"율리터가 왜 배신했는지 아십니까?"

 기어코 입 밖으로 질문이 튀어나왔다. 나는 제풀에 놀라서 하마터면 빗자루를 망가뜨릴 뻔했다. 남작의 눈이 커졌다.

"갑자기 어려운 질문을 드려 죄송합니다."

"괜찮습니다. 잠시 왕자님께서 아시리라 여긴 것뿐입니다. 허나… 역시 왕위 계승자가 아니라면 접하기 어려운 과거이겠지요."

"네, 그런 셈이죠."

내가 삐걱삐걱 고개를 끄덕였다. 그러자 그가 천천히 운을 뗐다.

"제가 할머님께 들은 바로는… 율리터가 폐하의 검에 죽기 전에 모친을 언급했다고 합니다."

남작의 눈길이 먼 옛날을 더듬듯 깊어졌다. 나는 넋 놓고 귀를 기울였다. 로메로 클레르 리에스테르는, 연인을 기다리던 황제궁 포털에서 신국 성기사단의 침입을 받았다. 천만다행히 제국은 갑작스러운 심장부 타격과 황제의 광기를 모두 견딜 만큼 강건했다. 배신감과 수치심, 격노와 슬픔에 사로잡힌 그는 지체 없이 전쟁을 선포했다.

자신이 친히 율리터를 죽일 것이며, 누구도 그녀에게 손끝 하나 댈 수 없다는 황명까지 내렸다. 다만 생포 명령은 없었다. 그녀가 끌려오는 동안 분노에 찬 제국군의 화를 입을까 우려했기 때문이었다. 마침내 두 남녀가 만난 곳은, 전장의 한복판이었다. 황제의 금발이 피에 젖어 주홍빛을 띠었다. 루비처럼 붉던 눈동자는 죽음으로 검게 물들어 있었다.

'어째서 짐을 배반하였느냐.'

절망한 청년이 마지막으로 시야에 담은 이는, 단 한 사람이었다.

'나는 내 어머니의 인정을 받고 싶었습니다. 하여 제국의 황제를 속였습니다. 오랫동안 계획했고, 치밀하게 움직였습니다. 처음부

터 전부 거짓이었습니다.'

'…'

'그러니 당신, 폐하를… 사랑한 적 없습니다.'

율리터가 눈물을 흘리며 스러질 듯 웃었다. 눈부시게 아름다운 정경이었다. 황제의 보검, 뒤랑달이 거칠게 울부짖었다.

* * *

"로메로 폐하께서 '연인 살해자'라고 불리시게 된 그 순간, 할머님이 곁에 계셨지요."

파브리스 베랑 남작이 나직한 목소리로 말했다. 나는 다리에 데미와 뚝심이를 끼고 앉아있었다. 남작 부부도 다락의 깨끗한 바닥을 골라 자리했다. 이야기가 길어진 탓이었다.

"비록 숙적이 되었으나 한때는 교우였기에… 할머님께서는 그녀의 시신을 직접 수습해 화장하시고, 머리장식을 유품으로 거두셨습니다."

남작의 조모인 잉그리드 베랑은 대단한 인물이었다. 난리통에 황제를 지키는 것도 보통 일이 아니었을 텐데, 와중에 원수로 죽은 옛 친구의 장례까지 치러주었다.

"하지만 익히 아시는 대로, 선황께서는 율리터 사후에도 전투를 멈추지 않으셨지요. 그분은 마치 복수할 대상을 찾아 전장을 떠도는 맹수 같았다고 합니다."

나는 느릿느릿 고개를 끄덕였다. 역사서에서도 그렇게 서술했다.

로메로 리에스테르는 단 한 번도 '휴전'이나 '협상' 같은 말을 꺼내지 않았다. 그는 오직 신국의 완전하고 절대적인 항복만을 원했다.

그리하여 짧게는 몇 개월, 길게는 몇 년의 간격을 두고 양국은 끊임없이 충돌했다. 어마어마한 소모전이었다. 오랫동안 그만한 전쟁을 수행하고도 황실과 왕실의 권위가 굳건했다는 게 신기했다. 물론 여긴 소설 속이고, 지구의 역사에도 그런 일이야 있었지만.

"그러면 조모님께서는, 전쟁 시대가 저물 무렵에야 은퇴하신 겁니까?"

내가 물었다. 남작은 쓴웃음을 지었다.

"아닙니다. 당신께서는 그것을 바라셨지만, 선황께서 일찍이 할머님을 물리셨습니다."

"예? 왜요?"

"율리터를 당신의 손으로 죽음에 이르게 한 뒤… 함께 벗으로 지냈던 할머님의 얼굴을 보기 힘들어하셨다고 합니다. 필시 추억이 많았겠지요."

나는 침묵에 빠졌다. 당시 로메로가 어떤 심정이었는지 머리로는 알 듯싶었다. 잉그리드를 보고 있으면 율리터와 보낸 나날이 떠올라 괴로웠을 테니, 충직한 기사 또한 자신의 눈앞에서 물리고자 한 것이다. 그는 거의 제정신이 아니었다.

"하여 폐하께서는 황도에서 가장 먼 제국 남단에 봉토를 내리고, 할머님께 남작 위를 서작하셨습니다. 그게 이곳입니다."

"…조모님이 속상하셨을 것 같습니다."

내가 솔직하게 말했다. 잉그리드는 목숨 바쳐 황제를 보필했고,

전쟁이 발발하기 전부터 그에게 헌신했다. 그런데 이렇게 작고 외진 영지에 겨우 남작 위라니, 나 같아도 실망할 듯했다.

그녀는 사실상 쫓겨난 거나 마찬가지였다. 자신의 노력이 고작 이만한 일인가 싶어 회의감마저 들지 않았을까. 그러자 부부가 소리 내어 웃었다. 데미와 뚝심이가 나란히 왼쪽으로 고개를 갸웃했다.

"하하. 그러셨을 겁니다. 이따금 공개적인 자리에서 폐하를 원망하셨다고 들었으니까요. 허나… 할머님께선 평민 출신으로 폐하의 눈에 들어 검사의 꿈을 펼치셨습니다."

와, 이건 몰랐다. 절로 입이 쩍 벌어졌다. 평민이 황제의 수행 기사 자리까지 오른 건 분명 엄청난 업적이었다.

"아름다운 작별은 아니었지만, 인생의 호시절을 만끽하게 해주신 분이니… 돌아가실 때까지도 선황과의 우정을 그리셨다고 합니다."

"…"

"게다가 이곳에도 할 일은 많았지요."

"지금까지도 많고요."

내가 남작의 말을 받았다. 부부는 내 농담이 취향인지 다시금 너털웃음을 터뜨렸다.

"예. 여기에 터를 잡으신 그날부터 계속, 저희는 이렇게 살고 있습니다."

"…"

나는 가만히 부부를 바라보았다. 사람은 주변인의 영향을 받으며 자란다. 내가 그랬고, 형과 은서도 그랬다. 그러니 두 중년인도 가까운 어른들의 행동을 보고 배우며 성장했을 것이다. 귀중한 성유물 머리장식을 팔아 영지민을 구제하고, 영주가 몸소 노동하겠다는 결심을 할 수 있을 만큼. 자식 잃은 슬픔을 꿋꿋이 견딜 수 있을 만큼. 이분들의 선생님은 전부 좋은 사람이었겠구나.

"훌륭하신 분의 일기장을 찾아서 다행이네요. 저도 기쁩니다."

"그렇습니다. 오늘부터 딸아이를 데리고 읽어보려 합니다."

"예서 왕자님."

그때, 남작 부인이 나지막이 나를 불렀다. 남작과 내가 그녀를 바라보았다.

"실례가 되지 않는다면, 저희가 하는 일을 왕자님께도 보여드리고자 합니다."

나는 눈을 동그랗게 떴다. 당황한 남작이 속삭였다.

"여보."

"왕자님의 도움으로 계속하고 있잖아요. 아실 권리가 있다고 생각해요."

부인의 음성은 부드러우면서도 단호했다. 견고한 눈빛에 남작은 결국 싱그레 수긍했다.

"…당신 말이 맞아요."

그러고는 나를 돌아보았다. 데미와 뚝심이가 이번에는 오른쪽으로 고개를 기울였다. 나도 녀석들을 따라 할 수밖에 없었다. 일감을 얼마나 보여주려고 이러시지?

* * *

퇴계공 독자 여러분, 귀농이 이렇게 힘듭니다!

'하나, 둘, 셋 하면 밀게요. 하나!'

'-덜컹!'

진흙탕에 푹 빠진 바퀴가 단숨에 마른땅으로 올라왔다. 크리스텔이 오만상을 쓰며 옆을 돌아보았다. 타이밍을 완벽히 무시한 황태자가, 의기양양한 표정으로 그녀를 내려다보고 있었다. 혼자 마차를 건진 것이 저렇게 좋고 자랑스러운 모양이었다. 나는 헛웃음을 흘리며 둘 사이를 중재했다.

'이러다 또 싸우시려고요. 해 지기 전에 배달을 끝내야 합니다. 이만 출발하죠.'

'…'

'정말 잘하셨습니다, 태자님. 고맙습니다.'

적절한 칭찬과 감사도 잊지 않았다. 세드리크 태자는 그제야 한쪽 눈썹을 까닥이고 승차했다. 좀 있으면 간식도 줘야 하는 거 아닌가 모르겠다. 그렇게 우리는, 영지 곳곳에 물레를 해체해 만든 장작을 전달했다. 정돈되지 않은 길 때문에 까다로웠지만 보람찬 일이었다. 참고로,

'태, 태, 태, 태자 전, 허억!'

'어르신! 괜찮으세요?!'

태자의 얼굴은 노약자의 심신에 대단히 좋지 않았다. 막판에는 크리스텔과 나만 내려 문 앞까지 배송했다. 그리고…

'짜잔!'

놀랍게도 우리의 주인공은 외양간을 멀끔하게 고쳤다! 물론 다

른 하인의 도움이 있었지만 손재주가 없는 건 아니었다. 못질을 잘 하고, 판자를 반듯하게 자르는 데 도가 텄다는 호평을 받기도 했다. 뜨개질처럼 한자리에 오래 앉아서 하는 작업이 힘든 거였나?

'우와, 새것 같아!'

'분홍 공주님, 대단해요!'

남작가에서 돌보는 꼬마들이 우르르 몰려들어 박수하고 칭송했다. 크리스텔이 득의양양하게 코웃음 치며 영주성을 올려다보았다. 창가에 태자 녀석이 서있었다. 하이고. 이어진 작업에선 티테가 대활약을 해주었다.

'-쏴아아아!'

'-음매애'

리모델링한 외양간에 입실하기 전, 남작 부부의 젖소들은 목욕을 했다. 품 안의 티테가 지느러미발을 팔랑일 때마다 허공에서 깨끗한 물이 쏟아졌다. 힘들게 우물을 길러 갈 필요가 없었다.

'주신 맙소사!'

'신수님, 위대하십니다!'

하인들이 납작 엎드려 티테를 경배했다. 하프물범은 까만 눈동자를 호떡처럼 접으며 즐거워했다. 요한 경은 능숙한 손길로 소를 솔질하고, 송아지가 놀라지 않게 달랬다. 녀석들을 외양간으로 인도한 후에는 소남작 엘로디와 함께 젖을 짜기도 했다.

'진짜 못하시는 게 없네요. 각 잡고 과거 한번 캐봐야 돼.'

'하하하.'

크리스텔의 진심 어린 말에도 그는 곱게 눈웃음 지을 뿐이었다.

온종일 일하니 식사와 간식도 전부 꿀맛이었다. 잠깐만 눈을 붙여도 깊은 낮잠을 잘 수 있었다.

이튿날엔 아이들을 돌보는 일이 추가됐다. 남작은 여전히 우리에게 송구스러워했지만, 그쯤 되니 부인은 황족과 함께하는 노동에 꽤 적응한 눈치였다. 우리는 허리춤에도 오지 않는 꼬꼬마들과 둘러앉아 즐거운 시간을 보냈다.

'제인 님, 그게 무슨 말씀이세요!'

잡지 한쪽을 쥔 가나엘이 외쳤고,

'말 그대로예요. 저는 캐서린 당신이, 히스클리프 대공자님에겐 아깝다고 생각해요.'

반대편을 받친 다비드가 근엄하게 답했다. 크리스텔과 나는 기를 쓰고 웃음을 참아냈다. 태자가 장갑 낀 손으로 자신의 입가를 쓸고 있었다. 어쩌다 보니 우리가 아이들에게 읽어주게 된 이야기는, 지난 15일에 공개된 《이성과 감성과 신성》 최신 화였다.

어지간한 동화책은 너덜너덜해질 때까지 읽었다고 하고, 서재에 있는 도서는 아동에게 너무 어려워 선택의 여지가 없었다. '이감신'이 진짜 재밌긴 한데 애들한테 자극적이지 않을까?

'다음은요? 그래서 어떻게 됐어요, 선생님?'

'다음 내용은 아직 나오지 않았단다.'

뱅자맹이 자상하게 대답했다.

'그럼 캐서린 사제님은 제인 공녀님하고 도망가요?'

'히포 대공자님은 혼자 돼요?'

아이들이 똘망똘망하게 핵심을 찔렀다. 삼각관계 치정극은 역시

애들 먹이기에 MSG 맛이 심했다. 환궁할 때 잡지는 도로 챙겨가
야지…

-*히히힝!*

"워어."

여차저차 18일 아침이 됐다. 우리는 2박 3일의 알찬 피한避寒을
마쳤다. 엄밀히 따지면 태자를 제외하고 하루 더 묵을 예정이지만,
일행이 해체되었으니 피한도 끝난 걸로 쳤다. 남작가의 모든 식솔
이 태자를 배웅하러 나왔다.

"뜨개질 결과물이 좋던데요, 태자님. 수고하셨습니다."

"…"

"같이 와주셔서 고맙습니다. 바쁘신 거 압니다."

내가 미소하며 말했다. 사내의 주황색 눈동자가 또렷한 안정감으
로 타오르고 있었다. 피곤해 보이지 않아 다행이었다. 그간 우리는
숲에서 견과를 줍거나 버섯을 따고, 낡은 농기구를 대대적으로 손
봤다.

성기사들은 양식 삼을만한 멧돼지와 사슴을 몇 마리씩 잡아 오기
도 했다. 부인은 가죽 상태가 좋다며 몹시 기뻐했다. 같이 웃을 일
이 참 많았다. 상기한 모든 활동을 두고, 크리스텔은 '이것이 진정
한 농활'이라는 한 줄 평을 남겼다.

"돌아가면 경의 영지를 위해 할 수 있는 일을 알아보지."

마차에 오르기 전, 태자가 베랑 남작을 보며 말했다. 예를 갖추던
부부가 소스라쳤다.

"전하, 이미 지극한 은혜를…"

"자치권을 해칠 생각은 없으니 안심하도록."

그가 짤막하게 덧붙이고 탑승했다. 뒤따르던 다비드가 소리 없이 웃었고, 어찌할 바를 모르던 내외는 더욱 깊이 절했다. 역시 좋은 녀석이라니까.

-끼잇

"그래, 먼저 가있어. 태자님 말 잘 듣고."

-끼우

"집무실 책상 깨물지 말고. 되게 비싸대."

나와 코끝 인사를 나눈 레아와 페리도 합승했다. 대지 속성이면서 불꽃 형님이 좋다니 어쩌겠는가, 보내줘야지.

"애들 신발하고 간식도 부탁드립니다, 전하. 두고두고 먹게 건과일 같은 거 보내주시면 좋겠습니다. 월요일에 봬요!"

크리스텔이 또박또박 요구 사항을 전달했다. 다비드가 대신 고개를 주억였다. 나는 마지막으로 손짓과 입 모양을 동원했다.

'목걸이. 힘들면 써.'

사내가 미간을 찌푸렸다. 달칵. 동시에 마차 문이 닫혔다.

* * *

든 자리는 몰라도 난 자리는 표가 난다더니, 태자가 딱 그랬다. 제일 키 큰 놈이 빠져서인지 묘하게 허전했다. 티는 내지 않지만 요한 경과 크리스텔도 비슷한 마음인 것 같았다. 녀석도 보육원 개원식까지 참석하면 좋았을 텐데.

"뭐, 다음에 또 오면 되겠지."

-우웅

요한 경에게 업힌 티테가 동의하듯 울었다. 겨울 해는 짧아서, 저녁 식사가 끝났을 뿐인데도 사방이 심야처럼 어두웠다. 다만 하늘에 별이 많아 산책하기 좋았다.

-*저벅, 저벅…*

-*자박, 자박…*

차분한 발소리가 흙길을 수놓았다. 낮 시간은 남작 부부와 티타임을 갖고, 영주성이 지어질 무렵의 옛이야기를 들으며 보냈다. 물론 틈틈이 허드렛일도 했다. 쥘리에트 궁에서는 못 하던, 할 필요가 없던 노동을 하니 몸에 저절로 열이 돌았다. 3일 차가 되자 드디어 베랑 남작도 우리를 동료 노동자로 받아들이는 분위기였다. (지위만) 고급 인력입니다, 잘 부탁드립니다.

"강바람을 쐬실 건가요?"

"예… 왕자님의 도움으로 건설한 운하를 보여드리려고 합니다."

요한 경의 물음에 엘로디가 수줍게 답했다. 몰랐는데 이쪽이 운하로 가는 길인 듯-

-*히힝!*

그때였다.

"이러, 이랴!"

-*다그닥, 다그닥!*

요란한 말발굽 소리와 바퀴 소음이 귓전을 때렸다. 우리는 깜짝 놀라서 눈길을 돌렸다. 크고 화려한 문장이 박힌 마차 한 대가, 다급히 영주성 어귀에 멈춰 서고 있었다. 이어 하인으로 보이는 여성이 빠르게 하차했다. 데미가 뚝심이를 등에 태우고 경계했다. 나는 어둠 속에서 간신히 글자를 읽어냈다.

"…사르네즈?"

"유모?"

크리스텔의 목소리가 울렸다. 우리는 당혹스러운 시선을 교환했다. 맑은 음성을 기막히게 포착한 중년인이, 울상을 하고 이편으로 달려왔다. 오는 내내 눈물지었는지 눈가가 짓물러 있었다.

"아이고, 크리스 아기씨!"

"여기까지 웬일이세요? 집에 무슨 일 있어요?"

"우리 아기씨, 아직 이렇게 어리신데 불쌍해서…!"

크리스텔의 유모라는 분이, 하얀 손을 덥석 잡고 흐느끼기 시작했다. 주인공은 침착하게 그녀를 달랬다.

"유모, 말씀을 해주셔야 알아요. 왜 그러시는데요?"

"영주께서… 흑, 영주께서 위독하시답니다. 아버님께서요!"

유모가 절규하듯 말했다. 크리스텔의 낯이 차갑게 굳었다. 12월 18일 저녁의 일이었다.

* * *

세상에.

"사르네즈 경, 댁에 가보셔야겠어요."

혼란에 빠진 우리를 보며, 요한 경이 차분하게 말했다. 베랑 남작 부부와 엘로디도 크게 놀란 표정이었다. 그도 그럴 것이 조짐조차 없던 소식이었다. 시몽 드 사르네즈 공작을 마지막으로 본 게 황제궁에서 열린 앙드레지 재판 때였는데, 그는 분명 멀쩡했었다. 안타깝고 걱정스러웠다.

"네, 아무래도 그래야…"

크리스텔이 당혹한 목소리로 말했다. 그녀가 이토록 흔들리는 모습은 낯설었지만 이해할 수 있었다. 서로 어색한 관계를 유지하고 있다 해도, 공작은 그녀의 '두 번째 인생'에서 몹시 중요한 사람이었다. 빙의 전 크리스텔의 아버지이자, 그녀가 애틋하게 여기는 새어머니 이자벨의 남편이기도 했다. 염려하고 두려워하는 게 당연했다.

"유모, 어쩌다 그렇게 되신 거예요? 영주성에서 잘 지내신다고 들었는데. 다치셨대요?"

크리스텔이 급히 물었다.

"아뇨, 독감에… 요즘 워낙 과로하셨답니다. 그러다 독감에 걸리셨는데, 흑. 상태가 갑자기 나빠지셔서… 폐하께 알리는 것도 한사코 거부하신대요. 성에 콕 박혀서 주치의 진료만 받고 계신다지 뭐예요. 추기경 전하도 뵈실 수 있는 분이!"

유모가 손수건으로 눈가를 찍어내며 외쳤다. 시종일관 벌벌 떨리는 목소리였다. 크리스텔이 그녀의 손을 꼭 붙들었다. 불현듯 엊그제 들었던 남작가 시종장의 말이 떠올랐다.

'황도와 서부를 기점으로 제국 전역에 독감이 퍼지고 있다는 소식입니다.'

그리고 사르네즈는, 제국 서부에 위치한 영지였다.

"부인께선 아기씨와 함께 가려고 저택에서 기다리시다가, 결국 제가 출발할 무렵에 먼저 영주성으로 떠나셨습니다. 저와 같이 곧장 아버님께 가시면 되어요."

그러자 크리스텔이 우리를 돌아보았다. 남작은 뒤따르던 시종을 시켜 크리스텔의 짐을 가져오도록 했다. 나와 그녀의 시선이 얽혔다.

"저도 갈까요?"

힘들 텐데, 누군가 곁에 있어줘야 하지 않을까.

"아니에요. 보육원 개원식… 왕자님께 큰 의미가 있는 거 압니다. 저분들께도 왕자님의 존재가 소중하고요."

주인공이 속삭였다. 푸른 눈빛은 몹시도 진중했다. 내가 쥘리에트 궁에서 공격받던 3월의 밤, 그녀는 병석에서 깨어났다. 요컨대 최초의 암살 시도는 가인 씨와 내가 만나기 전에 벌어진 일이었다. 그러니 직감적으로 알았다. 크리스텔은 지금, 자신이 알지 못하는 인연을 존중하고자 하고 있었다. 내가 남작 부부에게 품은 부채감과, 위로해 주고 싶은 마음을 헤아린 것이다. 이런 상황에서도.

"크리스텔."

"어머니와 유모가 있으니 괜찮습니다. 선생님, 왕자님을 잘 부탁드려요."

크리스텔이 요한 경에게 당부했다. 민트색 눈동자가 묵직하게 가라앉았다.

"걱정 마세요."

-끼이

-뻬이

데미와 뚝심이도 덧붙였다. 상황은 삽시간에 정리됐다. 달려 나온 일손들이 부랴부랴 그녀의 짐을 실었고, 나는 공작가 말들에게 티테의 물을 먹였다. 이내 크리스텔과 유모가 절을 올리고 탑승했다. 두 사람의 등이 뻣뻣이 긴장한 게 보였다.

"개원식이 끝나면 저희도 바로 사르네즈로 갈게요. 폐하라면 허락하실 겁니다."

내가 문손잡이를 잡고 빠르게 소곤거렸다. 남작 부인이 말을 보탰다.

"사르네즈 경, 부친의 쾌유를 빌겠습니다. 멀고 누추한 곳까지 와주셔서 진심으로 감사했습니다."

"…저야말로 정말 감사했습니다. 다시 봬요, 왕자님."

탁! 문이 닫혔다. 우리의 시야가 순식간에 차단됐다. 마차는 망설임 없이 북쪽을 향해 달음박질쳤다.

* * *

크리스텔을 보내고 그대로 들어갈까 고민했지만, 심란해서 편히 쉬기는 어려울 것 같았다. 영주성에서 휴식 중인 뱅자맹과 가나엘에게도 여유를 주고 싶었다. 그래서 우리는 다시 운하를 향해 걷기 시작했다. 남작 가족과 시종이 앞섰고, 나와 요한 경과 애물단지들은 열 걸음 정도 뒤섰다. 밤공기는 맑고 서늘했다.

"뒤엠 후작도 아프다는 소문이 있대요."

"그런가요? 의외네요."

내 말에 요한 경이 목을 기울였다. 그러나 눈빛은 여느 때처럼 평온했다. 그에게 포대기로 업힌 티테가 별 구경을 하고 있었다.

"네. 다들 빨리 나으셨으면 좋겠습니다."

"전하께서 바라시니 그렇게 될 거예요."

즉답이었다. 억지스러우면서도 묘하게 위안이 됐다. 내가 헛웃음을 터뜨리는데,

"왕자님, 이쪽입니다."

앞쪽에서 파브리스 베랑 남작이 말했다. 우리는 동시에 눈길을 돌렸다. 그가 가리킨 곳은 마법 조명 하나 없이 어둡고 수풀이 울창했다. 유심히 관찰했지만 운하로 통하는 오솔길 같은 건 보이지 않았다. 내가 머리를 갸웃했다. 데미와 뚝심이도 몸통을 기웃거렸다.

"송구스럽게도 길이 없습니다. 다만… 보시면 이유를 아실 것입니다."

안 베랑 남작 부인이 조용히 설명했다. 나는 요한 경과 시선을 나누며 침착하게 고개를 끄덕였다. 절대로 수상하거나 나쁜 분들은 아니었다. 무엇보다 나는 대주교급 신관이고, 곁엔 추기경급 성기사가 있으니까 괜찮았다.

-부스럭, 부스럭

그렇게 우리는 우거진 관목과 덩굴 사이를 맨몸으로 헤치기 시작했다. 데미가 길을 터주려 했지만 엘로디가 조심스레 말렸다.

'접근을 어렵게 해둔 이유가 있어요. 양해 부탁드립니다…'

주근깨 박힌 콧등이 실룩거렸다. 비밀한 사정이 있는 듯해 순순

히 고개를 주억였다. 남작 일행이 숨죽이고 움직이니 우리도 덩달아 호흡을 참게 됐다.

-보스락, 보스락

"…"

-빠스락!

이윽고 선두의 남작이 이동을 멈췄다. 모두가 그의 손짓에 따라 허리를 숙였다. 풀숲은 매우 짧았다. 귀를 기울이지 않아도 강물 흐르는 소리가 선명하게 들렸다. 슬쩍 내다보니, 달빛에 푸르스름하게 빛나는 운하가 시야에 들어왔다. 다만 물길은 생각보다 좁았다. 쪽배 두엇이 겨우 지나갈 법한 너비였다. 건너편에서는 빽빽하게 심긴 갈대들이 산들산들 춤추고 있었다.

"이제 여기서 기다릴 겁니다."

"기다려요?"

"예, 왕자님. 오지 않을지도 모르겠으나… '천공의 하늘' 이후로는 꾸준했으니 오늘도 분명 손님이 있을 겁니다."

손님? 나는 남작의 설명에 눈을 깜빡였다. 의문에 잠긴 우리를 내버려 둔 채, 남작 일행은 주섬주섬 품에서 담요를 꺼냈다. 그러고는 우리에게도 한 장씩 건네주었다. 두껍진 않았지만 촘촘히 정성스레 짠 물건들이었다. 뭔지는 몰라도 오래 기다려야 하나 싶어, 일단 데미와 뚝심이를 담요로 꽁꽁 싸맸다. 요한 경이 나를 보고 난감한 표정을 하더니 자신 몫의 모포를 내밀었다.

"아뇨, 저는 괜찮습니다. 애들 안고 있으면 따뜻합니다."

"전하께선 추위를 많이 타시잖아요. 저는 끄떡없어요."

-사앗!

그의 대답과 동시에, 사방이 밀실처럼 고요해졌다. 엘로디가 놀라서 입을 헤 벌렸다. 남작 부부와 시종은 눈을 휘둥그레 뜨고 이쪽을 바라보았다. 요한 경이 주변의 바람과 소음을 모조리 차단한 결과였다.

"이러면 아늑하게 기다릴 수 있지 않을까요?"

처진 눈꼬리가 상냥하게 휘었다. 멍하니 성기사를 보던 소남작이, 허겁지겁 고개를 끄덕거렸다. 한동안 우리는 티테가 만들어 준 온수로 목을 축이고, 둘러앉아 한담을 나누었다.

레서판다와 굴뚝새는 주위 온도가 높아진 덕에 곤히 잠들었다. 시계가 없어 확실하지 않지만 체감상 한 시간은 훌쩍 넘은 듯싶었다. 가나엘과 뱅자맹이 노심초사하겠다고 생각할 무렵이었다.

"남작님, 저기 불빛이 보입니다."

시종이 다급히 수로 저편을 가리켰다. 모두가 번쩍 눈을 들었다.

"…그렇군, 손님이야. 여보?"

"네, 준비됐어요. 엘로디?"

"저도요."

일시에 세 가족이 부산스러워졌다. 불빛과 함께 선박으로 오는 손님이라니, 전후 사정도 모르는데 호기심이 솟았다. 나는 목을 쭉 빼고 상류 쪽을 살폈다.

-삐걱, 끼이익…

"아…"

이리저리 기우뚱거리는 조각배에, 작은 인영이 타고 있었다. 꺼질 듯 위태로운 등불 하나에 뱃길을 의지한 채.

"소리가 불안하네요. 물이 새는 걸까요?"

"아뇨, 아이들이 침착해요. 아무래도 배가 낡아서 그러는 것 같아요."

남작의 물음에 부인이 차분하게 답했다. 나는 식겁해서 꼬마들을 안고 일어났다. 요한 경이 단단한 팔로 즉시 나를 가로막았다.

"요한 경, 애들이 있대요."

"저들이 구하게 두세요. 전하의 성심聖心은 존중하지만 위험한 곳에 보내드릴 순 없어요."

마주한 눈길이 서늘했다. 그의 입장도 충분히 이해했기에, 나는 결국 입술을 깨물며 서있을 수밖에 없었다. 그동안 남작 일행은 일사불란하게 움직였다. 부인이 겉옷 주머니에서 빨간 주머니를 꺼냈고, 남작과 시종은 근처에 숨겨둔 장대를 하나씩 쥔 채 조각배가 흘러오기를 기다렸다.

엘로디는 모두의 어깨에 둘린 모포를 차곡차곡 걷었다. 나는 모포와 더불어 입고 있던 신국풍 가운까지 벗어 건넸다. 요한 경이 한숨 쉬며 자신의 코트를 내 어깨에 걸쳐주었다. 이게 아닌데.

-덜컹!

그때, 목재 부딪히는 소리가 났다. 모든 시선이 물가로 쏠렸다.

"됐네, 그대로 쭉…"

"예."

두 남자가, 장대 끝 고리에 걸린 조각배를 천천히 뭍으로 끌기 시작했다. 등불이 가까워지자 탑승객들의 얼굴이 또렷하게 보였다.

열세 살이나 됐을까 싶은 파리한 아이 두 명과…

"주신 맙소사. 아기가 있어. 엘로디!"

"네, 아버지!"

엘로디가 모친의 주머니를 받아 내달렸다. 남작과 시종이 비틀거리는 아이들을 안아 하선시키자, 소남작이 즉시 담요와 외투로 이들을 감쌌다. 사람의 체온으로 따스해진 천과, 열을 내는 고급 마석 주머니. 그리고… 제국에서 보기 힘든 복식의 어린아이들.

"신국의 빈민들입니다. 아주 먼 곳에서, 목숨을 걸고 배에 오른…"

부인이 천천히 우리를 돌아보며 말했다. 나는 아연한 채로 그녀의 문장을 기억에 새겼다. 바로 며칠 전에 들었던 말이 또다시 귓전을 울렸다.

'저희가 하는 일을 왕자님께도 보여드리고자 합니다.'

"왕자님 덕분에 운하를 짓고, 거친 물길을 틀어 저들의 생존율을 높일 수 있었습니다. 하여 보여드리고 싶었습니다."

"…"

"은혜에 감사드립니다."

그녀가 허리를 굽혔다. 나는 더 생각할 것도 없이 가장 정중한 예를 차렸다. 온 마음을 다해서.

* * *

12월 19일의 아침은 상쾌했다. 오렐리 부티에는 가벼운 걸음으로 황실 마차에서 내려 걸었다. 그녀가 쥘리에트 궁에 왔다는 사실은 아직 아무도 몰랐다. 수많은 시종이 보좌하긴 했지만, 프레데리크에게 알리지 않았으니 누구도 보지 못한 것과 마찬가지였다.

"세드리크는?"

"이르게 출궁했다고 전해 들었습니다."

"청춘이구나."

시종 나탈리의 보고에, 그녀가 노래하듯 대답했다. 따르던 이들이 낮게 웃었다. 황태자는 어젯밤 늦게 베랑 남작령에서 환궁했다. 종일 마차를 타서 피곤할 테니 인사하러 오지 말라 일렀는데, 기어코 황제궁에 들러 안부를 묻고 갔다.

즐거운 시간을 보냈는지 잘생긴 낯이 평소보다 더욱 반짝거렸다. 피로는 그림자조차 보이지 않았다. 그러더니 오늘은 새벽같이 일어나, 황도 수비대 사관학교 창립식을 준비한 모양이었다. 기특하고 사랑스러운 대자였다.

"나도 노력해야겠지. 우리 왕자님의 마음을 확실히 사려면."

"이미 깊은 경애를 받고 계십니다, 전하."

"응."

하지만 그 애가 돌아가지 않았으면 하니까. 그녀가 자연스레 뒷말을 삼켰다. 나탈리는 크고 기다란 나무 상자를 들고 있었다. 왕자의 방에 몰래 두고 갈 오렐리의 선물이었다. 대주교 승급 이래 제대로 된 축하 자리를 만들지 못했으니, 늦게나마 축복을 전하고 싶었다. 뇌물이 통할 아이는 아니지만, 정성을 무시하는 성정도 못 되지 않는가.

-뚜벅

그때, 쥘리에트에서 누군가 큼직한 빵 봉지를 안고 나왔다. 베이지색 눈동자가 동그랗게 커졌다.

"어머, 선객이 있었네."

"…전하."

먼저 온 손님, 모데스트 바카리의 뺨이 벌겋게 달아올랐다. 품 안의 빵 봉지와 추기경을 번갈아 보는 눈길이 마구 흔들리고 있었다. 오렐리는 그제야 예언자가 제 나이로 보인다고 생각했다. 바카리가 재깍 머리를 숙였다.

"고매하신 추기경 전하를 뵙습니다. 이것은 그저, 이곳 시종에게서 억지로 받은…"

"그러니? 바깥 음식인 줄 알았는데. 인기가 많구나, 바카리 군."

상대의 얼굴은 이제 토마토처럼 새빨갛게 변했다. 윗전의 짓궂은 태도에 황제궁 시종들이 잔잔한 웃음을 흘렸다. 오렐리가 입꼬리를 올린 채 말을 이었다.

"다망하신 플뢰르 드 리스의 단장께서 예까지 무슨 일…"

그때, 중년인의 낯이 순식간에 굳었다.

"큿, 허억!"

예언가의 상태가 심상치 않았다. 와르르! 빵이 쏟아지며 청소년의 몸이 바닥을 뒹굴었다. 시뻘건 멱과 이마에 핏대가 서고, 코에서는 쌍코피가 흐르기 시작했다. 추기경은 황급히 그에게 다가가 머리를 끌어안았다. 그러고는 흠칫했다. 난생처음 보는 광경에 소름이 끼쳤다.

"흰자위가…"

예언자의 검게 물든 안구 한가운데, 청은색 소용돌이가 일고 있었다.

* * *

이 애가 예언하는 것을 본 적이 있다.

"흑, 헉!"

"모데스트, 괜찮아. 쉬…"

오렐리 부티에는 차분한 목소리를 내며 예언가의 머리를 쓰다듬었다. 속으로는 빠르게 과거를 되짚었다. 중년인의 손끝에서 남빛 머리칼이 부드럽게 흘러내렸다.

그동안 시종들은 손수건을 꺼내 환자의 코피를 닦고, 도움을 청하고자 쥘리에트 궁으로 달려갔다. 플뢰르 드 리스의 최연소 단장, 모데스트 바카리는 천재적인 예지력으로 유명했다. 그를 신동으로 만든 것은 어찌 보면 단순한 차별점이었다.

[허억, 불시착한 영혼이… 세계, 지탱…]

"이렇게 붉은데 뺨이 차구나. 프레데리크에게 상황을 전해주련? 태의도 필요하겠어."

"예, 전하."

나탈리가 손짓하자, 시종 두엇이 빠릿빠릿하게 마차를 타고 황제궁 방향으로 사라졌다. 추기경을 받드는 이들답게 응급 상황에서도 모두 침착했다. 오렐리의 시선이 다시 바카리의 괴이한 안구에 머물렀다.

이 아이는 평소 숨 쉬듯 자연스레 미래를 보았다. 예지 직전의 고통이나 이상 증세, 꿈으로만 계시를 받는 불편 같은 건 없었다. 그저 날씨를 감상하듯 매끄럽게 앞날을 내다보는 특기. 그것이야말로 어린 단장의 자부심이자 자랑이었다. 그러니 이건 불길했다.

"눈을 감아보겠니? 어려운 모양이네…"

새카맣게 물든 흰자위와 환하게 빛나는 홍채를 가리고자, 눈꺼풀을 덮어주려 했지만 소용이 없었다. 단단하게 굳은 살가죽은 꿈쩍도 하지 않았다. 박식한 그녀에게도 낯선 징후였다.

"잠깐 실례할게. 네 상태를 볼 거란다."

"흑, 안 돼. 전하!"

"그래, 여기 있어."

-파아아아…!

그녀가 푸르고 거대한 치유 서클을 펼쳤다. 꽃가루처럼 무수한 에테르 알갱이들이 솟아올랐다. 사아아아! 병인病因을 탐색하듯 회오리치는 치유력의 향연은…

"크헉!"

그때, 바카리가 경련했다.

-치지지직!

추기경의 서클이 불길한 소리를 내며 일그러졌다. 오렐리는 경악했다. 하지만 충격은 거기서 멈추지 않았다. 예언자의 몸에서,

-콰아아아-!

엄청난 힘의 폭발이 잇따랐다. 그녀는 그대로 튕겨 나갔다. 시립

하고 있던 시종이 전부 난리통에 휩쓸렸다. 쨍그랑, 쨍그랑! 쥘리에트 전방 1층의 창문이 모조리 부서졌다.

"커흑!"

"아아악!"

"전하!"

"전하! 세상에! 당장 폐하를 모셔 오거라! 어서-!"

아담한 궁전 앞은 삽시에 아수라장으로 변했다. 화염이 폭렬하는 사태는 발생하지 않았으나, 이것만으로도 황궁이 발칵 뒤집힐 대사건이었다. 로메로와 쥘리에트의 일손들이 뛰쳐나와 마차를 부르고 다친 이를 살폈다.

보초를 서던 황실 근위대가 신속히 인파를 둘러쌌다. 곳곳에 생채기가 난 나탈리가, 쓰러진 추기경을 그러안고 가쁘게 호흡했다. 천만다행히 베이지색 눈동자는 금방 뜨였다. 큰 상처도 없어 보였다.

"정신이 드십니까… 주신이시여, 감사합니다!"

"웃, 나탈리. 저 애…"

추기경이 힘겹게 눈길을 돌렸다. 두 여인의 시야에 얌전히 누운 선지자가 비쳤다. 근위대원 몇이 창으로 그를 겨누고 있었다. 청소년은 그새 멀쩡하게 변한 눈을 멍하니 깜빡였다. 현세의 모든 소란을 뚫고, 또랑또랑한 목소리가 허공을 울렸다. 기이한 경험이었다.

[모략이 이루어질지어다. 불과 폭발, 검과 피… 고귀한 자가 주신께서 예비한 위험에 처하리라.]

끔찍한 참언에 오렐리가 숨을 들이켰다. 그녀는 떨리는 손으로 나탈리의 옷깃을 붙들었다.

"내 대자… 세이디를 돌아오게 해야 해. 학교, 창립식…"

중년인의 음성이 꺼질 듯 위태로웠다. 나탈리는 황급히 자신의 입을 막아 비명을 참아냈다.

* * *

같은 시간, 벨리아르 준남작가의 저택.

"옳지, 파스칼. 조금만 더 먹자."

"배불러요, 아빠."

"제발. 오랜만에 아빠 얼굴을 봐서라도."

"으응."

사라 벨리아르는, 자신의 눈앞에서 펼쳐지고 있는 기적을 믿을 수가 없었다. 그녀는 난롯가에 가만히 서서 모든 광경을 뇌리 깊숙이 새겼다. 맑은 겨울 햇살이 들어오는 유리창. 새로이 교체한 순백의 커튼과, 목각 인형이 가득한 협탁.

감격한 표정으로 하염없이 눈물을 찍어내는 딸. 엊그제부터 한숨도 자지 않고 피붙이를 돌보는 사위와… 투정하면서도 가르뷔르 한 그릇을 비우는, 그녀의 소중한 손자.

"주신이시여, 감사드립니다…"

딸이 벌써 몇백 번째인지 모를 감사 기도를 올렸다. 집안의 둘도 없는 보물, 강아지, 말썽쟁이이자 웃음보따리였던 파스칼은 며칠 전 건강하게 깨어났다. 의식이 없는 입술에 햇무리초 약차를 조금씩 떠먹인 결과였다.

열흘이 되도록 차도가 없었지만 사라는 포기하지 않았다. 이것이 마지막 기회라는 직감이 들었다. 절망하는 딸 내외를 설득한 건, '왕족 신관께서 내리신 약초'라는 짤막한 문장이었다. 그것으로 세 사람은 한나절을 더 버텼다. 그리고 초승달이 뜰 무렵, 아이가 할머니를 찾았다.

"사실 이거 말고 과자도 먹고 싶어요…"

"과자는 황궁 다녀와서 먹자. 추기경 전하 앞에서 착하게 있으면, 할머니께서 잔뜩 사주신대."

딸아이가 사라를 돌아보며 말했다. 무척 오랜만에 보는 함박웃음이었다. 사라는 눈끝을 휘며 고개를 끄덕였다. 할머니의 약속을 받은 파스칼의 안색이 밝아졌다. 아이는 오늘 부티에 추기경에게서 '그릇' 상태를 진단받을 예정이었다. 사라가 황제궁에 친서를 넣어 어렵게 약속을 잡았다.

딸은 파스칼을 되찾자마자 황도 중앙 신전에 거액의 헌금을 내놓았다. 사위는 장모의 어깨에 기대어 어린애처럼 엉엉 울었다. 온 저택의 일손이 눈물을 쏟으며 기뻐했다. 모두가 주신의 은총이라고 했다. 하지만 노인의 생각은 달랐다. 주름진 눈매가 찬찬히 봄날의 기억을 더듬었다.

'건방진 소리일지 모르지만, 부디 그게 저주라고 생각하지는 않으셨으면 좋겠습니다.'

황궁 신전에서 있었던 일이다. 볼모로 끌려온 왕자가, 조그마한 고해소에 숨어 모르는 이를 위로하는 것에… 사라는 잠깐이지만 웃고 말았다. 그런데 이제 그의 문장은 벨리아르가에 내려진 신의 말씀이 되었다. 왕자가 주신의 힘을 빌려 말하지 않았다 해도 상관없었다.

'저는 경과 가족분들께서 단념하지 않고 계속 맞서 싸우시기를 바랍니다. 앞으로도 뭐든지 해보시면서요.'

그전까지는 누구도 그녀에게 그런 격려를 해주지 않았다. 놀랍지만 현실이 그랬다. 제국 사교계의 인심은 몹시 각박했고, 자신에겐 원죄가 있었으니까.

'손자분은 좀 어떻습니까?'

황족의 결투가 벌어지던 여름, 왕자가 먼저 물었다. 사라는 그즈음 스스로에게 질문했다. 예순이 넘어서 낯선 다정함에 흔들리는 게 우습지 않으냐고. 적당히 고생도 하며 살아온 기자가, 이제 와 타인의 말에 생각이 많아지는 건 창피한 일 아니냐고. 그간 너무 약해진 것 같다며 자신을 타박하기도 했다.

'요즘 손자분은 좀 어떤가요?'

그런데 12월이 되어서도 왕자는 같은 질문을 했다. 이번에는 멋쩍은 얼굴로 목함까지 내밀었다. 곧은 눈길은 여전했다. 본인의 행동을 특별히 여기지도, 보답을 바라지도 않는 보랏빛 눈동자. 사라는 그것을 매우 희귀하게 여겼다. 하여 시험하고자 했다. 중간 이름에 얽힌 신앙조차 시험했던 자신이니, 왕족 신관에게 못 할 건 또 무에 있나 싶었다.

'저에게 원하는 것이 있으십니까? 필시 있으시겠지요.'

'예?'

왕자가 눈을 휘둥그레 떴다. 그는 고운 입술을 한참이나 벙긋거리더니, 난감한 표정으로 답을 내놓았다.

'저에 관한 기사를 줄여주셨으면 좋겠습니다.'

'…'

'군중 속의, 그런 건 살짝… 민망하기도 하고요. 역시 어려운 부탁일까요?'

그러고는 언론의 자유를 존중하겠다며 작게 웃었다. 사라는 그날의 대화를 복기하고 입꼬리를 올렸다.

-똑똑

우편물을 담당하는 하인이 문을 열고 들어왔다. 그녀는 딸 가족을 향해 손을 휘저었다. 자신이 확인할 테니 손주와 계속 얘기하라는 의미였다.

"실례합니다."

"뭐가 이렇게 많은가?"

"허허허, 대부분 파스칼 도련님 쾌유 축하 서신입니다요. 이것들은 아가씨 내외분에게 왔고, 요것들은 벨리아르 경께 왔습니다. 그리고 이게… 사무실로 도착했지요."

하인이 마지막으로 건넨 봉투는 제법 컸다. 사무실로 왔다더니, 과연 기삿감을 제보하는 편지인 듯싶었다.

"포털 우편. 무기명 투서로군."

"예, 드문 일은 아닙지요. 새벽에 심부름하는 꼬마가 챙겨왔답니다."

사라는 턱을 까닥이며 품에서 종이칼을 꺼냈다. 부우욱!

-툭!

뜯은 봉투를 기울여 내용물을 확인하려는데, 안에서 메모가 떨어졌다. 두 노인의 시선이 삐뚤빼뚤한 글자에 닿았다.

'호외 발행 요망.

황족의 의무를 다하여 제국을 지키십시오. 사라 리에스테르 황녀 전하.'

* * *

그 시각, 황도 수비대 사관학교 창립식은 인산인해였다. 참석한 상류층은 적었다. 설립을 도운 귀족 일부가 자리하긴 했으나, 행사의 주인공은 평민들이기 때문이었다. 사관학교는 검술이나 마법에 재능이 있는 극소수의 평민을 위한 황립 교육 기관이었다.

입학 예정인 생도의 가족은 모두 초대장을 받았다. 그 밖에 신분과 직업, 거주지가 확실한 자도 신청자에 한해 창립식 관람이 가능했다. 선착순이었지만 반응은 폭발적이었다.

"세상에, 저분이 태자 전하셔? 인간이 저렇게 생길 수가 있단 말이야?"

"쉿! 근위대에 잡혀가고 싶어?"

구름처럼 몰려든 신민이 정문 너머까지 빼곡했다. 세드리크는 고고히 상석에 앉아 연병장을 내려다보았다. 제국 최고의 미인이라는 수식을 받는 남자는, 화려한 옥안과 더불어 멋진 예복과 털가죽 망토로 뭇사람의 이목을 끌고 있었다. 단상에 누가 올라와 무슨 행위를 하든, 관중의 눈길은 존귀한 태자에게 못 박혀 움직이지 않았다.

보고 또 봐도 웃긴 장면에 엘리자베트가 킬킬거렸다.

"너는 어떻게 행사만 나왔다 하면 이러냐. 너도 모르는 특기가 하나 더 있는 거 아니야? 역시 대마법사님의 아드님은 달라."

"시끄러워."

"이번 기회에 이름 붙이자. '황태자의 매혹' 어때."

"경은 이번 기회에 훈장을 하나 떼도 좋겠군."

태자가 맞받아쳤다. 따뜻한 남부에서 놀고 오더니 기분이 좋은 모양이었다. 소백작은 어느 방향에서도 보이지 않는 절묘한 각도로 그의 어깻죽지를 때렸다. 두 소꿉친구가 숨죽여 아웅다웅하고 있는데,

"학교를 후원하신 귀족분들을 대표해, 시몽 드 사르네즈 공작께서 격려의 말씀을 하시겠습니다."

사회자가 안내했다. 세드리크와 엘리자베트는 태연한 표정으로 정면을 바라보았다. 그러고는 동시에 미간을 좁혔다. 익숙한 얼굴의 남자가 단상으로 올라오고 있었다.

"…상태가 나빠 보이는군."

"나쁜 정도가 아니야. 당장 쓰러질 것 같은데?"

두 사람이 속삭였다. 말 그대로였다. 사르네즈 공작은 식은땀을 뻘뻘 흘리고 있었다. 환자처럼 낯빛이 붉었고, 어지러운지 잠시 비틀거리기도 했다. 행사 진행을 돕던 시종이 재빨리 그의 팔을 잡아주었다. 공작은 점잖게 미소 짓더니 태자와 부근위대장에게 묵례했다. 손수건으로는 이마를 꾹꾹 눌러 닦았다.

"공작님, 편찮으시다면 다른 분께 맡기셔도 됩니다. 날이 추우니

따뜻한 곳에 앉아 계십시오."

"아닙니다… 괜찮습니다."

그가 정중히 엘리자베트의 제안을 거절했다. 목이 잠겨있었다. 태자는 고개를 기울였다. 그의 투철한 책임 의식은 익히 알았으나 오늘은 다소 과한 듯했다. 아무래도 태의를 불러야,

"반갑습니다, 예비 생도 여러분."

공작이 그의 상념을 끊어내고 입을 열었다. 봉화 연기처럼 하얀 입김이 피어올랐다. 바로 그때였다.

"…만세! 국왕 폐하 만세!"

누군가 악을 쓰며 귀빈석을 뛰쳐나갔다. 공작을 포함한 수백의 시선이 한데 쏠렸다. 스릉! 엘리자베트와 그녀의 검이 즉시 반응했다.

"진압해!"

"예서 왕자 전하 만세-!"

앳된 음성이 목이 터져라 고함쳤다. 태자는 이를 악물었다. 범인은 끽해야 열다섯 정도로 보이는 소년이었다. 귀한 옷차림과 하얀 목덜미로 미루어 귀족이 분명했다. 그는 빨리 달리지도 못했다. 연병장 중앙으로 달음질치는 소년을 향해 근위대원 한 명이 손을 뻗었다. 잡히기 직전이었다.

"악, 페네티안 신국 만만세-!"

"맙소사, 앙드레지 공자 아니에요?"

"상처 입혀도 상관없다!"

소백작이 외쳤다. 뒷덜미를 잡힌 범인이 품에서 다급히 무언가를

꺼내 들었다. 소년의 눈가에 눈물이 맺혀있었다. 두려움의 흔적이었다. 세드리크 리에스테르는, 자신을 제외한 모든 것이 아주 천천히 움직이는 느낌을 받았다.

"주신이여, 저를 보살피소…!"

-콰아아앙!

말이 끝나기도 전에 작은 체구에서 충격파가 터져 나왔다. 엘리자베트는 잽싸게 몸을 날려 태자를 덮쳤다.

"으아아악!"

"꺄아아악-!"

연병장은 비명과 공포의 현장으로 돌변했다. 소백작의 어깨 너머로, 느릿느릿 허공을 날아가는 사르네즈 공작이 보였다. 새빨간 불꽃이 그의 옷자락을 살라먹고 있었다. 주황색 눈동자가 크게 흔들렸다. 테러였다.

6. ✦ 배역

 흠칫. 나는 영주성 어귀를 돌아보았다. 우리가 마차를 타고 들어왔던 길목은 적막했다. 누군가 떠나고 있거나 새로이 도착하고 있지도 않았다. 제국 남단의 잔잔한 바람이 머리카락을 간질이고 지나갔다. 12월 19일, 베랑 남작령의 보육원 개원식이 예정된 아침이었다. …방금 뭐였지?

 "왕자님, 왜 그러세요?"

 "아니, 그냥. 잠을 설쳤더니 예민해졌나 봐."

 내가 씩 웃으며 답했다. 그랬더니 가나엘의 낯이 삽시에 흐려졌다. 아차, 또 실수했네.

 "어젯밤에 놀라운 광경을 봐서 그랬어. 아까 침실에서 말해준 거."

 걸음을 옮기며 속삭이자, 소년의 금색 눈동자가 똥그래졌다. 이내 말뜻을 이해한 가나엘이 목소리를 줄였다.

 "네, 저도 그건 예상하지 못했어요… 남작 부부는 정말 대단한 사람들이에요."

"그러니까. 존경스럽더라."

진심이었다. 나는 길을 안내하고 있는 남작 가족의 등을 바라보았다. 언젠가 뒤엠 후작령으로 마수 대토벌을 떠나던 마차 안에서, 뱅자맹이 설명해 준 적이 있었다. 제국 남단에는 강이 흐른다고 했다. 나는 지도로만 몇 번 보았던, 대륙을 가로질러 서해로 빠져나가는 푸른 장강을 떠올렸다.

'위니테강 Unité 江'. 사라진 고국의 이름을 딴 물줄기는 엊그제까지 내게 꼬부랑 그림에 불과했다. 그런데 저 세 사람에게, 강물은 신국에서부터 흐르는 귀한 생명줄이었다. 누군가의 삶이 오락가락하는 현실이었다.

'설마 조모님 때부터 이렇게 난민을 구하신 겁니까?'

지난밤, 나는 조심스레 물었다. 파브리스 베랑 남작이 순순히 고개를 주억였다.

'예. 할머님께서는 이들이 살 곳을 마련하고, 이들의 재활을 도우며 새로운 가족을 만들어 주셨습니다. 그러다 보니 영주성 공사에 쓸 예산이 줄어 지금의 규모가 되었지요. 그것을 제 아버지께서 그대로 배우셨습니다.'

'남작은 부친께 배우셨고요.'

내가 그의 말을 받았다. 안 베랑 남작 부인이 작게 웃으며 동의했다. 말이야 쉽지, 그렇지 않아도 영세한 영지에서 외부 지원도 없이 삼 대째 구조 활동을 하고 있다는 게… 대단함을 넘어 기적에 가까운 일 같았다. 황실의 훈장을 받아 마땅했다. 아니, 내가 보기에는 지금보다 훨씬 높은 작위에 올라도 모자란 분들이었다.

"페네티안 백성들의 형편이 많이 어렵습니까?"

나는 곁에서 묵묵히 걷고 있는 요한 경에게 물었다. 왕자라는 놈이 이런 질문을 하면 무척 한심해 보이겠지만, 어쩔 수 없었다. 내가 페네티안에 관해 아는 건 책으로 배운 얄팍한 지식뿐이었다. 요한 경이라면 신국 출신의 누구보다도 평민들의 사정을 잘 알 듯싶었다. 그가 담담히 입을 열었다.

"크리스타너 폐하께서 광증에 시달리게 되신 후로, 지방 영주들의 범법이 잦아졌어요. 평민 수탈과 착취는 왕도王都에서 멀어질수록 흔해요."

"베르너르 국서가 국왕 대리로 있는데도 말입니까?"

"대리는 왕이 아니니까요. 게다가 그는 지도력이 달린다는 평을 듣고 있어요. 대신 사교술과 사치에 능하죠."

…그랬구나. 나는 성기사의 냉소적인 정리를 곱씹었다. 왕이 이성을 잃기를 반복하니 나라 역시 이리저리 흔들릴 때가 많은 모양이었다. 엘리서 왕세녀가 즉위하면 나아질지 모르나, 친부에게서 권력을 완전히 빼앗아 올 때까진 시간이 걸릴 터였다.

나쁜 사람이야 리에스테르에도 있지만 대륙 건너편은 지도자가 취약해져 수습이 어려운 듯했다. 덕분에 무고한 백성만 힘들게 버티다 여기까지 흘러오는 거고. 으음. 베르너르가 진짜 죄가 많네.

-저벅, 저벅

-뚜벅, 뚜벅…

우리는 한동안 말없이 걸었다. 보육원은 성에서 그리 멀지 않은 곳에 있다고 했다. 남작령의 고아뿐 아니라, 간밤처럼 신국에서 오는 아이도 그곳에서 보호한다는 설명이 있었다. 산책 삼아 걸을 만한 거리라고 하기에 나는 흔쾌히 도보를 택했다. 황궁에 돌아가면 이런 전원생활을 만끽하긴 힘들 테니, 최대한 많은 곳을 직접 디뎌보고 싶었다.

-아우우?

"저건 새 둥지야. 뚝심이 같은 친구들이 지내는 집."

-으응

"응, 직접 만들어. 부지런하지."

내게 안긴 티테가 나무를 보며 울었다. 까만 눈망울을 깜빡이는 게 궁금증을 호소하는 듯해 성심성의껏 얘기해 주었다. 데미가 발발거리며 나를 따라왔고, 뚝심이는 우리의 머리 위를 평화롭게 날고 있었다.

"저곳인가 보군요."

뱅자맹이 한군데를 가리켰다. 나는 눈을 휘둥그레 떴다. 가나엘이 입을 떡 벌렸고, 요한 경도 이건 예상치 못했다는 듯 웃음기 섞인 목소리를 냈다.

"전하를 맞으러 나왔나 봐요."

"..."

보육원에 머무르는 모든 이가, 새로 지은 건물 앞에 우르르 모여있었다. 연령대도 다양했다. 다섯 살이나 됐을까 싶은 아이들부터 10대 후반으로 보이는 청소년까지 두루 섞여있었다. 영아들을 챙긴 선생님 몇이 온화한 미소를 띠었다. 남작 일행도 놀란 표정이었다. 나는 바쁘게 발을 놀렸다. 아무리 남부라지만 오래 서있기엔 서늘한 가을 날씨였다.

"왕자님, 송구합니다. 안에서 기다리고 있으라 전했는데…"

"아닙니다. 좋은 뜻으로 마중하는 거니까요."

내가 싱긋하며 고개를 저었다. 뛰다시피 걸으니 건물은 금세 가까워졌다. 언뜻 영주성보다 크고 좋아 보여 헛웃음이 났다. 나는 무리의 선두에 선 꼬마와 눈길을 마주하며 속도를 줄였다. 아이는 작은 보라색 꽃다발을 들고 있었다. 조악한 모양새였지만 전혀 상관없었다. 느릿느릿 소년 앞에 몸을 낮추어 앉았다. 절을 올리던 선생님들이 앓는 소리를 냈다. 소남작 엘로디가 다급히 나를 불렀다.

"왕자님."

"애들 목 아프잖아요. 전 괜찮습니다. 안녕. 이거 아저씨 주려고 만든 거야?"

"네에…"

아이가 바들바들 떨며 대답했다. 준비한 인사말을 까먹었는지, 안절부절못하며 입술을 벙긋거리기도 했다. 꼬마를 비롯한 모두가 깔끔한 옷을 입고 있었다. 나는 꽃다발을 받아 안으며 환하게 웃었다.

"진짜 고마워. 이렇게 예쁜 꽃은 처음 본다. 소중히 간직할게."

"…"

아이고, 얼굴 찌그러진다. 애 운다. 내가 잘못했네.

"미안. 아저씨 갑자기 와서 놀랐어?"

"흐어어엉."

"다시 갈까? 아저씨 집에 갈까?"

"형, 아닌데, 더 예쁜데에…"

"황송합니다, 왕자님."

보다 못한 남작이 아이를 안아 달래기 시작했다. 부인은 '꽃송이보다 왕자님이 더 고우시답니다' 하고 해설해 주었다. 무서워서가 아니라 긴장해서 운 것 같다는 말도 덧붙였다. 정말로 꼬마는 든든한 품에 안겨서도 내게서 시선을 떼지 않았다. 나쁜 아저씨로 찍히지 않아 다행이었다.

"들어가실까요? 내부는 어떨지 궁금하네요."

가만히 보던 요한 경이 제안했다. 우리는 기쁘게 찬성했다.

"에밀리 선생님이랑 케이크 구웠어요… 왕자님 줄게요."

울던 소년이 나를 향해 소곤거렸다. 나는 킥킥거리며 젖은 뺨을 닦아주었다.

* * *

"따흐, 뜨흑…"

크리스텔 드 사르네즈, 그러니까 함가인은 몸부림 같은 기지개를 켜고 기상했다. 대낮이 다 됐는지 침실 곳곳이 쨍쨍했다.

"배고프다."

그녀가 뒷머리를 벅벅 긁으며 중얼거렸다. '아버지'가 편찮으시다는 소식을 듣고, 베랑 남작령을 출발한 게 어제저녁이었다. 사르네즈에 닿은 건 오늘 새벽 서너 시 무렵이었다.

며칠간 내내 남작 부부의 일을 도운 데다 밤새 흔들리는 마차를 타고 왔으니, 대주교급 성기사여도 피로를 떨치긴 힘들었다. 질투 나지만 아직 요한 선생님을 따라잡을 수준은 되지 못했다. 그게 크리스텔의 마지막 감상이었다. 그녀는 간신히 양치만 하고 익숙한 침대에 쓰러져 기절했다.

'아버님은 낮에 뵈셔요, 아기씨. 일단 주무시고. 눈도 못 뜨고 걸으시네.'

'네. 유모도 쉬세요.'

그런 대화를 했던 기억도 났다. 한데…

"너무 조용하네."

어쩐 성 안팎이 지나치게 고요한 듯싶었다. 아무리 토요일이라도 그렇지, 창밖에서 기사단의 기합 소리조차 들리지 않으니 묘했다. 밥때는 칼같이 지키는 유모가 여태 자신을 깨우러 오지 않은 것도 이상했다.

-부스럭, 부스럭

크리스텔은 본능적으로 발소리를 죽여 침대에서 빠져나왔다. 깨끗한 물을 만들어 목을 축이고 간단히 세수도 했다. 그제야 정신이 번쩍 났다. 유모가 갈아입힌 잠옷에 아무렇게나 얼굴을 닦은 그녀는, 조심조심 움직여 곁방을 살폈다.

"유모? 저기요?"

하지만 아무도 없었다. 청회색 눈동자가 가늘어졌다. 타닥, 터덕. 벽난로엔 새로 넣은 장작이 가득했다. 시계를 보니 정오가 다 된 시각이었다. 분명히 누가 왔다 갔는데…

"뭐야."

방을 훑던 크리스텔이 정색했다. 테이블에 뚜껑 덮인 식사가 놓여있었다. 남이 보면 이게 어디가 문제냐고 하겠지만, 그녀에겐 이보다 수상할 수가 없었다. 가인이 빙의한 이래, 유모는 단 한 번도 그녀가 아침 먹는 모습을 거르지 않았다. 아무리 바빠도 크리스텔이 비몽사몽 씹고 마시는 꼴은 확인하고 나갔다. 황도의 공작저에서도 마찬가지였다. 오랫동안 아팠던 아기씨를 심히 염려한 탓이었다.

"…세상에!"

"쉿!"

그때, 침실 문 밖에서 하인들의 말소리가 들렸다. 크리스텔은 후다닥 몸을 날려 문 앞에 섰다. 귀를 갖다 대고 체내의 에테르를 끌어 올리자, 속닥이는 대화 내용이 똑똑히 들렸다. 선생님이 가르친 대로였다.

"그래서 가두신 거야?"

"그렇다니까. 온 황도가 뒤집어졌어!"

가둬? 누가 누구를? 크리스텔이 미간을 찌푸렸다. 무슨 일인데?

"무섭다, 소름 끼쳐… 그럼 태자 전하는?"

"만만다행히 무탈하셔. 그분 덕에 힘없는 평민들이 전부 살았어. 내가 사촌한테 들었는데, 뭐가 쾅! 하고 터지던 순간에 불꽃이 화르륵! 낙엽처럼 날아가더래. 그래서 바람만 아주 펑! 하고, 구경꾼들이 우르르! 쓰러지고. 전하께서 찰나에 불을 다스리신 거야."

"맙소사… 주신께서 도우셨네. 아니, 아니지! 그럼 우리 공작님만 테러에 당하신 거야?"

뭐?

-덜컹!

크리스텔이 힘차게 문고리를 밀었다. 거대한 나무문은 꿈쩍도 하지 않았다. 그녀가 고개를 기울였다. 건너편의 하인들이 숨넘어가는 소리를 냈다.

-터엉!

"이것 좀 열어주시겠어요? 밖에서 잠긴 것 같아요!"

쾅쾅. 야무진 주먹이 방문을 두드렸다. 하지만 복도는 쥐 죽은 듯 잠잠했다. 일부러 입을 다문 것이다. 크리스텔의 머릿속이 단숨에 써늘해졌다. 설마 가뒀다는 게…

"크리스텔 아가씨, 안녕히 주무셨습니까. 죄송하지만 문은 제가 잠갔습니다."

나이 든 목소리가 귓전을 울렸다. 방금까지 수다 떨던 음성이 아니었다. 크리스텔은 기정사실이 된 추리에 이를 악물었다. 자신은 현재, 영문도 모른 채 영주성에 갇혀있었다.

"시종장 할아버지 맞죠? 왜 문을 잠그신 거예요? 아버지는요? 전 아버지를 뵈러 온 거예요."

"압니다. 부친께선 가벼운 화상을 입었을 뿐 무사하십니다."

"아니, 위독하시다고 들었는…"

"황실에서 예서 왕자님의 신병을 확보해 조사를 마칠 때까지, 답답해도 침실에 계시라는 공작님의 명이 있으셨습니다."

"네? 조사라뇨?"

크리스텔이 와락 인상을 구겼다. 그녀가 마지막으로 본 짝꿍은 평소처럼 선하고 아름다웠다. 그에겐 아무 일도 없을 것이며 그래야만 했다. 그런데 답을 듣기도 전에 불길한 예감이 척추를 타고 올랐다. 노인의 침착한 설명이 이어졌다.

* * *

"너무 늦어졌네요. 죄송합니다, 두 분."
"아닙니다. 익히 예상한 바입니다."

내 사과에 뱅자맹이 능청을 떨었다. 가나엘은 무조건 괜찮다고 했다. 그렇게 말해주니 고맙지만, 오전에 출발하는 일정이 저녁 여섯 시까지 밀린 건 명백히 내 과실이었다. 꼬마들과 숨바꼭질하고, 조금 찌그러졌지만 맛 좋은 케이크도 먹고, 소년병 출신 아이들의 고해까지 받으니 어느새 해가 지고 있었다.

우리의 소공작에겐 뭐라고 사죄해야 할지 벌써 눈앞이 깜깜했다. 오늘 밤 황궁에 도착해 푹 자고, 내일 일찍부터 에바를 만날 계획이었는데 몽땅 틀어지게 생겼다. 내가 입속으로 사과의 말을 준비하는 동안, 남작가의 일손들이 마차에 짐을 실어 주었다.

"몸 붙일 곳 없는 이들에게 소중한 시간을 만들어 주셨잖아요, 전하. 에바 소공작도 이해할 거예요."

내 속을 꿰뚫어 본 요한 경이 말했다. 귀신같네.

"…짧은 봉사 활동이죠. 저는 하루만 한 건데요, 뭐."

나는 그렇게 대답하고 뒤를 돌아보았다. 우리를 배웅하러 나온 남작가 식구들이 이쪽을 바라보고 있었다.

"저분들은 매일 쉬지 않고 하시는 일입니다. 폐하께 도움을 부탁드리고 싶어요."

"좋은 생각이네요."

성기사가 부드럽게 호응했다. 그때였다.

-삐이!

뚝심이가 요란하게 울며 내 품을 파고들었다. 티테가 지느러미발로 녀석을 감쌌다. 발밑의 데미는 꼬리를 반짝 세웠다. 왜 그래?

-⋯⋯다각, 다각, 다각!

"이랴! 이랴!"

-히히힝!

동시에 모든 시선이 영주성 초입을 향했다. 말을 탄 기사 두어 명이, 흙먼지를 일으키며 빠르게 이쪽으로 달려오고 있었다. 요한 경이 미풍처럼 매끄러운 몸놀림으로 나를 가로막고 섰다. 나는 까치발을 들고 목을 쭉 뺐다. 잠깐, 저건⋯

"두 번째 검!"

익숙한 목소리가 선두에서 쩌렁쩌렁 울려 퍼졌다. 그러자 한둘로 보이던 인원이 부채처럼 차르륵 옆으로 펼쳐졌다. 소름 끼칠 만큼 질서 정연한 동작이었다. 나는 그들의 대장과 상징을 단박에 알아보았다. 눈이 서서히 커졌다.

"에르베 뒤엠 경이 왜 여기까지,"

"스무 명."

나를 지키는 성기사가 중얼거렸다. 그렇게 많이 왔다고? 어째서?

-히힝!

"워어! 워!"

근위대는 말에서 내리지 않고, 순식간에 우리를 둥글게 포위했다. 나는 반사적으로 데미를 주워 품에 챙겼다. 가나엘과 뱅자맹이 내 등에 꼭 붙어 섰고, 남작 가족은 숨죽여 서로를 끌어안았다. 분위기가 심상치 않았다. 다들 눈빛이 너무 살벌한데…

"예서 페네티안 왕자님."

움찔했다. 나는 마른침을 꿀꺽 삼키며 뒤엠 경을 올려보았다. 익숙한 연분홍의 눈동자에 온기라고는 손톱만큼도 없었다.

"당신은 황족 테러 및 살인 미수 교사와 내란 음모 혐의를 받고 계십니다. 하여 황실 근위대의 이름으로 구속하고 자유를 박탈하겠습니다."

…뭐?

* * *

"…뒤엠 경. 본인의 말씀이 몹시 허황하다는 것은 잘 아실 테지요."

우리 중 가장 먼저 운을 뗀 건, 뱅자맹이었다. 나는 불안해하는 신수들을 도닥이며 그를 돌아보았다. 푸른 시선이 노을 아래 가라앉아 있었다. 에르베 뒤엠 경이 묵직한 목소리로 말을 받았다.

"왕자께서 황실의 조사에 응하시면 모든 진실이 밝혀질 겁니다. 저는 황명을 수행하는 검일 뿐, 사감私感으로 판단하고 움직이지 않습니다."

황명. 나는 심호흡하며 작금의 사태를 파악하고자 애썼다. 황족 테러 및 살인 미수 교사와 내란 음모 혐의. 셋 다 금시초문이고, 너무 황당해서 억울한 감정조차 들지 않았다.

프레데리크 황제 특유의 거창한 장난인가 하는 생각마저 들 정도였다. 하지만 품 안의 작은 온기들과 내 직감이 말하고 있었다. 이건 실제 상황이었다. 그렇다면 반드시 짚고 넘어가야만 했다. 나는 빼곡한 근위대를 둘러보며 입을 뗐다.

"황족 테러라면, 폐하나 태자님께 무슨 일이 생긴 겁니까?"

"그건 알려드릴 수,"

"저는 뒤엠 근위대장에게 물었습니다."

어느 기사가 질문을 차단하려 하기에, 내가 선수를 쳤다. 눈에 힘을 꽉 주고 뒤엠 경을 올려보자 그가 소리 없이 한숨지었다.

"황태자 전하를 노린 테러가 있었습니다. 허나 전하께서는 무사하십니다."

"…정말입니까?"

"예. 무테 부근위대장도 마찬가지입니다. 털끝 하나 다치지 않았습니다."

시선은 곧이곧았다. 그가 사실을 말하고 있다는 확신이 들었다. 요한 경이 명령을 기다리는 눈빛으로 나를 내려다보았다.

"후우."

나는 안도의 숨을 내쉬며 고개를 주억였다. 엄청난 착오가 있었던 것 같지만, 어쨌든 내가 무고하니 괜찮을 터였다. '황실의 조사'란 부티에 추기경의 심문을 포함하는 의미였다. 그녀는 제국 최고의 거짓말 탐지기를 보유한 성직자이자 내 스승님이었다. 단숨에 결백을 증명해 주시겠지.

"전하."

"괜찮습니다. 용의선상에 오르는 게 처음도 아니에요."

"…"

나는 빙의하고 얼마 지나지 않아, '경계의 신전' 신물 도난 사건에 관해 신문받은 적이 있었다. 당시엔 엘리자베트 경이 나를 상대했다. 지금은 사람이 뒤엠 경으로 바뀌었을 뿐이었다. 무슨 추측을 한 건지 요한 경의 안색이 어두워졌다. 나는 반사적으로 에테르를 풀어냈다. 그가 내 힘에 크게 연연하지 않는 건 알지만, 당장은 안정을 주고 싶었다.

"가겠습니다. 협조하죠."

내가 단호하게 답했다. 남작 가족이 신음했고, 뒤엠 경은 고개를 끄덕였다. 그를 신호로 근위대원 절반이 말에서 내렸다. 처음부터 베랑 남작령에서 우리를 호위하던 인원은… 대부분 놀라지 않은 얼굴이었다. 되게 침착하네.

"파브리스 베랑 남작, 당신과 식솔 또한 내란 음모 혐의로 체포합니다."

그런데 기사 하나가 그런 소리를 했다. 나는 식겁해서 뒤돌아보았다. 말도 안 되는 망언이었다. 남작 역시 뜨악한 낯으로 기사를 보았다. 근위대원들이 세 가족을 단단히 포박했다.

"아버지!"

"엘로디, 염려 말거라. 무슨 말씀인지 모르겠군요. 우리 가문과 나는 단 한 번도 폐하께 역심을 품은 적이,"

"신국에서 밀입국한 소년병을 양성한다는 익명의 제보가 있었습니다."

"그런… 전부 상처 입고 달아난 아이들입니다! 검은커녕 가위 잡는 것조차 무서워하는,"

"진술은 황도에서 하십시오."

병사들이 딱딱하게 대답했다. 어느새 말에서 내린 근위대장이 직접 신수들을 거두고 나를 결박했다. 아프진 않았지만 갑갑했다. 순식간에 묶인 가나엘이 울먹거렸다. 요한 경의 영향으로 세찬 바람이 불기 시작했다. 나는 다급히 말했다.

"뒤엠 경, 저분들은 위니테강으로 흘러오는 신국의 난민을 구조해 돕고 있습니다. 제가 증언할 수 있어요. 베랑 남작가는 폐하를 충심으로 섬기는 집안입니다. 이건…"

그제야 짧은 단어가 뇌리를 스쳤다. 나는 망설이지 않았다.

"이건 모함입니다!"

"수사를 통해 밝히겠습니다."

그가 무뚝뚝하게 답했다. 절로 이가 갈렸다.

'끼이, 끼이…'

데미가 처량하게 울며 내 쪽으로 앞발을 뻗었다. 결국 뒤엠 경은 티테만 갑옷 안에 챙기고 데미를 내려놓았다. 그러자 녀석이 코알라처럼 내 다리에 매달렸다. 뚝심이는 그새 어디로 날아갔는지 보이지 않았다.

"헤인스 경, 이것을 착용해 주셔야겠습니다."

근위대 기사가 안장주머니에서 무언가를 꺼내며 말했다. 나는 눈을 휘둥그레 떴다. 에테르 구속구였다.

"이럴 필요까진 없습니다. 요한 경은 여러분을 공격하지 않아요!"

"내란 음모 혐의가 있어 어쩔 수 없습니다."

"제국에 망명한 분이 아닙니까. 폐하께 언약도,"

"형식적인 절차입니다."

"…"

나는 원망스러운 눈길로 뒤엠 경을 바라보았다. 그는 꿈쩍도 하지 않았다. 휘이잉, 쏴아아아…! 강풍에 영주성 인근 수풀이 울부짖었다. 하얀 머리카락이 흩날렸다. 요한 경은 산뜻한 미소로 입을 뗐다.

"뒤엠 근위대장님."

"예."

"믿을게요."

턱이 쩍 벌어졌다. 추기경이 스스로 자유를 포기했다. 여기서 자신이 무력으로 저항하면, 내게 씌워진 혐의가 진실로 둔갑하리라 우려한 것이다. 겁먹은 엘로디가 뒤편에서 숨죽여 흐느끼고 있었다. 나는 성기사의 목을 감싸는 흑색의 형구刑具를 고요히 노려보았다. 볼모라 서러웠던 적이 드문데 이번엔 진심으로 분했다. 철컥, 금속 맞물리는 소리가 났다. 그때였다.

-푸욱!

"큿!"

요한 경에게 구속구를 채운 기사가, 뒤에서 기다란 바늘을 꺼내 성기사의 목덜미에 박아 넣었다! 누가 말릴 새도 없이 벌어진 일이었다. 민트색 눈이 스르륵 감겼다.

"요한 경-!"

"주신 맙소사!"

"세상에!"

고함치며 튀어 나가는 나를, 뒤엠 경이 붙들었다. 뱅자맹과 남작 가족이 소스라쳤다. 나는 무너지는 성기사를 멍하니 보며 경악했다. 털썩!

"이게 무슨 짓입니까! 형식적인 절차라고 했잖아요!"

"…바로 출발한다."

내 항변을 무시한 뒤엠 경이 차갑게 선언했다. 근위대원들이 요한 경을 짐짝처럼 들어 마차에 태웠다. 나는 충격 받은 머리를 어떻게든 재부팅하고자 혀를 깨물었다. 입술에선 피 맛이 나기 시작했다. 그렇게 우리는, 근위대의 손아귀에 붙잡혀 황도로 향했다.

* * *

온 황궁이 어수선했다. 오렐리 부티에는 난감한 표정을 지었다. 침대 머리맡에 앉은 황제가 종일 그녀의 곁을 떠나지 않는 탓이었다. 프레데리크의 옆엔 세드리크도 함께였다. 황제는 이따금 아들의 등을 두드렸고 한번은 뺨에 키스까지 했다. 자식을 사랑하는 것과 별개로 살가운 표현이 적은 그녀였기에, 보기에 무척 흐뭇한 장면이었다. 하지만…

"난 정말 괜찮은데, 둘이 여기 있는 이유를 모르겠네."

이곳은 황제궁에 있는 추기경의 침실이었다. 오렐리는 오전에 있었던 모데스트 바카리의 마나 폭주에 휩쓸렸고, 이후로 줄곧 방에 머물렀다. '무탈하시다'라는 태의와 치유 신관의 진단이 있었는데도 밖으로 나가지 못했다. 프레데리크는 별걸 다 묻는다는 듯 대꾸했다.

"너는 당분간 감금이야, 오렐리. 그러니 반려인 내가 와야겠지."

"그런 말 좀 하지 마. 세이디가 뭘 보고 배우겠어."

"흥."

황제가 코웃음 치며 손에 쥔 종이로 눈길을 돌렸다. 저건 평범한 국정 문서가 아니었다. 오렐리는 느릿느릿 팔을 뻗어 태자의 손을 감쌌다. 이내 침잠한 주황색 눈동자가 그녀를 향했다. 소중한 아이는 긁힌 곳 하나 없었다. 그뿐인가, 축복받은 힘으로 귀한 백성들을 살리기까지 했다. 그녀는 오늘도 주신께 감사했다.

"왜 이렇게 힘이 없을까, 우리 세이디."

"…"

"멀쩡한 몸으로 궁에 갇힌 대모를 심려해서는 아닐 테고."

"아당."

황제가 꾸짖듯 중간 이름을 불렀다. 추기경이 싱긋하며 커다란 손등을 쓸어주었다.

"그 애는 괜찮을 거야."

"저급한 모략입니다."

태자가 낮게 으르렁댔다. 오렐리는 상냥히 눈꼬리를 휘었다.

6. 배역

"응, 말하기도 입 아프지. 그래서 네 엄마가 에르베를 보냈어."

"…"

"환궁할 때까지는 근위대가 왕자님을 지킬 거란다. 걱정하지 말렴."

세드리크는 대답하지 않았다. 제국의 주인이, 근위대장을 곁에서 떨어뜨려 놓는 일은 지극히 드물었다. 황제는 그만큼 확고하게 왕자를 믿고 있었다. 그러나 태자의 노여움은 사그라지지 않았다. 누군가 왕자를 모함하고자 이런 짓을 벌였다는 사실 자체가 불쾌했다. 거짓으로 기삿감을 준비한 것도, 그것이 끝내 어머니에게 닿은 것도…

'두근.'

전부 화가 났다. 눈앞이 선홍빛으로 울렁거렸다. 당장 범인을 찾아내, 산산이 찢어발기고 불태워 세상에서 지우고 싶었다. 그는 대모의 손을 너무 세게 잡지 않기 위해 이를 악물었다. 그녀가 다칠까 두려웠다.

"바카리 군은?"

"…아직 잠들어 있습니다."

정확히는 마나 휴지기였다. 예언자는 끔찍한 예지를 남긴 직후 혼절해, 밤이 된 현재까지도 의식을 찾지 못하고 있었다. 쥘리에트 궁 창문이 날아간 후폭풍을 고려하면 며칠은 더 있어야 깨어날 듯했다. 예후를 확인하고자, 황실은 그를 자작가로 보내지 않고 스트로다 궁에 들인 상태였다.

"앙드레지 공자는… 시신을 화장해야겠지."

"그 빌어먹을 놈은 이미 반쯤 화장된 상태 아닌가?"

황제가 종이를 넘기며 날카롭게 말했다. 오렐리는 눈썹을 늘어뜨렸다. 그녀가 거친 반응을 보이는 것도 당연했다. 사관학교 창립식 테러 사건으로 40여 명의 경상자와 한 명의 중상자, 그리고 사망자가 발생했다. 죽은 이는 열다섯 살 난 범인이었다. 태자가 즉시 불꽃을 무력화했지만, 소년은 폭발의 충격을 이기지 못해 현장에서 숨졌다.

"…저와 엘리자베트가 조사를 맡겠습니다."

세드리크가 말했다. 그는 얼마 전, 황제의 재판으로 작위를 박탈당하고 종신형을 선고받은 앙드레지 백작 부부를 떠올렸다. 대대로 병약한 자녀를 버려온 집안이었다. 그런데 어리다는 이유로 황은을 입은 그들의 핏줄이, 추잡한 일에 뛰어들어 스스로 목숨을 버렸다.

"분명 망자를 조종한 세력이 있을 겁니다."

"그래. 왕자님의 고발로 가문이 망했으니, 동기는 충분했을 거야. 문제는 그 아이를… 잘못된 길로 인도한 자가 살아있다는 거겠지."

베이지색 눈동자가 근심스러운 빛을 띠었다. 태자는 어머니가 쥐고 있는 '무기명 투서'를 쏘아보았다. 오늘 사라 벨리아르가 황제궁으로 가져온 물건이었다.

'제게 황족의 의무를 다하라고 하더군요. 메모에 그리 쓰여있습니다.'

무덤덤한 노인의 목소리가 귓전을 울렸다. 그녀는 익명의 요구대로 호외를 발행하지도, 제보를 넘기는 대가로 황실에 무언가를 청하지도 않았다.

'가당치 않은 일입니다. 제 발로 궁을 나온 것이 벌써 수십 년 전이건만.'

그저 침묵했다. 예서 페네티안이 내란을 모의하고 있노라 주장하는 모든 문장을, 기자는 못 본 척 지나쳤다. 연로한 녹색 눈망울이 새싹처럼 싱그런 빛을 내고 있었다.

'은혜를 갚으려면, 역시 상대방이 원하는 방식을 따르는 것이 가장 좋겠지요.'

그것이 벨리아르의 마지막 말이었다. 한때 황녀였던 여인은 그렇게 다시 궁을 떠났다. 덕분에 황도는 뒤숭숭할지언정 혼란의 도가니로 변모하지 않았다. 대귀족들이 수도 봉쇄를 건의하거나, 신국에 경고를 보내자며 설레발을 놓는 일도 없었다.

다만 이대로 시간을 끌기는 어려웠다. 신속하고 정확하게 배후를 치지 않으면 후속 음모가 실행될 수 있었다. 태자는 텅 빈 왼손을 말아 쥐었다. 심장께의 성석에서 생생한 온기가 피어올랐다.

"저희가 죄인을 잡을 것입니다."

그가 잇새로 씹어뱉듯 선언했다. 추기경과 태자가 맞잡은 손에, 황제는 묵묵히 자신의 손을 얹었다.

* * *

-쿵
"아야…"

나는 오만상을 쓰며 잠에서 깼다. 깜빡깜빡 졸다 부딪힌 뒤통수가 얼얼했다. 다그닥, 다그닥. 마차는 한밤중에도 쉬지 않고 황도를 향해 달리고 있었다. 거친 운행에 몸이 이리저리 흔들렸다. 사위는 마법 조명이 꺼져 온통 컴컴했다. 황제의 프리미엄 겨울 차량이 며칠 만에 호송차로 변한 게 조금 우스웠다. 정신 바짝 차려야 하는데, 지친다고 한눈 붙인 나도 우습고.

"…그래도 주무시는 게 나으려나."

나는 두 칸의 침대에 누운 안 베랑 남작 부인과 엘로디를 살폈다. 눈물자리가 선한 얼굴로 꽁꽁 묶여 잠든 이들을 보니 마음이 좋지 않았다. 남작은 침대에 등을 기댄 채 꾸벅꾸벅하고 있었다. 여전히 의식이 없는 요한 경, 불편한 자세로 잠든 뱅자맹과 가나엘도 안타까웠다. 데미는 내게 붙어 옹송그리고 있었다. 금세 죄책감이 밀려들었다. 어찌 보면 내 탓…

"읍."

그때, 누군가 어둠 속에서 거친 손길로 내 입을 틀어막았다. 삽시에 온몸이 경직됐다. 호흡이 힘겨워지고 익숙한 공포가 밀려왔다. 나는 간신히 코앞의 남자를 확인했다. 문이 열리는 기척조차 없었는데 어떻게-

"…"

형형한 연분홍색 눈동자가 나를 들여다보고 있었다. 에르베 뒤엠이었다.

* * *

아닐 거야. 아니겠지. 아냐. 호흡이 막혀 고통스러웠다. 나는 프랑수아 뒤엠 후작의 얼굴을 떠올리면서도 사력을 다해 끔찍한 가설을 부정했다. 온몸을 비틀자 에르베 뒤엠 경이 깜짝 놀라며 손을 뗐다. 후아!

"송구합니다. 제 손두께를 미처 생각지 못했습니다."

"콜록, 콜록!"

"쉿. 조용히 하셔야 합니다, 예서 왕자님."

그가 자신의 입술에 검지를 대고 소곤거렸다. 잠에서 깬 사람이 있는지 사방을 확인하기도 했다. 나는 생리적 눈물이 고인 눈을 질끈 감았다 떴다. 평소처럼 자상한 얼굴의 근위대장이, 한쪽 무릎을 꿇은 채 나를 바라보고 있었다.

그제야 내가 아는 사람을 만난 기분이었다. 다른 의미로 숨이 트였다. 뭐라 말할 틈도 없이, 그는 곧장 나를 묶은 줄을 느슨하게 풀기 시작했다. 자다 일어난 데미가 귀를 팔랑이고 사내의 냄새를 맡았다. 뒤엠 경은 바쁜 와중에도 피식하며 신수를 쓰다듬어 주었다.

"아까는 겁먹게 해서 미안합니다, 신수님."

-끼

"뒤엠 경, 지금… 뭐 하시는 겁니까?"

내가 어안이 벙벙해져 속삭였다. 그는 진지하게 대답했다.

"곧 제가 마차를 멈출 겁니다. 황명을 받아 이르게 출발하고 한 번도 말을 쉬지 못했으니, 녀석들에게 물도 먹일 겸 쉬어 가자고 하겠습니다."

"네."

정신이 하나도 없었지만 나는 일단 고개를 주억였다. 그 사이 밧줄은 나를 간신히 두를 만큼 헐거워졌다. 이어 뒤엠 경이 갑옷 안에서 잠든 티테를 꺼냈다. 인간 좋아하고 팔자도 좋은 꼬마 하프물범은, 그의 내흉근 사이에서 따끈한 증편처럼 녹아있었다. 근위대장이 신중한 손길로 녀석을 내 품에 숨겨주었다.

"그때 여러분도 바람을 쐬게 해드리면, 왕자께서는 신수님들을 데리고 동쪽 숲을 넘으십시오. 형님의 영지 근처이니 도움을 받으실 수 있을 겁니다. 저와 기사 몇이 시선을 끌겠습니다."

"예…?"

나는 멍하니 되물었다. 이게 무슨 소리야?

"죄송합니다. 여유가 없어 자세히 설명해 드리기 어렵습니다."

"간단하게라도 말씀해 주십시오."

내가 요청했다. 그의 목소리가 무겁게 가라앉았다.

"…근위대가 왕자님을 노리고 있습니다. 시해 목적일 겁니다."

깊은 눈매가 회한에 젖어있었다. 나는 충격으로 말을 잇지 못했다. 다각, 다각. 잠시간 말발굽 소리와 마차 소음만이 차내를 가득 채웠다. 아니, 아니…

"그냥 길게 설명해 주시면 안 될까요? 황명으로 저를 데리러 왔다고 하지 않으셨습니까. 혹시,"

"아니요. 폐하와 두 분 전하께선 왕자님을 믿으십니다. 저는 왕자님을 황궁까지 무사히 모시라는 명을 받았습니다."

다들 믿어줄 거라 생각은 했지만, 정말로 그렇다고 하니 안도의 한숨이 터져 나왔다. 근위대장이 커다란 덩치를 소리 없이 움직여

요한 경을 살폈다. 이내 잘생긴 이마가 찌푸려졌다. 그는 열쇠로 에테르 구속구의 잠금을 풀었다.

"상급 마수에게나 쓰는 진정제를 놓은 듯합니다. 강력한 해독제가 필요한데…"

"뒤엠 경."

내가 그를 재촉했다. 남자의 말을 이해한 데미는 영특하게도 앞발에서 온갖 약초를 피워냈다. 그가 목을 떨어뜨리며 쓰게 웃었다.

"보시는 그대로입니다. 저는 부하들에게 헤인스 경을 이렇게 만들라고 명령한 적이 없습니다."

"…"

"구속구까지는 형식적으로 필요한 조치였습니다. 허나 이건 아닙니다. 그리고 황실 근위대는 무슨 일이 있어도, 제가 명하지 않은 바를 행해선 안 됩니다. 이는 결국 폐하의 뜻에 어긋나기 때문입니다. 저는 그런 식으로 병사를 훈육하지 않습니다."

그리 말한 뒤엠 경이 신속히 다른 이들의 포박을 풀었다. 겉으로는 티 나지 않게, 묶인 강도만 조절하는 솜씨가 수준급이었다. 내가 조심스레 속삭였다.

"저도 근위대가 요한 경을 다루는 태도에 화나긴 했지만… 그것만으로 저들이 저를 죽일 거라 판단하신 건 아닐 텐데요."

"놀라지 않더군요."

그가 남작 부인과 엘로디의 머리 아래 베개를 끼워주며 중얼거렸다.

"제가 왕자님의 혐의를 읊을 때, 남작령에 미리 와있던 근위대가 조금도 놀라지 않았습니다. 그것을 보고 위화감을 느꼈습니다. 무언가… 작위적이었습니다."

요컨대 전사의 육감이었다. 억지스럽다고 반박하기는 어려웠다. 나 역시 같은 생각을 했으니까. 갑작스러운 상황에도 안색 변화가 없는 이들을 보며, '되게 침착하네' 하고 혀를 내두르지 않았던가.

"저들이 체포를 예상했다고 보시는 겁니까?"

"예. 한두 시간 전부터는 살기가 느껴졌습니다. 미숙한 기사는 기세를 완벽히 감추지 못하지요. 살인을 준비하며 긴장하는 겁니다."

"하지만 왜 그런 위험한 계획을 세우겠습니까. 감히 누가 폐하의 두 번째 검에 사람을 심고…"

그 순간, 인정사정없는 깨달음이 벼락처럼 꽂혔다. 이어 해일 같은 쇼크가 들이닥쳤다. 전신에 소름이 끼치고, 턱이 고장 난 것처럼 부들부들 떨렸다. 나는 미친 듯이 머리를 가로저었다. 절대 아니다.

"그럴 리가 없습니다."

"왕자님."

이런 전개는 불가능하다.

"이건 말도 안 됩니다. 그렇잖아요. 앞뒤가 안 맞아요."

"진정하십시오."

있어서는 안 되는 일이다.

"사르네즈 공작이 왜,"

내 말끝이 갈라졌다.

"저도 모르겠습니다."

뒤엠 경이 비수에 찔린 듯한 표정으로 말했다. 나는 호흡하는 방법조차 잊고 헉헉거렸다. 쥘리에트 궁 정원을 지나며 가볍게 주고받았던 말들이, 이제 와 묵직이 나를 강타했다.

'초면인 분이 많네요.'

'사르네즈에서 양성한 신입 기사와 병사들입니다. 시몽 드 사르네즈 공작의 지원으로 대거 입대했습니다.'

'…기사와 정예병까지 우르르 들어오는 일은 드물었지요.'

그리고 나를 훔쳐보던, 낯선 근위대원들의 눈빛도.

"착각이… 착각을 한 겁니다. 우리가,"

"왕자님. 저에게는 왕자님의 안전이 최우선입니다. 조금이라도 의심스러운 정황이 있다면 타개하는 것이 제 의무입니다."

그가 침착하게 타일렀다. 나는 정신을 다잡고자 안간힘을 썼다. 주인공이 번듯이 살아가고 있는데, 크리스텔이 하루하루 잘 지내고 있는데 작가가 이래서는 안 됐다. 하지만 동시에, 오직 작가만이 이럴 수 있었다. 이게 현실이라면 빨리 받아들일수록 나와 모두에게 유리했다. 뒤엠 경은 뒤로 묶인 내 손에 구슬 몇 개를 쥐여주었다.

"형님의 영지에 진입하면, 이것을 깨뜨려 구조를 요청하십시오."

"하아, 으."

제발 침착해, 정예서. 제발 좀. 나는 가까스로 침을 삼켰다.

"…한밤중인데 누가 올까요?"

내 목소리가 벌벌거렸다. 뒤엠 경이 시원스레 입꼬리를 올렸다.

"걱정 마십시오. 달구경을 좋아하니 분명 구조 신호도 발견할 겁니다. 그리고 형님은,"

휙! 그가 황급히 어깨를 숙이며 창가에 바싹 붙었다. 가나엘이 게슴츠레 눈을 떴다. 나는 입을 악다문 채 고개를 내서었나. 조용히 해줘.

"..."

소년은 근위대장과 나를 번갈아 보더니, 데미가 튀워준 약초를 발로 긁어모았다. 잠결에도 몹시 똑똑한 아이였다. 나는 속으로 몇 번이나 고마움을 전했다.

"형님은 살면서 그 빛줄기를 무시한 적이 없습니다. 그러니 아파도 나올 겁니다."

"제가, 제가 경을 돕겠습니다. 신탁을 내리면 빠르게 정리될 거예요."

"아뇨."

뒤엠 경이 갑옷과 장갑을 조이며 말했다. 비장한 눈매에 달빛이 스몄다.

"이미 신탁을 받았을 가능성도 무시할 수 없습니다."

"..."

이건 맞는 말이다. 만약 저들이 나보다 강한 대주교의 신탁, 즉 세뇌로 움직이고 있다면 나의 신력은 통하지 않을 터였다.

"또한 왕자께서는 내란 음모 혐의를 받고 계십니다. 하니 저들에게 공격을 정당화할 구실을 주어서는 안 됩니다. 한 점의 티끌도 없는 상태로 마차를 떠나십시오. 뒤는 저희가 맡겠습니다."

나는 이를 악물었다. 상대는 내가 부티에 추기경을 만나기 전에 죽길 바랐다. 누명을 벗지 못하고, 불명예와 치욕을 안은 채 사라지길 원했다. 도대체 무엇을 위해서?

"…몇 명입니까?"

나는 겨우 입을 열어, 답 없는 물음보다 더 중요한 것을 물었다. 뒤엠 경이 마차 문 쪽을 힐끔거렸다. 껌처럼 끈적한 무언가가 손톱만큼 열린 문틈에 끼어있었다. 저래서 근위대장이 들어올 때 조용했구나.

"저까지 다섯입니다."

나는 급히 그를 돌아보았다. 동행한 인원이 어림잡아도 마흔인데, 그중 뒤엠 경의 조력자가 넷뿐이라는 뜻이었다. 게다가 상대편엔 정예가 포진하고 있었다. 우리의 추측이 맞는다면, 어차피 죽을 목숨이니 전부를 걸고 덤빌 자들이었다. 검사는 물론 마법사도 있을 게 분명했다.

"제국 최강의 마법사를 하룻강아지처럼 보시는 건 왕자님뿐입니다."

그가 달래듯 말했다. 연분홍색 눈동자가 근사하게 휘었다.

"혼자는 못 가겠습니다. 저는 정신력이 달려서 안 됩니다. 다들 여기 두고 어떻게,"

"헤인스 경을 깨우겠습니다. 신수님이 약초를 저리 쌓아주셨으니, 그중 하나는 효과를 보겠지요. 같이 싸우진 못하더라도 민간인은 충분히 지킬 겁니다."

"그래도…"

그래도 무섭고 위험하잖아. 강하다고 두려움을 모르는 것도 아닐 텐데.

"왕자님은 형님에게 상황을 전해주십시오. 폐하께서는 공작을 추호도 의심하지 않으십니다. 그러니 황궁에 선살을 보내야,"

-콰아앙-!

마차 문이 날아갔다. 뒤엠 경이 튀어 오르듯 나를 덮쳤다. 다들 소스라치며 산발을 하고 일어났다. 차량이 좌우로 격하게 흔들렸다.

-히히힝!

"워! 워어!"

"으아악!"

말들이 우짖었고, 마부가 당혹했으며, 탑승객들은 비명을 질렀다. 12월의 밤바람이 폭풍처럼 불어닥쳤다. 어둠 속에 우뚝 솟은 불청객이 보였다. 우리가 들킨 것이다. 선득한 칼날과 근위대의 상징이 번뜩였다.

-쌔액!

나는 헛숨을 들이켰다. 엎드려 나를 감싸고 있던 뒤엠 경이 번개처럼 움직였다. 카앙! 그는 팔에 두른 철갑으로 검을 받아내고 다른 손으로 단검을 빼 들더니,

-콰악!

"아악!"

상대방의 다리에 망설임 없이 박아 넣고 매끄럽게 한 바퀴 회전한 후,

-콰아앙!

6. 배역

그 반동을 이용해 적을 마차 밖으로 걷어찼다. 남자의 외마디 절규가 멀어졌다.

"아아악!"

"빌어먹을, 쳐라!"

-스릉, 스릉!

"전부 사살한다!"

"왕자는 반드시 죽여!"

무시무시한 명령과 검이 뽑히는 금속음이 뒤섞였다. 마차가 급격히 느려졌다. '크아악!' 밖에선 이미 싸움이 벌어진 것 같았다. 베랑 남작이 모두의 포승을 풀고 베개와 탁자 따위를 잡게 했다. 가나엘은 요한 경에게 먹일 약초를 으깨기 시작했다. 뒤엠 경이 빠드득 이를 갈며 일어섰다. 검은 피부에서 붉은 마나가 뿜어져 나왔다.

-우우웅!

"자네들, 신입이라 그런지 위아래가 없군."

그의 발밑에 또렷한 마법식이 떠올랐다. 챙그랑, 챙챙챙! 새빨간 금속성의 빛이 부채처럼 펼쳐지며 일곱 개의 정방형을 그렸다. 투콰아앙!

"끄아악!"

그에게 돌진하던 병사가, 방어 마법식의 힘을 이기지 못하고 튕겨 나갔다.

"에르베 대장님!"

밖에서 누군가 목이 터져라 외쳤다. 뻥 뚫린 문으로 구릿빛 봉棒이 날아왔다. 척! 뒤엠 경은 제대로 보지도 않고 그것을 단박에 잡아챘다. 모든 것이 순식간이었다. 막대 끝에서 볼링공만 한 구체가 솟아오르더니, 줄기처럼 쑥쑥 자라난 쇠사슬 끝에 매달렸다.

-철컹, 철컹철컹!

마시막으로 구체에서 철의 가시가 삐숙삐숙 돋아났다. 턱이 쩍 벌어졌다. 근위대장의 마도구 무기는 플레일^{flail}이었다!

"다음에 뵐 때는 부하들 교육을 제대로 시켜놓겠습니다."

그가 나를 보며 눈부시게 미소 지었다. 어느새 마차가 완전히 멈춰있었다. 안 돼.

"뒤엠,"

"약해진 형님을 잘 부탁드립니다. 신수님!"

-끼이이이!

콰르르르! 마차 입구에서 거대한 넝쿨 줄기가 솟아났다. 포승줄이 사라지자마자 데미의 덩굴이 나를 김밥처럼 돌돌 말았다. 나는 반사적으로 품 안의 티테를 끌어안았다. 몸이 휙 쏠리며 단숨에 마차 밖으로 날아올랐다!

"으악, 데미! 너 누구 신수야!"

-끼꺼!

끼가 누군데! 레서판다는 무지막지한 속도로 숲을 향해 내달렸다.

"왕자가 도주한다! 잡아!"

"쫓아가!"

"그건 곤란하지."

뒤엠 경의 음산한 목소리가 들렸다. 나는 마지막으로 뒤를 돌아보았다. 그가 주먹을 꽉 쥐자,

-쿠르르!

"어?! 앞이 안 보여!"

"내 눈!"

병사들의 주변이 시커먼 안개로 물들었다. 뒤엠 경의 특기인 암흑暗黑이었다. 휙, 휙, 휘리릭! 그는 방황하는 적들을 향해 전광석화처럼 철퇴를 휘둘렀다. 서너 명이 삽시에 나가떨어졌다.

-퍼억, 푹, 퍽!

"크허억!"

"아아악!"

"제길, 마나 못 쓰는 놈들은 후방으로 빠져!"

나는 잽싸게 눈길을 돌리고 머리를 푹 숙였다. 붉은 핏방울은 어스름에도 뚜렷하게 보였다. 밀려오는 공포로 속이 울렁거렸다. 유리처럼 차가운 나뭇잎이 뺨과 목덜미를 마구 스치고 지나갔다.

"예서 왕자님, 부디 무탈하십시오!"

어느덧 멀어진 길목에서, 뱅자맹의 외침이 들렸다. 눈시울이 뜨거워졌다. 나는 열 오른 입김을 뱉으며 고개를 끄덕였다.

* * *

"거지 깽깽이 같은 회사도 내 발로 사표 내고 나왔는데, 내가 이깟 성을 못 빠져나갈 것 같아? 엿이나 까 잡숴."

크리스텔 드 사르네즈가, 창틀에 앉아 살벌하게 중얼거렸다. 어머니와 유모가 들었다면 거품 물고 쓰러졌을 욕설까지 인심 넉넉하게 이어졌다. 낮에 방문 너머로 들은 시종장의 설명은 곱씹을수록 거슬렸다.

아니, 거슬리는 정도가 아니었다. 벌컥벌컥 역정이 나고, 그녀가 다 억울하고 원통해서 새벽까지 잠도 오지 않았다. 회사 때려치우고 이곳에 빙의한 이래 화병은 없었는데 말이다.

'예서 왕자님께서는 황족 테러와 살인 미수 교사, 그리고 내란 음모 혐의를 받고 계십니다.'

'뭔 개소리야?'

'아가씨?'

'꽃이 '만개'하는 소리. 문득 봄이 그리워서요.'

'…예. 그러한 까닭에, 주인님께서는 아가씨가 당분간 침실에 머무르며 외부 출입을 삼가기를 바라십니다. 혹시라도 왕자님과 부정적으로 얽히지 않도록 몸을 사리시라는 뜻입니다.'

'말도 안 되는 누명을 의식할 필요가 뭐 있어요? 아무도 안 믿을 텐데요.'

'그렇게 생각하시는 것도 이해합니다. 다만 정치는 그리 간단하지 않습니다.'

"정치는, 시발. 투표 열심히 했으면 됐지."

그녀가 이를 갈았다. 12월의 바람이 온 실내를 휩쓸었지만 조금도 춥지 않았다. 오히려 더 강하고 차가워도 좋을 듯싶었다. 크리스텔은 당장이라도 창밖으로 뛰어내릴 것처럼 걸터앉아 달을 올려다보았다.

구름에 가린 겨울 조각은 지친 듯 반쯤 누워있었다. 그 모습을 보니 왕자님이 떠올라 더욱 애가 탔다. 물론 황제 폐하나 추기경 전하, 태자 놈은 왕자님을 철석같이 믿을 터였다. 그걸 의심하진 않았다. 요한 선생님도 있으니 별문제야 없겠지만… 그래도 외롭고 무섭고 답답할 텐데.

"진짜 아프긴 한 거야? 빡치니까 별생각이 다 드네."

이쯤 되니 아버지, 시몽 드 사르네즈 공작이 독감에 걸리기는 한 건지 의심스러웠다. 그녀가 온종일 가출을 시도하지 못한 이유도 결국 그것이었다. 그가 위독하다면, 크리스텔은 집안 상황이 언제 어떻게 바뀔지 모르니 무조건 성에 머물러야 했다.

이건 그녀가 빙의하며 새롭게 얻은 '책임' 중 하나였다. 눈 감고 귀 막고, 막 살고 싶은 함가인의 사이드 브레이크로 작용하는 것들. 이끌어야 하는 가문과 걸머져야 하는 식솔.

"…어머니도 신경 쓰이고."

이런 시점에 이자벨 드 사르네즈의 곁을 떠나는 것 또한 마음에 걸렸다. 당장이라도 왕자님에게 달려가고 싶지만, 여리고 눈물 많은 그녀의 '새어머니'는 어떡한단 말인가. 아버지에겐 별 애정이 없어도 이자벨은 분명 크리스텔의 아픈 손가락이었다.

"갑갑하다, 갑갑해. 친구 노릇도오 못 하고오. 짝꿍 노릇도오 못 하고오."

말끝이 죽죽 늘어졌다. 입맛도 없어서 저녁은 절반이나 남겼다. 왕자님이 봤다면 식겁했을 터였다.

'그러다 쓰러집니다. 1인분만 더 드세요.'

듣기 좋은 목소리가 귓가를 울리는 듯했다. 그녀가 피식했다.

-똑똑

그때, 누군가 침실 문을 두드렸다. 크리스텔은 반짝 허리를 세웠다. 새벽 세 시가 다 된 시각이었다. 쩌저적! 손아귀엔 자연스레 얼음 칼닐이 들렸다.

"누구세요?"

"올리."

아주 작은 목소리였다. 부서질 것처럼 위태로운 음색의 주인을, 크리스텔은 단숨에 알아챘다. 모를 수가 없었다. 이곳에서 그녀를 아명으로 부르는 이는 한 명뿐이었다.

"어머니."

이자벨이었다. 크리스텔은 잽싸게 창문을 닫고, 벽난로에 장작을 잔뜩 더하고, 고드름은 대충 빈 컵에 꽂은 뒤 문가로 달려갔다. 찰칵. 이내 열쇠 돌아가는 소리와 함께 밖에서 문이 열렸다. 눈물 범벅이 된 이자벨이 그녀를 바라보고 있었다. 크리스텔은 깜짝 놀라 그녀를 방에 들이고 문을 닫았다. 뭔가 잘못된 게 분명했다.

"왜 울고 계세요, 이 시간에. 아버지께 무슨 일 생겼어요?"

그녀가 어머니를 난롯가에 앉히고 물었다. 무릎 꿇은 채 손수건으로 뺨을 닦아주는데, 이자벨이 딸의 손을 꼭 잡고 얼굴을 기대어 흐느꼈다. 고운 눈망울이 두려움에 가득 차있었다. 가느다란 음성이 흘러나왔다.

"올리, 네 아버지… 시몽이, 나쁜 일을 꾸미고 있어…"

"네?"

일순 소름이 끼쳤다. 다정한 보랏빛 눈동자가 그녀의 뇌리를 스치고 지나갔다. 연원을 알 수 없는 직감이었다. 크리스텔은 필사적으로 고개를 내저으며 이자벨의 손목을 잡아주었다. 아닐 것이다.

"괜찮아요. 말씀해 보세요. 무서워서 오신 거잖아요."

"어떻게, 어떻게 그분에게 그런…"

"제가 함께 고민해 볼게요. 어머니, 혼자가 아니에요."

그녀가 진심을 다해 말했다. 그러자 이자벨의 표정이 흐려졌다. 겨우 서른셋. 특별한 작위도, 막중한 역할도 없이 스물두 살부터 공작 부인으로 살아온 그녀는 외부의 충격에 몹시 취약했다. 치열한 사교계와 동떨어진 삶을 살았기에 더욱 그랬다. 하지만 아무래도 좋았다. 크리스텔은 그녀를 지켜줄 수 있었고, 그러기를 원했다.

"이거…"

부스럭, 부스럭. 딸의 품에 안긴 이자벨이 바들바들 떨며 안주머니에서 무언가를 꺼냈다. 크리스텔은 그녀의 머리카락을 손으로 빗겨주고, 종이를 받아 펼쳤다.

'첫째. 에서 페네티안 왕자가 반란을 꾸미고 있다!

왕자는 리에스테르 남단, 베랑 남작령에 오랫동안 익명의 군자금을 후원했다.

지난봄 전국을 경악게 한 하사품 착복 사건의 배후에도 그가 있었다.

베랑 남작은 왕자의 지원을 받아, 위니테강으로 흘러오는 신국의 병사를 거두고 양성했다.

폐하께서 베푸신 황은과 금은보화를,

백성들의 피와 살이 되는 하사품을,

모조리 내란 모의에 사용한 것이다.

둘째. 예서 페네티안 왕자가 황족 테러를 꾀했다!

지난 12월 19일, 황도 수비대 사관학교 창립식에서 세드리크 황태지 전히를 노린 테러가 있었다.

범인은 신국과 왕자의 만세를 기원하며…'

-*빠스락!*

"이게 뭐예요. 어디서 나셨어요?"

크리스텔이 종이를 구기며 거칠게 내뱉었다. 유성 잉크 냄새가 훅 올라왔다. 큼직한 꼬부랑글씨와 자극적인 문구. 참과 거짓을 교묘하게 섞어 날조한, 저질 선동 영상 같은 삼류 지라시. 대단하신 공작가의 영주성에서 발견될 물건이 아니었다. 청회색 눈동자가 귀화처럼 번쩍거렸다. 이자벨은 딸의 잠옷 자락을 붙잡고 간신히 입을 열었다.

"네 아버지가 걱정돼서, 잠도 안 오고… 목이 마른데 주전자에 물이 없었어. 그래서, 흐윽. 주방까지 내려갔다가…"

어둠침침한 새벽. 이자벨은 시종을 깨우는 대신 간만의 밤 산책을 택했다. 잠옷 위에 가운만 걸친 채 하인들의 공간으로 향한 그녀는, 화덕 곁방에서 은은하게 흘러나오는 빛과 말소리를 포착했다. 처음에는 그저 당직을 서는 것이겠거니 했다. 한데 모여 담소라도 나누나 보다 싶었다. 사용인들을 불편하게 하고 싶지 않아 조용히 움직이는데,

'-팔랑'

방 안에서 종잇장이 떨어져 문틈으로 삐져나왔다. 그녀는 고개를

기울였다. 그즈음엔 본가에 편지라도 쓰는 걸까 생각했다. 그런데 섬찟한 문장이 들렸다.

'옳지. 내란이라는 글씨는 더 크게 적는 게 좋겠네.'

이자벨은 자신의 청각을 의심했다. 어두운 복도를 몇 번이나 두리번거리고, 아무도 없는 것을 확인한 뒤에야 그녀는 문으로 다가갈 용기를 냈다. 아무래도 잘못 들은 것 같았다. 충직하고 점잖은 시종장이 그런 끔찍한 단어를 입에 올릴 리 없었다. 그녀는 조심스레 귀를 갖다 댔다.

'시종장님, 이따 바로 뿌리는 겁니까?'

'아닐세. 오늘 벨리아르의 호외가 나오는지를 확인하고, 오후까지도 없으면 밤에 가서 배포하게.'

'클레르 광장이라고 하셨지요?'

'그래. 시간은 주인님께서 지정하시는 대로 전달할 테니 그리 알고.'

숨이 턱 막혔다. 그녀의 남편이, 시종장과 하인들을 시켜 무언가를 도모하고 있었다. 무려 '내란'이라는 말이 포함되는 계획이었다. 이자벨은 손이 벌벌 떨리는 와중에도 문틈으로 비져 나온 종이를 쥐었다.

그러고는 정신없이 딸에게로 향했다. 굳게 닫힌 남편의 방으로 갈 자신은 없었다. 떠오르는 건 오직 사랑하는 아이의 얼굴뿐이었다. 마법 조명 아래 멈춰 설 때마다, 그녀는 저주 같은 음모를 읽어 내리며 공포에 전율했다. 이럴 수는 없었다. 왕자는… 예서 왕자님은, 그녀의 고해를 받고 용서해 준 은인이었다.

"시몽을…"

'어떡하면 좋니?'

이자벨이 스러질 듯 물었다. 크리스텔은 이를 악물고 어머니의 등을 쓸었다. 말보다 욕이 먼저 나올 듯해 기를 쓰고 혀를 통제했다. 분노가 치밀고 호흡이 뜨겁게 달아올랐다. 배신감을 느끼지 않았다면 거짓말이었다.

그러나 자신을 배반했다는 감정보다, 그가 기어코 어머니와 왕자님의 뒤통수를 쳤다는 충격이 훨씬 컸다. 크리스텔은 지난 가을밤을 떠올렸다. 블랑케르 공작령의 가장무도회. 어느 발코니에서 만난 그녀의 아버지가, 무슨 표정을 하고 있었는지 이제는 기억이 나지 않았다. 도대체 이러는 이유가 뭔데? 그 잘난 '정치' 때문이야?

"나는, 시몽에게… 애인이 생긴 줄 알았어."

크리스텔이 화들짝 포옹을 풀고 이자벨을 바라보았다. 그녀의 눈가에 허탈한 웃음기가 맺혀있었다.

"줄곧 영주성에만 머무르고, 황도에 나와도 우리를 보고 가는 일은 드물어서… 황궁에는 종종 들른다기에, 어느 시종과 바람이라도 난 걸까 했단다."

"어머니."

"그런데 다른… 완전히 다른 죄를 짓고, 우리에게마저 까맣게 비밀로 할 줄은…"

'하하하.'

이자벨이 웃으며 울었다. 크리스텔은 있는 힘껏 그녀를 끌어안았다. 어머니는 역시 알고 있었다. 시몽 드 사르네즈는 진정 쓰레기 같은 새끼였다. 크리스텔은 황제궁에서 보았던 치 떨리는 광경을 떠올렸다. 두 남녀가 로라의 사무실에서 밀회하던 꼴이 여태껏 생생했다. 하지만 지금 그런 이야기까지 할 수는…

"잠깐."

크리스텔이 퍼뜩 몸을 뗐다. 이자벨이 놀라서 딸을 살폈다.

"올리?"

"잠시만요."

그녀가 구깃구깃한 종잇장을 다시 열었다. 못난 글자들이 시야에 들어왔다.

'왕자는 리에스테르 남단, 베랑 남작령에 오랫동안 익명의 군자금을 후원했다.'

"…이런 사실을 어떻게 알지? 후원금 얘기는 나도 최근에 들었단 말이야. 이걸 아는 방법은 하나뿐이잖아."

크리스텔이 미친 듯이 중얼거렸다. 앙드레지 재판이 열리던 날, 그녀가 왕자에게 소곤거린 말들이 머릿속에 재배열되기 시작했다.

'저 사람, 아버지와 따로 만나던 여자입니다.'

'황제궁에서 회계 업무를 본다고 합니다. 나이는 스물아홉.'

황제궁, 회계 업무. 벼락같은 깨달음이 그녀에게 내리꽂혔다. 그 여자가, 왕자님의 송금 정보를 아버지에게 빼돌렸다. 두 사람이 감히 황제의 눈을 속이고 황실의 비밀을 누설했다!

"어머니."

"응."

이자벨이 그녀를 올려보았다. 크리스텔의 주먹이 부들부들 떨렸다. 이제는 공작이 정말로 오늘내일하는 중이어도 상관없었다. 소가주가 어쩌고, 소공작이 저쩌고 하는 말도 더는 자신과 관계없었다. 나가야 한다. 황제에게 공작의 범법을 알리고, 왕자님을 도와야 한다. 다 십어지우자.

"같이 성 탈출해요. 제가 도와드릴게요."

방 탈출의 귀재. '함가인'이 한때 누리던 칭호였다.

* * *

"미친, 언제까지 쫓아올 건데!"

더 고민할 것도 없었다. 나는 쥐고 있던 물 속성의 성석 구슬을 냅다 뒤로 던졌다.

-콰아앙!

-쏴아아아!

"으아아악!"

그야말로 물 폭탄이었다! 야음을 뚫고 죽어라 나를 추격하던 근위대원 예닐곱 명이, 비명을 지르며 수풀 한복판에서 폭포에 쓸려갔다. 나는 침을 꿀꺽 삼키고 '가가방'을 다시 확인했다. 세드리크 태자가 준 성석 구슬 중 두 개가 남아있었다. 나무들이 불에 타거나 바람에 꺾이는 건 미안해서 물을 써봤는데, 효과가 상상 이상이었다. 헉, 바위짬!

"데미, 조심! 넘어지면 아야 해!"

-끼이!

레서판다가 바위 사이를 폴짝폴짝 뛰어넘었다. 산은 제법 험했다. 덩굴에 칭칭 감겨 가는 나야 괜찮지만, 발밑이 보이지 않을 데 미가 걱정스러웠다. 불을 밝힐 수도 없고, 그랬다간 위치가 발각될 테니 엄두도 못 냈다. 못해도 두 시간은 온 듯싶은데 여전히 따라오는 놈이 있다는 게 지독했다. 뒤엠 경하고 친구들은 괜찮을까? … 제발 무사해야 할 텐데.

"고생시켜서 미안해!"

-끼잇!

"혹시 재밌어하는 거야?"

-끼응!

그럼 다행이지만, 그래도 미안했다. 나는 난리통에도 숙면 중인 티테를 보듬으며 일회용 구슬을 꺼내 들었다. 이건 '마수 대토벌'에서 엘리자베트 경이 썼던 구조 요청용 마도구였다. 뒤엠 경이 건네준 건 총 세 개였는데, 하나는 아까 어처구니없게 떨궈 잃어버렸다.

남은 둘 중 하나는 대략 한 시간 전에 사용했다. 아직 뒤엠 후작은 그림자조차 보이지 않았다. 이게 마지막이니까 이따 신중하게 써야 해. 여기가 뒤엠 후작령이라는 게 확실해지면,

-꾸르르르!

그때, 신수가 요란하게 울었다. 파스슥! 삭정이가 목덜미를 스치는 동시에 시야가 확 트였다.

"어? 드디어 숲 끝났다!"

나는 활짝 웃으며 눈앞에 나타난 초승달을 마주했다. 감파른 새벽하늘이 무척 가까웠다. 잠깐, 너무 가까운… 이거 절벽이잖아!

"딴 길로 틀어야 돼! 데미! 멈춰!"

-끼어!

뭐가 싫어! 네가 폭주족이야!?

"안 돼! 뚝심이도 없는, 으아악!"

-휘이이…

짧은 벼랑은 순식간에 끝났다. 속도에 미친 레서판다가 천 길 낭떠러지로 쪼끄만 몸을 던졌다. 지금껏 이게 로판인 줄 알았는데, 인제 보니 그냥 〈분노의 질주〉였다. 발밑은 삽시에 시커먼 구렁텅이로 변했다. 나를 감은 넝쿨의 네잎클로버들이 느릿느릿 산들거렸다. 신중하고 말고 할 것도 없었다. 나는 눈을 질끈 감고 마지막 구슬을 세게 쥐어 깨뜨렸다. 콰직!

-파아앗!

붉은 마나 빛줄기가 창공으로 치솟았다. 이내 엄청난 중력이 우리를 끌어내리기 시작했다. 나는 사색이 되어 비명을 질렀다. 떨어진다!

"데미, 너 다치면 혼나!"

-덥석!

그 순간, 누군가 허공에서 나를 붙들었다. 나는 아연한 낯으로 상대를 돌아보았다. 땀에 젖은 갈색 머리칼이 마구 흩날렸다. 가운의 화려한 문양은 마치 은하수가 쏟아지는 것 같았다. 반딧불처럼 주변을 맴도는 연분홍빛 마나 입자 사이로, 같은 색의 눈동자가 멋들어진 호선을 그렸다. 환상 같은 풍경에 입이 스르르 벌어졌다.

"…찾았습니다."
프랑수아 뒤엠이 미소하며 속삭였다.

7.   ✦ 열아홉의 가주님

잠깐, 잠깐, 잠깐!

-쌔애애앵…!

"안녕하세요! 우리 지금 떨어지고 있습니다!"

내가 신수 둘, 후작 하나와 추락하며 고래고래 외쳤다. 그러자 프랑수아 뒤엠이 눈을 크게 떴다. 오늘도 잘생긴 거 알겠고, 여기까지 와준 건 진심으로 고맙지만 상황은 나아지지 않았다. 아직 엄청나게 심각했다. 휘이이잉!

"오, 그렇군요. 제가 활약을 해야 하는데…"

-끼이이!

후작이 힘없이 말했다. 데미는 입을 동그랗게 벌려 울었다. 분홍색 혀도 자랑하는 걸 보니 몹시 즐거운 게 분명했다. 나는 어마어마한 바람에 저항해 간신히 한쪽 팔을 뻗었다. 녀석은 허공에서 열심히 수영하더니, 그것만으로는 어렵다고 판단했는지 꽃줄기를 피워 내게 매달렸다. 내가 레서판다를 껴안고 다그쳤다.

"왜 이렇게 말을 안 들어, 응?"

-끼으

"그게, 뭐였더라."

한 팔로 나를 굳게 잡은 후작이 미간을 찌푸렸다. 절벽이 깊어서 망정이지, 아니었으면 우린 진작 끌까닥했을 것이다!

"특기! 후작 특기요!"

"아. 감사합니다, 마담."

누가 마담이냐고 쏘아주고 싶은데, 다시 보니 후작의 상태가 말이 아니었다. 손이 뜨끈뜨끈한 게 열이 펄펄 끓었다. 찬바람으로 식은 이마에 거듭 땀방울이 맺히고 있었고, 눈동자엔 묘하게 총기가 없었다. 너무 아픈 듯해 죄책감이 들었다. 그가 다른 손에 쥔 메이스를 우아하게 휘둘렀다. 마나 조절이 힘들어서 가지고 온 듯싶었다.

"그럼… 저희 집으로 가시죠."

"네, 부탁드립니다!"

-쌔애애액!

어느새 칼바위 깔린 지상이 코밑이었다. 나는 꼬마들을 품 깊숙이 숨기고 눈을 질끈 감았다. 와, 그냥 기절하는 게 낫겠다!

"엄마아악!"

-파아아아…!

저승사자와 소개팅하기 직전, 눈앞이 환한 연분홍빛으로 물들었다.

* * *

시간이 흘러, 그날 정오.

세드리크는 이번 수사를 모친과 함께 지휘하게 되었다. 프레데리크가 바쁠 때는 혼자 보고를 받기로 했는데, 그게 바로 지금 같은 순간이었다.

"뒤엠 경이 이끄는 근위대 일행이, 아직 황도에 진입하지 않았습니다."

시몽 드 사르네즈 공작이 차분하게 말을 올렸다. 그의 목덜미가 검붉은 빛을 띠고 있었다. 사관학교 창립식 테러 사건으로, 공작은 우반신右半身에 화상을 입었다. 치유 신관의 도움을 받고 있었으나 오른쪽 얼굴엔 가면을 착용한 상태였다.

사건 당일에 몸살을 앓는 듯했는데, 그건 이제 괜찮은 모양이었다. 여전히 기운이 없어 보였으나 당장 쓰러질 것 같진 않았다. 그는 국정에 참여하는 대귀족이자 테러 피해자로서, 황제의 요양 권유를 마다하고 이번 조사에도 발 벗고 나섰다. 황태자가 고개를 기울였다.

"이상하군."

"그렇습니다. 남부의 길이 험하다는 것은 널리 알려진 사실이지만, 호송 마차가 이토록 늦는 경우는 드뭅니다."

"남부에 비나 눈이 내렸다는 소식도 없었습니다."

태자의 곁을 지키고 선 엘리자베트가 덧붙였다. 주황색 눈동자가 무겁게 가라앉았다. 여정이 지연될 이유가 없는데, 제국 최강의 마법사 중 하나로 꼽히는 에르베 뒤엠이 지금껏 황도에 닿지 못했다. 그를 파견한 명분은 죄목이 중하다는 것이었지만, 실제로는 왕자를 지키기 위해서였다. 그런데 그들이 내내 무소식이었다. 세드리크는 익숙지 않은 초조함이 불쾌했다.

"전하께서 명하신다면, 황도 수비대를 남쪽으로 보내 수색을 진행하겠습니다."

"…"

수색이라. 공작이 설명을 이어갔다.

"마수 떼를 만나 차질이 생겼을 공산이 있습니다. 최근 수비대 인력을 충원했으니, 일부를 차출해도 수도 방위에는 문제가 없을 겁니다."

"그 얘긴 들었습니다. 공작께서 그동안 정련병을 많이 키워주시고, 후원금도 두둑이 내셨다고 하던데요."

소백작이 싱긋하며 속삭였다. 남자는 자상하게 웃었다.

"황실과 제국의 안녕을 위해, 신하 된 자로서 할 일을 했을 뿐입니다."

"…경의 의견대로 하지. 황도 치안에 허점이 없게 소수 정예만 차출하도록."

태자가 말했다. 요한 헤인스가 있으니 문제가 발생했을 가능성은 작았다. 하지만 왕자는 태풍의 중심이라도 되는 것처럼 사건을 몰고 다녔다. 사안 자체도 워낙 민감하니, 예상하기 어려운 상황을 예상해야 했다. 그렇다고 여기서 황실 근위대를 더 보낼 수는 없었다. 공작은 고개를 주억이고 자리에서 일어났다. 어지러워하는 듯했으나 금방 자세를 잡았다. 태자가 넌지시 물었다.

"사르네즈 경이 왕자보다 먼저 영주성에 닿았다지."

"…예, 전하."

크리스넬의 이야기였다. 엘리자베트는 입꼬리를 올리며 세드리크를 힐끔했다. 티격태격해도 친구라고 신경은 쓰는 모양이었다.

"집안에 일이 있나?"

"아닙니다. 그저… 딸아이가 몸이 좋지 않아 일찍 올라왔습니다."

공작이 선선히 말했다. 태자는 미간을 좁혔다.

"의외로군."

몸이 좋지 않다니, 그게 가능한 자였단 말인가? 어쩐지 이런 일이 있는데도 조용하다 싶었다. 엘리자베트 역시 무척 놀랐다.

"많이 아픕니까? 왕자님을 두고 왔다기에 희한하다고는 생각했는데, 병문안을 가야겠네요."

"괜찮습니다."

공작이 부드럽게 그녀의 말을 끊었다. 가면에 가리지 않은 왼쪽 낯은, 언제나처럼 점잖은 인상을 하고 있었다.

"혹시 서부에 도는 독감인가 싶어, 외출은 자제하라고 말해두었습니다. 귀하신 분들께 옮길까 저어되는군요. 아이가 낫는 대로 황궁에 인사를 올리게 하겠습니다."

"으음. 그럼 안부라도 전해주십시오."

"고맙습니다. 그리하겠습니다."

그가 정중하게 절하고 물러갔다. 부근위대장은 그제야 착석하고 기지개를 켰다.

7. 열아홉의 가주님

"아으, 이게 다 무슨 난리인가 싶다. 갑자기 테러에, 왕자님은 웬 말도 안 되는 모함을 당하시고… 보고서 작성도 못 끝냈는데 벌써 피곤하네."

"묘해."

"응? 뭐가?"

소파에 기댄 소백작이 목만 돌려 세드리크를 바라보았다. 사내는 심각했다.

"하필 이런 시점에 흩어지게 된 것이 거슬리는군."

"…"

"왜 웃지?"

그가 인상을 썼다. 엘리자베트는 울 것 같은 얼굴로 가까운 쿠션을 잡아 쥐더니,

"안 웃어허흐흐."

급히 머리를 박고 출렁출렁 흐느끼기 시작했다. 곁방에서 불뱀을 가지고 놀던 레아와 페리가, 좋아하는 누나의 울음을 듣고 와다닥 달려왔다. 태자는 무릎을 기어오르는 페리를 보며 한숨을 삼켰다. 무슨 일이냐고 '끼이, 끼이' 묻는데 할 말이 없었다.

"친구들을 다 찾고, 너 진짜 사회인 됐구나. 누나는 감동이야…"

"내가 7개월 빨라."

"어흐흐흑."

-끼응

소백작이 레아를 끌어안고 끅끅거렸다. 기묘한 예감을 느끼는 건 자신뿐인지, 그녀는 약혼자와의 상봉이 늦어지는데도 평소와 같았

다. 걱정을 드러내긴 했지만 근위대장과 추기경, 치유 신관이 있는 무리에 설마 큰일이 있겠느냐 여기는 눈치였다. 자신의 이유 모를 불안보다는 이성적인 태도였다. 그래서 태자는 화제를 돌렸다. 한 번 웃음보가 터진 부근위대장을 수습할 방법은 '일'뿐이었다.

"부검 결과는?"

"어, 맞다."

그녀가 재빨리 표정을 수습하고 레아를 내려주었다.

"네 짐작이 옳더라. 앙드레지 공자의 시신에서 독 반응이 나왔어."

"…"

태자가 이를 악물었다. 한 명의 사망자를 낸 창립식 테러 현장에서, 그는 기이한 장면을 목격했다. 죽은 범인의 입가에 피와 더불어 하얀 거품이 끼어있었던 것이다. 소년이 폭발의 충격으로 즉사하긴 했으나, 세드리크는 그것이 단순한 체액이 아니리라 직감했다. 그래서 시신을 바로 화장하는 대신 검시를 의뢰했다. 부검의는 그가 가장 신뢰하는 외과의사인 미셸 무테 경이었다. 엘리자베트가 말을 이었다.

"테러를 실행하기 직전에 독을 먹었나 봐. 사주한 자가 줬든 본인이 챙겼든. 그놈은 거기서 확실히 죽어야 했던 거야."

"…"

"네가 불꽃을 꺼트려 살아남기라도 하면, 골치 아플 테니까. 오렐리 전하가 계시니 거짓 진술도 못 하잖아."

요컨대 뒷수습까지 계획한 테러였다. 배후를 완벽히 감추고자 꼬리를 자른 것이다. 예서 페네티안 같은 자는 상상조차 못 할 범행이었다. 세드리크의 장갑 낀 손에 힘이 들어갔다. 페리는 진정하라는 듯 주먹을 끌어안았다.

"그런데 사람 죽이는 독이 워낙 다양해서, 정확한 성분을 파악하려면 시간이 필요하대. 독풀이면 쉬운데 마수 독일 수도 있다나. 일주일 드리겠다고 말씀은 해놨어."

"사흘."

그가 짧게 말했다. 부근위대장의 턱이 쩍 벌어졌다. 폭군이 따로 없었다.

"그 안에 끝내도록."

"세이디, 우리 아빠도 사람이야."

-똑똑

그때, 누군가 황제궁 응접실 문을 두드렸다. 이어 난감한 표정의 다비드가 모습을 드러냈다.

"전하, 손님이 왔습니다."

"당분간 접견은 거절한다고 하지 않았나?"

"그것이…"

"무테 경!"

발칵! 어린 목소리가 문틈을 비집고 들이닥쳤다. 엘리자베트는 즉시 기립했다. 눈물이 그렁그렁한 에바 블랑케르가, 곧장 그녀의 품에 뛰어들었다. 소공작은 무엇 때문인지 온몸을 바들바들 떨고 있었다. 소백작이 표정을 확인하고자 했지만, 아이는 머리를 들지 못하고 울기만 했다. 태자가 다비드를 바라보았다. 중년인은 말없이 고개를 저었다.

"에바?"

"오빠가 죽었대요, 무테 경. 오빠가…"

'맙소사.'

엘리자베트가 경악했다. 로베르 블랑케르가 죽다고?

"어쩌다가요? 사고라도 있었답니까?"

그는 세드리크 또래의 청년이었다. 결투로 영구적인 부상을 얻긴 했지만, 지병이 없던 데다 매우 강력한 마법사였다. 망나니짓이 체질에 안 맞아 죽을 위인은 아니었다. 흐느끼던 에바가 떠듬떠듬 대답했다.

"모르겠어요. 아까 영주성에서, 끅. 전갈이 왔어요. 어머니가, 일단은 황도에, 있으라고, 흑…"

"그랬군요. 얼마나 놀랐습니까, 세상에."

-툭

소공작의 로브에서 봉투가 떨어졌다. 누가 봐도 값지고 고급스러운 겉봉이었다. 페리와 레아가 토도독 달려와 냄새를 맡고 꼬리를 갸웃거렸다. 그러더니 태자를 빤히 올려보았다. 그가 같은 방향으로 기웃했다.

"뭐지?"

-끼으응

레아가 이것 좀 보라는 양, 까만 코로 봉투를 톡톡 건드렸다. 제딴은 아주 진지한 눈빛이었다. 황궁이 여태 '빵집 탐정 사무소'인 줄 아는 듯싶었다. 세드리크는 엘리자베트와 에바를 흘깃하고는, 신수를 위해 허리를 굽혔다. 딱 한 번만이었다.

-꾸릇

그러자 페리가 앞발로 어느 부분을 꾸욱 짚었다. 태자는 신수의 털 뭉치를 잡아 올렸다.

"…잉크가 튀었군."

자세히 보지 않으면 발견조차 힘든, 작은 잉크 방울 두 점이었다. 사내의 반응을 확인한 두 신수가 곁방으로 바삐 뛰어갔다. 알다가도 모를 존재들이었다. 그는 천천히 허리를 세우며 두 사람을 돌아보았다.

"쉬… 괜찮습니다. 저희가 같이 있을게요. 당분간 백작저에서 지내는 건 어떻습니까?"

소백작의 조심스러운 물음에, 에바가 훌쩍훌쩍하며 고개를 끄덕였다. 흔들린 영혼이 불안정한 에테르를 뿜어내고 있었다. 태자는 손수건을 꺼내 건넸다.

-끼이이

그때, 신수들이 돌아와 그를 다시 불렀다. 세드리크는 카펫을 내려보았다. 레아가 물고 있던 것을 퉤 뱉었다.

"이제 기밀까지 건드리는 건가?"

그가 엄하게 물었다. 두 녀석이 가져온 건 탁자에 놓여있던 '무기명 투서'였다. 왕자의 내란 모의를 고발하는, 사라 벨리아르가 두고 간 기삿감 봉투였다. 페리는 억울하다는 양 입을 방긋거렸다. 그러고는 봉투의 한곳을 꾹꾹 눌렀다. 발자국이 남을 만큼 세게.

"…"

태자의 눈끝에 날이 섰다. 친우와 사촌의 목소리가 귓등으로 멀어졌다. 저것 또한, 잉크 자국이었다.

*　*　*

번쩍 눈이 뜨였다. 낯선 벽지, 낯선 침대.

"헉!"

나는 식겁하며 벌떡 몸을 일으켰다. 속 편하게 잠이나 잘 때가 아니었다. 정신이 깨어나자마자 걱정과 공포가 밀려들었다. 뒤엠 경과 요한 경, 친구들을 구해야…!

"앗! 일어나셨다!"

"신국, 신국의 달을 뵙습니다…"

"안녕히 주무셨습니까, 제 신앙의 증인이신 예서 왕자님!"

콜록, 콜록! 나는 쏟아지는 인사에 당황해 기침을 터뜨렸다. 소중한 이들을 도우러 가야 하는데, 머릿속이 하얗게 변해 아무 생각도 할 수 없었다. 소매로 잽싸게 입을 막았지만 쿨럭임은 멈추지 않았다. 일단 이불을 있는 대로 끌어올려 목까지 덮었다. 부끄러워서 뺨이 달아올랐다. 침실에 모르는 숙녀분이 셋이나 있다고! 아니… 둘은 아는데?

"앙투아네트 공녀?"

"네, 귀인이시여!"

긴 머리를 하나로 올려 묶은 후작의 첫째 여동생이, 팔을 쭉 뻗으며 뮤지컬 배우처럼 절했다. 대낮부터 무지 화려한 의상이었다. 나는 멍한 얼굴로 다른 이들을 돌아보았다. 저기 부끄럼 많은 분은 가장무도회에서 만난 테레즈 공녀고, 그럼 아마 저쪽이 둘째 여동생…

"제 이름은 마리아예요! 제가 왕자님을 여기까지 업고 왔어요!"

마구간 하인 같은 차림에, 검댕 묻은 빵모자를 쓴 아가씨가 허리에 양손을 얹고 말했다.

"가, 감사합니다."

나는 겨우 인사하며 마른침을 삼켰다. 그러니까 이들이 후작가의 실세라는, 앙투아네트-마리아-테레즈 세 자매…

* * *

그나마 다행인 건, 내가 뒤엠 영주성에서 쓰러지기 전에 할 말은 했다는 거다. 큰오빠의 갑작스러운 외출로 깨어있던 세 자매 모두 똑똑히 들었다고 했다. 나는 기억이 잘 나지 않지만.

"왕자님께서, 황도로 가는 길에 황실 근위대의 습격을 받았다고 하셨습니다."

"작은오빠가 위험하다고 하셨어요!"

"요한 헤인스 경과 베랑 남작 가족, 시종들에 관해서도 말씀하셨습니다…"

앙투아네트, 마리아, 테레즈 공녀가 차례로 설명했다. 나는 입맛이 없어 비시수아즈 두 그릇으로 아점을 때우고, 이들과 거실에 앉아있었다. 마수 대토벌 때는 드넓은 영주성을 둘러볼 시간이 충분하지 않았다.

성안에 다른 손님이 많았고, 토벌이 끝나자마자 우리가 황도로 떠났기 때문이었다. 말도 안 되는 누명과 죽을 위기를 벗어나서야 이곳을 살필 기회가 생겼다는 게 씁쓸했다. 인심 좋은 뒤엠가의 일손들은 내게 뜨거운 루이보스를 한 솥이나 올려주고, 오선에 구웠다는 팔레 드 담을 담처럼 쌓아 내놓았다. 하지만 나는 과자에 손도 대지 못했다.

"그래서 어떻게 됐습니까? 수색을 시작하신 겁니까?"

내가 물었다. 앙투아네트가 윙크했다.

"예, 저희의 직권으로 기사단 절반을 보냈습니다. 다만 수색 범위가 넓어 시간이 걸릴 것이라고 합니다. 왕자께서 정확한 피습 장소를 알지 못하시고, 큰오빠도 아직 의식이 없어서⋯ 염려 마십시오. 저희 영지 사람들은 끈기가 있답니다!"

그렇게 말한 그녀가 홍차를 홀짝거렸다. 뒤엠 후작이 여태 쓰러져 있는데도, 작은오빠가 어떻게 되었을지 모르는데도 놀라울 만치 밝은 태도였다.

'감사합니다.'

나는 겨우 대답하고 생각에 빠졌다. 후작가에서 나서준다니 다행이지만 근심은 멈추지 않았다. 만약 이것이 모데스트 바카리가 예언했던 불행이라면. 비렴의 방주가 경고한 주신의 예비라면. 정말로 사르네즈 공작이 나를⋯

"하⋯"

나를 노리는 거라면, 나는 크리스텔을 걱정할 수밖에 없었다. 어쩌다 일이 이렇게 된 건지 눈앞이 캄캄했다. 무려 주인공의 아버지잖아. 왜 이런 짓을 하는 거야?

"왕자님?"

"실례합니다."

나는 자리에서 벌떡 일어나, 벽난로 곁 요람 앞에 섰다. 색만 다른 두 개의 아기 침대엔 티테와 데미가 누워있었다. 뒤엠가 식구들이 신수들을 위해 내어준 물건이었다.

데미는 어젯밤의 질주 이후 줄곧 숙면 중이었고, 티테만 나를 향해 지느러미발을 파닥거렸다. 나는 녀석들을 쓰다듬으며 마음을 진정시키고자 애썼다. 그래도 너희가 무사해서 기쁘다. 뚝심이도 다친 곳이 없어야 할 텐데.

"…저에게 아무것도 묻지 않으십니까?"

내가 불쑥 내뱉었다. 티테의 강보를 덮어주고 뒤를 돌아보자, 둘째 여동생 마리아가 꽃분홍색 눈동자를 반짝거렸다.

"뭔가를 여쭤야 하나요? 왕자님은 큰오빠가 구해서 데려온 분이고, 작은오빠가 곤란하다는 것도 알려주셨어요. 게다가 왕자님 말씀대로라면, 작은오빠도 왕자님을 도우려고 한 거죠!"

'그러면 저희도 왕자님을 돕는 게 당연해요!'

그녀가 명쾌하게 말했다. 거꾸로 쓴 모자 사이로 짧은 황토색 머리칼이 삐죽삐죽 나와있었다. 누가 봐도 천방지축 하인 같은, 대귀족 공녀라고는 믿기 어려운 모습이었다. 앙투아네트가 동생들의 접시에 과자를 담아주며 말했다.

"물론 황궁에도 전갈을 보냈답니다! 근위대가 내분을 일으켰고, 왕자님은 무탈히 여기 계신다고 말입니다. 하니 심려 마십시오."

"그게 무슨 뜻인지 아시지 않습니까. 사르네즈 공작이… 근위대에 검을 심었습니다."

나는 누가 들을세라 절박하게 속삭였다. 자칫하면 제국에 '진짜' 내란이 벌어질 수 있는, 위태로운 상황이었다. 막내인 테레즈가 작은 목소리로 답했다.

"네. 그런 결론밖에 나오지 않아요. 하지만… 폐하께서는 현군이라 칭송받으시는 분입니다. 분명히 두 분 전하와 잘 해결하실 거라 생각해요. 큰오빠도…"

'곧 깨어나면, 도움이 될 거예요.'

공녀가 소곤거리고는 고개를 푹 숙였다. 말을 길게 해서 쑥스러운지 테이블보를 만지작거리기도 했다. 나는 그제야 소녀의 손끝이 떨리고 있음을 눈치챘다. 이제 보니 앙투아네트도 홍차 외엔 입에 댄 것이 없었다.

우리 중 진짜 강심장은 마리아뿐인 것 같았다. 나는 입술을 말아 물었다. 나만 무섭고 당황스러울 리 없는데, 밤에 그 난리를 겪었다고 혼자 팝콘처럼 튀며 안절부절못하고 있었다. 뒤늦게 부끄러운 마음이 들어 테이블로 돌아와 앉았다.

"…죄송합니다. 제가 여러분의 심정을 헤아리지 못했습니다."

정예서, 나잇값 좀 하자.

"아니에요! 놀랐는데 그러실 수도 있죠. 막 여기저기 다쳐서 상처투성이로 오셨잖아요! 마리엘 언니가 치유 신관이어서 천만다행이에요."

"고맙습니다."

그러자 마리아가 껄껄 웃으며 우유를 들이켰다. '마리엘'이라면, 내가 성약의 증인이 되어주었던 앙투아네트의 종교적 반려였다. 지금은 보이지 않는데 그녀가 간밤에 나를 치료해 준 모양이었다.

만나면 꼭 인사를 해야지. 나는 그런 생각을 하며 머릿속을 가다듬고자 애썼다. 일단 하나씩 해결한다. 언제나처럼 차분히 대응하면 된다. 황궁엔 두 어른과 태자와 엘리자베트 경이 있고, 크리스텔은 늘 자신의 몫을 해내고도 남는 주인공이다. 그러니 여기선 나만 잘하면 되는 거다. 먼저, 의문이 싹튼 시점으로 돌아가 보자.

"혹시 한 가지 여쭤도 되겠습니까?"

처음으로 후작과 공작이 이상하다고 느낀 순간으로.

"세 가지도 괜찮습니다, 왕자님. 저희는 질문받는 걸 무척 좋아한답니다!"

앙투아네트가 긴 포니테일을 흔들며 말했다. 나는 팔레 두 조각을 한입에 넣고 바삭바삭 깨물었다. 살구잼과 레몬 아이싱의 새콤달콤한 맛이 혀를 가득 채웠다. 당분이 들어가니 정신이 좀 났다. 알맞게 식은 루이보스로 입안을 정리하고, 침착하게 문장을 꺼냈다.

"태자님과 크리스텔이 성기사 서임을 받던 날, 황제궁에서 뒤엠 후작을 만났습니다."

"네."

세 사람이 동시에 답했다.

"몹시 바빠 보였습니다. 저희를 보고 놀란 것 같기도 했습니다. 그리고 후작에겐 미안하지만… 자신이 그곳에 있었다는 걸 여러분에게 비밀로 해달라고 하더군요. 별일 없다고 하면서요."

"저희에게요?"

마리아가 고개를 기울였다. 짐작 가는 구석이 없는 모양이었다.

"네. 그리고는 카드 하나를 떨어뜨렸습니다. 그걸 주워 건네니까 굉장히 당황했어요. 이어서 크리스텔이 그에게… 블랑케르 공작가의 가장무도회에 오느냐고 물었습니다. 후작은 어려울 거라 차갑게 대답했고요."

"아…"

마침내 반응이 나왔다. 테레즈가 어두운 낯으로 목을 떨어뜨렸다. 앙투아네트 역시 상황을 파악한 듯했고, 마리아는 피식하며 막내의 목덜미를 주물러 주었다. 나는 조심스레 말을 이었다.

"그런데 무도회에 후작이 왔습니다. 테레즈 공녀와 함께요. 그것도 아주 늦게 도착해서, 공작령의 던전이 열리자마자 바쁘게 떠나 버렸습니다."

"…"

"평소라면 후작이 언제 어디에서 무엇을 하든 이상하게 여기지 않았을 겁니다. 그건 본인의 자유니까요. 다만 그날은 바카리 단장의 불길한 예언이 있었고, 로베르 블랑케르가 무도회장에 침입해 누군가와 접선을 시도했습니다. 사르네즈 공작 또한 비슷한 시기에 수상한 태도를 보였습니다. 이런 말씀을 드리게 되어 유감스럽지만…"

내가 양손을 맞잡은 채 말을 골랐다. 어떻게 하면 에둘러 표현할 수 있을까. 어떡하면 나를 구하고 보호해 준 이들을 상처 입히지 않으면서…

"괜찮습니다, 왕자님. 오빠가 착실히 오해받을 만한 행동을 했네요. 저라도 수상쩍다고 생각할 겁니다. 바보 같은 오라버니."

앙투아네트가 미소하며 내 말을 받았다. 입꼬리가 올라가 있는데도 그녀는 어쩐지 슬퍼 보였다. 배우처럼 생생한 표정은 간데없고, 흐린 눈빛은 과거의 어느 시점을 헤매는 듯했다. 마리아가 씩씩한 손놀림으로 삶은 달걀을 까기 시작했다. 앞으로 나올 이야기에 흔들리지 않겠다는 양.

"저희 막내, 테레즈는… 이번 가장무도회 전까지 한 번도 사교 행사에 가본 적이 없었습니다. 열아홉인데도 말입니다."

"예?"

나는 놀라서 테레즈를 바라보았다. 공녀는 절대 그 나이로 보이지 않았다. 끽해야 에바 또래 같았고, 체구도 매우 작았다. 테레즈가 빨개진 얼굴로 시선을 떨궜다. 나는 그제야 크게 실례했음을 깨닫고 눈길을 돌렸다.

"송구합니다."

"괜찮습니다…"

"막내는 몸이 약하고 낯선 이를 무서워합니다. 큰오빠는 그런 테레즈의 사교계 데뷔를 강제할 생각이 전혀 없고요. 어릴 때 있었던 사고 때문이랍니다."

내가 마시던 잔을 내려놓았다. 앙투아네트는 찻물을 들여다보았다.

"테레즈에게, 쌍둥이 남동생이 있었습니다."

'있었다.'

나는 그것으로 비극을 예감했다. 공녀의 이야기는 19년 전으로 거슬러 올라갔다. 열아홉의 프랑수아 뒤엠은, 아직 소가주에도 오르지 않은 철부지 공자님이었다. 매일 무언가를 발명하겠다며 영지를 쏘다니는 것이 그의 일이었다. 열 살 앙투아네트는 그런 큰오빠와 죽이 맞아 곧잘 같이 다녔다고 했다.

그는 지금과 마찬가지로 관심받는 걸 즐겼고, 영지민들을 좋아했고, 부모님의 속을 썩이는 마수 토벌에 관심이 많았다. 그중 가장 기꺼워했던 건 자신의 특기로 생명을 구하는 일이었다. 그즈음 후작은 구조 요청용 마도구를 개발하는 데 성공했다. 내가 새벽에도 썼던 구슬 말이다.

"오빠는 구슬을 영지민들에게 무료로 배포했습니다. 마을에 마수가 나타나면 언제든 깨뜨리라고, 하늘에 붉은 마나 광선이 뜨면 자신이 구하러 가겠다고 하면서요."

앙투아네트가 조용히 말했다. 그러나 현실은 기대와 다르고, 계획은 때때로 어그러지는 법이다.

"…백성들은 먹고살기 바빠 구슬을 제대로 관리하지 못했습니다."

대부분은 소중히 간직했지만, 일하다 흘린 구슬이 농기구에 깔려 부서지는 일이 비일비재했다. 부모의 구슬을 가지고 놀던 아이가 실수로 깨뜨리거나 삼키는 사고도 있었다. 공짜 구슬을 쉽게 여기는 부류 역시 소수이지만 존재했다.

귀하신 공자님을 놀리기 위해, 또는 그의 잘생긴 얼굴이나 구경하고자. 별 의미 없이 구슬을 파괴하는 이도 있었다. 한 번도 빼놓지 않고 밤낮으로 현장에 출동하던 프랑수아는 점점 지쳐갔다.

"어느 날은 기어코 몸살이 났습니다. 저희 가족은 다들 놀리기 바빴답니다! 큰오빠가 앓아누운 건 처음이었거든요. 작은오빠도 '이번엔 형님이 경솔했다'라고 할 정도였습니다. 부모님은 깔깔거리며 4개월 된 쌍둥이와 소풍을 나가셨죠. 그러게 왜 고생을 사서 하냐고 짓궂은 농담도 하셨습니다."

"…"

마리아가 껍데기 벗긴 달걀을 통째로 입속에 넣고 우물거렸다. 그러고는 다음 알을 깠다.

"얼마 지나지 않아서, 하늘에 새빨간 빛줄기가 떠올랐습니다."

나는 손끝이 하얘지도록 찻잔을 세게 쥐었다. 설마.

"그런데 큰오빠는 열이 끓어서…"

"제가 무책임했던 겁니다."

그때, 귀에 익은 목소리가 거실 입구를 울렸다. 나는 망연히 그를 돌아보았다. 늘 깔끔하게 뒤로 넘기던 갈색 머리가 이마를 가리고 있었다. 연분홍색 눈동자가 쓰디쓴 호선을 그렸다. 지팡이 대신 짚은 메이스 끝엔, 커다란 분홍빛 마석이 박혀있었다.

"큰오빠."

테레즈가 다급히 일어나 그에게 달려갔다. 후작은, 프랑수아 뒤엠은 사랑하는 막내를 깊이 끌어안았다.

"이 아이가 부모님과 동생을 잃고 혼자가 된 건… 오롯이 제 탓입니다."

그가 나를 보며 고해했다. 아니라고 말해주고 싶었다. 앙투아네트는 곧장 화를 냈다.

"못됐다니까! 왜 여전히 그런 소리로 우리를 아프게 해? 그날은 모두가 조금씩 실수를 했어. 결계에 구멍이 난 걸 기사단이 때늦게 발견했고, 나랑 작은오빠도 오빠를 말렸잖아. 제대로 걷지도 못하니까 성에만 있으라고."

"그래, 오라비가 또 미안하구나."

"미워 죽겠어. 솔직히 부모님도, 호위 없이 나가신 잘못이 있었단 말이야. 오빠는 왜 이맘때만 되면…"

후작이 부드럽게 웃으며 빈 팔을 뻗었다. 앙투아네트는 붉어진 눈가로 남자를 노려보더니, 발딱 일어나 드레스를 쥐었다. 그러나 마리아가 더 빨랐다.

"내가 2등!"

공녀가 와다닥 뛰어가 큰오빠의 허리춤에 매달렸다. 나는 작게 웃음을 터뜨렸다. 우아하게 걸어 3등으로 후작 앞에 당도한 앙투아네트는, 그의 목을 껴안고 뺨에 입을 맞추었다. 마지막으로…

"저희 왔습니다, 형님."

나는 눈을 휘둥그레 뜨며 기립했다. 우당탕! 의자가 넘어졌지만 놀랄 정신도 없었다. 이게 꿈인가 생시인가 싶었다. 피와 흙먼지를 뒤집어쓴 에르베 뒤엠 경과, 방금 씻고 나온 것처럼 깨끗한 요한 경. 그리고…

"예서 왕자님!"

소중한 친구들이 전부 문가에 서있었다. 나는 환하게 웃으며 달음박질쳤다.

* * *

"그간 대주교 은하께서 애써주셨습니다. 감사합니다."

공작, 시몽 드 사르네즈가 말했다. 그의 맞은편에 앉은 외제니 케시에는 도도하게 턱을 까닥였다. 노인은 세레니테가 포함된 서남부 지역 대교구의 책임자이자, 제국에서 손꼽히게 강한 대주교였다. 스스로는 오렐리 부티에 추기경 다음이라고 자부하기도 했다.

꾸준히 고위 신관을 배출한 그녀의 가문은 서남부에서 알아주는 세력가였다. 다만 대귀족은 아니었고, 케시에는 그것에 상당한 미련이 있었다. 그녀가 중앙 권력투쟁에 평생을 바친 사유 역시 '더 높은 명예'였다.

"별말씀을요. 나도 봉사 활동을 한 것은 아닙니다."

노인이 말했다. 그녀가 교황청을 통한 첩자 노릇을 시작한 것도 그래서였다. 신국 측 성직자가 전하는 간단한 청을 수행하기만 하면, 케시에는 막대한 현금을 얻을 수 있었다. 교황청 문장이 박힌 마차는 나라님도 함부로 검역하지 못했다. 그것이 온 대륙의 암묵적 합의였다. 요컨대 은밀한 대가를 받기에는 최고의 수단이었다. 그렇게 들어온 돈은 고스란히 그녀의 정치 자금으로 쓰였다.

"적국의 왕자가 태자 전하의 곁을 차지하는 건 두고 볼 수 없지요. 그 자리에 오를 만한 우리 인재가 얼마나 많습니까."

"맞는 말씀입니다."

"모쪼록 전하께서 제국 태생의 신관을 택하셔야 나라의 기강이 바로 설 겁니다. 공작께서도 그 점을 익히 아실 테니, 여러모로 도와주시리라 믿습니다."

주름진 입가가 올라갔다. 명백히 기대하는 눈빛이었다. 공작은 잔잔하게 마주 웃었다. 태자의 종교적 반려 자리를 노리는 신관 집안은 어림잡아도 백이 넘었다. 예서 페네티안 왕사는 모르겠지만, 먼발치에서 그를 견제하는 성직자 또한 적지 않았다. 케시에는 자신이 '모략'을 보조하는 대신, 사르네즈 공작이 훗날 손녀를 황족의 반려로 만들어 주기를 바랐다.

"내 손녀는 왕자보다 어리고 신력도 뛰어납니다. 영재 소리를 듣는 아이지요."

"그렇다고 하더군요. 윽."

공작이 갑자기 인상을 쓰며 오른쪽 얼굴을 감싸 쥐었다. 화상의 고통이 불시에 찾아든 모양이었다. 케시에가 혀를 찼다.

"쯧. 어찌 치유 신관에게 보이지 않으십니까. 큰일을 도모하려면 몸을 아껴야 하는 법이거늘."

"…폐하께서는 날카로우신 분입니다. 얼굴에 흉을 내고 표정을 가리는 것만큼 확실한 위장도 없습니다."

'뭐, 그야 그렇지요.'

노인이 응수했다. 육감이 뛰어난 황제에게 잡아먹히지 않으려면 신중히 움직여야 했다. 말 한마디에도 주의를 기울여야 했고, 난데없이 막대한 돈을 쓰거나 안 하던 짓을 해서는 안 됐다. 그녀는 높은 확률로 변화를 포착하는 자였다. 그러니 공작도 독한 인간이었다. 그는 피해자 꼬리표를 달기 위해, 독감에 걸린 몸을 이끌고 테러 현장으로 향했다. 케시에는 혀를 내두르며 말했다.

"나도 얼마 전 베랑 남작령의 사제를 처리할 때 고민이 많았습니다. 마차 사고를 위장하느라 애먹었지요. 주신의 은총으로 날씨가 도왔답니다."

"로베르 블랑케르의 신탁은 확실했던 겁니까?"

공작이 심호흡하며 화제를 돌렸다. 케시에가 눈을 부릅떴다.

"내 신력을 의심하시는 건 아니겠지요. 신탁이 먹혔으니 지금까지 그자가 군말 없이 움직인 것 아니겠습니까?"

"저도 그렇게 생각합니다만, 〈격주간 리에스테르〉의 호외가 끝내 발행되지 않았습니다. 우편을 제대로 보낸 것인지 신경 쓰이더군요. 공자가 죽었다는 소문이 돌고 있고…"

"하면 뒤처리는 제대로 된 것이군요. 무에 걱정입니까?"

그녀가 날카롭게 대꾸하고는 커피를 홀짝였다. 공작은 침묵했다. 그때, 시종장이 응접실 문을 두드리고 들어왔다. 대주교와의 만남에 끼어든 것을 보니 중한 용건이었다. 노인이 공작에게 귀엣말했다.

"주인님, 클레르 광장에 선전물 200여 장을 무사히 배포했습니다."

"수고했네. 주말이니 효과가 크겠어."

"예. 그리고… 크리스텔 아가씨가 어젯밤부터 부인과 함께 지내고 있습니다. 유모도 곁에 있다고 합니다."

"잘됐군."

그가 고개를 끄덕였다. 시종장이 한 박자 늦게 입을 뗐다.

"혹, 가출을 시도하지는 않겠습니까?"

"그 애는 어리지 않아. 자신의 책임 정도는 인지하고 있네."

"…"

"두 사람 귀에 이상한 소리가 들어가지 않도록 신경 써주게. 모든 게 끝날 때까지 그들은 아무것도 몰라야 해."

"최선을 다하겠습니다."

시종장이 충직하게 답했다. 그는 공작의 증조모가 직접 거두어 키운 시환 출신으로, 사르네즈 가주들이 대대로 세작으로 성장하는 것을 지켜본 이였다. 물론 그동안 적극적인 활동은 없었다. 끽해야 신국의 요청으로 사소한 정보를 넘기는 것이 전부였다.

그러나 이번 주인은 달랐다. 그는 어쩌면 증조모만큼이나 위대한 업적을 남길 수 있을지도 몰랐다. 시종장은, 자신의 영원한 주인어른인 그녀를 회상하며 미소했다.

"그럼 물러가 보겠습니다."

"그래, 고맙네."

그가 깍듯이 인사하고 나갔다. 오늘 먹을 약과 화상 연고는 일부러 올리지 않았다. 지금의 주인님은 아플수록 유리했고, 본인도 그것을 잘 알았다.

* * *

정말로, 천만다행이었다.

"가나엘, 다시 누워. 너 좀 쉬어야 돼."

"그치만 왕자님."

"안 돼. 저녁 먹기 전까지는."

쓰읍. 내가 뱀 소리를 냈다. 소년은 난감한 얼굴로 손님방 침대에 등을 붙였다. 나는 싱긋하며 아이와 뱅자맹의 이불을 덮어주었다. 마리아가 안내해 준 2인실은 엄청나게 크고 좋아서, 두 침상을 오가며 돌보는 것도 일이었다. 하지만 오늘은 내가 두 사람을 시중드는 날이었다. 왕자의 이름으로 그렇게 정했다고 하니 아무도 거스르지 못했다. 이럴 때는 권위가 참 좋았다.

-아우우

"보세요, 뱅자맹. 티테도 반가워합니다."

"예, 신수님. 저도 보고 싶었습니다."

내가 중년인의 품에 하프물범을 안겼다. 뱅자맹은 인자하게 웃으며 꼬마를 얼러주었다. 그 모습을 보니 또 무지하게 행복해졌다. 이게 작가의 배려인지 주신의 축복인지, 아니면 둘 다였는지 모르겠지만… 친구들은 무사했다. 아까는 진짜 난리도 아니었다.

'작은오빠! 으악!'

마리아가 테레즈의 눈을 가리며 외쳤고,

'주신 맙소사, 꼴이 그게 뭐야! 왜 피 칠갑을 했어!?'

'내 피는 아니야, 앙투아네트. 하하하하.'

에르베 뒤엠 경이 살벌한 대답을 하며 웃었다.

'에구머니, 우리 집안에 하나뿐인 둘째가!'

'큰오빠!'

프랑수아 뒤엠은, 남동생의 무시무시한 모습을 보고 다시 혼절했다. 뒤엠 경의 상태는 후작가 치유 신관인 마리엘이 와서 봐주었다. 큰 상처는 없어 하루이틀이면 깨끗이 아물 거라고 했다.

그러나 그와 함께 싸워준 근위대원들은 부상이 심해, 앞으로 한 달은 쉬어야 한다는 말을 들었다. 밥 먹고 그쪽 방에도 병문안을 가 볼 참이었다. 다행히 베랑 남작 가족은 긁힌 곳 하나 없었다. 셋은 옆방에서 씻고 휴식을 취하는 중이었다. 그렇지, 황실 마부도 자살 한 찰과상을 입은 게 전부였다! 나는 믿음직한 성기사를 돌아보며 환하게 웃었다.

"진심으로 감사드립니다, 요한 경. 뒤엠 경과 동료들끼리는 민간 인을 지키기 힘들었을 겁니다."

"아니에요, 전하. 때마침 강풍이 불어서 제가 덕을 봤어요."

민트색 눈동자가 기분 좋게 휘었다. 피부에서 물광이 나는 걸 보니 과연 컨디션은 괜찮은 듯했다. 나는 슬쩍 뒤돌아 가나엘과 시선 을 교환했다. 소년이 진지한 낯으로 자신의 목 주변을 손짓했다. 내 안색이 절로 굳었다. 아니라는 건가? '다 죽었다'?

"…세상에."

요한 경이 죽을 뻔했어? 깨어나는 데 몇 시간이나 걸렸다더니, 그놈의 진정제 때문에 힘들었나 보다.

"이쪽으로 앉아보십시오. 에테르 드리겠습니다."

"짝이 아닌 상대에게 이러시면 곤란해요."

"그분들은 나중에 많이 줄 거니까 괜찮아요. 헤릿 생각해서 받으 세요."

-사아아아…

재깍 의자를 끌어다 그를 앉히고, 아담한 성소를 전개했다. 데미 와 티테가 즐거워하며 서클에 꽃을 피우고 이슬을 내렸다.

-끼이, 끼잇

레서판다가 인간 침대를 찾기에, 나는 기꺼이 녀석을 안고 세 친구에게 이야기를 들려주었다. 뒤엠 후작이 허락하기도 했거니와 이들은 전후 사정을 알 자격이 있었다. 가장무도회 때 수상한 자를 찾느라 다 같이 고생했으니까. 무엇보다, 우리 모두 후작이 나쁜 이가 아니기를 간절히 바랐으니까.

"그래서⋯ 9월 30일이, 뒤엠 남매가 부모님과 동생을 잃은 날이라고 합니다. 영지에 공포감을 조성할 수 있어 사실대로 공표하지는 못했대요. 당시 폐하께서 후작을 많이 챙겨주셨고, 가문이 흔들리지 않도록 지탱해 주셨다고 합니다."

"전혀 몰랐어요. 사고사라고만 알고 있었는데⋯"

가나엘이 기어들어 가는 목소리로 말했다. 뱅자맹도 침통한 표정이었다.

"그렇다면 후작이 매년 이 시기에 아픈 것은⋯"

"열아홉 이맘때 작위에 올랐다고 합니다. 장례와 상속 절차 같은 것들이 마무리되고 나서요."

길게는 보름 정도를 심하게 앓는다고 들었다. 치유 신관 마리엘은 그것이 정신적인 아픔에 기인한 병이라고 설명했다. 그래도 올해는 유독 상태가 나아진 듯싶다고, 테레즈가 내게만 들릴 만치 작게 말해주었다. 나는 가만히 동의했다. 그가 데미와 나를 구하러 와주지 않았던가. 분명히, 조금씩 더 괜찮아질 것이다.

"그럼 가장무도회에 온 건 놀라운 일이었네요."

요한 경이 말했다. 나는 뺨을 긁적였다.

"테레즈 공녀가 이번 무도회에 꼭 오고 싶다고 했답니다."

쑥스러워 덧붙이진 못했지만, 마리아 말로는 테레즈가 나와 춤을 추고 싶다며 큰오빠를 졸랐다고 한다. 후작은 태어나 처음으로 사교 행사를 원하는 막내의 소원을 반드시 들어주고자 했다. 비록 그 날이 가족의 기일이라고 해도 말이다. 하지만 그 무렵 영지로 오는 초대장은 몽땅 폐기했기에, 뒤늦게 블랑케르 공작령으로 떠날 명분이 없었다.

"어쩔 수 없이 황궁 인맥을 수소문했다고 합니다. 혹시 초대장을 구할 수 있을까 해서요."

"제가 리에스테르 출신은 아니지만, 꽤 창피한 일이었을 것 같아요."

성기사가 낮게 웃었다. 나는 머리를 주억였다.

"황제궁에서 저희를 보고 당황한 게 그래서였답니다. 여동생들에게 비밀로 해달라고 한 것도요. 깜짝 놀라게 해주고 싶었대요."

"무도회 날 서둘러 돌아간 건 마수가 나타났기 때문이겠네요."

"네… 공녀가 무서워했겠죠."

돌이켜 보면, 마수 대토벌 당시 이곳에서 세 자매를 만나지 못한 것도 같은 이유였을 터다. 황도의 후작저에 가있었을까?

"아무튼 그런 사연이,"

-똑똑

그 순간, 누군가 방문을 두드리고 들어와 절했다. 앙투아네트였다.

"어서 오십시오, 공녀. 바쁘실 텐데 여기까지…"

"예서 왕자님."

그녀의 목소리는 몹시 심각했다. 내 입꼬리가 서서히 내려갔다.

"황궁으로 떠난 전갈이 상처를 입고 돌아왔습니다. 황도 수비대가 포털을 차단하고 있다고 합니다. 육로 역시 중부에서 막힌 듯합니다."

가나엘이 숨을 들이켰다. 여인의 낯빛이 어두웠다. 말도 안 된다. 설마.

"사르네즈 공작의 세력입니다. 그가 황실을 속여 병사를 조종하고 있어요."

* * *

그날 밤, 사르네즈 영주성.

"괜찮아요. 다 잘될 거예요. 우리는 누구다?"

크리스텔이 청회색 눈동자를 빛내며 물었다. 바지 차림의 이자벨과 유모가 잔뜩 긴장한 낯으로 답했다.

"이자벨, 크리스텔, 엘렌."

"안녕하세요, 우리느은! '서부의 무법자'입니다!…라고 하셨지요, 아기씨."

유모 엘렌은, 인사말에 한국식 폴더 인사까지 완벽하게 외웠다. 크리스텔은 활짝 웃으며 둘을 한 번씩 끌어안았다. 팔뚝과 옆구리 살도 애정을 담아 마구 주물렀다. 뻣뻣한 몸을 풀어주고 분위기도 띄우기 위해서였다. 이자벨과 유모가 간지럽다고 킥킥거렸다. 작전이 잘 먹혀서 다행이었다.

"네, 맞아요. 마지막으로 계획 점검하고 돌입할게요. 제가 대주교급 성기사인 거 잊지 마시고, 믿고 따라오시면 돼요. 떨어져서 다치실 일 절대 없어요."

"응, '올리 너 키느'."

"폐하께 고해야 아버지를 확실하게 잡을 수 있어요. 우리끼리 대화로 해결하다간 갇히거나, 공범 되거나 둘 중 하나니까요. 아버지는 우발적으로 이러는 게 아니에요."

"그렇지요, 아무래도 그렇지요."

엘렌이 떨리는 목소리로 말했다. 공작은 몇 달 전부터 계획을 세우고 움직였다. 이대로 있다간, 크리스텔 자신은 물론이고 죄 없는 어머니와 유모까지 휩쓸려 갈 게 뻔했다. 그러니 마음을 굳게 먹어야 했다. 모두를 구하고 왕자님까지 도우려면, 정신을 바짝 차려야 했다.

크리스텔은 가방에서 작전 상황도를 꺼내 펼쳤다. 왼편엔 사르네즈를 포함한 제국 서부 지도, 오른편엔 영주성 내부를 확대한 지도가 그려져 있었다. 미술에 재능이 있는 이자벨의 작품이었다.

"곧 열한 시가 되면, 소등하고 자는 척. 한 시간 동안 대기했다가 열두 시부터 창문을 통해 한 명씩 이동할게요. 제가 먼저 내려가 주변을 정리…"

-똑똑

그때, 누군가 침실 문을 노크했다. 그 소음이 어째 묵직하고 무서웠다. 크리스텔은 어깨를 움츠리는 두 여인을 잽싸게 등 뒤로 숨겼다.

"누구세요?"
"크리스텔."
소름이 끼쳤다. 아버지였다.

* * *

당신이 왜 여기 있어?
"아버지, 웬일이세요? 독감은 괜찮으신 거예요?"
크리스텔이 다급히 말을 덧붙이며 침실 문을 노려보았다. 안에서 잠겼고, 열쇠는 이곳에 있으니 아버지가 들어오는 일은 없을 것이다. 그런데 자꾸만 싸한 느낌이 들었다. 이게 요한 선생님이 말한 성기사의 육감이라는 걸까?
"그래, 많이 나아졌다. 덕분이구나."
그의 목소리는 평소와 같았다. 크리스텔은 침착하게 물었다. 착한 딸처럼, 별일 없다는 듯이.
"테러 현장에서 다치신 곳은요?"
"그것도 거의 아물었어."
"다행이네요."
-싸아아…
손가락 끝에 서리가 내렸다. 그녀의 어깨를 쥔 이자벨의 손이 떨리고 있었다. 크리스텔은 차분히 뒤를 살폈다. 활짝 열린 창문. 모두 잠옷이 아닌 일상복에 부츠 차림. 어머니와 유모 엘렌의 허리를 칭칭 감은 커튼. 절대로 이걸 들켜서는 안 됐다. 누가 봐도 달아나려는 일행의 모습이었다.

"너는 어떠니? 어머니는?"

"저는 괜찮아요. 다들 잘 챙겨주시니 방에만 있어도 지낼만해요. 어머니랑 유모도요."

"그래… 마음이 놓여. 미안하구나."

"아니에요. 저희를 위하시는 거니까 이해해요."

"고맙다."

자상한 말소리가 잦아들었다. 크리스텔은 한숨을 내뱉었다. 그렇게 묵묵히 얼마간의 시간이 흘렀다. 지금쯤 갔을까 싶어 체내의 에테르를 훅 끌어 올렸다. 이렇게 하면 오감이 날카로워져 주변의 기척을 또렷이 느낄 수-

"헉."

크리스텔이 호흡을 삼켰다. 그가 아직 밖에 있었다. 게다가 혼자가 아니었다. 누군지는 몰라도 가까이에 선 두 번째 숨결이 느껴졌다. 시종장인가? 그녀는 이자벨과 엘렌을 돌아보며 머리를 저었다.

'안 갔어요.'

입 모양을 확인한 두 여인의 낯에 공포가 스몄다. 크리스텔은 다시 정면을 바라보았다. 작전 돌입까지는 여유가 있었다. 한 시간여 후에 있을 보초 교대를 노리는 것이니 충분했다. 할 수 있어.

"아버지, 힘드실 텐데 가서 쉬세요. 저희도 인제 불 끄고 자려고요."

"몇 시인가? 아. 벌써 그렇게 됐군."

그가 중얼거리듯 말했다. 함께 온 시종에게 물은 듯싶었다.

"이만 자야겠구나."

인자한 음성이 이어졌다. 크리스텔은 심호흡을 했다.

'안녕히 주무세요.'

그렇게 말하고…

-덜컥!

문고리가 거칠게 움직였다. 셋은 흠칫하며 더욱 붙어 섰다. 유모가 어린 아가씨의 등에 이마를 기댔다. 크리스텔이 재빨리 변명했다.

"참, 문은 안에서 잠갔어요! 숙녀들의 공간이니까요."

흐흐흐. 웃음기 섞인 자연스러운 말투였다. 연기는 언제나처럼 완벽했다. 너무 들뜨지도, 딱딱하지도 않았다. 잠시 후 아버지의 답이 돌아왔다.

"…그랬구나. 네 어머니에게 궁금한 것이 있어서. 잠깐 열어주겠니?"

"그건 좀 힘들 것 같아요. 다들 엄청 편하게 입고 있거든요."

거짓말은 아니었다.

"거기서 물어봐도 돼요, 시몽."

이자벨이 딸의 손을 꼭 잡고 말했다. 냉기가 심해 시릴 텐데도 그녀는 떨어지지 않았다. 거짓말과 거리가 먼 어머니이기에 걱정했는데, 다행히 목소리가 좋았다. 크리스텔은 쌕 웃으며 그녀를 돌아보았다. 검은 눈동자가 애정을 담아 딸을 마주했다. 이내 공작의 음성이 들렸다.

"오늘 저녁으로 나온 닭 샤쇠르를 남겼더군요, 이자벨. 좋아하는 요리잖아요."

일순 소름이 끼쳤다.

"아… 당신이 아프니까 잘 넘어가지 않았어요."

"점심때 니온 앙두이예트는 다 먹었딘데요."

"그랬던 것 같아요."

이어진 말에 이자벨이 간신히 대답했다.

"아침엔 방트레슈도 깨끗이 비웠고요."

"네…"

크리스텔은 주먹을 쥐었다. 뭔데, 어머니가 뭐를 얼마나 먹었는지 매번 확인하는 거야? 그릇을 전부 들여다보기라도 해?

"이자벨, 당신은 낯선 자리에 나가기 전에 육류를 못 먹어요."

"네?"

뭐? 크리스텔은 턱을 벌리며 이자벨을 바라보았다. 그녀 역시 금시초문인지 새파랗게 질린 표정이었다.

"긴장해서 소화가 안 되는지 본능적으로 피하더군요."

"그랬나요? 늘 배부르게, 먹었는데…"

"내가 그걸 알고 채식 요리를 준비하라 일렀으니까요."

전신의 털이 곤두섰다. 음산한 목소리가 복도를 울렸다.

"오늘 어디 나갈 예정이에요?"

-콰앙!

문이 우짖었다. 유모가 숨넘어가는 소리를 냈다. 크리스텔은 눈을 힘껏 치떴다. 문고리 주변의 두꺼운 목재가, 미세하게 파여있었다. 말도 안 돼.

"아버지. 방금,"

-콰아앙!

"세상에!"

날카로운 도끼날이 나무문을 뚫고 들이닥쳤다. 이자벨은 소스라치며 크리스텔의 품에 얼굴을 묻었다.

"이게 무슨 짓이에요!"

"그럼 문을 열어주련?"

"내가 미쳤다고 열어!? 당신이 흉기를 들고 있는데!"

-콰앙! 쾅!

크리스텔이 거세게 반항했고, 문은 이제 본격적으로 부서지기 시작했다. 쩍! 깨진 나뭇조각이 국숫발처럼 흘러내렸다. 그녀는 온몸으로 경악하고 또 경악했다. 이러면 안 되는데 무서웠다. 사지가 뻣뻣이 굳어 움직이지 않았다. 가인이 아주 어릴 때, 부모라는 인간이…

"'올리 더 키드', 정신 차려야 해."

그 순간 다정한 속삭임이 그녀를 감쌌다. 가인은 움찔하며 상대를 확인했다. 이자벨이, 눈물을 흘리면서도 올곧게 시선을 들고 있었다.

"시몽은 제정신이 아니야. 우리를 구하자."

"네, 네."

그녀는 황급히 정신을 차렸다. 그래, 넋 놓고 있을 때가 아니다.

"유모! 이리 오세요. 괜찮아요!"

"네, 아기씨!"

엘렌이 흠뻑 젖은 얼굴로 달려왔다. 크리스텔은 아까 펼친 작전 상황도를 다시금 확인하고, 서둘러 창밖을 살폈다. 시발!

-쿠웅! 콰아앙!

"아버지가 기사들을 불렀나 봐요."

"주신이시여."

엘렌이 절망했다. 지상에서 그들을 올려보는 머릿수가 빼곡했다. 이런 식이라면 황도로 통하는 길도 모조리 막혔을 것이다. 크리스텔은 양손으로 눈가를 짓누르며 이를 갈았다.

이제 어떡하지? 어떤 전략으로 싸워야 해? 그녀 혼자 빠져나가는 건 식은 죽 먹기보다 쉬웠다. 하지만 이자벨과 엘렌을 데려가야 했다. 둘만큼은 저 인간의 손아귀에서 빼내고 싶었다. 여기 있으면 다 끝이라고!

-찌억!

-삐!

그때, 끔찍한 파열음을 뚫고 맑은 새소리가 울렸다. 크리스텔은 머리를 반짝 들었다. 꿈결처럼 창가에 앉아있는 굴뚝새가 보였다.

"뚝심…?"

-삐이!

'비렴의 방주'가 씩씩하게 답했다. 크리스텔의 표정이 대낮처럼 밝아졌다!

"함뚝심! 우리 복덩이, 왕자님이 보내서 왔어? 제발 도와주라. 우리 탈출해야 해!"

-삐삐삐!

7. 열아홉의 가주님

굴뚝새가 부리를 크게 벌려 울더니, 그녀의 작전도를 콕콕 쪼았다. 문밖에선 여전히 소란이 일고 있었다. 쾅쾅!

"어머니, 유모. 허리에 묶은 휘장 푸세요. 이 친구가 있으니 필요 없어요."

"응!"

두 사람이 빠릿빠릿하게 움직였다. 크리스텔은 뚝심이가 가리키는 지역을 확인했다.

"서쪽? 바다로? 그럼 황도랑 멀어지는,"

-삐삐이!

그녀가 눈을 휘둥그레 떴다.

"…설마 세레니테로 가자는 거야?"

-삐뽀!

정답! 크리스텔이 입을 떡 벌렸다. 그러나 육로로 가기엔 멀고, 포털을 타도 추격당하기는 매한가지였다. 요 똑똑한 신물이 이끄는 대로 하는 게 맞겠지만, 어떻게?

"아기씨, 제가 돛을 다룰 줄 알아요."

크리스텔이 뒤를 돌아보았다. 상황을 파악한 엘렌이 비장한 눈길을 하고 있었다.

"저 바닷가 출신이잖아요, 뱃사람의 딸. 믿으셔도 돼요."

"네게 배가 있잖아, 서부의 무법자님."

-쾅앙!

놀란 새가 폴짝 뛰었다. 크리스텔은 뚝심이를 급히 품에 숨겼다. 네 쌍의 시선이 동시에 문을 향했다. 뾰족한 나뭇결에 마구 긁힌 팔뚝이 보였다.

"이자벨!"

"맙소사!"

길레짝처럼 너덜너덜해진 문짝 사이로, 사르네즈 공작이 노끼를 뻗고 있었다. 대경한 이자벨이 입을 가렸다. 하얀 가면을 쓴 남자가 시뻘건 핏대를 세우며 외쳤다.

"우린 부부잖아요. 왜 도망치려는 거야! 내가 하는 일은 다 이해해 주는 거 아니었소?"

"아이고, 부인. 보지 마셔요…!"

"이자벨!"

유모가 후다닥 부인의 눈을 가렸다. 크리스텔은 남자를 보며 전율했다. 저건, 자신이 알던 시몽 드 사르네즈가 아니었다. 그는 이미 광기와 공포에 사로잡혀 이성을 상실한 상태였다. 자신의 죄에 함몰되어 스스로를 잃어버린…

"크리스텔!"

-딸그락!

"악!"

크리스텔은 깜짝 놀라 외마디 비명을 질렀다. 문이 열리는 줄 알았는데, 그게 아니라 그의 가면이 떨어지는 소리였다. 섬뜩한 몰골에 눈물이 찔끔 나올 지경이었다. 악령처럼 우둘투둘 붉게 짓무른 오른쪽과, 선하고 인상 좋은 왼쪽 얼굴이 한데 섞여 끔찍한 악몽을 자아냈다. 믿을 수가 없었다.

"사르네즈는 대대로 이런 집안이다. 네가 물려받아야 하는 유산을 직시해!"

"꺼져!"

"그를 희생양 삼는 게 살 길이야. 아비는 식솔을 구할 책임이 있다. 제발!"

"설마 왕자님 얘기하는 거야? 사람을 모함해 놓고 그걸 말이라고 해!?"

크리스텔이 언성 높이며 이자벨과 엘렌을 창틀에 앉혔다. 밤하늘엔 실바람이 불기 시작했다. 두 여인이 그녀의 팔을 꾹 잡은 채 입을 악다물었다.

"이게 마지막 기회야. 우리 가문이 깨끗했던 시절로 돌아갈…! 죄를 씻고 성세聖洗 받을 유일한 방법!"

"죄는 뭔 죄!"

깨문 입술 사이로 하얀 입김이 터져 나왔다. 공작은 흐느끼듯 읊조렸다.

"내 증조모의 원죄. 거기에, '창해의 축복'을 그토록 쉽게 소실한 죄."

"그게 왜 죄야. 누가 원해서 흡수한 것도 아닌데! 어머니도 그렇게 될 줄은,"

"우리가 사르네즈가 아니었다면 살았겠느냐?"

"…"

"우리가 대귀족이 아니고, 폐하의 총애를 받는 가문이 아니며, 그간 충심을 증명하지 못했다면. 그랬다면 그 일을 그리 쉽게 넘길 수 있었을까?"

크리스텔은 이를 악물었다. 그리고 뒤를 돌았다.

"내가 그래서 황실에 봉사하겠다고 한 거잖아! 그 부분은 책임지 겠다고,"

"이번 위기는 그런 식으로 해결하지 못해!"

"그럼 우리와 상의했어야지! 폐하한테 말하든가!"

그녀가 악을 쓰며 창턱을 잡고 고개를 숙였다. 똘망똘망한 뚝심이의 눈동자를 보니, 자신이 가장 좋아하는 신관이 떠올라 목이 꽉 막혔다. 갑자기 너무 힘들었다. 일이 어쩌다 이렇게까지 커졌나 싶었다. 모든 사태가 버겁고 무겁게만 느껴졌다. 그렇지만, 그래도.

'크리스텔은 정말 강한 사람입니다.'

…그녀는 버틸 것이다.

'강해질게요. 이왕이면 대륙에서 제일.'

지금보다 강해지겠다고 약속했으니까.

'함가인. 제 흔적. 제일 중요한 거니까 왕자님한테만 알려드릴게요.'

이제는, 자신의 흔적을 되새겨 줄 친구가 있으니까.

"크리스텔 드 사르네즈!"

"닥치라고! 나 당신 딸 아니야!"

가인이 바락바락 외치며 그를 쏘아보았다. 이자벨이 몸을 떠는 것이 느껴졌다. 공작은 처음으로 당황한 눈빛을 했다.

"그게 무슨,"

"내가 왜 당신 딸이야. 당신이 지금껏 사랑한답시고, 지켜준답시고 아내랑 딸을 새카맣게 속여왔는데 내가 왜! 당신네 뭐 하는 집안인지 몰라도 이거 사기 결혼이야!"

"아가씨!"

공작의 곁을 지키던 시종장이 호통쳤다. 함가인은 지지 않았다.

"어디서 소리를 질러! 나도 당신 속였으니까 거기까지는 샘샘이라고 칠게. 아무튼 나는 당신 딸하고 와이프를 여기서 구할 거야. 내 뒤치다꺼리하느라 고생만 하는 유모도!"

"아기씨…"

"딸아, 잘 생각하거라. 너는 내 보호를 받아야 해!"

공작의 팔엔 어느새 피가 흐르고 있었다. 피부가 녹아 드러난 오른쪽 안구에, 크리스텔이 시원하게 가운뎃손가락을 들어 올렸다. 삐르르! 굴뚝새가 비웃듯 지저귀며 천공으로 쏘아져 나갔다.

"보호 두 번 했다간 징역 살리겠다, 아주!"

그녀가 이자벨과 엘렌의 허리를 끌어안으며 고함쳤다. 그리고는 망설임 없이 창밖으로 뛰어내렸다.

* * *

번쩍. 세드리크는 즉시 몸을 일으켰다.

"…하."

어두컴컴한 로메로 궁의 침실은 잠들기 전과 마찬가지였다. 악몽은 아니었지만 기묘한 예감이 들었다. 그는 가슴팍을 뒤져 성석 목걸이를 꺼냈다. 조악한 바느질로 하루가 다르게 낡아가던 줄은, 어젯밤 그의 보존 마법을 통해 세상에서 가장 단단한 장신구로 변했다.

 하지만 아직 쓰고 싶지는 않았다. 이건 어디까지나 최악을 대비한 대체품일 뿐이었다. 티 없이 맑은 힘으로 환하게 빛나는 성석에, 황태자는 느릿느릿 이마를 가져다 댔다. 도대체 언제쯤…

 -똑똑

 그가 퍼뜩 고개를 들었다. 다비드였다.

 -달칵

 문이 열리고, 깨어있는 주인을 발견한 중년인이 바삐 침대로 다가왔다. 그는 세드리크가 어둠 속에 동그마니 앉아있는데도 놀라지 않은 듯했다. 아니, 정확히는 더 충격적인 무언가 때문에…

 "전하."

 "이 시간에 무슨 일이지?"

 태자가 잠긴 음색으로 물었다.

 "남부에서 황실 근위대 두 명이 크게 다쳐 돌아왔습니다. 나머지는 요한 헤인스 경의 공격으로 모두 살해당했으며…"

 문틈으로 들어온 빛에, 다비드의 눈길이 위태롭게 떨렸다.

 "예서 왕자님의 명령이 있었다고 합니다."

8. 믿음, 소망, 대항해 시대?!

12월 21일 아침.

"나라가 개판이군."

그것이, 현 상황에 대한 프레데리크 리에스테르의 평가였다. 오렐리는 난감한 얼굴로 그녀의 팔을 쓸었다. 황제궁 알현실엔 소수의 인원만이 자리하고 있었다. 황태자와 엘리자베트. 시몽 드 사르네즈 공작과 외제니 케시에 대주교. 초주검이 된 근위대원 하나.

"공개적인 데서 그렇게 말하지 않기로 했잖아."

"그럼 바꿔 말하지. 내 국정 운영 능력이 개판이야."

"프레데리크."

추기경이 달래듯 소곤거렸다. 그녀와 연결된 유일한 영혼은, 며칠 전부터 짜증과 자책으로 날뛰고 있었다. 오렐리는 강물처럼 너른 에테르를 풀어 황제의 영혼을 감쌌다. 종교적 반려는 바로 이런 순간을 위해 존재한다고 해도 과언이 아니었다. 알렉상드르 사후 정치적 반려의 역할까지 반쯤 소화하고 있지만, 그녀의 본업은 이것이었다. 상대의 그릇을 안정화하고 정신적 지주가 되어주는 일.

'하…'

반려의 에테르를 느낀 황제가 긴 숨을 뱉으며 눈을 감았다 떴다. 성기사가 아니어도 성스러운 힘의 영향은 충분히 느낄 수 있었다. 널뛰던 체리색 눈동자가 차분히 가라앉았다. 이내 지엄한 입술이 열렸다.

"마흔 가까운 근위대원을 보냈는데 그중 둘이 살아 돌아왔다. 하나는 달구리를 넘기지 못하고 숨을 거두었고, 마지막 남은 이가 지금 짐의 눈앞에 있다. 한데 저자가 증언하기를, 요한 헤인스가 황실 근위대를 몰살했으며 그 배후에 에서 페네티안이 있었다고 한다."

"…"

무거운 침묵이 맴돌았다. 온몸에 붕대를 감은 병사가, 가장 낮은 자리에 무릎 꿇은 채 사시나무처럼 떨고 있었다.

"엘리자베트. 내가 이해한 것이 맞느냐?"

"…그렇습니다, 폐하."

부근위대장이 엄숙하게 답했다. 회색 눈동자는 침착하고자 기를 썼다.

"저자의 진술을 케시에 대주교가 보증한다는 것도 사실이고?"

"예. 저는 대원들의 증언을 확보하자마자, 중앙 신전에 황실 마차를 급파해 당직 주교를 데려오고자 했습니다. 오늘 새벽 2시 30분경의 일입니다. 마침 신전에 있던 대주교 은하가 상황의 긴박함을 파악하고 자원했습니다. 은하는 저와 다른 대원 둘이 보는 가운데 서클을 열었고, 귀환자들의 고해를 받았습니다."

"에테르 반응은?"

엘리자베트가 빠르게 대답을 내놓지 못하고 마른침을 삼켰다. 황제의 목소리가 내려앉았다.

"없었군."

"…"

젊은 검사는 깍듯한 묵례로 긍정했다. 두 병사의 말이 '진실'이었다는 뜻이다. 고요히 모황의 곁을 지키고 있던 세드리크 태자가 입을 열었다.

"케시에 대주교."

"예, 전하."

"저자가 근위대장에 관해 고한 바가 있을 텐데."

그러자 대주교가 공손히 답을 올렸다.

"맞습니다. 근위대장이 왕자님 일행을 보호해 뒤엠 후작령으로 인도했다는 진술이 있었습니다."

"그의 목적은?"

"거기까지는 아는 바가 없는 듯했습니다. 한낱 병사이니…"

노인이 난처하다는 눈빛을 했다. 이어진 말은 무척이나 조심스러웠다.

"허나 고귀한 황실 방계인 후작가에서, 내란 혐의가 있는 분을 엄호하는 것은 의도가 불순…"

"은하."

사르네즈 공작이 점잖게 말을 끊었다. 가면에 가리지 않은 왼쪽

낮은 여느 때와 같이 진중했다. 황제의 총신다운 태도였다.

"근거 없는 말은 삼가십시오. 중상이 될 수 있습니다."

"…고결하신 분들께 심려를 끼쳐 송구합니다. 제가 나이를 먹어 판단력이 예전 같지 않습니다."

케시에가 즉각 몸을 사렸다. 황제는 담담히 두 사람을 관찰했다. 대주교가 뜻하는 바를 모르지 않았다. 황위 도전에 정당성을 지닌 대귀족이, 적국의 병사를 키우고 있다는 왕자를 피로써 지키고 기꺼이 품었다. 그것이 암시하는 바는 거슬릴 만큼 명백했다. 거리의 평민, 광대들조차 무시하지 못할 가설이었다. 반역.

"시몽."

"예, 폐하."

"남쪽으로 황도 수비대를 보냈다고 했지. 수색은 어찌 되고 있느냐."

"중부로 통하는 육로까지 소득이 없었다고 합니다. 다만 후작령으로 향하는 포털에서… 수비대 기사가 후작가의 기사와 싸워 부상을 입고 돌아왔습니다."

공작이 나직이 말했다. 일개 가문의 기사가, 감히 황제의 공권력에 무력으로 대항했다. 군주의 붉은 시선이 죽은피처럼 침잠했다.

"…전부 물러가라. 내 반려와 아들을 두고 논의하겠다."

"예, 폐하."

황명을 받들어 모두가 예를 갖추고 물러났다. 나탈리나 다비드와 같은 최측근만이 멀찍이 남아있을 뿐이었다. 그러한 상태로 얼마간의 적막이 흘렀다. 태자는 한숨을 내뱉었다.

-화르륵!

동시에 융단 양옆의 화로에서 불길이 치솟았다. 다비드가 기겁하며 주인을 바라보았다. 그러나 두 어른은 예상했다는 양, 이만한 투정은 받아줄 수 있다는 양 묵묵했다.

-⋯또각, 또각!

-뚜벅, 뚜벅, 뚜벅!

이어 알현실 뒤편에서 다급한 발소리가 흘러들었다. 시종장 로라가 열어준 비밀 문을 통해, 몰래 온 손님이 줄줄이 등장하고 있었다. 조금 전에 나갔던 엘리자베트는 물론이고 에바 블랑케르 소공작과⋯

"반항아, 꼬맹이에 고라니까지. 인제 보니 황제궁도 개판이군."

산트와 헤릿, 밤톨이를 확인한 황제가 어처구니없다는 듯 말했다. 오렐리는 미소 지으며 그녀를 돌아보았다.

"자꾸 그러면 왕자님에게 강아지도 키우자고 할 거야."

"오렐리."

프레데리크가 정색했다. 세드리크 역시 뒤따른 이들을 보며 미간을 찌푸렸다.

"사제와 아이는 무슨 용건이지?"

"산트 사제님이 어제 헤릿이랑 클레르 광장에 갔다가, 엄청난 활약을 했대."

"보여주세요, 사제님. 빨리요!"

엘리자베트와 에바가 눈을 빛내며 말했다. 비록 소공작의 눈두덩이 부어있었고 이곳에 없는 친구도 많지만, 알현실의 분위기는

10여 분 전과 판이했다. 황실 가족에게 정중히 절한 산트가 헤릿을 내려다보았다. 아이는 민트색 눈망울을 깜빡이더니, 밤톨이의 등에 걸린 가죽 가방을 열었다. 그새 제법 자란 고라니가 발을 굴렀다.

-부스럭, 부스럭

"태사의 녹봉이 부족한 걸까?"

추기경이 근심했다. 꼬마가 광고지로 보이는 것을 한 뭉텅이나 꺼내든 탓이었다. 프레데리크가 코웃음 치는데, 산트가 로라에게 종잇장을 전했다. 로라는 즉시 그것을 황제에게 올렸다. 태자의 주황색 눈동자가 따라서 움직였다.

"…사라 벨리아르의 무기명 투서가 전단으로 변모했군."

내용을 훑은 황제가 요약했다.

"응. '천공의 하늘'에 관한 소문도 있네."

오렐리가 덧붙였다. 왕자에 관한 약간의 사실과 다수의 거짓을 섞어 만든 선전물은, 놀라울 만큼 자극적이었다. 조금만 주의 깊게 읽어봐도 논리와 근거가 부족함을 알 수 있었다. 그러나 이것이 고급 저택 지구가 아닌 클레르 광장에서 발견되었다면, 혼란을 야기하고자 하는 상대는 상류층이 아니었다. 선동은 애초에 꼼꼼하고 정확할 이유가 없는 것이다.

"왕자님에 관한 민심을 더럽히려는 거야."

기반을 무너뜨리면 상부 역시 흔들기 쉽다. 모략의 기본이었다.

"그래, 이번에야말로 단단히 밉보였어. 아니면…"

황제가 그렇게 말하며 아들을 돌아보았다. 짝을 믿고 있으며 믿고 싶으나, 자신을 반대로 끌고 가는 상황이 거슬려 죽겠다는 표정이었다.

"걱정 마십시오, 헤릿이 대부분 수거했습니다!"

"뭐?"

모자母子가 동시에 입을 벌렸다. 산트는 자랑스러운 얼굴로 아이의 등을 쓸어주며 설명했다.

"헤릿이 머리 자를 때가 된 것 같아서, 제가 광장에 있는 이발소에 데려갔습니다. 지금까진 늘 요한 경이 손봐주었다는데…"

길고 수다스러운 이야기를 축약하자면 이랬다. 헤릿에게 전문가의 솜씨를 보여주고 싶었던 산트는, 아이의 손을 잡고 통유리가 근사한 이용원에 갔다. 광장의 인파를 구경할 수 있도록 창가 자리가 날 때까지 대기하기도 했다. 장장 30분을 기다려 명당에서 손질을 받기 시작했는데, 헤릿이 갑자기 창밖의 행인들을 가리키며 신음했다.

'왜 그래, 헤릿? 저자들이 소매치기라도 하던?'

도리도리. 몹시 심각해 보이는 낯이었다. 산트는 항상 챙겨 다니는 필기구를 꺼내 아이에게 건넸다. 또박또박 돌아온 대답은 충격적이었다.

'저 사람들이 왕자님 험담을 해요. 가서 혼내주고 싶어요.'

"입 모양을 읽는 건 헤릿 특기니까 말입니다. 그래서 머리를 반만 자르고 급히 나왔더니, 아이가 달려가서 그자들 손에 들린 전단지를 탁! 빼앗고…"

통 크게 금화 한 닢을 내밀었다! 광장의 눈길이 몽땅 꼬마에게 쏠렸다. 왕자님의 이름이 적힌 종이를 넘겨주니 금이 생겼다. 포상금이라는 말이 순식간에 퍼졌다. 한 장은 벽에서 떼고, 한 장은 바닥에서 주우면 금화가 무려 두 개였다. 신흥 연금술의 파급력은 어마어마했다!

"그럼… 돈으로 혼쭐을 내준 거니?"

"그렇다고 볼 수 있습니다, 전하. 광장에 뿌려진 건 죄다 수거했어요. 대충 200장인데 한 시간도 안 걸렸습니다!"

"흥흥."

산트가 신나서 말했고, 혜릿은 쑥스럽게 웃었다. 황제가 헛웃음을 흘렸다.

"그렇게 많은 금은 어디서 났느냐? 태사는 네 경제관념을 그리 가르칠 자가 아닌데."

"…"

그러자 아이가 몸을 배배 꼬며 세드리크를 바라보았다. 하얀 뺨이 고마움으로 발그레 물들었다. 엘리자베트는 이 상황이 우습고 어이가 없어 어깨를 출렁거렸다. 딴 집 애들은 용돈 모아 과자를 사고 리본도 산다는데, 헤인스 경의 아이는 용돈으로 여론을 샀다…

"다비드."

꼬마를 응시하던 태자가 나직이 시종을 불렀다. 다비드는 재깍 고개를 주억이며 수첩에 기록했다.

'헤릿 군 용돈 세 배 인상.'

"가까운 시일에 세실 블랑케르 공작을 접견할 거다."

불쑥, 황제가 말머리를 돌렸다. 소백작이 에바의 어깨를 보호하듯 감쌌다. 헤릿과 산트도 그녀의 손을 잡아주었다. 두 황족은 서로를 마주 보았다.

"네가 그리 말하지 않았느냐. 무기명 투서와, 블랑케르 공자가 소공작에게 보낸 편지에서 동일한 잉크가 발견되었다고."

"예."

"또한 편지 말미에 왕자의 몰락을 암시하는 구절이 있으며, 공자가 돌연히 사망한 점을 미루어볼 때…"

"누군가 사주했습니다. 왕자에게 악감정이 있는 공자를, 전달책으로 이용한 뒤 처리한 것으로 보입니다."

창립식 테러 사건의 범인이었던 앙드레지 공자도 같은 경우였다. 태자의 답에 황제가 고개를 끄덕였다.

"공작이 아들의 그런 죽음을 조용히 넘길 리 없다. 반드시 내게 오겠지."

"예."

"너는 어찌하겠느냐?"

불꽃을 닮은, 전혀 다른 색상의 두 눈이 허공에서 길게 얽혔다. 황제의 음성이 오싹할 만치 낮아졌다.

"황족이 움직일 시간이야."

세드리크는, 어머니에게서 오라가 폭렬하는 환각을 보았다. 그것은 티끌 한 점 없이 순수한 소드마스터의 분노였다. 마땅한 반응이었다. 조금 전 공작과 대주교의 보고를 통해, 그들은 전체적인 그림을 엿보는 데 성공했다.

이제 경우의 수는 두 가지였다. 황가의 핏줄이라면 양측 모두를 낱낱이 해부해야 했다. 손에 잡힐 듯 뚜렷한 가능성과, 실오라기처럼 가느다란 불안. 사르네즈와 뒤엠.

"둘 중 하나는 네 검으로 확인해야 할 것이다."

황제가 맹수의 훈육을 속삭였다. 그들은 오렐리 부티에와 근본적으로 달랐다. 상처 주고 싶지 않아도 의심할 수 있어야 했다. 그것이 보좌의 숙명이었다.

* * *

모두가 뒤엠 영주성의 거실에 모여있었다. 나는 쌍둥이 요람에서 잠든 데미와 티테를 도닥이며 신중하게 말했다.

"황도로 밀고 가는 건 무모합니다. 그랬다간 폐하의 군대와 맞서는 모양새가 될 거예요. 그게 바로 공작이 노리는 지점입니다."

"저도 그렇게 생각합니다, 왕자님. 또한 기사단의 절반을 데려가는 것은 위험이 큽니다. 형님이 골골거리는 시기이니 영지의 치안을 고려해야 합니다."

에르베 뒤엠 경이 말을 받았다. 친구들이 곳곳에서 웅성거렸다. 우리는 어떻게 해야 황궁에 무사히 닿을 수 있을지, 어떡하면 누명을 벗을 수 있을지를 두고 열띤 토론을 벌이는 중이었다.

황제에게 전갈조차 보낼 수 없다는 소식이 전해진 이후로는 여기서 식사와 대화를 함께하고 있었다. 점심 무렵에 깨어난 프랑수아 뒤엠 후작은 다소 지친 기색이었지만, 이번에도 번쩍 손을 들어 발언했다.

"골골이라니, 거 장난이 너무 심한 것 아니냐. 병약한 미청년 형님이라 불러 다오."

"내일모레 마흔도 청년인가요?"

열여섯 가나엘이, 순진한 표정으로 사람을 골로 보냈다. 후작이 잠잠해지자 넷째인 마리아가 양팔을 반짝 들고 외쳤다.

"이건 어때요? 절대로 아무한테도 안 잡힐 거예요! 코를레오네 제후국으로 도망치기!"

"…"

"거기서 포털 타고 다시 밀입국하기! 기가 막히죠!"

장내는 크리스텔이 빙하수라도 끼얹은 양 써늘해졌다. 요한 경조차 곤란한 기색이었다. 오직 나와 마리아만이 웃음기를 띠고 있었다. 아니, 뭐… 난 제후국이 어딘지 몰라서. 그래도 들어볼 가치는 있지 않을까?

* * *

"마리아, 그건 좀…"

에르베 뒤엠 경이 난감한 목소리로 침묵을 깼다. 마리아가 짧은 뒷머리를 벅벅 긁으며 말했다.

"또 단순 무식하다고 하려는 거지? 아냐, 들어봐! 우린 지금 영지에 갇힌 거나 다름없잖아. 언니 말이, 곧 후작령 전체가 봉쇄당할지도 모른대. 포위전으로 가는 거야! 공성전! 전쟁사에 나오는 것처럼!"

"…"

모든 시선이 앙투아네트에게 모였다. 여인이 눈을 부릅떴다.

"그렇게까지 극단적으로 이야기하진 않았단다, 동생아!"

"아무튼 결론은 비슷하잖아. 사르네즈 공작이 우리한테 죄를 뒤집어씌우려는 거라며? 엄청 큰 죄! 그러면 영지 탈출이 먼저 아니야?"

"공녀, 일단 폐하께서 결정하시는 내용을 보고…"

"허나 지금까지도 폐하의 뜻이 있으셨을…"

잠자코 듣고 있던 파브리스 베랑 남작과 그의 딸 엘로디가 말을 얹었다.

'달아났다가 더 깊은 오해를 사진 않을까요?'

안 베랑 남작 부인이 조심스레 발언했다. 뱅자맹과 가나엘도 두런두런 의견을 나누고 있었다. 뒤엠 삼 남매가 100분 토론을 시작한 가운데, 큰오빠의 머리를 무릎에 누인 테레즈는 무언가를 바삐 공책에 적었다. 몹시 심각한 순간에 나는 남매를 보며 딴생각을 했다.

"바깥 상황도 모른 채 무작정 기다리기보다는, 적극적으로 타개하는 편이…"

예를 들면, '내가 두고 온 집에 형이 있어서 다행이다.'

그곳에서는 시간이 얼마나 흘렀을지 모르겠지만, 정은서 곁에 오빠라는 두 인간 중 하나는 있을 테니 안심이다. 그런 새삼스러운 생각.

"전하."

요한 경의 부름에 상념에서 깨어났다. 그가 내게 종이로 접은 주교관을 건넸다. 테레즈의 파지로 만든 듯한데, 손재주가 좋아서 디테일이 살아있었다. 나는 그를 향해 씩 웃어 보였다.

"고맙습니다. 근사하네요. 데미, 짜잔! 네가 좋아하는 거다."

-끼으

마침 잠에서 깬 데미가 소매를 붙들고 늘어지기에, 종이 주교관을 보여주었다. 녀석은 냉큼 모자를 쓰고 입을 벌렸다. 그게 꼭 웃는 모양 같아서 나도 피식했다. 이때다 싶었는지, 레서판다가 짧은 나뭇가지를 만들어 내 앞발로 짚고 발딱 섰다. 그러고는,

-사아아…

요람 가득히 꽃송이를 피워냈다. 대지 속성의 에테르가 작은 기적을 일으키고 있었다. 녀석의 똥그란 눈알이 언제 잠들어 있었냐는 듯 초롱했다. 나는 아장아장 뒷발로 걷는 데미를 받아 안으며 파안했다.

"푹 잤어? 기분 좋아서 멋진 거 보여주는 거야?"

-끼우으

"대륙에 교황 성하가 계신 줄은 몰랐네요."

요한 경이 눈꼬리를 휘며 농담했다. 나는 그제야 아차 싶어 신수를 내려다보았다. 녀석은 주교관에 보라색 팬지를 피우더니, 보란 듯이 내게 떠밀었다. 불현듯 《교황 연대기》 표지 위에 몸을 말던 모습이 떠올랐다. 그게 아마 수확제 마지막 날이었지. 설마 아직도 그 얘기야?

"…내가 교황이 됐으면 좋겠어?"

나는 데미의 까만 뱃살에 얼굴을 묻고, 옆자리의 요한 경조차 들

을 수 없을 만치 작게 속삭였다. 그러자 데미가 나를 담쏙 끌어안았다. 드디어 자신의 뜻을 헤아려 주는 것이 기쁜 기색이었다. 큰일 났다!

-끼응! 끼응!

"그래, 알아들었어."

나는 쓰게 웃으며 허리를 일으켰다. 녀석이 왜 이런 마음을 먹게 되었는지는 대충 이해했다. 데미가 교황이라는 단어에 꽂힌 건 블랑케르 공작령에 '천공의 하늘' 사태가 발생한 이후였다. 당시 레서판다는 내 곁이 아닌 영주성을 지키고 있었지만, 그렇게 엄청난 에테르 폭발과 흐름을 신수가 모를 수는 없었을 것이다. 게다가 우리 집이 보이는 게이트가 열린 건…

"으음."

결정적으로, 내 몸에 깃든 '소원의 성반'이 작동했기 때문이었다. 나는 그날의 끔찍한 감각과 거부감을 생생히 기억했다. 눈앞을 붉게 물들이던 피 웅덩이. 두 번 다신 겪고 싶지 않은 불길한 공포.

-끼으응

"그렇게 애교 부려도 힘들 것 같다."

내가 데미를 문지르며 중얼거렸다. 나보고 교황을 하라는 건, 아마 성반의 '진정한 주인'이 되라는 권유일 것이다. 억측일지 모르겠지만 줄곧 떠오르는 이유는 그것뿐이었다. 과정이나 결과를 차치하고 교황의 특전만 고려하면, 내게 나쁠 건 없었다. 성반을 자유자재로 제어하게 되면, 그날 같은 고통 없이 게이트를 열 수 있을지도 모르니까. 다만 문제는…

"그거 거의 신내림 같던데."

-끼엥?

퇴계공 세계관의 교황은, 당연히 현실 세계의 교황과 달랐다. 주신교 최고위 성직자는 추기경들의 선거가 아닌 주신의 선택으로 탄생했다(정확히 말하면 선거는 형식적인 절차에 불과했다).

그녀가 교황을 예비했다는 표식은 '경계의 신전' 굴뚝에서 솟는 보라색 연기뿐인데, 그 또한 인간이 피우는 게 아닌 주신의 조화였다. 성약을 맺을 때 보랏빛 튤립이 승천하는 기적처럼 말이다.

요컨대, 원작에서 전사하는 서브 남주 캐릭터하곤 관계없는 일이라는 거다. 내용이 많이 변하기야 했겠지만 교황은 좀 오버였다. 솔직히 교황이 없는 배경도, 양국이 싸우기 좋으라고 깔아둔 포석 같거든.

"이걸 어떻게 말한담."

하지만 데미의 동심을 깨고 싶진 않았다. 은서한테 뭐라고 설명했더라. 산타가 공룡을 타고 다니진 않는다고, 루돌프는 루돌프사우루스의 준말이 아니라고…

"전하께선 어떻게 하고 싶으신가요?"

그때, 요한 경이 부드럽게 물었다. 나는 퍼뜩 정신을 차렸다. 와, 동네 사람들! 정예서 좀 보십쇼. 내란 소리가 나오는 마당에 팔자 늘어졌습니다!

"그게, 흠. 테레즈 공녀의 말에 일리가 있는 듯싶은데요."

나는 주워들은 내용을 곱씹으며 빠르게 말했다. 요한 경이 아쉽다는 듯 눈썹을 늘어뜨렸다. 이게 아닌가?

"말씀드린 대로, 치고 올라가는 건 어려운 데다 황도 수비대가 포털과 육로를 전부 막은 상황입니다. 그렇다고 여기서 시간만 죽일 수는 없습니다. 상대가 어떤 추가 음모를 실행하고 있을지 모르니까요. 계속 고민해 봤는데…"

모두의 눈길이 내게 쏠렸다. 목덜미가 곧장 뜨끈해졌다. 나는 데미를 토닥이며 말을 골랐다.

"사르네즈 공작이 제게 이런 짓을 할 까닭은 크게 두 가지인 듯합니다. 첫째는… 종교적 반려입니다."

"과연."

프랑수아 뒤엠 후작이 드라마틱한 말투로 중얼거렸다. 앙투아네트가 오페라 관객처럼 반응했다. 여기 있는 분들은 믿을 수 있으니까, 말해도 되겠지.

"태자님은 어떨지 모르겠지만, 오렐리 전하께서 저를… 그런 후보로? 고려를? 하고 계시거든요?"

말투가 이상하게 나왔다. 더 이상한 건, 누구도 내 말에 놀라지 않는다는 점이었다. 제국의 귀족들은 포커페이스에 능하다더니 진짜였다. 요한 경도 제국 사람 다 됐다.

"만일 사르네즈 공작이 다른 신관을 태자님의 종교적 반려로 세울 계획이라면… 저를 죽이거나 제 명예를 더럽히고자 움직일 명분은 있는 겁니다. 물론 저는 그런 자리에 오를 의향이 전혀 없지만요. 듣고 계시죠?"

다들 심각하게 수런거리고 있었다. 성기사가 입을 열었다.

"전하, 그렇다면 사르네즈 경도 전하의 벗이자 짝으로서 상처 입을 텐데요. 공작은 딸을 무척 사랑한다고 들었어요."

"네, 그는 이자벨 공작 부인과 크리스텔을 끔찍이 여깁니다. 저도 그게 걸렸습니다. 그래서 생각해 낸 두 번째 이유가…"

나는 잠깐 망설였다. 말은 한번 쏟으면 주워 담을 수 없었고, 이건 너무 큰 건이었다. 속으로 세 번 더 숙고한 뒤에야 겨우 문장을 이을 수 있었다.

"베르너르 페네티안입니다. 어쩌면 이게 국서의 계략일지도 모르겠다는 예감이 들었습니다. 그자는… 제가 제국에 온 뒤로도 줄곧 목숨을 노렸으니까요."

장내가 쩡하고 얼어붙었다. 마른침이 꿀떡 넘어갔다. 요한 경의 하얀 머리카락이 스르륵 흘러내렸다. 후작은 소파에 누워있던 몸을 천천히 일으켰다.

"왕자님, 그 말씀은…"

시선이 마주쳤다. 연분홍색 눈동자는, 내가 이제껏 본 것 중 가장 날카롭게 빛나고 있었다. 가지런한 입술에 웃음기라곤 없었다.

"그가 신국 왕실의 명을 받는 세작이란 의미입니다."

"…네. 저도 압니다."

널따란 거실에 그와 나만 남은 기분이었다.

"시몽 드 사르네즈는 귀족원의 요인이자 폐하의 총신이지요. 최근까지 제가 국정을 논의한 상대이기도 합니다."

후작이 말을 이었다. 문득 황제궁의 앙드레지 재판이 떠올랐다. 그날 우리가 알현실을 떠나기 전에 마지막으로 본 건, 진지하게 토의하던 공작과 후작의 모습이었다. 그는 내 가설을 받아들이고 싶지 않을 것이다. 둘 사이에도 신뢰가 있었을 테니까. 분명, 내가 모르는 친분이 길었을 테니까.

"하지만 큰오빠, 왕자님의 말씀이 사실이라면 모든 게 납득이 돼…"

테레즈가 그의 팔을 잡았다. 후작이 멍하니 막내를 돌아보았다.

"왕자님을 욕보이거나 죽이려고 하는 것도, 왕자님에서 그치지 않고 베랑 남작님과 오빠들을 끌어들이는 것도… 단순히 반려 자리를 노리는 거라면 이렇게까지 할 까닭이 없잖아. 나쁜 맘을 먹는다면 왕자님의 국적만 물고 늘어져도 충분해."

"테레즈."

"작은오빠가 눈치채지 못했다면, 저들은 왕자님을 쉽게 해쳤을지 몰라. 그런데 맞서니까 바로 수비대를 보내서 압박하고 있어. 어쩌면 이런 흐름도 예상한 거야. 처음부터 죄를 넘겨씌울 계획까지 세우고… 자신의 허물이 너무 크니까."

"…"

세작이라는 대악을 가리기 위해, 무고한 자의 반역죄를 꾸미는 일도 불사한다. 후작이 눈길을 떨어뜨렸다. 앙투아네트가 다가와 그의 손을 감쌌다. 테레즈는 슬픈 목소리로 말했다.

"만약 큰오빠가 의심을 벗기 위해 왕자님을 보내겠다고 투항하면, 그걸로 끝이야. 공작은 왕자님이 황궁에 닿기 전에 기필코…"

"그럴 일 없다. 왕자께서는 황실의 믿음과 총애를 받으시는 분이야. 그렇다면 우리는 저분을 비호해야 해."

후작이 말허리를 잘랐다. 나는 놀라서 눈을 깜빡였다. 그의 동생들이 고개를 끄덕이며 나를 바라보았다.

"응."

"맞아! 그게 우리지!"

"당연한 소리. 저분은 내 신앙을 보증하시는걸."

"걱정 마십시오, 왕자님."

테레즈, 마리아, 앙투아네트. 끝으로 뒤엠 경이 근사하게 웃으며 말했다. 어떻게 대답해야 좋을지 알 수 없었다. 표정 관리조차 되지 않아 입을 꾹 다물었다. 내 잘못이 아닌 건 알지만, 미안했다.

여기서 가장 억울한 게 나란 걸 알아도 사람 마음이라는 게 그랬다. 나와 얽히는 바람에 생고생을 하고, 오명을 쓰고, 다치기까지 한 친구들에게 죄스럽지 않을 순 없는 거다. 그러나 송구하다는 말론 나를 다 표현하지 못할 것 같았다. 나는…

"왕자님, 저희도 있는 힘껏 돕겠습니다."

"영지에서 아이들이 기다리고 있으니까요."

"코코 식사도 챙겨줘야 하고요."

그때, 베랑 남작 가족이 말을 보탰다. 삼색 고양이 코코의 이야기가 나오니 제풀에 표정이 무너졌다. 가나엘과 뱅자맹, 요한 경의 낯에도 미소가 번졌다. 나는 비로소 밝게 웃었다. 그래. 내가 할 수 있는 최선을 답하면 된다. 부족하고 못나도 늘 그랬던 것처럼.

"정말 고맙습니다. 그리고 고생시켜서 죄송합니다. 저도 노력할게요. 우리가 무사히 폐하를 뵐 수 있도록."

"그럼 진짜로 제후국에 가는 거예요? 퇴폐와 향락의 쌍둥이 섬으로?!"

응?

"마리아, 그건 재고하기로 했잖니."

후작이 다급히 만류했다. 테레즈가 고개를 기울이며 자신의 공책을 가리켰다.

"큰오빠, 재고는 불필요해. 황도로 올라갈 길이 없잖아. 그렇다고 다른 지방 귀족들에게 의탁하는 건 지금으로선 민폐야…"

공녀는 조용하고 소심한 태도로 팩트만을 말했다. 후작가의 스텔스기와 같은 존재였다.

"하지만 왕자님의 영지인 세레니테로 가면!"

"여기선 멀어… 이것 봐, 여전히 광역 포털을 통과해야 해. 반드시 수비대와 부딪힐 거야. 베랑 남작님의 영지도 못 가."

막내가 가뿐히 큰오빠를 진압했다. 아까부터 무얼 그리 열심히 쓰나 했는데, 제국 포털 지도와 후작령 지도를 놓고 여러 경로와 실현 가능성을 물색한 모양이었다. 후작과는 다른 의미의 브레인이구나.

"그렇지만 사전 통보도 없이 제후국을 제집처럼 드나들 수는!"

"그런 게 왜 필요해? 큰오빠는 엠마 코를레오네 제독의 노리개잖아!"

예?!

-쨍그랑!

"마리아!"

"주신 맙소사! 그런 말은 누구한테 배웠어?"

거실이 순식간에 난장판으로 변했다. 찻잔 깨지는 소리에 티테가 칭얼거렸다. 우리는 턱을 쩍 벌렸다. 요한 경마저 충격받은 얼굴로 후작을 바라보았다. 그가 재빨리 우리를 향해 손을 내저었다. 저게 놀라서 흘리는 땀인지 아파서 흘리는 땀인지 모르겠다.

"왕자님, 오해입니다."

"어머, 난가 봐! 장난감이라고 했는데 마리아가 노리개로 진화시켰네!"

"앙투아네트!"

점입가경이었다. 1분 전까지만 해도 반역이 어쩌고 하는 절체절명의 상황이었는데, 이제는 다른 이유로 손에 땀이 찼다!

* * *

'너는 어찌하겠느냐?'

로메로의 겨울밤이 깊어가고 있었다.

'황족이 움직일 시간이야.'

세드리크는, 어둠 속에서 어머니의 눈빛을 떠올렸다.

'프랑수아 뒤엠 후작과 그 권속에게 일주일의 말미를 준다. 이것이 짐의 마지막 관용이다.'

은밀한 황명이었다. 엘리자베트를 보좌하는 근위대원 하나가, 황제의 최후통첩을 전하고자 후작령으로 떠났다. 두 황족이 오랫동안 봐온 자인 데다 카롤린 무테 변경백의 인맥이었으니 믿을만했다. 겉으로는 황제가 후작에게 경고를 던지는 모양새였다.

'좋은 말로 할 때 예서 왕자를 내놓고 물러나라.'

'그간의 정과 믿음을 봐서 넉넉한 여유를 베풀겠다.'

시몽 드 사르네즈 공작에게는 그런 뜻으로 읽힐 터였다. 그러나 황태자는 모황의 진의를 알고 있었다. 하여 자신의 길을 택했다.

"…"

그는 마수 털가죽을 두르고, 부츠 옆면에 단검을 꽂아 넣고, 혜검과 간단한 식량을 챙기며 탁자를 살폈다. 아슴푸레한 마법 조명 아래 대륙과 주변 도서島嶼의 지도가 놓여있었다.

모두가 잠든 야심한 시각이었다. 다비드는 오랫동안 자신을 보필한 습관 탓에 잠이 적고 쉽게 깼지만, 들키지 않을 자신이 있었다. 기척을 죽여 움직이는 것은 8급 검사인 사내에게 무척 쉬운 일이었다.

-끼이

-끼잇

…그가 살포시 미간을 찌푸렸다.

"일어났군."

데려갈 생각은 없었지만, 들킨 이상 혼자 떠나기는 어려울 듯했다. 잠보다 말썽 피우기를 더 좋아하는 신수들이 모험의 낌새를 포착했다. 침실에서 나온 레아가 귀를 쫑긋거리며 그의 주변을 맴돌았다. 페리는 그에게서 여행자의 내음을 맡고 후다닥 탁자를 기어올랐다. 그러고는 지도에 앉아 고개를 갸웃거렸다. 어디로 향하는지 궁금한 모양이었다. 세드리크가 무뚝뚝하게 말했다.

"남부로 간다."

-꾸?

더 설명이 필요한가?

"크리스텔 드 사르네즈는 알아서 살길을 찾을 테니."

-끼응

그럴 가능성은 아주 희박하지만, 대주교급 성기사가 공작의 사병이 되어서는 곤란했다. 만일 그녀가 '모함'에 가담했다면 어머니께서 일거에 정리하실 것이다. 그러나 세드리크가 아는 크리스텔은 중심이 굳게 잡힌 인물이었다. 자신에게 한결같은 온정을 베풀던 왕자를 배신하느니, 아버지를 저버리는 쪽을 택할 자였다. 그녀의 무력이라면 뜻을 충분히 실현하고도 남았다.

"…반면 왕자는 어디로 움직일지 모르지."

그러니 한시바삐 손에 쥐어야 한다. 그의 속내를 또렷이 파악해 안정을 취해야 했다. 그것이 세드리크의 판단이었다. 레아는 달래듯 그의 발목을 꼬리로 감았다. 남자는 미리 정리해 둔 생각의 책장을 넘겼다.

먼저, 두 가문에 이럴만한 까닭이 있는지를 파악하는 게 급선무였다. 한데 아무리 따져 봐도 후작에겐 반역을 도모할 연유가 없었다. 자신이 아는 그는 동생들을 끔찍이 아꼈고, 넷에게 걸림돌이 될 만한 행동은 결코 하지 않았다.

그중 반역은 제국에서 가장 위험 부담이 큰 행위였다. 자칫하면 가문 전체가 몰살당할 대죄인 데다 상대인 황제는 소드마스터였다. 후작가의 기사단 규모가 유별나게 크고, 사병들도 빼어나게 훈련되어 있는 것은 사실이나…

"무모해."

단순히 그럴 자가 아니라는 이유로 그의 편을 드는 건 아니었다. 이성적으로 헤아려도 결론은 똑같았다. 후작의 '반역'이 성공의 실마리라도 잡으려면, 그가 비호 중인 왕자가 유의미한 도움을 주어야 했다.

예컨대 위니테강으로 밀입국했다는 신국 병사의 수가 많거나, 매우 강해야 했다. 하지만 사라 벨리아르의 무기명 투서엔 '소년병'이라는 묘사가 쓰여있었다. 베랑 남작령은 자신이 어렸을 때 방문한 기억 그대로 영세했다. 물론…

'저자가 증언하기를, 요한 헤인스가 황실 근위대를 몰살했으며 그 배후에 예서 페네티안이 있었다고 한다.'

요한 헤인스가 있다면 가능하겠지. 달빛을 얻지 못한 주황색 홍채가 어두워졌다.

-끼옷

페리가 그의 옷자락을 물고 늘어졌다. 태자는 퍼뜩 고개를 들었다. 신수가 또랑또랑 그를 바라보고 있었다. '진정 왕자님이 그럴 사람이라 생각해?' 마치 그렇게 묻듯이.

"…"

당연히 아니다. 왕자는 그럴 배짱과 성정을 갖추지 못했다. 다친 고라니를 살피고자 왕족의 몸으로 마차에서 내리고, 길거리 노인의 죽음에도 눈물을 보이는 자가 성기사를 시켜 살인할 리 없었다.

'[난 신국에서 죽은 사람이나 마찬가지야. 여기 와서도 죽을 뻔했고. 조용히 살아도 위험한 마당에 무모한 짓은 안 해.]'

'[맹세한다.]'

초여름의 언약이 머릿속을 스치고 지나갔다. 왕자는 분명히, 신국과 내통하지 않겠다고 자신에게 약속했다. 하니 믿을 수 있었다. 믿어야만 하는데, 왜 자꾸 잡초 같은 불안이 싹을 틔우는지 알다가도 모를 노릇이었다.

"…"

그가, 단 한 차례도 달아나고자 마음먹지 않았으리라 확신할 수 있나? 자신에게서 죽음의 그림자를 목격한 적 없으리라 단언할 수 있는가?

-쿵!

-낑!

세드리크가 주먹으로 책상을 내리쳤다. 페리가 깜짝 놀라 울었다. 태자는 그제야 자신이 악몽과 비슷한 상태에 돌입했음을 자각했다. 왕자가 황궁에 없으니 잠자리가 편치 않고, 상황마저 극으로 치달으며 과거의 상흔이 떠오르기 시작한 것이다.

'세이디. 네 잘못은 하나도 없다.'

열여섯 이후로는 들린 적 없던 환청이 경고음처럼 귓가를 울렸다. 목이 콱 막혔다.

'아버지, 안 돼. 안 돼요. 피가 너무 많이…'

'나는 괜찮아. 네게 미안하구나.'

'태의, 당장 태의를 부르겠습니다. 조금만!'

'이리 상처 주려던 게 아니었는데… 착한 우리 아들, 윽.'

-끼이이이!

"큭."

세드리크는 황급히 숨을 토하며 현실로 돌아왔다. 코밑엔 죽어가는 아버지 대신 조그마한 두 개의 온기가 자리했다. 레아와 페리가 자신을 꼭 붙든 채 그렁그렁한 눈을 하고 있었다. 그는 가쁘게 호흡하며 신성하고자 애썼다. 두 녀석을 보자 문득 그날의 정경이 떠올랐다. 연보랏빛이 도는 금속성의 날개와, 맑은 하늘에 뚫린 칠흑의 천공.

'미안… 상처 주려던 건 아닌데.'

그리고 아버지와 비슷한 말을 속삭이던 왕자의 목소리도.

"…두 번은 없어."

-꾸르르르

태자가 낮게 독백하며 꼬마들을 들어올렸다. 왕자는 변절자가 아니며 아니어야만 했다. 그렇다면 필시 사르네즈 공작이 제국을 배반했을 것이다. 왜?

"반려 문제일 수 있겠지."

공작은 한때 자신과 크리스텔의 약혼을 추진한 바 있었다. 그녀가 '창해의 축복'을 흡수하기 전의 일이었다. 차기 황제의 장인이 될 기회를 놓쳤으니, 정치적 반려 대신 종교적 반려의 자리를 노리는 것일지도 몰랐다. 세드리크는 소리 없이 발코니 문을 열었다. 휘이잉! 차디찬 겨울바람이 뺨을 때렸다. 비로소 정신이 번쩍 나는 듯싶었다.

"…"

그는 어깨에 신수들을 얹은 채 컴컴한 방을 흘끗했다. 탁자엔 조금 전에 휘갈긴 쪽지가 놓여있었다. 자신다운 행동은 아니었지만,

다비드를 걱정시켰다는 걸 알면 어느 신관이 섭섭하게 여길 터였다.

-삐!

흠칫. 세드리크는 드물게 놀라 난간을 돌아보았다.

-삐이

"너."

몹시 낯익은 굴뚝새가 눈앞에 앉아있었다. 먼 길을 날아왔는지 털이 비죽배죽했고, 머리며 등이 젖어있었다. 소금 냄새가 나는 것 같기도 했다. 페리와 레아가 꼬리를 반짝 들어 반가움을 표했다. 뚝심은 셋과 차례로 눈을 마주하더니, 다급히 날아 방으로 들어갔다. 이어 탁자의 지도 어딘가를 부리로 쪼기 시작했다. 벌써 여정이 순탄치 않은 느낌이었다.

"무슨 짓이지? 왕자는 두고 온 건가?"

-삐삐이

뚝심은 굳건했다. 텅 빈 발목을 보니 누군가의 서신을 전하는 것도 아닌데, 고집스레 한곳만 콕콕대는 모습이 심상치 않았다. 결국 세드리크는 한숨을 삼키며 다시 방으로 들어왔다. 일국의 태자라는 자가 꼴이 말이 아니었다. 허나 짝의 위치를 알리는 거라면 확인해야…

"코를레오네 제후국?"

-삐-뽀!

태자가 와락 인상을 썼고, 굴뚝새는 정답을 외쳤다. 중저음의 미성이 회의에 잠겼다.

"신물도 착각을 하는군. 역시 지능은 새라는 건가."

-삐삐삐!

그러자 굴뚝새가 부리를 마름모꼴로 벌리며 펄펄 뛰었다. 사내가 코웃음 쳤다.

"신국의 왕자가 그도록 빙당한 무신無神의 심에 길 깃 같나?"

그럴 이유도, 방법도 없었다.

-삐르르르!

"조용히."

세드리크가 굴뚝새의 축축한 몸을 손수건으로 덮으며 경고했다. 크리스텔이 선물한 스물다섯 장의 천 조각 중 하나였다. 뚝심이는 그의 손가락에 불만스레 몸통을 들이받더니, 지도 위 후작령에서 춤추듯 콩콩 뛰었다. 그러고는 제후국을 이루는 쌍둥이 섬을 차례로 짚어나갔다. 태자는 신물의 수분을 제거하다 말고 멈칫했다. 가닛을 닮은 눈동자가 서서히 커졌다.

"…설마."

다시 보니 그럴 이유도, 방법도 있었다. 자신의 기억이 틀리지 않았다면, 이것은 왕자가 광역 포털을 통과하지 않고 황궁에 닿을 수 있는 유일한 길이었다. 육로조차 막힌 시점에선 다른 선택지가 없을 것이다.

다만 쉬이 받아들이기 어려운 방법이었다. 제후국은 지나치게 타락했다. 제후의 차녀이자 제국의 제독인 엠마 코를레오네는, 어머니조차 자주 대면하려 하지 않는 아슬아슬한 인물이었다. 하물며 순진하고 색을 모르는 예서 페네티안 같은 자에겐…

"바로 출발하지."

―삣?

세드리크가 거친 손길로 날개 달린 모카빵을 쥐어 품에 챙겼다. 두 신수가 그의 어깻죽지에 단단히 매달렸다. 사르네즈는 어머니와 대모님이 상대할 것이다. 그러니 자신은 뒤엠에 집중하기로 했다. 남자는 눈 깜빡할 사이 발코니로 도약했다. 펄럭! 망토 휘날리는 소리가 났다.

―탓!

인영은 순식간에 사라졌다. 로메로 궁의 휘장만이 손을 흔들어 배웅했다.

* * *

코를레오네 제후국을 통과하겠다는 결론이 난 건 좋은데, '노리개'란 단어를 들은 뒤론 후작이 좀 달리 보였다.

"…예서 왕자님, 저를 색다른 눈길로 보는 건 그만둬 주십시오."

"미안합니다. 티가 났나요?"

나는 애써 표정을 수습하며 고개를 돌렸다. 우리를 보던 요한 경이 잔잔하게 웃었다. 프랑수아 뒤엠 후작은 고통스럽고 극적인 손짓으로 로브를 뒤집어썼다. 놀릴 생각은 없었는데 결과적으로 그렇게 돼버렸다. 사연은 언제쯤 들을 수 있으려나. 엠마 코를레오네 제독하고 사귀는 사이인 거야?

"야호, 신난다! 나 제후국에 꼭 한번 가보고 싶었어! 거기선 예닐곱 살부터 연애한다며? 처음 만난 사람하고도 결혼한다는 게 진짜야?"

"마리아, 제독에게 양해를 구하고 포털만 이용하는 여정이야. 딴 생각은 하지도 마. 몸가짐을 바르게 해야 한단다. 제후국에선 오빠들노 함부로 눈웃음 짓지 않으니까!"

앙투아네트가 심란한 얼굴로 동생의 가방을 챙겨주며 말했다. 마리아는 꽃분홍색 눈동자를 빤짝거렸다.

"알았어! 이상한 인간은 죄다 뻥뻥 튕겨낼게. 내가 맷집이랑 근력은 작은오빠 다음이잖아!"

후작가의 넷째는, 이토록 본격적인 모험은 처음이라며 방방 들떴다. 막내 테레즈는 마부와 다소곳이 서서 마지막으로 경로를 점검하고 있었다. 비교적 온화한 남부의 바람이 우리의 옷자락을 나부끼고 지나갔다.

하룻밤의 고심 끝에, 우리는 일부 인원만 움직이는 쪽으로 가닥을 잡았다. 누군가는 영지와 영지민을 돌봐야 하는 데다 언제 황제의 칙령이 내려올지 알 수 없기 때문이었다.

결정적으로 포털 이용 인원은 적을수록 좋다고 했다. 그래서 제후국에 가는 멤버는 나, 요한 경, 데미, 티테와 후작 삼 남매로 결정됐다. 마리아는 아픈 큰오빠를 보필하는 막중한 역할을 맡았다. 뱅자맹과 가나엘, 앙투아네트와 테레즈, 베랑 남작 가족은 이곳에 머무르기로 했다.

"고결하신 분께서 주신을 믿지 않는 땅에 가신다니… 심려가 큽니다. 부디 무탈하시기를 밤새워 기도하겠습니다."

"감사합니다. 그래도 푹 주무시면서 기도해 주세요. 몸이 상하면 아이들이나 코코는 어떻게 보시려고요."

남작의 말에 내가 웃으며 답했다. 남작 부인과 엘로디는 내 손등에 간절히 입을 맞추었다. 나를 걱정하는 셋을 보니, 불쑥 사르네즈 공작에게 화가 솟았다. 정말로 신국의 명을 받은 거라면 너무 못되고 잔인하지 않은가.

이들은 이미 사랑하는 아들이자 동생인 쌍둥이 아이들을 국서 놈의 손에 잃었다. 나는 몰라도 어떻게 이분들한테 죄를 덮어씌울 수 있지? 본인도 가족과 자식이 있으면서.

"왕자님, 이것을 머리에 쓰시지요."

그때, 뱅자맹이 나를 분노에서 건져냈다. 이어 가나엘과 함께 정성스러운 손놀림으로 내게 베일을 씌워주었다.

통통 튀고 있던 마리아가 나를 보며 활짝 웃었다.

"그러네요! 왕자님은 특별히 곱고 잘생기셨으니까 꼭 필요하겠어요. 도착하자마자 납치되거나, 청혼받거나, 약탈혼을 당하실 수도 있으니까요!"

히끅! 가나엘이 크게 딸꾹질했다. 에르베 뒤엠 경이 온몸으로 경악했다. 나는 하마터면 데미와 티테를 떨어뜨릴 뻔했다. 뭘 당해요…?

* * *

"약."

약탈혼…

"전하, 약을 드릴까요? 멀미를 하시나요?"

요한 경이 상냥하게 물었다. 다그닥, 다그닥. 후작가의 문장조차 없는 화물 마차가 열심히 숲길을 달렸다. 아직 후작령 내부라 안전하지만, 혹시 놀라 가문이나 신분의 상징이 되는 것은 모두 피했다.

우리는 푹신한 볏짚에 앉아 짐짝처럼 흔들리며 제후국 포털로 향하고 있었다. 이런 마차는 처음인데 나쁘지 않았다. 다행히 예서 왕자는 일반적인 교통수단에 멀미하는 체질도 아니었다. 다만 문제는.

"아뇨. 그냥 좀 심란해서요. 고맙습니다."

나는 겨우 대답하고 생침을 삼켰다. 베일 너머로 시선이 닿은 마리아가 빵끗하더니, 가방에서 찌그러진 머랭 타르트를 꺼내 나누어 주었다. 친절하게도 데미를 위한 메추리알까지 건넸다. 나는 신수들을 무릎에 앉히고, 율리터의 머리장식 뒤로 베일을 걷고, 침착히 알껍데기를 깠다. 요한 경은 나부터 먹으라고 권했지만 아무래도 손을 움직여야 진정이 될 것 같았다.

"납…"

납치에, 청혼에, 약탈혼이라니. 이게 21세기에, 아니지. 여기는 내가 살던 세계와 아주 많이 다르니까. 게다가 코를레오네 제후국은 제국에서 떨어져 나간 지 오래라고 하니까. 그래, 뭐. 그런 문화도 있을 수 있는 거다.

그곳 사람들은 퇴계공 세계관의 핵심이자 대륙의 유일신인 '주신'을 믿지 않는다고 들었다. 그렇다고 다른 종교가 있는 건 아니고, 그냥 무교인 자가 많다고 했다. 주신교는 페네티안의 국교이자 리에스테르 인구의 8할 이상이 따르는 종교지만, 제후국의 신자는 1할이 될까 말까 했다.

-짭짭짭…

"잘 먹으니까 이뻐 죽겠네."

내가 중얼거렸다. 데미는 내 손목을 잡고 삶은 메추리알을 냠냠 해치웠다. 티테는 호기심을 표하면서도, 막상 음식을 내밀면 먹진 않았다. 두 녀석을 보니 다른 애물단지들이 걱정이었다. 레아와 페리는 황태자가 챙길 테니 잘 지내고 있겠지만, 베랑 남작령에서 홀연히 사라진 뚝심이가 마음에 걸렸다. 내 혐의부터 해결해야 한다는 걸 알아도 말이지.

-부스럭, 부스럭…

그때, 프랑수아 뒤엠 후작이 로브를 벗고 머리를 정돈하기 시작했다. 우리는 눈을 깜빡이며 그가 하는 양을 관찰했다. 그렇지 않아도 잘생긴 남자가 갑자기 힘을 내서 자신을 꾸미고 있었다. 로브는 허름했지만 안에 입은 옷은 엄청나게 호사스러웠다. 마리아가 입가를 씰룩거리며 그에게 거울을 들이밀었다. 그제야 후작이 멈칫하고 우리를 돌아보았다.

"…"

엄숙한 침묵이 흘렀다.

"코를레오네 제독을 만날 준비를 하시는 건가요?"

누구도 먼저 말을 꺼내지 못하고 있는데, 요한 경이 놀라운 행동력을 발휘했다. 그러자 후작이 입술을 깨물었다. 연분홍색 눈동자가 잘게 떨렸다. 수치스러워하는 것 같기도 하고?

"그자는… 아름다운 것을 좋아합니다."

묵묵히 있던 에르베 뒤엠 경이 대신 발언했다. 우리의 눈길이 단숨에 그에게 쏠렸다. 근위대장은 혀로 입술을 축이며 말을 이었다.

"제녹은 로렌조 코를레오네 제후의 둘째로 부족함 없는 유년기를 보냈습니다. 후계를 이을 필요가 없어 자유롭게 자랐고, 부모의 사랑도 많이 받았다고 합니다. 혹자는 그렇게 추측하더군요. 모든 것이 너무 쉽게 주어진 어린 시절의 영향으로… 극상의 자극만을 좇게 된 것 아니겠느냐고 말입니다."

이어진 설명은 대강 이러했다. 엠마 코를레오네는 섬나라의 가장 고귀한 공녀였지만, 걸음마를 떼자마자 해상에서 생활했다. 그녀가 바다를 유독 좋아했기 때문이었다.

10대가 되어서는 홀로 배를 타고 원양까지 나갔으며, 청년기에 접어들자 함선의 지휘에 능숙해졌다. 그녀는 피와 술, 속도와 싸움이 주는 쾌락에 깊이 빠져들었다. 그 과정에서 자신의 몸이 상하는 것은 개의치 않았다. 종종 해적 떼를 상대로 대승을 거두기도 했는데, '갈고리 팔 해랑적'이라는 칭호를 얻게 된 것도 그즈음이었다.

"한번은 제국 남해에 해적단이 출현했습니다. 전례 없는 규모였기에 타격이 컸고, 저희 후작령도 피해를 보았지요. 그때 코를레오네 공녀가 홀연히 군함을 이끌고 나타나 일거에 해적을 소탕했습니다. 도적떼를 쫓다 보니 영해를 넘어왔다더군요. 리에스테르 해군이 그녀에게 막대한 빚을 진 겁니다. 그게 20여 년 전의 일입니다. 폐하께서는 공녀의 업적과 능력을 몹시 탐하셨고, 하여 제국의 국적과 제독 자리를 내리셨습니다."

뒤엠 경의 말에 따르면, 당시의 제국은 해군력이 다소 아쉬웠다. 전쟁 시대를 거치며 강해지긴 했어도 리에스테르의 정체성은 여전히 바다가 아닌 대륙이었다. 지금보다도 배포가 컸던 20대의 프레데리크 리에스테르는, 해군을 키우겠다는 야망 하나로 제후의 딸을 신민으로 삼았다.

공녀는 '마음껏 대양을 누비게 해주겠다'라는 황제의 약속에 흔쾌히 제후국 국적을 버렸는데, 그럼에도 가족의 지지와 애정이 굳건했다고 한다. 그쪽도 참 대단한 집안이었다.

"한데 문제는, 신임 제독의… 품행이 방정하지 않았다는 겁니다."

뒤엠 경이 주먹을 쥐었다 펴기를 반복했다. 후작은 한 송이 꽃처럼 떨며 우는 시늉을 했다. 아니, 아파서 진짜 우는 건가?

"알렉상드르 국서 전하에 관한 이야기라면 저도 들었어요. 꽤 유명해요."

요한 경이 말을 받았다. 나는 타르트를 네 조각째 해치우며 그를 돌아보았다. 성기사의 눈꼬리가 즐겁게 휘어졌다.

"소문에 의하면 제독이 폐하의 훈장을 받으러 입궁했고, 국서 전하의 미모에 홀려 그분의 손등이 아닌 손바닥에 입을 맞추었다고 하더군요. 제법 길게요."

"…사실입니다."

후작이 식은땀을 닦으며 인정했다. 나는 황급히 소매로 입을 가렸다. 그건 진짜 노골적인 수작질 아닌가. 황제의 배우자한테 그런 무도한 짓을 한 거야? 그러고도 살아남았어?

"이후로 폐하께서는 제독을 황궁에 불러올리신 적이 없습니다.

어지간해서는 자주 볼 일도 없었으면 하시지요. 그저 일만 잘하면 녹봉은 아낌없이 주겠다는 것이… 그분의 기본 방침이십니다."

근위대장이 침통한 목소리로 말했다. 어유… 그런 비화가 있는 줄은 몰랐네.

"마차에 오르기 전 마리아가 왕자님께 드린 말씀도, 근거 없는 소리는 아닙니다. 제후국은 일처다부제와 일부다처제가 공존하는 혼란한 땅입니다. 현 제후에게도 합법적인 후궁이 넷이나 있지요. 자유연애라는 미명하에 도덕적으로 옳지 못한 일이 자행되는 범죄 도시입니다."

그렇게 말하는 뒤엠 경은, 당장이라도 회초리를 들고 떨쳐나설 것 같은 얼굴이었다. 툭하면 윙크를 뿌리는 후작조차 별안간 청렴한 표정을 했다. 그러고 보니 리에스테르의 통일 군주인 아리안과 필리프 설화에서 읽은 적이 있었다. 아리안은 필리프에게 자신의 두 번째 반려가 될 것을 권했고, 필리프 추기경은 '제후국의 후궁 같은 존재'가 되고 싶지 않아 거절했었지. 음.

"그렇군요."

대륙인들 사이에선 일부일처주의가 뿌리 깊으니, 신앙도 없고 문화도 다른 제후국에 가면 확실히 뜨악할 법했다. 그래도 사람 사는 곳이 그렇게까지 차이가 날까 싶었다. 납치나 약탈혼 같은 건 과장이 섞인 듯한데.

"예. 저희가 최선을 다해 지켜드리겠지만, 청컨대 왕자께서도 주의를 기울여 주십시오. 모르는 자에게 쉬이 사소한 친절을 베푸시면 곤란합니다. 상황이 어떻게 흘러갈지 알 수 없기 때문입니다."

뒈엠 경이 단호하게 말했다. 이번 누명을 벗는 게 제일 큰 과제인 줄 알았는데, 그것만큼 어려운 부록이 딸려 왔다. 나는 벌써 신수들과 끙끙거렸다. 되게 까다롭네. 잘할 수 있을까.

"알겠습니다. 그러면… 르고 종합 무역소를 제외하고, 유일한 제후국 포털이 후작령에 있는 이유도 알 수 있을까요?"

내가 조심스레 물었다. 후작은 사색이 되어 마리아의 어깨로 쓰러졌다. 후작가의 넷째는 깔깔 웃을 따름이었다. 다각, 다각. 속없는 말발굽 소리만이 평화로웠다.

* * *

두어 시간을 달려, 우리는 후작령 남쪽의 야외 포털에 닿았다.

"도착했습니다, 영주님."

"먼 길 수고 많았네. 조심해서 돌아가게."

"예, 부디 무탈하십시오."

후작이 마부를 치하했고, 노인은 울먹거리며 인사했다. 상대적으로 따뜻한 지역이라고 해도 겨울 해는 짧았다. 서쪽으로 어느새 울긋불긋한 노을이 지고 있었다. 뒈엠 경이 먼저 내리며 말꼬리를 붙였다.

"그러니… 귀족원이나 사교계에 왕자님을 경계하는 세력이 있기는 할 겁니다. 황실의 총애를 받으시는 분께 정적이 생기는 것은 필연적입니다."

나는 데미를 안은 채 고개를 주억였다. 잠든 티테는 오늘도 요한 경이 맡아주었다. 저쪽이 등짝이 넓어서 더 편한 모양이었다. 근위대장은 내가 앙드레지 재판 때 발언했던 일을 이야기하고 있었다.

나는 예상보다 높은 작위를 받은 데다, 이후로는 줄곧 태자의 공식적인 신관 파트너였다. 심지어 황제의 어전에서 큰소리를 내고도 제재받지 않았다. 오히려 두 황족이 의자와 음료를 제공하며 나를 두둔했다. 뒤엠 경은 어쩌면 내가 그날의 행동으로 미움을 샀으리라 예상했다.

"말씀드리기에 뒤늦은 감이 있지만… 태자 전하와 평민들을 테러한 범인은 앙드레지 공자였습니다. 대대로 아픈 아이를 내다 버렸던 앙드레지 백작가의 자식 말입니다."

"아…"

나는 충격으로 즉시 말을 잇지 못했다. 그 집 아들은 미성년이었다. 황제의 말로는 분명히 그랬다. 만으로 열여섯이 안 됐으니 세는나이로는 끽해야 고1이었다.

"그래서 어떻게 됐습니까? 오렐리 전하의 신문을 받았다면,"

"현장의 폭발로 즉사했다고 들었습니다."

"…"

-끼이

끔찍한 소름이 등줄기를 내달렸다. 자살 테러였다. 데미가 작게 울며 내 품을 파고들었다. 나는 녀석을 토닥이며 걸음을 멈추지 않고자 기를 썼다. 이내 먼지 쌓인 포털이 시야에 들어왔다. 제국에서 보기 드문 양식의 기둥이 원을 에워싸고 있었다. 마리아는 와다닥 달려가 낙엽을 발로 쓸고 마법식을 구경했다. 그제야 간신히 입이 떨어졌다.

"누군가의… 사르네즈 공작의 사주를 받았던 걸까요?"

"저는 테러 직후 황명을 받아 내려온지라, 뒤의 사정은 알지 못합니다. 하지만 현재로선 그리 추측하는 것이 타당해 보입니다. 공자는 분명 왕자님께 사감을 품었겠지요. 악의에 눈먼 아이를 이용하는 일은 어렵지 않았을 겁니다."

근위대장이 차분히 답했다. 절로 가슴이 콱 막혔다. 어떻게 그런 짓을 하지. 어떻게 그런 생각을 해? 이제 크리스텔은 어떻게 되는 건데?

"전하, 지금은 닥친 상황에 집중하셔야 해요."

요한 경이 번뇌에서 나를 끌어냈다. 민트색 눈동자가 서늘하게 빛나고 있었다. 나는 비로소 천천히 심호흡했다. 후작이 동생을 달래듯 덧붙였다.

"제 주인께서는 현명하신 분입니다. 옳은 선택을 하실 테니 너무 심려 마십시오."

그의 말엔 절로 고개가 끄덕여졌다. 나 역시 프레데리크 황제를 믿었다. 또한 그녀의 반려이자 친구이며 내 스승인 분을 의지했다. 그러니 괜찮을 것이다. 나만 잘하면. 내가 정신만 바짝 차리면 말이지.

"마나를 불어넣기 전에, 마지막으로 말씀드리겠습니다."

후작이 열 오른 눈을 촉촉하게 반짝이며 말했다. 우리는 으슥한 겨울 숲속, 인적 없는 포털 위에 둥글게 섰다. 나는 잽싸게 베일을 내리고 머리장식을 점검했다. '가가방'에 들어있는 각종 아이템도 더듬더듬 확인했다. 끝으로 후작이 하인에게 빌린 로브와 의복, 신발도 살폈다. 전부 잘 있었다. 후작을 제외한 모두가 적당히 평범하고 낡은 차림이었다.

"제후국은 제국과 모든 면에서 다른 나라입니다. 도착하여 낭황스럽더라도 흔들리지 마시고 저를 따라오십시오. 말수는 적을수록 좋습니다. '언니'인 아드마^{Admah}섬에서 제독을 만나 포털 이용과 경유 요청을 넣고, 잠시 대기했다가 승인이 나면 '동생' 체보임^{Zeboim} 섬으로 이동하겠습니다. 그곳에서 황도로 가는 직행 포털을 탈 겁니다."

명쾌한 계획이었다. 나는 씩 웃으며 턱을 까닥였다. 후작이 마주 미소하고는 메이스를 휘둘렀다. 연분홍의 마석이 붉은 마나를 화려하게 흩뿌렸다.

"그럼 잠시 후에 뵙죠!"

남자가 외쳤다. 우우웅! 포털이 작동되는 소리와 함께 눈앞이 환히 밝아졌다. 그리고…

-파아아아…!

"으하하하! 어이! 이따 카드 한 판 할 거야? 앙?"

진한 비린내와 술내, 곰팡내. 바다 내음이 코를 찔렀다.

"카드는 무슨! 손목 날아가고 싶, 앙? 저거 시뇨라의 제국 포털 아냐?"

특이한 억양과 거친 목소리. 참나무통이 구르고 쇠가 부딪히는 소음.

"제기랄! 맞구먼, 맞아! 돈나 코를레오네의…"

쏴아아! 강렬한 파도 소리에 뒷말이 묻혔다. 나는 미간을 찌푸리며 천천히 눈을 떴다.

"따라온 자는 전부 지참금인가?"

"허억!"

낯선 남녀 무리가 우리를 포위하고 있었다. 식겁해서 머리장식을 빼고 화다닥 시선을 깔았다. 왜, 왜 다들 헐벗었어요!?

* * *

정정한다. 내가 오버했다. 헐벗은 것까진 아니었다. 단지…!

"괜찮아요, 전하. 투지를 보이진 않네요."

곁에 선 요한 경이 속살거렸다. 그렇다면 다행인데, 다들 노출이 과했다! 남녀를 가리지 않고 가슴골이 훤했다. 이분은 대놓고 복근 자랑이고, 저분은 아예 등짝을 전시 중이었다. 그제야 내가 빙의하고 처음으로 '외국'에 왔다는 실감이 났다. 아무리 여기가 남국이라지만 옷을 너무 가볍게 생각하시는 거 아닙니까. 퇴계공은 전체 이용가란 말이다!

"어서 오십시오, 프랑수아 뒤엠 후작님!"

목소리가 커서 흠칫했다. 무리 가운데 선 자가, 동료들을 이끌고 제후국의 예를 차렸다. 과연 제국이나 신국과는 인사부터 달랐다. 리에스테르의 이름을 발음하는 법도 독특했다.

"드디어 돈나 코를레오네의 두 번째 남편이 될 마음이 드신 겁니까?"

고함 같은 물음이 잇따랐다.

"으하하!"

"와하하하!"

그녀의 말이 끝나자마자, 함께 서있던 자들이 배를 부여잡고 웃어댔다. 여인도 곁사람의 등을 두드리며 폭소했다. 나무로 만든 커다란 포털 건물이 당장이라도 파도에 떠나갈 듯했다. 바닥 곳곳에 바닷물이 고여있긴 하나, 어느 정도는 관리된 느낌이었다. 다만 이런 분위기는 적응하기 어려웠다. 우리는 미리 상의한 대로 입을 꾹 다물었다. 후작이 우아한 어투로 말문을 열었다.

"…내 용건은, 그리고 내 용건을 알아야 하는 이는 엠마 코를레오네 제독뿐이네. 말씀을 전해주겠나?"

우와, 낭만적인 대사.

"이야!"

"이게 웬일이야!"

-휘이익!

저쪽도 난리가 났다. 무리는 휘파람을 터뜨리고, 손뼉을 치고, 눈을 휘둥그레 뜨며 격렬한 반응을 보였다. 딱히 우리를 으르거나 괴롭히려는 것 같진 않았다. 그냥 원래 저렇게 동작과 소리가 큰 사람들 같았다. 나는 로브 아래서 꼼질거리는 데미를 도닥여 주었다. 우리에게 말을 건 여인이 턱짓하자, 가장 어려 보이는 자가 밖으로 달려 나갔다.

"시뇨라께서는 이곳 아드마에 안 계십니다. 용건이 있어 체보임에 가셨지요. 그래도 말씀은 전해드리겠습니다. 다른 자도 아니고 후작님이니까요."

'또 압니까? 직접 만나러 오실지요.'

그녀가 킬킬거렸다. 제독이 근방에 없다니 아쉽지만, 쌍둥이 섬은 포털로 연결되어 있으니 금방 만날 수 있을 것이다.

"고맙네."

후작은 신기할 만큼 침착했다. 메이스를 짚은 자세엔 한 치의 흔들림도 없었다. 머리에 접시만 한 꽃을 단 여인은, 눈매를 날카롭게 세우고 우리를 관찰하기 시작했다. 치맛단이나 장식도 에바의 제국식 드레스와는 다른 모양새였다. 나 또한 그녀를 보며 이런저런 추리를 이어 나갔다. 다들 포털 관리자인가? 여기가 일종의 세관 역할을 하는 거야?

"시뇨라의 손님이시니 숙소를 내드리기야 쉬운데… 옆에 계신 분은 작은 공자님일 테고, 뒤엣 분은 공녀님입니까?"

"그래. 내 동생이야."

"그럼 나머지는요? 하인이라기엔 낯이 귀해 보입니다만."

그녀가 목을 쭉 빼며 물었다. 나야 베일에 가려 보이지 않을 테니 요한 경을 뜻하는 거였다. 그는 요즘 누가 봐도 근사한 미남이었고, 꼿꼿한 자세 또한 귀족적이었다. 성기사는 냉기 어린 눈길로 여인을 마주했다.

"호위 기사라네. 함께 온 친구는 시종인데 최근에 아내를 잃었어."

"아이고, 저런! 유감이오. 그래서 얼굴을 가렸구먼."

그녀가 나를 보며 혀를 찼다.

'연인과의 이별은 끔찍하지요. 하늘의 태양조차 빛을 뽐낼 이유

를 잃는다오!'

 그런 명대사가 숨 쉬듯 자연스레 따라붙었다. 무리의 모든 시선이 내게 쏠렸다. 안타까워하는 눈빛이었다.

 "그러면 저 짐승들은 슬픔을 위로하는 벗인가?"

 그녀가 알아서 신수의 존재를 해석해 주었다. 애물단지들 설정은 마지막까지 의견이 분분해 제대로 정해진 게 없었다. 저쪽에서 먼저 붙여주니 고마울 따름이었다. 앙투아네트가 무조건 아내 잃은 남자로 가자고 했을 때는 솔직히 회의적이었는데, 이제 보니 콘셉트를 잘 잡은 것 같기도 하고…

 "시뇨라 루차나, 그게 아니죠. 부인과 함께 키우던 자식 같은 존재일지도 몰라요!"

 "오! 사랑의 증표로 남은 슬픈 보석들이야!"

 세관 공무원들이 크게 술렁였다. 나는 다른 의미로 엄청 놀랐다. 아니, 다들 껄렁해 보이는데 어떻게 저런 대사가 줄줄 나오지? 역시 사람은 겉모습으로 판단하면 안 된다.

 "크흠! 어쨌든 후작님 일행은 돈나 코를레오네의 명이 있을 때까지 숙소에서 대기해 주셔야겠습니다. 타국 분들이라 외출은 제한될 겁니다. 제후 전하께는 알리지 않을 테니 안심하시지요. 저희도 눈치라는 게 있답니다."

 "고맙네."

 '시뇨라 루차나'가 상황을 정리했고, 후작은 단답으로 말을 맺었다. 뒤엠 남매가 이토록 점잖게 행동하는 건 처음 봤다. 이내 루차나의 동료들이 우리를 포털 밖으로 안내했다.

요한 경은 기세를 올리지 않고도 용케 모두의 접근을 막아냈다. 종교가 없는 일반인에게도 성기사는 포스부터가 다른 듯싶었다. 황태자 녀석도 무조건 찍어 누르는 것 말고, 저런 어른의 기술을 배워야 할 텐데. …잘 지내고 있으려나? 목걸이는 썼겠지?

"그쪽 시뇨레는 영혼의 허기를 무엇으로 채울는지. 라자냐 좋아해요, 라자냐?"

예? 나는 번쩍 고개를 들었다. 루차나가 딱하다는 얼굴로 나를 돌아보고 있었다. 갑자기 머리가 팽팽 돌아가고, 베일 아래 입꼬리가 미친 듯이 꿈틀거렸다. 그렇구나. 여기는 문화권이 달라서 음식도 달랐다. 피자! 파스타! 포카치아!

"네… 좋아합니다."

나는 목소리를 높이지 않으려고 기를 썼다. 웃음이 샐까 봐 입술도 깨물었다. 로브 속 데미가 하늘로 솟는 어깨를 꾹꾹 눌러주었다. 여인이 고개를 끄덕이며 지시했다.

"귀빈이시니 제대로 대접하라고 말해둬."

"알겠습니다, 시뇨라!"

이럴 때가 아니라는 거 아는데. 진지해야 한다는 것도 잘 아는데.

-끼웅?

어. 진짜 설렌다!

* * *

"하…"

프레데리크 리에스테르는, 오랜만에 단전에서부터 깊은 한숨을 토해냈다. 그녀는 제국의 지존이자 지엄한 군주였다. 남 탓조차 할 수 없었다. 더구나 '황족이 움직일 시간'이라며, 둘 중 하나는 네 검으로 확인하라 부추긴 선 다른 누구도 아닌 자신이었다. 스물다섯이나 먹은 아들이 야반도주할 줄은 몰랐지만.

"우리가 평범한 가정집의 고민을 하게 될 줄은 몰랐어."

"오렐리."

"세드리크가 가출을 하다니. 너무 즐거워."

"…"

황제가 마른세수를 했다. 추기경은 들뜬 낯으로 사라 벨리아르의 '무기명 투서'와 클레르 광장의 전단지를 살피고 있었다. 오늘 아침, 사색이 된 다비드가 다급히 황제궁을 찾았다. 아들에게 무슨 일이 생겼나 싶어 철렁했는데 시종이 쪽지 하나를 올렸다. 프레데리크는 손아귀의 종잇장을 보며 헛웃음을 흘렸.

'남부에 다녀오겠습니다.

-S.'

부연 설명은 고사하고 짧은 인사조차 없었다. 서명은 세드리크가 아닌 '세이디'의 머리글자였다. 아명까지 내세우며 어미와 대모를 안심시키고자 한 것에 감탄해야 할지, 어릴 때 못 부린 말썽을 이제야 부린다고 기뻐해야 할지. 와중에 아끼는 흑마까지 몰래 끌고 나갔다는 사실은 놀라웠다. 자신이 잠행을 제대로 가르치긴 한 모양이었다. 기가 찼다.

"세이디는 걱정할 것 없겠지만, 엘리자베트가 힘들겠어. 혼자 황궁을 지키는 것도 모자라 수사까지 돕고 있잖아."

"블랑케르 꼬마도 돌보고 있지."

"응. 그 애의 고생을 빨리 덜어줘야 할 텐데. 내 제자님도 그렇고."

오렐리가 서류에 깃펜을 놀리며 중얼거렸다. 황제가 느릿느릿 입을 열었다.

"…시몽에게 이럴만한 명분이 있었나?"

베이지색 눈동자가 그녀를 향했다.

"갖다 붙이자면 있을 거야. 왕자님의 정치적 입지가 커지는 걸 미연에 방지하려는 목적일 수도 있고. 세이디 옆에 자신이 원하는 종교적 반려를 세우고자 하는 것일 수도 있어."

"그래도 거슬려. 이런 건 그의 방식이 아냐."

"동의해. 시몽은… 배수진을 치는 인물이 아니니까. 판 키우는 걸 좋아하지도 않고."

시선이 길게 얽혔다. 거대한 황제궁 집무실엔 단둘뿐이었다. 금박 입힌 커피잔에서 김이 피어오르고, 벽난로의 장작은 규칙적인 소리를 내며 타들어 갔다. 긴 침묵이 그들 사이를 가로질렀다. 먼저 입을 뗀 것은 추기경이었다.

"프랑수아와 왕자님을 의심할 수는 없잖아. 말도 안 되는 일이야."

"그래. 이런 짓을 할 녀석들도 아니고, 한쪽은 아프기까지 하니."

"그런데 왜…"

"살살 긁는 부분이 있어."

황제가 미간을 찌푸렸다. 이런 모략은 정말이지 시몽 드 사르네즈의 방식이 아니었다. 공작은 언제나 자신의 능력 안에서, 자신의 재량껏 관리되는 것들을 친애했다. 손 밖으로 넘치는 부분을 욕심내지 않아 겸양의 대명사로 불리는 이였다.

반면 손바닥에 놓인 부분은 빈틈없이 운용하기로 소문이 자자했나. 그런 유형의 인간이, 정치적 이익을 위해 이리도 무모한 짓을 벌일 수가 있는가? 남이 죽지 않으면 자신이 죽어야 하는 계획을 세운다고?

"뭔가 있어."

지켜야 할 처자식이 있는 자가,

"이브."

테러의 선두에 자신의 몸뚱이를 들이밀면서?

"왕자를 노리는 이유가 따로 있다고, 아당."

황제가 으르렁거렸다. 추기경은 펜을 내려놓고 그녀에게 팔을 뻗었다. 탁!

"읏."

"신국의 명을 받았다면?"

"진정해."

단련된 손이 추기경의 얇은 손목을 붙들었다. 핏빛 눈동자가 분노로 날뛰고 있었다. 리에스테르 황족의 이러한 성정은 아주 오랫동안 전해 내려온 것이다. 오렐리는 자신을 잡은 황제의 손등을 다른 손으로 덮어 주었다. 차분하고, 따뜻하게. 불꽃을 꺼뜨리고 냉기를 막아내는 이불처럼.

"…만약 사르네즈 가문이 세작이라면, 도대체 어디서부터 잘못된 거지?"

허스키한 목소리가 침잠했다. 추기경은 달래듯 미소 지으며 속삭였다.

"괜찮아. 내가 있잖아."

툭. 그런 말에 바보처럼 힘이 빠졌다. 오렐리는 자신에게서 스르륵 떨어지는 손을 조심스레 맞잡았다.

"그리고 아이들도 있어. 시행착오가 많지만, 자기 몫은 하는 기특한 아이들 말이야."

"…"

"그러니 지금은 꼬리를 밟는 데만 집중하자."

현명한 조언이었다. 프레데리크는 치솟는 진노를 반려의 도움으로 간신히 억눌렀다.

"…축제가 다가오니 제국군을 동원할 순 없겠지."

"응. 주인공이 찬물을 끼얹으면 곤란해."

추기경이 소곤거렸다. 오는 1월 7일은 황제의 탄신일이었다. 연말연시와 축일을 앞두고 리에스테르는 하루하루가 들뜬 분위기였다. 이런 시기에 세작이니 내란이니 하는 말이 흘러 나가면, 혼란은 겨울 산불처럼 무섭게 번질 터였다. 왕자가 운 좋게 생존하더라도, 결국은 원흉으로 취급해 내쳐야만 할 것이다. 저 빌어먹을 전단과 기삿감 또한 그를 노렸으리라. 제법 머리를 썼다.

"블랑케르 모녀뿐 아니라 사라 벨리아르도 부르지. 망할 선전물과 투서에 적힌 글을 전부 교차점검 해서, 누구로부터 어떤 정보가 샜는지 확인해야겠어. 시몽이 황제궁에서 만난 자는 모조리 털어야겠군."

"좋은 생각이야."

"오렐리, 너는 생존한 근위대원을 접견해 봐."

일순 추기경의 눈매가 서늘해졌다. 그녀는 단숨에 황제의 속을 읽어냈다.

"역시 그쪽을 의심하고 있구나. 그러면 케시에 대주교도 내게 맡겨줘."

여느 때처럼 온화한 음성이었다. 하지만 문장에 담긴 뜻은 결코 따스하지 않았다.

* * *

-쏴아아아…!

-철썩, 철썩!

"좀 추울 거다, 어? 눈물이 막 쩡쩡 얼 텐데?!"

'크하하하!' 뱃머리에 올라선 크리스텔이 미친 듯이 웃으며 외쳤다. 새끼손톱보다 작아진 상대의 배엔 닿지 않을 조롱이었다. 그러나 아무래도 좋았다. 그녀는 지금 세상 누구보다도 자유로웠고, 어떠한 압박이나 강제도 받지 않았다. 빙의한 이래 이렇게나 통쾌한 해방감은 처음이었다!

"아기씨! 1시 방향에 육지가 보여요! 세레니테인가 봐요!"

그녀의 충직한 조타수이자 갑판장인 엘렌이 소리쳤다. 용맹하게 키를 잡은 유모는, 이제껏 최소한의 휴식만 취하며 크리스텔의 해적선을 이곳까지 이끌었다. 어린 선장은 알았다는 의미로 두 팔을 벌려 'O'를 만들어 보였다. 일등항해사 이자벨이 마석 망원경으로 사르네즈 공작가의 상선을 살폈다.

"못 따라오는 것 같아, 올리. 네 공격에 돛이 부서졌어!"

"또 이겼네요!"

크리스텔이 파안했다. 세 사람을 사르네즈 해안까지 데려다준 뚝심이는, 뱃길만을 짚어주고 어느 순간 급하게 사라졌다. 하지만 셋이서도 충분했다. 지난여름, 크리스텔이 무테 백작령에서 '기념품'으로 얻은 해적선은 필요한 모든 것을 갖추고 있었다. 해적이 부순 키도 훌륭하게 보수된 채였다. 가문의 배를 두 척이나 따돌렸으니 무사히 상륙만 하면-

"으응?"

이자벨이 망원경을 내리며 눈을 깜빡였다. 그녀는 사랑하는 딸과 유모를 돌아보았다가, 다시금 눈앞의 광경을 확인했다. 고개가 절로 기울었다. 그러니까 저게…

"육지가 아니라 섬인 걸까?"

9.   ✦ 코메디아 델라르테

"…대기가 생각보다 길어지네요."

내가 말했고,

"그러게요, 전하."

요한 경이 답했고,

-끼이

-아우

두 신수가 울음을 얹었다. 호사스러운 발코니 밖으로 바삐 돌아다니는 제후국 시민들과 쪽빛 바다가 보였다. 넷이 같은 생각을 하는 것도 당연했다. 어쩌다 보니 우리가 엠마 코를레오네의 저택에서… 내리 사흘을 묵었기 때문이다. 하루도 아니고 사흘!

"음."

-딸랑딸랑…

나는 티테의 코앞에 장난감을 흔들어 주며 생각에 빠졌다. 우리를 안내했던 '시뇨라 루차나'는 첫날 이후로 모습을 보이지 않았다.

제독으로부터 소식이 있으면 전해준다고 했는데 여태 감감했다. 뭐, 그녀도 일이 있으니 우리만을 살필 순 없을 것이다.

결국 우리는 번화가 한복판에 있는 '빌라 코를레오네'에 격리되어 지냈다. 잠자리가 편하고 식사도 맛있어서 좋지만(진짜 끝내줬다), 돌아가는 정황을 모르니 불안하고 초조했다. 와중에 프랑수아 뒤엠 후작은 정보를 얻고자 온 집 안을 휘젓고 다녔는데…

'프랑수아, 일단 기다려 보죠.'

'예서 왕자님?'

보다 못한 내가 그를 말렸다. 후작이 연분홍색 눈을 휘둥그레 떴다.

'저를 여기까지 데려다주신 것만으로 큰 도움을 주셨습니다. 몸도 좋지 않은데 무리하지 마세요. 무소식이 희소식이라는 말도 있고요.'

'…고귀한 분께서 그리 말씀하신다면, 그것이 주신의 뜻이겠지요.'

그는 잠깐 말이 없더니, 우아한 동작으로 예를 차리며 대답했다. 뒤늦게 내가 그를 이름으로 불렀다는 사실을 깨달았다. 그게 바로 어제의 일이다.

-아우우

"재밌어? 아까 하인 아저씨가 주신 거야. 티테 가지라고."

…지금까지도 달라진 건 없다. 우리는 조마조마한 평화를 누리며 차를 마시고 있었다. 제국에 있는 친구들은 어떻게 됐을까. 무사해야 할 텐데. 리에스테르 남단에서 배로 한참을 가야 나오는 제후국의 '언니 섬' 아드마는, 그냥 여름이었다.

에르베 뒤엠 경의 설명에 따르면 연중 이런 날씨라고 했다. 낮에는 해가 쨍쨍 내리쬐고 아침저녁으로 더운 바람이 불었다. 그래도 공기가 건조한 덕에 열풍 때의 황도만큼 뜨겁지는 않았다. 사방에서 바다 내음이 불어와 기분 전환도 되는 듯했다. 그런 걸 만끽할 타이밍은 아니지만, 아무튼.

"제독도 지위가 있는데 바쁘겠죠. 제후국의 국적을 버렸다지만 여전히 사랑받는 공녀이니, 비공식적으로 맡은 일이 많을 거예요. 여기에 집과 가족도 있고요."

"만나본 적 없는 자의 처지까지 헤아려 주시네요."

"하하하."

성기사가 부드럽게 지적했고, 나는 웃음으로 얼버무렸다. 아닐 수도 있겠지만 이렇게 생각하는 편이 나았다. 위태로운 지경에 놓였다는 이유로 마음마저 각박하게 먹고 싶진 않으니까.

-끼룩, 끼룩

"안녕. 데미도 '친구 안녕?' 해줘."

-끼응

난간에 앉은 갈매기가 우리를 보며 호기심을 표했다. 나는 베일을 드리운 채 웃으며 이국적인 풍경을 구경했다. 귀족들의 저택 지구가 따로 조성되어 있는 황도와 달리, 제후국은 상류층과 평민의 주거지가 복잡하게 얽혀있었다.

매끈하고 하얀 모습은 드물었고, 대부분 우둘투둘한 회분홍의 석조 건물이었다. 지붕은 새빨갛고 화려했다. 어쩌다 이런 도심이 만들어진 것인지 몰라도, '외국인'의 시선으로 보기엔 아주 신선했다.

고급 마차와 해산물 달구지가 같은 길을 달렸다. 덕분에 우리는 대저택에 앉아서도 인파를 구경하며 관광하는 기분을 낼 수 있었다. 다만 단점이 있다면…

"헉, 데미. 저런 거 보면 안 돼."

-끼엥?

내가 식겁해서 신수의 눈을 가렸다. 데미가 꼬리를 흔들었다.

"티테, 보지 마."

-아옹?

나는 허겁지겁 실내 방향으로 몸을 틀어 앉았다. 방탕하다 어떻다 말이 많더니, 제후국 시민들은 죄다 사랑에 미친 놈이었다. 과장 좀 보태 분홍빛 하트가 미세먼지처럼 떠다니는 나라였다. 맞은편의 성기사가 여유롭게 웃었다. 나는 억울해서 입술을 깨물었다. 헤릿이 여기 있었으면 요한 경도 분명 나처럼 행동했을 거다. 슬쩍 고개만 빼고 바깥 상황을 살피, 옷은 왜 벗어!

-쪽, 쪽, 쪽…

대낮에 길거리에서 뭐 하는 짓이냐! 나는 눈을 질끈 감고 '퇴계공은 전체 이용가'를 염불처럼 외웠다. 애들을 안고 있어 귀를 못 막는 게 천추의 한이었다. TV에 선정적인 장면이 나오면 어린 은서가 볼까 봐 곧장 건너뛰곤 했는데, 코밑에서 낯 뜨거운 행각을 벌이고 있으니 무진장 거북했다. 〈왕좌의 게임〉은 연출이지만 이건 실제 상황이잖아. 저런 커플이 한둘도 아니라고!

"한 번 더 하죠."

"아아, 좋아요!"

입술 불어 터지겠다! 순대 삶냐!

"소문보다 더한 곳이네요. 제국이나 신국과 비교하면 확실히…"

"자유롭죠, 네."

내기 잽싸게 요한 경의 밀을 받았다.

"음탕하다고 말하려 했지만, 전하의 표현을 존중할게요."

휙 돌아보자 성기사가 노골적으로 즐거워했다. 자긴 경험 있는 유부남이라 이거지.

"요한 경."

"제가 너무 짓궂었나요?"

"아뇨, 그게…"

나는 신수들을 도닥이며 말을 골랐다. 스킨십 대회라도 열린 것처럼 대로에 나온 연인들을 보니, 문득 떠오르는 것이 있었다. 실은 뒤엠 후작령을 떠난 직후부터 얘기하고 싶었는데 때를 놓쳤다. 지금이라면 괜찮을 듯싶었다. 슬며시 베일을 걷고 성기사와 눈길을 마주했다.

"제 역할 때문에 불편하실 것 같아서요."

"…"

"아내를 잃은 건 제가 아니라 요한 경이잖아요. 옆에서 그런 흉내를 내려니 죄송스럽습니다."

갑자기 이런 말을 하면 이상하게 보일 수도 있겠지만, 그에게 상처가 됐을지 모르니 사과하고 싶었다. 민트색 눈동자가 나를 고요히 바라보았다. 앙투아네트가 나를 '아내 잃은 남편'으로 꾸민 데는 나름의 이유가 있었다. 상대를 가리지 않는 제후국 사람이라고 해도, 최근에 사별한 이는 건드리지 않는다는 풍문을 믿은 것이다. 심지어 그건 사실이었다.

'시뇨레, 비극을 겪으셨다고 들었어요. 많이 드시고 기운 내세요.'

'고맙습니다.'

식사를 가져다주는 하인도 그랬고,

'남국의 바닷바람은 눈물을 씻어주지요. 발코니에 앉아 계시면 평화에 도움이 될 겁니다.'

'저희가 할게요, 다정한 시뇨레! 읽으실 만한 희극을 가져다드릴까요?'

빌라의 시종장과 그 밖의 일손도 하나같이 친절하기만 했다. 희롱을 걸거나 내 얼굴을 보려는 시도는 일절 하지 않았다. 요한 경과 뒤엠 남매에겐 끊임없는 작업이 들어오는 걸 보면, 내가 '홀아비'라는 설정이 제대로 먹힌 모양이었다. 정체를 들키지 않아 다행이지만 한편으로는 마음이 좋지 않았다. 요한 경이 나를 보며 아픔을 상기하게 될 것 같았다.

"저는 괜찮아요. 벌써 6년이나 지난 일이니까요."

"그래도요."

6년밖에 안 됐구나.

"아내도 용병이었으니 서로 이해하고 있었어요. 둘 중 하나가 언제 세상을 떠나도 이상하지 않다는 걸요."

"…"

"다만 예상과 현실은 매우 달랐죠. 저희에겐 헤릿이 있었고요."

성기사가 나직이 말하고 미소 지었다. 나는 겨우 고개만 끄덕였다. 예견한 일이든 아니든, 소중한 가족을 잃는 건 누구에게나 큰 충격이었다. 후폭풍을 견디는 일은 때로 슬픔보다 힘들었다. 우리 가족에겐 서로가 있었지만, 요한 경은 네 살배기 헤릿을 안고 홀로 떠돌아야 했을 것이다.

"조금 다른 얘기를 하자면, 뒤엠 후작이 이곳에서 무리하는 것도 비슷한 이유일 거예요."

"예?"

내가 되물었다. 갑자기 화제가 바뀌었다. 데미는 그새 갈매기와 눈싸움을 벌이고 있었다.

"하필 자신이 아플 때, 사르네즈 공작이 가문에 누명을 씌우고자 한 거잖아요. 제일 무력한 순간을 노려서요."

"그렇게 볼 수도 있겠네요."

"소중한 동생들을 정면으로 위협한 셈이에요. 속으로는 꽤 화가 났겠죠."

입이 스르르 벌어졌다. 거기까지는 미처 생각지 못했다.

"제가 쉬라고 말렸는데 잘못한 걸까요? 몸이 더 나빠질까 봐…"

"잘하셨어요, 전하."

요한 경이 특유의 상냥한 눈웃음을 보냈다.

"그런 사람은 가족이 말리는 건 듣지 않아요. 피붙이는 자신이 지키고 헌신해야 하는 상대라고 생각하거든요. 제삼자가 지적해 주면 그제야 깨달음을 얻곤 하죠."

아. 우리 형이랑 비슷한 성격이구나.

"그러니 전하 덕분에 모두…"

그때였다.

-끼루룩!

-끼이이!

"데미!"

푸드덕! 나는 깜짝 놀라 레서판다를 붙들었다. 눈씨름의 결과가 좋지 않았는지, 신수가 발딱 일어나 갈매기를 위협하고 있었다. 바닷새는 지지 않고 잿빛 날개를 퍼덕거렸다. 요한 경이 즉시 팔을 뻗었다. 찰나 새가 다칠까 봐 걱정이 됐다.

"아닙니다. 저는 괜찮, 어?"

-팔랑!

난데없이 세상이 환하게 밝아졌다!

"전하!"

-끼루룩끼루룩!

발톱으로 베일을 거머쥔 갈매기가 약 올리듯 울며 하늘로 멀어졌다. 나는 신수들을 끌어안고 후다닥 난간에 매달렸다.

"야, 이!"

졌으면 패배를 순순히 인정해야지, 남의 애물단지를 을러대고 베일까지 훔치는 게…!

"허억."

나는 해괴한 소리를 내며 딱딱하게 굳었다. 거리의 행인들이, 남녀노소 가리지 않고 멍한 표정으로 나를 올려보고 있었다. 지금 맨얼굴인데!

"어쩔 수 없는 분이네요."

-카앙!

요한 경의 한숨 섞인 목소리와 동시에, 눈앞이 하얀 천으로 가로막히고 몸이 뒤로 훽 날아갔다!

"흐어억!"

그리고 순식간에 시야가 복구됐다. 어느새 발코니가 아닌 거실이었다! 딱딱한 벽에 뒤통수가 닿았고, 요한 경의 하얀 머리칼이 슬로 모션처럼 사뿐히 가라앉았다. 성기사의 손엔 처참하게 부서진 커튼 봉이 쥐어져 있었다. 그러니까, 내 얼굴이 노출되자마자 커튼으로 나를 가리고 여기까지 날아온…

"죄송합니다. 제가 또 바보짓 했습니다."

나는 재깍 사죄하고 냉정한 자기 평가를 내놓았다.

'끼잇', '우웅'.

데미와 티테도 이견은 없었다. 요한 경이 쓴웃음을 지으며 답했다.

"…글쎄요. 저보다는 미래의 전하께 더 유감스러운 일이 아닐까 싶은데요."

* * *

추기경이 되면 예지력도 생기는 걸까.

"아름다운 시뇨레, 이제껏 어디에 있다가 제 인생에 나타나신 거죠? 한 번만 창가로 나와주세요!"

'근래에 사별한 이에겐 수작질하지 않는다'?

"아, 그대와 입 맞추지 못하면 나는 시름시름 앓다가 죽고 말

거요!"

그거 전부 뻥이다!

"돈나 코를레오네의 두 번째 남편이 되실 게 아니라면, 저에게도 기회를 주십시오!"

"밤 열 시에 저러면 잡혀가야 하는 거 아니냐…"

-끼으으

나는 씁쓸하게 중얼거리며 신수들을 달랬다. 데미는 오늘 빌라 곳곳을 탐험한 데다, 갈매기와의 격돌 탓에 피로가 쌓여 일찍 자야 했다. 티테는 원체 신생아처럼 잠이 많았다.

그런데 침실 창밖에 모인 불청객 때문에, 꼬마들이 잠들지 못해 칭얼거리고 있었다. 따지고 보면 내 탓이니 누구에게 하소연도 못 했다. 이게 무슨 〈복면가왕〉도 아니고, 얼굴을 공개하자마자 태세가 바뀌는 게 말이 되냐고.

"금빛의 비극이여, 나는 당신과 사랑에 빠졌소. 심장을 도려내는 고통조차 달콤하군요!"

"그거 병원 가셔야 하는데…"

나는 두 신수를 포대기로 두른 채 신음했다. 그나마 눈동자 색은 제대로 본 사람이 없는 듯해 다행이었다. 프랑수아 후작의 말에 따르면, 제후국은 보라색과 금색의 종교적 의미에 무지하다고 했다. 무교 인구가 압도적이니 이상한 일도 아니었다. 다만 신국의 1왕자 같은 유명 인사는 알 것이므로 주의해야 한다고 조언했다. 다행히 아직 신분을 들킨 것 같진 않았다.

"잘생긴 건 알았는데, 파급력이 미쳤네."

내가 보기엔 요한 경이나 후작이나 뒤엠 경이 더…

-똑똑

그때, 누군가 문을 두드렸다. 나는 지침대로 냉큼 성소를 전개했다. 파아앗!

"왕자님, 저예요! 마리아!"

"들어오십시오, 공녀."

나는 피식하며 서클을 해제했다. 금빛 원이 느릿느릿 모습을 감추었다. 내가 머무는 곳은 손님방 중에서도 가장 안쪽에 있고, 요한 경의 방을 통과하지 않으면 들어올 수 없었다.

그러니 수상한 자가 접근하는 건 불가능했다. 성소는 어디까지나 만약을 대비한 수단이었다. 이내 달랑쇠 아가씨가 꽃분홍색 눈동자를 빛내며 달려왔다. 나는 목을 갸웃했다. 마리아는 잠옷이 아닌 평복 차림이었다.

"안 주무십니까?"

"네! 당장 떠날 채비를 하시라는 큰오빠의 전언이 있었어요. 헤인스 경도 짐 싸는 중이고요!"

"떠난다니, 설마…"

"코를레오네 제독에게서 전갈이 왔거든요. 글씨도 멋있어요!"

공녀가 씨익 웃더니, 조끼 주머니에서 곱게 접힌 쪽지를 꺼내 펼쳤다. 그러고는 한껏 목소리를 깔고 낭독하기 시작했다.

"'드디어 마음의 준비가 되었다니 기쁘군. 나는 체보임에 말썽이 생겨 떠날 수 없으니, 그대가 내게 안기러 오시오. -E. C.' 노리개 일행은 포옹도 해주나 봐요. 악수에서 만족하려고 했는데 너무 설레요!"

 마리아가 짧은 머리를 망아지처럼 흔들며 기뻐했다. 나는 사색이 되어 그녀와 창밖을 번갈아 보았다. 여기 있자니 내가 터무니없는 구애를 계속 받을 거고, 체보임으로 가면 후작이…

 "시뇨레, 우리의 아이는 세상에서 가장 예쁠 거예요!"

 응, 역시 계획대로 체보임이지.

* * *

 체보임의 밤이 깊었다. '동생 섬'의 스산한 날씨에 싸락눈이 섞이고 있었다. 휘우우…

 -벌컥!

 "돈나 코를레오네! 그자가 또 나타났습니다! 스, 스카라무차 말입니다!"

 문이 열리고, 젊은 남자가 달려와 제독 앞에 엎드렸다. 방의 가장 높은 자리에 앉아 서류를 살피던 여인이 무심히 그를 내려다보았다. 두꺼운 가죽 외투를 입은 등이 가쁘게 오르락내리락하고 있었다. 엠마 코를레오네는 그것이 뜀박질이 아닌 공포에 기인함을 간파했다. 한심한 일이었다.

 "목적은?"

 "예, 예?"

 중년인의 입에서 퉁명스러운 음성이 흘러나왔다. 부하는 눈길조차 들지 못하고 혀로 입술을 축였다. 말씀을 제대로 드려야 하는

데, 친애하는 시뇨라 앞에만 서면 머릿속이 하얘지고 사지가 떨렸다. 1년을 모셨는데도 여태 이런 꼴이었다. 먼발치에서 대륙의 황제를 본 적이 있다는 선임은, 둘의 기운을 이렇게 비교하곤 했다.

'황제 폐하께서는 내가 악한 짓을 하면 단숨에 베실 것 같다군. 기개가 대단한 검사이시네. 반면 우리 시뇨라께서는, 그저 마음에 들지 않으면 누구든 마수 밥으로 던져 버리실 분이야.'

"그자의 목적이 있을 것 아니냐."

시뇨라의 물음이 떨어졌다. 벌써 두 번째였다. 까딱하면 차디찬 겨울 바다에 입수해야 할지도 모른다. 부하는 허겁지겁 답을 내놓았다.

"그것이, 스카라무차는 누군가 말을 걸어도 대답하지 않고, 그저 두드려 패기만 한다고 합니다. 오늘은 어느 식당 손님을 음유시인의 기타로 때려 기절시켰습니다. 피해자의 말에 따르면 억양이 아무래도 제국 출신 같다고…"

"밀입국을 했다?"

"그런 추측이 있습니다. 한데 무력이 압도적인지라 치안대에서도 상대할 자가 없답니다. 체포에 번번이 실패했습니다."

"그럼 치안대를 갈아치워야겠군."

제독이 낮게 말했다. 부하는 마른침을 꿀꺽 삼켰다. 그녀의 농담은 진담과 구분하기 어려웠다.

-달칵

여인이 시가 상자를 여는 소리가 들렸다. 옆을 지키던 해병 중 하나가 신속히 삼나무 심지에 불을 붙여 올렸다. 치이익, 타다닥…

"후…"

한동안 시가 타는 소음과, 매캐하고 그윽한 향만이 실내를 가득 채웠다. 공기가 부옇게 탁해졌다. 어린 부하는 꼼짝하지 않고 엎드려 있었다. 허락이 떨어지기 전까지 방을 떠날 생각을 해서는 안 됐다. 기나긴 10여 분이 흐른 후에야, 제독이 시가를 물고 느릿느릿 입을 열었다.

"맞았다는 놈이 죄다 건달 아닌가."

"마, 맞습니다. 하지만 그들 입장에서는, 외국인으로 보이는 자가 제후국 백성을 쥐 잡듯 잡는 것이 옳지 않다고 여겨… 신고를 하는 모양입니다."

"…"

"억울하다는 이도 더러 있습니다. 평소처럼 미인에게 수작을 걸었을 뿐인데, 웬 놈이 날아와 가격했다고 말입니다."

부하가 혀를 깨물어 가며 겨우 설명했다. '스카라무차'는, 체보임에 출몰한 지 사나흘밖에 되지 않은 불량배였다. 그가 순식간에 별칭을 얻고 유명인이 된 이유는 간단했다. 검은 복면으로 눈을 가리고, 값진 털가죽과 흑단黑緞 망토를 두른 채, 어깨엔 커다란 까마귀를 얹은 장신의 사내가 막강한 무력으로 거리 곳곳을 뒤집어 놓았기 때문이었다.

혹자는 그가 저주받을 악당이라며 제독의 발치에 조아려 호소했다. 그러나 누군가는 그 덕분에 자식이 곤경을 벗어났다고 증언했다. 코를레오네 제독은 공식적으로 제후국 사람이 아니었으나, 평민들은 여전히 어려움이 있으면 그녀를 찾아와 도움을 청했다.

살면서 감히 만나지 못할 로렌초 제후 전하나 그분의 장자 알레시오와 달리, 공녀는 언제나 그들 곁을 지키는 자였다. 원수를 갚아주고 빚을 돌려받게 해주는 귀인이었다.

"시뇨라, 스카라무차를 집기는 해야 합니다. 놈이 계속 휠개를 치면 모방범이 생길지도 모릅니다."

부하가 용기 내어 직언했다. 제독의 시선이 가라앉았다. 그녀는 살면서 이런 불한당을 몇 번이나 보았다.

'자경단'.

정의감 투철한 어린 것들이 끓는 피를 주체하지 못해 벌이는 짓이었다.

"치안대장을 보내라. 그자가 못 잡으면 문제가 있는 거겠지."

"…예."

"아버지께는 알리지 말고. 그렇지 않아도 바쁜 분이다."

"분부 받잡겠습니다."

남자는 꿈지럭꿈지럭 몸을 일으켰다. 제독의 부츠에 달린 박차가 매섭게 번뜩였다.

"그 해적선은 어찌 됐는고."

걸걸한 물음에 그가 흠칫했다. 그러고 보니 그것도 있었다. 부하는 다시금 납작 엎더졌다.

"그쪽은 제 소관이 아닙니다만… 입때 꼼짝도 하지 않는답니다. 닻이 문제가 아니라, 배가 자리한 해저까지 얼음이 깡깡 얼었습니다. 선체를 움직일 수가 없다고 합니다."

"연안에 해빙이 생겼나?"

"아닙니다."

"한데 왜 그 배만 얼어."

"그게… 저희도 말은 안 된다고 생각합니다마는."

더는 올릴 말이 없었다. 부하는 도처에서 동시다발적으로 터지는 말썽에 죽상을 했다. 밖에서 대기 중인 동료들의 표정도 비슷할 터였다. 며칠 전, 체보임 해안에 웬 해적선이 나타났다. 그런데 깃발이 없었고 공격을 퍼붓지도 않았다. 제후국 연안 경비대는 이해할 수 없는 현상에 고개를 갸웃했다.

어지간한 도적떼는 제국 북부의 변경백이 미리 차단하는 데다, 지금은 해적이 추위를 피해 내려올 시기도 아니었다. 하여 배가 닿자마자 수색했으나 건진 것은 전무했다. 담요와 불을 피운 흔적 등은 있었지만, 가장 중요한 선원이 없었다.

"유령선이라는 말이…"

'후우.'

제독이 길게 연기를 내뿜었다. 부하는 눈을 질끈 감았다 떴다. 제국과 제후국 영해에서, 유령선의 주인이라 불리며 바다를 호령하는 건 다름 아닌 시뇨라였다. 20년이 넘도록 사선을 넘나든 분 면전에서 유령 운운이라니. 초라하기 짝이 없는 변명이었다.

"그, 해적선 주변만 얼어붙은 것이 오싹하여, 평민들이 지어낸 이야기입니다."

"아까 말한 놈팡이."

"예?"

스카라무차? 부하의 고개가 슬쩍 올라왔다. 제독이 왼손에 든 시가를 끄덕였다.

"그자의 배는 아닌가?"

"아…"

남지기 바보 깊은 감탄사를 흘리며 머리를 숙였다. 조금만 생각해 봐도 연관 지을 수 있는 사안인데, 그간 누구도 그런 의문을 품지 않았다. 정체불명의 사내와 선박 출현이 고작 사날밖에 안 된 일인 데다, 치안대와 경비대의 업무가 자주 겹치지 않는 탓이었다. 제독 또한 그 점을 모르지 않았다. 그녀가 말을 이었다.

"스카라무차Scaramuccia인지 풍뎅이scarabeo인지 하는 놈을 잡아서 해적선에 관해 취조해 봐."

"예."

"정리되면 배는 태워 없애라. 약한 것들이 불안하다고 우는 꼴은 보기 싫다."

"그리하겠습니다."

부하가 깍듯이 답했다. 거친 말투였지만, 제독의 발언은 겁에 질린 백성들을 고려한 것이었다. 뱃사람들 사이엔 유령선을 만나면 재난이 닥친다는 전설이 있었다. 어업과 무역 의존도가 높은 섬나라에서 해난海難보다 무서운 것은 드물었다.

-발칵!

"돈나 코를레오네!"

그때, 다른 부하가 들어와 경례했다. 첫 번째 부하와 달리 밝은 표정이었다.

"리에스테르의 프랑수아 뒤엠 후작이 아드마를 떠나 체보임 포털에 도착했습니다. 한 시간 안에 저택에 닿을 거라고 합니다."

"반가운 소식이군."

제독이 말했다. 그녀의 어투에서 즐거움을 읽은 병사들이 시시덕거렸다. 두 번째 부하가 싱글벙글 덧붙였다.

"일행도 마음에 드실 겁니다. 루차나의 전갈에 따르면, 후작가의 작은 공자가 위용 넘치는 호남자로 자랐답니다. 호위 기사로 따라온 미청년은 백합처럼 우아하다고 합니다. 둘째 공녀는 이제 스물인데, 힘이 좋고 생기발랄하여 보기만 해도 유쾌해진다는군요."

일동이 소리 내어 웃었다. 시뇨라의 입꼬리가 보일 듯 말 듯 움직였다. 보고는 거기서 끝나지 않았다.

"한데 그중에 절색이 있다는 소문입니다. 검은 베일을 쓴 홀아비가 시종으로…"

"어허!"

"이보게!"

홀아비라는 말에 청자들이 호통을 쏟아냈다. 개중엔 은근한 눈빛을 주고받는 이들도 있었다. 제독은 묵묵히 부하를 내려다보았다. 기대에 부응한 여인이 손짓 발짓을 섞어가며 떠벌렸다.

"아드마의 태양처럼 빛나는 금발에, 하얀 피부와 고운 속눈썹을 지닌 절세의 미남이랍니다. 입술은 잘 익은 체리처럼 탐스럽다지요. 바닷새의 장난으로 베일이 벗겨져 얼굴을 본 자들이 있는데, 빌라 코를레오네에 몰려들어 난리도 아니었답니다."

해설을 들은 일부가 욕심껏 눈을 빛냈다. 좌중이 술렁거렸다. 제독은 뚝뚝하게 입을 뗐다.

"죽은 부인만 안됐군."

"와하하하!"

"하하하!"

농담 여부를 확인할 수 없었으나, 어쨌든 시뇨라의 기분이 괜찮아 보였으므로 모두가 호응했다. 예고 없는 사건들이 벌어지는 와중에도 그녀에겐 두 번째 남편이 생길 터였다. 경사 중의 경사였다.

"준비가 되는 대로 들여보내."

"알겠습니다, 시뇨라!"

극진한 예가 쏟아졌다. 제독은 볼이 홀쭉해질 만큼 시가를 빨아들였다.

* * *

두 섬이 이렇게 멀리 떨어져 있는데, 하나의 나라인 데다 '쌍둥이 섬'이라고 불린다니. 한국식으로 표현하면 인천하고 제주도가 한동네인 수준 아니냐? 물론 축척을 따지면 그것보다 한참 까마득한 거리일 터였다.

그럼에도 제후국이 오랫동안 같은 문화권을 유지할 수 있었던 건, 도서를 촘촘히 연결하는 고대의 포털 덕분이라고 했다. 나는 판타지 세계관의 놀라운 설정에 새삼 감탄하며 걸음을 옮겼다. 그래도 체보임에 오자마자 푹 잔 덕에 피곤하진 않았다. 직전에 사흘이나 쉬기도 했고.

"이쪽입니다. 시뇨레, 시뇨라!"

나흘 전 아드마 포털에서 만났던 루차나가, 이곳에서 다시 우리를 안내했다. 여인의 머리엔 새로운 꽃이 달려있었다. 프랑수아 후작과 에르베 경이 일행의 선두였고, 마리아와 내가 뒤를 따랐다. 요한 경은 후방에서 우리를 호위했다. 나는 창밖으로 펼쳐진 체보임의 풍경을 시야에 담았다. '카사 코를레오네'는, 옥빛 바다가 턱밑까지 들어차는 제독의 집이자 일터였다.

-뚜벅, 뚜벅

-쏴아아아…

-저벅, 저벅, 저벅

파도 소리와 발소리가 부지런히 한데 섞였다. 리에스테르 남쪽에 위치한 아드마와 달리, 체보임은 서쪽에 있는 섬이었다. 직선으로는 크리스텔이 있는 사르네즈와 제일 가깝고, 조금 아래로 뱃길을 잡으면 세레니테의 자유 도시 아스에 닿았다.

황도만큼 위쪽이라 날도 몹시 추웠다. 어젯밤 포털을 타고 넘어왔을 때는, '거 저체온증 걸리기 딱 좋은 날씨네' 싶었다. 12월 말의 바닷바람은 살을 에는 수준이었다.

"다 왔습니다. 시뇨라께서 어찌나 자애로우신지. 밤늦게 도착한 후작님이 피로하실까 봐 대낮까지 기다려 주셨다는 것 아니겠습니까?"

루차나가 풍성한 마수 털 코트를 두른 채 너스레를 떨었다. 나는 긴장하지 않으려 애쓰며 커다란 목조 문을 올려보았다. 코를레오네 가문의 화려한 문장이, 중앙 꼭대기에 트리 장식처럼 양각되어 있었다. 그러고 보니 어제가 크리스마스였다. 여기선 아무런 의미도 없는 날이지만. 딴생각이 드는 걸 보니 적당히 풀어지긴 한 것 같았다.

"고맙네. 제독에게는 직접 감사를 표하지."

메이스를 싫은 프랑수아 후작이 고상한 말투로 대답했다. 제국에 있을 때와는 아예 다른 사람 같았다. 루차나가 고개를 끄덕이고는 문을 밀었다.

-달칵! 끼이익…

나는 마지막으로 베일을 점검하고, 아직 침대에서 놀고 있는 데미와 티테를 떠올리고, 리에스테르에서 우리를 기다릴 친구들을 생각했다. 또한 집에 있을 우리 가족들을 되새겼다. 여기서 대화가 잘 풀리면 무사히 황궁에 닿을 수 있을 것이다. 그러면 스승님을 만나 누명을 벗고, 나는 다시 한번 생존하게 되겠지. 언젠가는 집에도 갈 수 있을 거고.

"들어가시죠."

여인이 속삭이듯 말했다. 우리는 제독의 응접실로 들어섰다. 실내는 어둑어둑했고, 빙의한 이래 맡아본 적 없는 진한 담배 냄새가 났다. 사방에 걸린 커튼과 조명은 크기며 모양이 전부 가지각색이었다.

나는 반사적으로 미간을 찡그렸다. 흡연 경험이 없어 고역이기도 했지만 이건 정말 낯설었다. 아슬아슬한 수위를 넘나드는 제후국 사람들의 애정 행각도 그렇고, 이곳 역시 '퇴계공'의 설정이라고는 믿기 힘든…

"아."

나는 작게 탄성을 흘렸다. 혹시-

"여전히 아름답군, 프랑수아 뒤엠."

사포처럼 거친 목소리가 들렸다.

"마담 코를레오네."

가장 높은 곳에 앉은 여인을 향해, 후작이 멋들어진 제국식 인사를 올렸다. 생각이 잠시 끊겼다. 다급히 허리를 굽히기 직전, 그녀와 시선이 마주친 느낌이 들었다.

"…"

날카로운 회녹색 눈동자가 반쯤 감겨있었다. 오른뺨엔 커다란 흉이 보였다. 단추를 풀어 헤친 셔츠는 코를레오네풍이었고, 하얀 제국식 제복은 벗어서 어깨에 걸쳤다. 풍성한 레게 머리가 등허리까지 흘러내렸다. 오른손이 있었던 곳엔 시커먼 갈고리가 자리하고 있었다.

'갈고리 팔 해랑적'.

"엠마 코를레오네 제독님을 뵙습니다."

우리가 인사했다. 그녀는 낮게 코웃음 쳤다.

* * *

노랗고 빨갛고 파란 벽지, 빙글빙글 돌아가는 온갖 문양. 사방에서 반짝이는 구슬과 이국적인 악기들. 리에스테르에서는 볼 수 없는 풍경. 그곳의 가장 높은 자리에서, 엠마 코를레오네가 갈고리 팔을 뻗었다.

그러자 프랑수아 뒤엠 후작이 그녀의 쇠붙이에 우아하게 키스했다. 쪽. 진득한 눈빛이 그의 얼굴이며 입술로 따라붙었다. 나는 민망해서 머리를 숙였다. 저런 눈길을 아무렇지 않게 받아내는 후작이 새삼 대단해 보였다.

"내가 영지에 만들어 준 포털을 이용했다고 들었소."

제독의 목소리는, '담배 많이 피우시나 보다' 하는 생각이 절로 들 만큼 걸걸했다.

"호위 기사와 시종은 그렇다 쳐도 동생을 둘이나 데려오다니."

일행은 예를 차린 후 줄곧 묵묵히 서있었다. 요한 경은 한껏 기세를 죽인 듯했는데, 제독처럼 예민한 싸움꾼에게 정체를 들키지 않고자 하는 것 같았다. 우리는 사전에 논의한 대로 단순하게 행동했다.

'말은 후작만 한다. 나머지는 내내 입을 다물고 있는다.'

"지참금은 아닐 테고. 혼약의 증인이오?"

"그런 의도로 찾아온 것이 아닙니다."

후작이 침착하게 답했다.

'허.'

제독의 잇새로 탄식이 흘렀다. 나는 슬쩍 목을 들어 그녀를 확인했다. 표정에 가감 없는 유감이 묻어나고 있었다. 중년인이 퉁명스레 내뱉었다.

"야속하군. 나는 그대를 위해 두 번째와 세 번째 남편도 버렸는데 말이지."

뭐…? 나는 입을 떡 벌리고 마리아를 돌아보았다. 후작가의 공녀도 턱이 빠지기 직전이었다. 애정 면에서 무척 분방한 코를레오네 제후국이니, 제독이 지고지순할 거란 생각은 꿈에도 안 했다. 애초에 마리아도 큰오빠를 '노리개'라고 일컫지 않았던가. 하지만 남편이 셋이나 있을 줄은 몰랐다. 게다가 그중 둘을 쫓아냈다니!

"마담. 저를 좋게 봐주시는 것은 감사하지만, 오늘은 드릴 부탁이 있어 방문했습니다."

"그것참."

그녀가 인상을 찌푸렸다. 저택 어딘가에서 희미한 연주와 웃음소리가 들렸다. 제독은 갈고리로 자신의 가슴팍을 긁으며 자세를 바꿨다. 나는 여인이 셔츠 안에 입은 게 없다는 사실을 뒤늦게 깨닫고 후다닥 시선을 내리깔았다. 방금 보니 단추도 전부 풀려있었다. 으악! 이건 진짜, 내가 그간 주워듣고 경험한 '퇴계공'과 너무 달랐다!

"비싸게 구는군."

"여러 번 말씀드렸다시피, 저는 당신의 두 번째 남편이 되고픈 마음이 없습니다."

후작이 부드럽게 대답했다. 제독은 스크래치 낸 눈썹을 찡긋거렸다.

"첫 번째 남편 자리가 탐난다는 건가? 하긴 그대는 전부터 절개가 대단했지."

'허나 그자는 투기가 심하오. 집안도 좋아서 내치기 힘들어.'

몹시 유익한 정보를 전하는 말투였다. 무슨 〈부부클리닉 사랑과 전쟁〉 보는 것 같았다.

"청을 들어주신다면 그에 걸맞은 대가를 지급하지요."

후작이 깍듯한 자세로 말했다. 나는 그제야, 그가 일부러 자신의 진실한 면을 숨기고 있음을 알았다. 제후국에 온 이래 그는 평소의 '관종' 같은 태도를 보이지 않았다. 딴 사람이라면 저게 본모습이고 관종 쪽이 가면이라 생각했겠지만, 프랑수아 뒤엠은 날랐다.

지금 그는 빈틈을 드러내지 않으려 차분한 모양을 꾸며내는 것이다. 상대와 거리를 두고 싶다는 뜻이겠지. 반쯤 뜨고 있던 제독의 회녹색 눈동자가 가늘어졌다.

"저희가 체보임 포털을 이용해 황도로 갈 수 있게 해주신다면, 저는 친애하는 황제 폐하께 나아가 로렌초 제후 전하의 새로운 무역 정책을 옹호하겠습니다."

"…"

"이는 리에스테르와 코를레오네의 교역을 더욱 원활하게 할 겁니다. 알레시오 공자 전하의 입지를 굳히는 데도 도움이 되겠지요."

꿀을 바른 듯한 목소리였다. 나는 앞뒤를 파악하고자 부지런히 머리를 굴렸다. 그러니까 후작은 스스로를… 활용해서 상황을 타개할 심산은 아니었다. 새로운 무역 정책이라는 건 제후의 아들 알레시오의 공인 모양이었다.

요컨대 정치적인 조력을 하겠다는 의미였다. 제독은 사랑받고 자란 데다 가족과 사이가 좋다고 들었다. 아버지와 오빠에게 보탬이 되는 일이라면 거부하지 않을,

"국제 포털을 이용하겠다?"

움찔. 여인의 말끝에 날이 섰다. 언뜻 비꼬는 듯싶기도 했다. 나는 초조히 그녀를 올려보았다. 왜지? 포털 1회 이용에 저런 조건이

9. 코메디아 델라르테

면 괜찮은 협상 아닌가? 게다가 상대는 신분이 확실한 대귀족이었다. 어느 모로 봐도 코를레오네가 밑지는 장사는 아니었다.

"그렇지 않아도 요 며칠 체보임이 소란스럽소."

"…"

어째 느낌이 싸하다.

"시커먼 건달에, 주인 없는 해적선에, 이제는 국경을 건네게 해 달라는 제국의 후작까지."

제독이 우리를 향해 턱짓했다. 나는 침 넘어가는 소리를 죽이려고 안간힘을 썼다. 잘은 모르겠지만 여기도 난장판이구나.

"좋은 제안이지만, 시기가 시기인지라 찜찜하군."

쯧. 그녀가 혀를 차고는 좌석 귀퉁이에서 시가 박스를 주워 들었다. 프랑수아가 즉시 반응했다. 그는 품에서 고급스러운 성냥갑을 꺼내더니, 물 흐르듯 자연스러운 몸놀림으로 불을 켰다. 탁! 치이익…

"아양도 떨 줄 알고."

제독이 희롱을 걸었다. 후작이 연분홍빛 눈동자를 가볍게 휘었다. 나는 시가에 불붙이는 게 저리 오래 걸린다는 걸 오늘 처음 알았다. 성냥도 엄청 기네.

"예의라고 생각해 주십시오."

"앙탈도 부릴 줄 알고."

담배를 문 그녀가 후작을 보며 빙글거렸다. 이유는 모르겠는데 무지 위험해 보였다. 나는 괜히 베일을 만지작거렸다. 제발 잘 풀려라, 좀.

"…언제든 황제 나리를 알현할 수 있는 대귀족이, 이런 식으로 체보임을 경유하는 건 수상하고."

그녀의 음성이 소름 끼칠 만치 낮아졌다. 눈이 크게 뜨였다.

"마담."

"감히 나를 이용할 생각은 마시오."

제독이 날카롭게 말을 끊었다.

'후우.'

매캐한 시가 연기가 쏟아져 내렸다. 마리아와 나는 후욱 숨을 참았다. 요한 경이 도와주면 좋겠지만, 그는 당장 힘을 써서는 안 됐다.

"슬픔에 잠긴 얼굴이 썩 아름다워 품어주고자 했건만."

"…"

"내 호의를 써먹을 생각뿐이군."

시가를 잘근거리는 입술과 음산한 목소리 덕에, 그녀의 말은 해저 화산이 끓는 것처럼 무섭게 들렸다. 거센 위압에 숨이 턱턱 막혔다. 황제가 내게 가했던 소드마스터의 위압만큼은 아니었지만, 그보다 훨씬 정제되지 않은 느낌이었다.

나는 전방에 버티고 선 에르베 경을 불안한 눈길로 바라보았다. 그냥 내 정체를 밝히고, 솔직히 도움을 구하는 게 낫지 않을까? 아냐… 후작이 하는 걸 지켜보기로 했잖아. 얌전히 있자.

"오해입니다."

"여우짓 하는 자태도 나쁘지 않지만, 역시 부모를 잃고 우는 모습이 더 고왔지."

마리아가 움츠리는 것이 느껴졌다. 나는 황급히 고개를 돌렸다. 금방 뭐라고-

"'고요의 바다'에 유골을 뿌릴 때만 해도 고분고분했는데. 그게 벌써 20년쯤 됐나."

"…"

후작의 손끝이 미세하게 떨렸다. 에르베 경은 느릿느릿 주먹을 쥐었다. 나는 충격과 당혹으로 입을 벙긋거렸다. 그건, 그런 말은 너무하잖아.

"그대야말로 오해하지 마시오. 지금의 결연한 눈빛도 마음에 드니까. 다만 나는 그대의 주인과 달라."

거친 음성이 이어졌다. 녹조처럼 어두운 홍채에 고약한 장난기가 깃들었다. 제독은 갈고리로 후작의 턱을 들어 올렸다. 명백한 도발이었다.

"내 앞에서 무언가를 지키겠다고 같잖게 굴면, 꺾어주고 싶거든."

"…"

"약해져서 흐느끼는 꼴을 바라게 돼."

그녀가 희뿌연 연기를 뱉으며 끌끌 웃었다. 나는 이를 악물었다. 오직 반응을 끌어내기 위한, 속을 들여다보기 위한 질 낮은 도발이라는 걸 알았다. 아는데.

"그대가 싫다면 동생 중 하나를 내 침실로 들여보내시오. 그러면 포털을 열어주지."

"맙소사."

에르베 경이 사색이 되어 마리아를 감쌌다. 나는 결국 분통을 터뜨렸다.

"이보세요!"

뒤편에서 요한 경의 신음이 들린 것도 같았다. 제독은 기다렸다는 듯 시선을 내게 겨누었다. 프랑수아가 파리한 낯으로 나를 돌아보았다. 미안합니다.

"그냥 물어봐도 되는 거 아닙니까. 포딜을 왜 타냐고, 무슨 일 있냐고 평범하게 질문할 수 있잖아요. 왜 굳이 상처를 헤집고 아프게 하는 겁니까? 차라리 협박이 낫겠네요."

"…소문의 홀아비로군."

그녀가 중얼거렸다. 마리아가 작은오빠의 허리를 붙든 채 나와 제독을 번갈아 보았다. 나는 성큼성큼 둘을 지나쳐 프랑수아의 팔을 잡고 계단 아래로 내려왔다. '왕자님?' 그가 다급히 속삭였지만 못 들은 척했다. 말문이 터진 김에 그냥 화도 계속 내기로 했다.

"저는 옛날 일을 잘 모르지만, 보아하니 제독님은 후작의 연인이 아닌 것 같습니다. 일방적인 관계라면 아무리 남이라도 방관하진 못하겠어요."

"호오."

"본인이야 사랑 없는 행위에 익숙하다 해도, 냉큼 동생을 요구하는 건 최악입니다. 이분들은 서로를 아끼는 남매예요. 제물 바치듯 그리 쉽게 결정할 수 있을 리 없잖습니까. 가치관이 다른 외국인인데 최소한의 존중은 해주셔야죠."

"과연."

"사과까진 바라지도 않습니다. 이들 셋은 절대로 그런 일을 하지 않을 겁니다. 그러니 포기…"

"맞는 말이야."

나는 멈칫했다. 제독이 싱긋하며 시가를 씹고 있었다. 순간 소름이 돋았다. 화다닥 뒤엠 남매를 가리자, 요한 경이 한숨을 쉬며 내 앞을 막아섰다. 조금 전과는 대열이 정반대였다. 중년인이 헛웃음을 흘렸다.

"흥미롭군."

나는 발을 돋워 성기사의 어깨 너머로 고개를 내밀었다.

"대화로 하시죠, 제독님. 저희는 당신의 협조가 필요합니다. 마땅한 대가를 지불할 용의도 있습니다. 후작을 못 믿으시는 거라면 사유 또한 충분히 설명해 드릴 수,"

"아니. 내게 더 좋은 방법이 있다."

그녀가 단칼에 내 말허리를 잘랐다. 여인은 정말이지 제멋대로였다. 똑같이 귀하게 자란 권력자여도 프레데리크 황제와는 완전히 다른 성격이었다. 언제나 극한의 자극을 좇고, 무엇에든 쉽게 질리며, 누구의 안색도 살피지 않는다. 듣고 싶은 말만 듣고 하고 싶은 말만 한다. 두려울 것 없고 걸리적거리는 것 없는 삶. 애정과 경외만을 받으며 살아온 사람. 제후의 피를 타고난 해적.

"…거절할 수 없는 제안을 하지."

제독이 나를 위아래로 녹진하게 훑어보며 말했다. 동시에 따가운 담배 연기가 온몸을 휘감았다. 나는 물러서지 않고 눈을 부릅뜬 채 버텼다.

* * *

그날 밤.

"저쪽이다! 스카라무차가 저쪽으로 갔다!"

"잡아! 달려라!"

"치안대장님의 명이다! 달려!"

'우와아아!'

치안대의 우스꽝스러운 함성이 거리를 휘저었다. 제후국 시민들은 어리둥절하여 행렬을 구경하다가, 별일이 아님을 깨닫고는 짝지어 어둠 속으로 숨어들었다. '스카라무차'는 달그림자 밑에서 한숨을 삼켰다. 만약 저들이 황실 근위대나 황도 수비대였다면, 자신이 직접 검을 뽑아서라도 가르쳤을 것이다. 정신이 번쩍 날 때까지. 하지만 이곳은 모국이 아니었다.

-끼잉

"조용히."

-꾸릇

"나도 알아."

드넓은 어깨에 매달린 신수들이 한마디씩 했다. 여기가 아니라는 뜻이었다. 그러나 사내는 포기할 수 없었다. 섬의 남쪽에 있는 로렌초 제후의 성에서 왕자의 에테르를 느끼지 못했기 때문이다. 그렇다면 일행이 포털 이용을 부탁할 만한 곳은 이제 하나였다. 황태자는 복면 아래 보석 같은 눈을 들어 섬 꼭대기의 저택을 올려다보았다. 무언가를 감지해 내기엔 아직 거리가 멀었다.

'카사 코를레오네'.

-삐이

세드리크의 팔뚝에 앉은 신물이 가냘프게 울었다. 그는 묵묵히 뚝심 드 리에스테르를 내려보다가, 기어코 한마디를 꺼냈다.

"소리는 그대로인 걸 모르지 않겠지."

-…

까마귀가 새침하게 무시했다. 신물의 변신 능력은 익히 알았지만, 굴뚝새 외에 다른 새로도 변할 수 있다는 건 몰랐다. 다만 학습이 부족한지 까마귀 울음은 내지 못했다. 굳이 필요도 없는 위장을 해서 무겁기만…

"시종! 이따 시종을 침방에 들이신다니까!"

"뭐?! 그 잘생긴 제국 후작님이 아니라?"

태자가 빠르게 고개를 돌렸다. 골목 바깥에서 흥분에 찬 행인들의 말이 쏟아졌다.

"내가 저택 마부의 조카의 아내의 애인한테서 직접 들은 거야. 검은 베일을 쓴 시종이 후작님하고 같이 왔는데, 아주 당돌해서 시뇨라가 푹 빠졌대. 그렇게 근사하다더라. 금발은 꼭 아드마의 태양 같고!"

"우와, 그럼 첫째 남편은 드디어 소박맞으려나?"

신수들이 놀라서 혀를 내밀었다. 당돌한 성격과 금발, 제국 후작의 시종으로 위장한 남자. 대충 들어도 왕자의 이야기였다. 빠드득, 검은 장갑이 혜검을 단단히 쥐었다. 설마 포털을 빌리기 위해 말도 안 되는 거래를 한 거라면…,

흠칫.

태자가 퍼뜩 반대편을 쏘아보았다. 그는 방금 자신이 느낀 감각을 믿을 수가 없었다. 아주 희미하지만 존재 자체는 분명했다. 예사로운 겨울 바다와는 질적으로 다른, 또렷한 물의 힘.

"…"

크리스텔 드 사르네즈?

* * *

(2막 1장)

체보임섬의 꼬불꼬불한 거리.

오랜만에 날이 풀린 겨울밤. 코를레오네 제후국의 시민들이 둘씩 짝지어, 또는 삼삼오오 모여 사랑을 속삭이고 음주가무를 즐긴다. 곳곳을 어슴푸레 밝힌 마법 조명은 체보임만의 독특한 정취를 자아낸다. 드문드문 아란치니와 람프레도토를 파는 노점이 서있다. 멀리서 바닷새 우는 소리와 어렴풋한 바닷소리가 들린다.

신수, 레아와 페리 드 리에스테르 등장.

레아: 끼이. (두 개의 섬으로 이루어진 방탕하고 아름다운 나라에, 운명의 장난으로 리에스테르의 청춘들이 모였도다. 불같은 성정과 고결함을 지닌 황태자는 한 떨기 꽃 같은 벗을 위험에서 건져내고자 하나, 섬의 그림자 아래서 익숙한 물의 기운을 느낀다. 우습도다, 주신의 눈 밖에 난 땅에서 가장 유쾌한 조화가 열리는구나.)

페리: 끼웅. (크리스텔 드 사르네즈와 세드리크 리에스테르가 숙명적인 만남을 앞둔 이곳에서, 예서 페네티안 왕자는-주신의 의지를 이어받으신 분께 경배를!-일생일대의 위기를 맞는다. 그 내용을 지금부터 무

대 위에 즉흥적으로 펼쳐 보이오니, 부족한 점이 있거든 일러주시면 다음 공연에서는 발전된 모습을 선사하겠나이다.)

레아와 페리가 후다닥 스카라무차의 어깨 위로 퇴장한다.

세드리크: (방백) 진정 그자인지 확인해야겠군.

스카라무차, 세드리크는 골목의 어둠에 숨은 채 행인들의 말을 엿듣고 움직임을 관찰한다. 뚝심 드 리에스테르는 여전히 까마귀의 모습으로 젠체하고 있다.

행인1: (흥분하여) 그럼 시뇨라의 남편 중에 외국인이 생기는 건가? 금발의 홀아비 시종이 오늘 그분의 시중을 든다면 말이야!

행인2: 그럴 수도 있겠지! 아무튼, 그자가 은밀한 방에 드는 건 틀림없는 사실이네.-아니, 저기 좀 봐! (행인1을 흔들며 골목 어귀를 가리킨다) 저렇게 멋들어진 시뇨라는 오랜만이군.

시민들의 시선이 먼 곳에 집중된다. 묘령의 여인과, 그보다 성숙한 여인이 호사스레 차려입은 귀부인을 모시고 등장한다. 술렁임이 번진다.

행인1: 누굴 말하는 건가, 가운데 있는 시뇨라?

행인2: 그분도 근사하지만, 나는 오른쪽의 숙녀가 더 마음에 드네. (이자벨을 향해 손짓하며) 아! 연둣빛 머리카락은 갓 피어난 초봄의 새싹처럼 곱고, 검은 눈동자는 자장가를 부르는 가을의 밤하늘처럼 깊디깊구나. 저 입술 사이로 흘러나오는 목소리는 또 얼마나 달콤할까?

행인1: (손가락을 까닥인다) 자넨 참말이지 하나만 알고 둘은 모르는군. 하긴, 그러니까 이런 계절에 애인도 없이 나와 시간을 죽이고 있는 것 아니겠나. 귀부인을 모시는 왼편의 아가씨를 보게. (행인2의 소매를 잡아끌며) 보기 드문 분홍빛 머리칼은 당장이라도 사랑의 마법을 부릴 것만 같고, 체보임 연안보다 오묘하며 푸른 눈동자엔 곧장 익사할 것 같은 기분이 들지. 저 하얀 피부와 고운 입술은 당해낼 자가 없을 걸세!

하인 복장을 한 크리스텔이 인상을 쓰며 그들을 본다. 눈길이 마주치자 금세 표정을 바꾼다.

행인1: 나를 보고 웃었어. 말을 걸어볼까?

행인2: 그래, 나쁠 것 없지! 아니. 어쩌면 이것이 우리가 오늘 누릴 수 있는 최고의 행운일지도 몰라.

행인1: 오늘? 올해 아니고?

두 행인이 낄낄거리며 크리스텔 일행에게 다가온다. 크리스텔은 귀부인으로 변장한 엘렌의 매무새를 정돈하며 못 본 척한다.

크리스텔: 시뇨라, 춥진 않으신가요? 담요를 한 겹 더 둘러드릴까요?

엘렌: 아니에요, 아기씨. (자신의 입술을 찰싹찰싹 때리며) 아유, 이게 아니지. (어색한 말투로) 아, 아닐세. 고맙네.

이자벨: (눈꼬리를 접으며 엘렌의 손등을 쓸어준다) 재미있다, 올리. 이러면 안 되겠지만… 외국으로 도망친 상황인데 즐거워. 내가 보호자로서 정신을 바짝 차려야 하는데.

크리스텔: 괜찮아요. (체내의 에테르를 끌어 올리며 씽긋한다) 각자 3분의 1만큼만 정신 차려도 셋에서 1인분은 되는 건데, 제가 지금 3인분을 하고 있거든요. (방백) 타고 온 해적선도 아직은 무사한 것

같고.

행인1: 별처럼 빛나는 숙녀 여러분, 안녕하십니까.

크리스텔: 아, 네.

크리스텔이 두 여인을 슬그머니 막아선다.

행인2: 날이 춥지요. 따뜻한 곳에서 아마레토 한잔 어떻습니까?

크리스텔: 아뇨, 사양할게요.

행인1: 아아, 시뇨라. 보아하니 체보임 북부는 처음이신 것 같은데. (크리스텔의 뺨으로 손을 뻗으며) 저희가 쾌락과 유희의 지름길로 안내해 드릴 수-아악!

크리스텔이 순식간에 행인1의 손을 걷어찬다. 행인1이 자신의 손등을 감싼 채 바닥을 뒹군다. 근처에 있던 시민들이 질겁하며 흩어진다.

행인2: 이봐요! 이게 무슨 짓이오!

크리스텔: (정색하며) 싫다고 하면 좀 들어라. 내가 좋으면 좋다고 했겠지! 어딜 만지려고 들어, 뒤질래?!

행인2: 그렇다고 이런 행패를… (씩씩거리며) 먼저 웃은 건 당신 아니오! 내가 이 자리에서 친우의 복수를 하겠소!

크리스텔: 지랄, 울고 있었으면 부조라도 할 거냐?!

행인2가 이를 악물고 뒤쪽의 엘렌과 이자벨에게 덤빈다. 스카라무차, 망토를 휘날리며 등장. 세드리크가 화성의 혜검을 검집째 휘둘러 행인들을 응징하기 시작한다. 이자벨과 엘렌이 소스라치지만, 크리스텔은 흔들리지 않고 둘을 보호한다. 커다란 까마귀가 그들의 머리 위를 비행하며 불길한 분위기를 조성한다. 얻어맞은 자들의 몸에서 먼지가 피어오른다.

행인1: 스카라무차- (희게 질린 낯으로 허우적거리며) 으악, 아악! 달아나! 빨리 튀어!

행인2: 멍청아, 난 벌써 도망치는 중이야! 악! (행인1과 동시에) 스카라무차가 나타났다!

두 사람이 고함을 지르며 골목 너머로 꽁무니를 뺀다. 구경꾼들은 어느새 건물로 피신해 보이지 않는다. 신수들이 크리스텔의 발치로 달려와 반가움을 표한다. 침묵.

크리스텔: (신수들을 와락 끌어안고) 아이고! 한 건 더 올릴 수 있었는데!

세드리크: (미간을 찌푸리며) 뭐?

엘렌: 아기씨, 괜찮아요. (크리스텔의 등을 쓰다듬으며) 여긴 색에 미친 인간들이 널려있으니, 언제든 다시 한탕 하실 수 있을 거예요. (스카라무차를 바라본다) 그나저나 허우대 좋은 저분은…

크리스텔: (허탈한 말투로) 우리 용돈을 날려버린 귀인이세요.

이자벨: 조금 아쉽지만, 그래도 우리를 도와주려고 오신 분이야. 감사드리자.

이자벨이 크리스텔을 달래다 뒤늦게 신수들을 발견한다. 그녀가 깜짝 놀라 스카라무차를 돌아본다. 복면 아래 주황색 눈동자가 번뜩인다.

이자벨: 주신 맙소사. (황급히 절을 올리며) 세드리크 태자 전하를 뵙습니다.

엘렌: 예에?!

유모, 엘렌이 경악해서 넙죽 엎드린다. 크리스텔은 벙긋거리는 그녀를 도닥여 일으켜 세우고, 신수들을 내려준 뒤 예를 차린다. 그러고는 세드리크를 밉지 않게 흘긴다.

세드리크: '한탕'?

크리스텔: 저런 자들요. (소리를 낮추며) 저희에게 수작질 거는 놈이 있으면, 으슥한 데로 데려가서 손봐주고 지갑을 털었습니다. 그 돈으로 이렇게 옷도 사 입고 괜찮은 숙소도 잡았어요.

침묵. 크리스텔이 재빨리 덧붙인다.

크리스텔: 저렇게 함부로 손대거나, 더럽게 집적거리는 놈들 한정으로요. 예의 바른 분들은 저희도 예로써 거절했습니다.

세드리크: 체보임엔 무슨 일이지?

크리스텔: 당연히 아버지한테서 도망쳐 나온 거죠. 아! (눈을 크게 뜨고 세드리크에게 한 발짝 다가간다) 그 사람, 왕자님을 음해하려고 일손을 시켜 이상한 전단을 만들고 있어요. 아픈 건 맞는데 그것조차 위장으로 삼고 있는 것 같아요. 제정신이 아닙니다. 여기 온 건 뚝심이 덕분이에요. (방백) 세레니테인 줄 알고 배를 대긴 했지만. (사이) 제국의 후작이 제독의 손님으로 왔다는 소문이 돌던데요. 혹시 그게 왕자님 일행 아닐까요?

세드리크: 역시 그랬군.

세드리크가 팔을 뻗자, 선회 비행을 하던 까마귀가 그의 팔뚝에 앉는다. 크리스텔이 입을 떡 벌린다.

크리스텔: 설마 요 녀석이…

뚝심: 삐-뽀! (정답입니다. 그대들이 한곳에 모여서 기쁘군요. 하지

만 앞으로 벌어질 일은 오롯이 그대들의 책임이고, 나는 별로 신경 쓰고 싶지 않습니다. 이 몸은 자유로운 존재이니까요.)

그리스텔: 뚝심! 우리 도와준 거 정말 고마웠어. 다시 만나서 너무 좋다! 어떻게 이번엔 까마귀가 됐대? 능력도 좋아, 진짜.

크리스텔, 이자벨, 엘렌이 반가운 낯으로 까마귀의 날개며 등을 쓸어준다. 뚝심은 온기를 만끽한다. 크리스텔이 태자를 올려다본다.

크리스텔: (들릴 듯 말 듯한 목소리로) 그러는 전하께서는, 저희를 쫓아오신 건 아닐 테고… 왕자님을 구하러 오신 거죠? (방백) 복면은 뭔데. 혼자 왜 이렇게 치명적이야? 하긴, 얼굴을 드러내는 게 더 치명적이겠다.

세드리크: 그래. 곧 제독의 침실에 든다는군.

세 여자가 턱을 쩍 벌린다.

이자벨: (손으로 입가를 가리며) 어째서, 어째서 귀하신 분이 그런 결정을 하신 걸까요?

세드리크: 아마 국제 포털을 이용하기 위해서일 겁니다. 제국은 현재 남부에서 황도로 향하는 육로와 포털이 모두 차단됐습니다.

엘렌: 어이구머니!

크리스텔: 여쭈고 싶은 게 많은데, 그건 나중에 해야겠네요. (비장한 얼굴로) 우리끼리 작전 세워서 움직이죠. 말씀대로라면 한시가 급한 상황이잖아요.

세드리크가 턱을 까닥인다. 함께 퇴장.

* * *

(2막 2장)

몇 시간 후. 엠마 코를레오네 제독의 침실.

섬 꼭대기의 깎아지른 절벽에서 파도 소리가 들린다. 군데군데 놓인 금촛대가 어두운 실내를 흐릿하게 밝힌다. 붉은 커튼이 드리운 침대에, 검은 베일로 온몸을 가린 남자가 홀로 앉아있다. 제독은 기척을 죽이지 않고 그에게 다가간다.

예서: (긴장한 목소리로) 그, 음. 흠!

제독이 헛웃음을 흘린다.

엠마: 귀엽게 구는군. 설마 처음은 아닐 테고.

예서: 예? 실례지만 뭐라고 하셨습니까? (방백) 잘 안 들리네.

엠마: 말을 반복하는 취미는 없어서.

제독이 갈고리 팔로 거칠게 휘장을 걷는다. 남자는 등을 보이고 있다. 엠마가 그를 쓰러뜨리려 한다.

예서: (잽싸게 피한다) 제독님, 잠시만요! 궁금한 게 있습니다.

엠마: (혀를 차며) 번거롭기는. 과정에 대화가 필요한 성격인가?

예서: 네, 아주 재미있는 이야기가 될 겁니다. 어쩌면 다음 내용이 궁금해서 다른 일은 잊어버리실지 모르고요. 포털을 열어주고 싶다는 마음이 드실 수도 있겠네요.

엠마: (코웃음 치며) 시종이라는 자가 나를 고작 이야기 따위로 만족시킬 생각을 하다니. (갈고리를 내리며 턱짓한다) 시시껄렁한 농담으로는 안 될 거다. 나는 해군을 지휘하는 몸이라는 걸 잊지 말도록.

제독이 침대에 걸터앉는다. 이어 협탁에 놓인 화이트와인을 물처럼 들이켜고, 무화과를 쪼개어 입에 던져 넣는다. 남자가 말을 계속한다.

예서: 물론입니다. (사이) 그럼 한 가지 여쭙겠습니다. 혹, 제후국이 주신에게 버림받았다고 생각하십니까?

엠마: …뭐?

예서: 이곳에 머무르는 며칠 동안, 다양한 이들에게 물었습니다. 주신교와 제후국이 어떤 관계인지 궁금했거든요. 세상만사를 다룬다는 〈격주간 리에스테르〉에서도 제후국의 이야기는 철저히 배제되고, 제국민들이 제후국 얘기를 하는 것도 들은 적이 없습니다. 역사서에서 짤막하게 읽은 게 전부입니다. 그게 이상하다고 생각했습니다. 와서 보니 제후국 사람들도 매일을 열심히 살아가고 있는데… 가치관이나 문화가 많이 다르긴 해도 본질은 다를 것 없는데. 왜 '흐름의 중심'에서 배제되는지 알고 싶었습니다. 그에 관해 이곳 분들은 어떻게 생각하는지도요.

엠마: (이맛살을 찌푸리며 무화과를 꿀꺽 삼킨다) 역시 재미없군. 그냥 계획대로 가지.

제독이 베일을 벗기고자 한다. 남자는 재바른 몸놀림으로 그녀의 반경을 벗어난다.

엠마: 거래를 파기할 셈인가?

예서: 아뇨. 그럼 이렇게 묻겠습니다. 만약 대륙에 전쟁이 터진다면, 제독께서는 어떻게 하실 겁니까?

엠마: (고개를 비틀며) 내 목줄은 황제 나리가 쥐고 있으니, 명령

이 있으면 따르겠지.

예서: (심오한 것을 묻는 양) 로렌초 제후 전하께서도 그리하라고 하실까요?

제독이 눈살을 험악하게 찌푸린다. 그녀가 전광석화와 같은 속도로 남자의 베일을 찢어발긴다. 기사, 요한 헤인스가 모습을 드러낸다. 입만 웃는 표정이다.

엠마: 네놈.

요한: 들켰네요. (붉은 마도구 리본을 입가에서 뗀다) 요즘 세상엔 희한한 물건이 많아요. 그렇죠, 공녀 전하? (리본 장식에서 "제독님? 듣고 계십니까?" 하는 음성이 흘러나온다.)

제독이 분노하려는 순간, 방의 거대한 창문이 산산조각으로 깨져 나간다. 대양이 코밑에 닥친 듯 물소리가 요란하다. 암전.

* * *

-쨍그랑-!
-콰아앙!

"어?"

나는 식겁해서 창가로 달려갔다. 프랑수아 후작의 최신 발명품, 마도구 리본을 꼭 쥔 채였다. 함께 대기하던 뒤엠 남매도 신수들을 챙겨 따라붙었다. 착! 망설임 없이 커튼을 쳤다. 코앞에 펼쳐지는 광경에 눈이 튀어나올 것 같았다.

"아니, 대화만 하는… 말로 해결할 거였는데?!"

제독의 침실 방향에서, 난데없는 불길이 치솟고 있었다.

*　*　*

 나름대로는, 이런저런 궁리를 하고 있었다.
 "이게 웬 야단이냐…"
 물론 나는 내란 모의에 황족 테러, 살인 미수 교사라는 무시무시한 혐의를 받고 있었다. 터무니없다고 해도 하루빨리 황궁으로 돌아가 누명을 벗어야 하는 처지였다. 하지만 사람 머리라는 게, 색다른 환경에 처하면 색다른 생각을 하기 마련이다. 예컨대 코를레오네 제후국은 왜 이토록 '퇴계공'의 나머지 부분과 다른 걸까. 수위를 포함한 모든 게 공식에서 벗어난 이곳의 존재를, 빙의자인 나는 어떻게 받아들여야 하는 걸까.
 "아까워라! 저쪽 마도구에 달린 마석이 부서진 모양이군요. 더는 소리를 듣거나 보낼 수 없습니다, 왕자님."
 자신의 시제품을 여러 번 시험한 프랑수아 후작이 슬픈 소식을 전했다. 단거리 소통용으로 개발했다는 붉은 리본이었다. 나는 당황해서 입술을 축였다. 이게 대체 무슨 난리야? 요한 경은 무사한 건가? 아무렴 추기경인데 괜찮겠지?
 "헤인스 경이 제독과 교전하는 모양입니다."
 "어떡하지, 작은오빠? 그냥 황도까지 헤엄쳐서 가야 하는 거 아냐?"
 -끼이이

9. 코메디아 델라르테

당혹한 에르베 경이 말했고, 마리아 공녀와 데미도 한마디씩 보탰다. 우리는 애타게 창밖을 바라보았다. 어두워야 할 제독의 침실에서 환한 빛이 쏟아지고 있었다. 너무 멀어 상황을 파악하긴 어려웠지만, 불붙은 커튼이 휘날리는 것이 보였다. 소란을 감지한 '카사 코를레오네'의 곳곳이 밝아졌다. 말도 안 돼.

"요한 경은 저럴 분이 아닌데, 이상합니다."

"그러게 말입니다. 어쨌든 우리에겐 결코 좋은 상황이 아닙니다."

내 중얼거림에 후작이 동의했다. 좌우지간 정은서는, 1년이 넘도록 제후국의 지읒 자도 꺼낸 적이 없었다. 엠마 코를레오네 같은 강렬한 인물에 관해 일언반구를 안 했다. 돌이켜 보니 그게 묘했다. 퇴계공을 읽지 않은 사람으로서 억측은 삼가야겠지만, 이곳이 주신교를 믿지 않는 땅이라는 것도 자꾸 마음에 걸렸다. 그래서 아드마 섬에 있을 때 빌라 코를레오네의 일손들에게 물었다.

'실례가 되지 않는다면, 민감한 질문을 해도 되겠습니까?'

'친절하신 시뇨레에겐 뭐든 답해드리지요!'

'고맙습니다. 그러면 혹… 주신교에 관해 어떻게 생각하십니까?'

'오.'

특이한 반응이 돌아왔다. 차라리 불편함을 드러냈다면 사과하고 넘겼을 텐데, 그들은 한결같이 고개를 갸웃했다. 그건 순수하게 '모른다'라는 의미였다. 단순히 종교에 무관심해서가 아니라, 정말로 무언가를 알지 못하는 이의 눈빛이었다.

'글쎄요. 저희와는 관계없는 것 같습니다요.'

'관계가 없다고요?'

'예에, 뭐. 주신의 은총이라는 게 진짜로 존재하고, 대륙엔 그런 힘을 쓰는 대단한 나라들이 있다는 거야 압니다만… 저희가 사는 땅엔 없으니까요. 구경 한번 못 해봤습니다. 그저 남 일이지요.'

어렴풋한 깨달음이 오는 듯했다. 그곳의 시송장은 이렇게 대답했다.

'아드마와 체보임엔 주신의 영향력이 미치지 않습니다. 하니 주신을 신앙의 대상으로 삼는 자도 극소수입니다. 기적을 체감하지 못하는데 어찌 믿겠습니까.'

기적이 없는 땅. 신의 손길이 이르지 않는 곳. 그건 어쩌면, '원작자의 손길이 닿지 않는' 나라를 뜻하는 것일지도 몰랐다. 전체 이용가인 퇴계공에 등장하기엔 아슬한 설정들이 자유롭게 쓰이는 것도… 짐작건대 작가가 버린 지역이기 때문이고.

즉 제후국이, 퇴계공의 주류에 낄 수 없는 것들을 받아둔 일종의 거름망이라고 가정하면 이해가 됐다. 나는 거기서 멈추지 않고 가지를 뻗어나갔다. 제후국이 제국에 공물을 바치기는 하나, 지금의 프레데리크 황제는 이곳을 사실상 독립국으로 대우하는 듯싶었다.

그렇다면 원작의 '전쟁'에도 제후국은 관여하지 않았을까? 중립국이었나? 그래도 제독은 공식적으로 제국민인 데다 황제의 사람인데, 그녀와 가족이 전투를 거부하는 게 가능한가? 여기가 오직 작가의 잡설을 버리는 곳으로만 기능했다면, 그만한 대형 이벤트에서 빠지는 것도 불가능한 일은 아니다. 그건 결국 내용을 어떻게 전개하느냐에 달린 거니까. 그럼 혹시… 제후국이 중재에 나선다면 원작의 흐름을 바꿀 수 있나?

-똑똑똑!

"시뇨르 뒤엠! 문을 열어주십시오!"

조연 주제에 잡생각 할 틈이 어디 있냐! 나는 흠칫하며 상념의 급물살에서 헤어 나왔다. 그새 우리가 있는 방으로 제독의 하인들이 달려온 듯했다. 우리는 데미와 티테를 도닥이며 빠르게 눈길을 교환했다. 이제 어쩌지?

-쾅쾅!

"후작님! 공자님!"

문 두드리는 소리가 점점 커졌다.

"열어줘도 될까요?"

"썩 호의적인 것 같진 않군요."

프랑수아가 눈썹을 늘어뜨렸다. 후작령의 영주성에 있을 때보다는 낫지만, 그는 활발하던 시기에 비해 여전히 힘이 없었다. 손에서 메이스를 놓지 않는 걸 보면 아직 마나를 자유로이 쓰는 것도 어려운 듯싶었다. 나는 눈을 질끈 감았다. 제독과의 대화로 세계관에 관한 이해를 넓히고, 제후국의 정세도 조금이나마 파악하고, 겸사겸사 왕자도 건사하고 싶었는데…

"으음."

어쩨 또 난장판이다. 요한 경 고집을 받아주지 말고 그냥 내가 갈 걸 그랬다. 하지만 일이 계획대로 풀리지 않는 것도 이쯤 되니 익숙했다. 주인공인 크리스텔에게도 쉽지 않은 세계가 아니던가.

"요한 경과 합의한 접선 장소도 없고, 공녀의 말마따나 바다를 직접 건너고자 해도 수단이 전무합니다. 아니, 해군 제독을 바다에서 따돌려 보겠다는 전제부터가 잘못됐어요. 양국의 외교 관계도 고려해야 하고요. 그러니까."

내가 눈꺼풀을 번쩍 뜨며 말했다. 세 쌍의 분홍빛 시선이 일시에 나를 향했다. 침착하게 생각해, 정예서. 지금 가장 합리적인 방안이 뭐야?

"정면 돌파합시다."

나는 곧장 내뱉었다. 에르베 경이 동생을 끌어안으며 주억였다.

"역시 그것뿐이겠지요."

"네. 요한 경의 과실이라면 정중히 사과하고, 그게 아니라면 결백을 증명하면 됩니다. 국제 포털은 저희의 유일한 카드이니 물러설 수 없습니다. 다만 굽히고 들어가선 곤란합니다. 저보다 후작이 더 잘 아시겠지만… 제독은 반응이 클수록 상대의 가치를 높이 사는 것 같으니까요. 벼랑 끝 협상이라도 하려면 발버둥 치는 시늉이 필요하겠죠."

-쾅쾅쾅!

"여기서 버티는 쪽이 낫겠습니다."

-…콰앙! 콰앙! 콰아앙!

내가 말을 맺었다. 바깥에선 이제 아예 문을 부술 기세였다. 후작이 메이스를 휘둘러 고쳐 잡았다. 분홍색 마석이 우아하게 반짝였다.

"하인들이 저리 쫓아온 걸 보면 마담이 우리에게 화낼 이유는 충분해 보입니다다만… 결백 투쟁 속의 결백 투쟁이군요."

"네, 액자식 투쟁이죠."

내가 답했다. 그가 유쾌하게 웃었다.

"마음에 드는 표현입니다."

-우우웅!

그러고는 중앙에 널찍한 방어 마법식을 전개했다. 우지끈, 빠직! 마리아가 탁자 다리로 몽둥이를 만들어 큰오빠 옆에 섰다. 맨주먹 에르베 경은 듬직한 덩치를 앞세워 전방에 자리했다. 나는 데미와 티테를 보듬고 후방으로 이동했다.

-아우우, 아우으

"괜찮아, 티테. 형이 지켜줄게."

넌 꼬마잖아. 앞으로도 건강하게 쑥쑥 자라야지. 내가 최대한 부드럽게 속삭였다. 착한 데미가 막내의 배를 안아주었다. 그러자 하프물범이 방긋거리며 웃는 모양을 했다. 타앙! 문고리 깨지는 소리가 났다. 인파의 소란이 더욱 크게 들렸다.

"시뇨르 뒤엠! 시뇨라께 무슨 짓을 하신 겁니까!"

-콰다당!

나는 문짝이 박살 나자마자 성지를 전개했다. 파아아앗…!

"맙소사!"

"여, 여기 금광金光을 발하는 자가 있다!"

"신관이다! 시종장님께 전해, 어서!"

밧줄과 봉 따위를 쥐고 밀려오던 이들이 기겁하며 물러났다. 서클을 처음 보는지라 발밑의 금빛에 경악한 것이다. 그때-

-쨍그랑, 쨍그랑!

"으아아악!"

내부의 창이 모조리 깨져나가고, 아주 거대한 물체가 바깥에서부터 벽을 부수며 들이닥쳤다!

"침입이다! 제기랄!"

-와지끈! 콰콰광!

아니, 이게 무슨 일이냐!

[다들 엎드려서 자신을 보호하세요!]

내가 필사적으로 신수들을 끌어안으며 외쳤다. 신탁의 힘으로 모든 이가 몸을 말고 머리를 감쌌다. 이내 차디찬 겨울바람이 방 안을 휩쓸고, 웅장한 그림자가 카펫을 덮쳤다. 쿠구궁, 쏴아아아…! 짭짤한 물방울이 사방에서 튀어 올랐다. 응? 짜다고?

"아이고, 죄송합니다! 바닷물 얼리는 건 아직 익숙하지가 않아 가지고. 흥분했더니 전면 주차가 제대로 안 들어갔어요!"

몹시도 청량하고 귀에 익은 목소리가 울려 퍼졌다. 나는 불가능한 전개에 눈을 화등잔만 하게 떴다. 머리끝부터 발끝까지 전율이 일고, 무의식중에 고개가 느릿느릿 돌아갔다. 마지막으로 들었던 그녀의 음성이 머릿속에 전구처럼 반짝 켜졌다.

'다시 봬요, 왕자님.'

…이거 실제 상황이야?

"예서 왕자님! 기다리셨죠!"

해풍에 나부끼는 분홍 머리카락과, 낡은 옷으로도 가릴 수 없는 그녀만의 광채. 언제나처럼 상쾌한 함박웃음. 허리에 얹은 양손. 뱃전에 우뚝 선 주인공의 청회색 눈동자가, 밤하늘의 북극성처럼 빛나고 있었다.

* * *

 화르륵! 침실 휘장의 화재가 걷잡을 수 없이 번져나갔다. 깨진 창으로 불어닥치는 바닷바람 탓에, 침대는 물론이고 천장과 바닥까지 불길에 휩쓸리고 있었다.
 -쾅쾅쾅!
 "시뇨라! 열어주십시오! 방에 불이 났습니다!"
 "저희가 물을 길어 왔습니다! 깨어나세요, 제발!"
 겁에 질린 아랫것들이 마구 방문을 두드렸으나, 엠마 코를레오네는 꿈쩍도 하지 않았다. 되레 비릿하게 웃으며 불청객을 훑을 따름이었다. 화마나 열상 따위는 숱하게 겪었고, 이제는 조금도 재미있지 않았다. 한데 저자의 마수 털가죽과 새카만 복면은 소문 그대로였다. 사내는 키가 훌쩍 컸고, 어깨와 등도 널찍한 것이 무도를 제법 갈고닦은 듯했다.
 "네가 스카라무차인가."
 "…"
 걸걸한 음성이 화염에 섞여 들었다. 스카라무차는 제독을 묵묵히 응시하더니, 그보다 사나운 눈길로 요한 헤인스를 노려보았다. 선생은 잠자리 날개처럼 살갗이 비치는 셔츠를 입고 있었다. 상반신을 수놓은 흉터가 훤히 드러났다.
 "경이 왜 여기에 있지?"
 "제 기운을 못 느끼셨다면 곤란해요. 그동안의 배움이 허사라는 의미예요."

자신이 신력을 최대한 죽이고 있었다는 사실은 쏙 뺀 채, 요한이 조곤조곤 지적했다. 황태자의 음성이 더욱 낮아졌다.

"목소리가 들리던데."

"짝의 목소리만 듣고 침입할 만큼 저돌적이신 것노 문세고요. 그릇 수양은 멀었네요."

'그래도 구하러 와주셔서 감사해요.'

민트색 눈동자가 장난스럽게 휘어졌다. 세드리크는 와락 미간을 찌푸렸다. 동시에 그의 기세가 화화처럼 치솟았다. 제독이 목을 기울이며 자신의 갈고리 팔을 쓰다듬었다. 절반만 뜨인 눈동자에 흥미가 깃들었다.

"서로 구면인가 보군."

"소개가 늦었습니다, 시뇨라. 이쪽은 제 학생이에요."

미풍 같은 설명이 이어졌다. 제국 후작의 호위와 체보임의 깡패가 사제지간이라는 뜻이었다.

'아.'

중년인이 짤막한 감탄사를 내뱉으며 미소 지었다. 한동안 하인들의 외침과, 불꽃이 방을 살라먹는 위험천만한 소음만이 방 안을 맴돌았다. 셋 중 누구도 먼저 입을 열거나 발을 떼지 않았다.

-빠지직…!

끝내 천장 들보 중 하나가 무너져 내릴 무렵,

-콰앙!

제독이 섬광 같은 속도로 들보를 걷어찼다. 세드리크가 빈틈으로 몸을 날리자마자 그녀는 잽싸게 갈고리를 휘둘렀다. 차르르륵!

-철컥!

 뱀처럼 늘어난 사슬이 먹이의 발목을 부러뜨릴 듯 옥좼다. 여인은 왼팔로 오른팔을 보조해 번개처럼 그를 잡아당겼다. 홰애액, 콰앙! 장신의 사내가 순식간에 쓰러져 끌려갔다. 가공할 완력이었다. 검은 망토에 사나운 불이 붙었으나 세드리크는 신음조차 흘리지 않았다. 요한이 덤덤한 얼굴로 외부의 절벽을 살폈다.

-쓰으으윽! 스릉!

 여인의 발치로 미끄러진 태자가 검을 뽑았다. 새빨갛게 달아오른 신물이 그녀의 갈고리로 날아들었다. 쌔애액, 카가강! 혜검이 쇳덩이를 베고자 했고, 쇳덩이는 주인의 의지에 반해 검날을 파고들었다. 끔찍한 소음과 연기가 피어올랐다. 끼기기긱, 치이익… 제독의 눈매가 날카롭게 섰다. 갈고리 팔뚝이 제멋대로 움직이고 있었다.

 "마검사. 아니…"

 내려본 불색 홍채가 선명했다. 혜검의 칼자루엔 피처럼 붉은 보석이 박혀있었다. 중년인은 간만에 적당한 즐거움을 느꼈다. 콰직! 그녀가 자신의 오른팔을 힘주어 내리찍었다. 갈고리는 벌써 절반 넘게 잘리고 있었다. 세드리크의 시선이 희미하게 흔들렸다.

 "빙점하의 귀공자 아니신가."

-카아아앙!

 갈고리 팔이 두 동강 났다. 태자가 검의 방향을 바꾸는 찰나, 중년인이 팽이처럼 회전해 그의 배를 걷어찼다.

-퍼어억!

 남자가 쏜살같이 창밖으로 추락했다. 제독은 목을 우두둑 꺾으며 자리에서 일어났다. 꼬마를 상대하는 사이 흰머리 선생이 사라지고 없었다. 사냥을 시작할 생각에 실소가 흘렀다. 태자와 태사가 예까지 어쩐 일로…

"야, 타!"

그때, 낭랑한 부름이 파도처럼 귓전을 때렸다. 제독의 눈빛이 창밖으로 움직였다.

"…"

그리고 수십 년 만에 처음으로, 그녀의 눈이 크게 뜨였다.

《서브 남주가 파업하면 생기는 일》6권에 계속

서브 남주가 파업하면 생기는 일 5

초판 1쇄 인쇄 2025년 7월 24일
초판 1쇄 발행 2025년 8월 7일

지은이 | 숙임
발행인 | 강봉자, 김은경

펴낸곳 | (주)문학수첩
주소 | 경기도 파주시 회동길 503-1(문발동633-4) 출판문화단지
전화 | 031-955-9088(대표번호), 9534(편집부)
팩스 | 031-955-9066
등록 | 1991년 11월 27일 제16-482호

ISBN 979-11-7383-013-6 04810
(세트) 979-11-93790-92-2

* 파본은 구매처에서 바꾸어 드립니다.